Veröffentlicht von
DREAMSPINNER PRESS

5032 Capital Circle SW, Suite 2, PMB# 279, Tallahassee, FL 32305-7886 USA
www.dreamspinnerpress.com

Dies ist eine erfundene Geschichte. Namen, Figuren, Plätze, und Vorfälle entstammen entweder der Fantasie des Autors oder werden fiktiv verwendet. Ähnlichkeiten mit lebenden oder verstorbenen Personen, Firmen, Ereignissen oder Schauplätzen sind vollkommen zufällig.

Ein Schlamassel kommt selten allein
Urheberrecht der deutschen Ausgabe © 2017 Dreamspinner Press.
Originaltitel: Fit to Be Tied
Urheberrecht © 2015 Mary Calmes.
Original Erstausgabe. September 2015
Übersetzt von Heike Reifgens.

Umschlagillustration
© 2015 Reese Dante.
http://www.reesedante.com
Die Illustrationen auf dem Einband bzw. Titelseite werden nur für darstellerische Zwecke genutzt. Jede abgebildete Person ist ein Model.

Deutsche ISBN. 978-1-64080-467-8
Deutsche eBook Ausgabe. 978-1-64080-466-1
Deutsche Erstausgabe. Dezember 2017
v 1.0

Gedruckt in den Vereinigten Staaten von Amerika.

EIN SCHLAMASSEL
KOMMT SELTEN ALLEIN

Mary Calmes

Einmal mehr für Lynn.
Danke.

1

Ich konnte meinen genießerischen Seufzer nicht unterdrücken. Wir waren draußen in Elmwood, wo wir so gut wie nie hinkamen und ich hatte gebeten und gebettelt, bis Ian zugestimmt hatte, bei Johnny's Beef vorbeizufahren, sodass ich mir dort ein Sandwich kaufen konnte, bevor wir zu dem Haus weiterfuhren, das wir observieren sollten. Ich mochte Observierungen nicht; sie waren in der Regel sterbenslangweilig. Also nutzte ich sie als Vorwand dafür, um so richtig gut zu essen, anstatt mich wie sonst mit Fast Food zu begnügen. Okay, man konnte argumentieren, dass ein Sandwich, belegt mit italienischem Rindfleisch mit Paprika, nicht wirklich eine Gourmetmahlzeit war. Aber so etwas konnte nur jemand behaupten, der noch nie eines gegessen hatte. Allein die Verpackung zu öffnen und dann der Duft, der daraus hervorströmte ... Mir lief das Wasser im Munde zusammen.

„Na, hoffentlich war's den langen Umweg auch wert", nörgelte Ian.

Kein Gemecker der Welt konnte meine Seligkeit beeinträchtigen. Und außerdem schuldete er mir etwas. Gestern, auf dem Weg zu exakt genau demselben Haus, hatte ich bei Budacki's angehalten und ihm Hotdogs geholt – polnische, mit allem Drum und Dran, so wie er sie am liebsten mochte. Außerdem hatte ich die tätliche Auseinandersetzung zwischen einem Einheimischen und einem Auswärtigen über die Verwendung von Ketchup beendet, während ich dort gewesen war, und es dennoch geschafft, die Ware unfallfrei bei Ian abzuliefern. Also war bei Jonny's vorbeizufahren das Mindeste, was er tun konnte.

„Möchtest du dein Sandwich vielleicht gerne ficken?", fragte er abschätzig, während er seins, mit Rührei und Pfeffer, öffnete.

Ich hob den Blick zu ihm, ganz langsam und bewusst verführerisch, und hörte das tiefe Luftholen, auf das ich gehofft hatte. „Nein. Nicht das Sandwich."

Er öffnete gerade den Mund, um etwas zu sagen, als wir die Schüsse hörten.

„Vielleicht war es nur eine Fehlzündung am Auto", sagte ich hoffnungsvoll. Ich hatte bereits das Papier zurückgeschlagen und war bereit, den ersten Bissen zu nehmen. In dieser ruhigen, von Bäumen gesäumten Straße in einem Vorort von Chicago – mit weißen Palisadenzäunen, Menschen, die ihre Hunde Gassi führten, und kleinen Nur-Dach-Häusern mit Panoramafenstern – musste es nicht zwingend ein Pistolenschuss gewesen sein.

Seine Grimasse sagte mir das Gegenteil.

Kurze Zeit später raste ein Mann über die Straße und sprintete den Bürgersteig entlang an unserem Auto vorbei, das an jenem Dienstag kurz nach ein Uhr mittags harmlos am Bordstein dieser Bilderbuchstraße parkte.

„Die Sau", stöhnte ich, legte mein Sandwich sorgsam auf das Armaturenbrett unseres Ford Taurus und war Sekunden später durch die Beifahrertür.

Der Typ war schnell, aber ich war schneller und ich holte auf. Bis er eine Pistole über seine Schulter richtete und abdrückte.

Es wäre ein Wunder gewesen, wenn er mich getroffen hätte – er war in Bewegung, ich war in Bewegung –, aber trotzdem musste ich ihn aufhalten. Irrläufer waren nicht gut, wie wir bei unserem letzten Taktikseminar gelernt hatten, aber was viel wichtiger war: Wir befanden uns in einer ruhigen, malerischen Wohngegend, in der es nachmittags um diese Uhrzeit vorkommen konnte, dass Frauen mit Kinderwagen vor sich und einem Beagle oder Labrador hinter sich Joggen gingen. Ich nahm mir vor, dafür zu sorgen, dass das grob fahrlässige Abfeuern einer Handfeuerwaffe mit in die Anklageschrift aufgenommen wurde, wenn ich den Typen erst mal erwischt hatte.

Er schoss ein zweites Mal auf mich, verfehlte mich erneut um Längen. Dennoch war sein blindes Herumgeballer gefährlich genug, dass ich meinen Kurs änderte. Abrupt bog ich in einen Garten voll dunkler Blätter ab, schlug mich durch zwei weitere – einen mit einem Schaukelgerüst, einen voller Wildblumen – und erwischte ihn an der nächsten Straßenecke. Den Arm in der klassischen „Clothesline"-Position ausgestreckt, wie ich sie von Rangeleien aus meiner Zeit in diversen Pflegefamilien noch gut in Erinnerung hatte, hatte ich ihn im Nu von den Füßen geholt und zu Boden gehen lassen.

„Scheiße, was ist passiert?", fragte Ian, als er angesprintet kam. Er stellte einen Stiefel auf das Handgelenk des Typen und drückte es schmerzhaft fest aufs Pflaster des Bürgersteigs, als er sich hinunterbeugte, um die .38 Special aufzuheben. Da ich mich bereits in derselben Position befunden hatte, wusste ich, wie weh so ein Stiefel tun konnte. „Schau dir das an. So ein Ding hab ich schon seit Jahren nicht mehr zu Gesicht bekommen."

Ich nickte abwesend und bewunderte meine Fiorentini + Baker Wildlederstiefel an seinen Füßen. Es war mir tatsächlich sogar egal, ob er sie verkratzte oder nicht, so sehr gefiel es mir, dass er alles, was mir gehörte, auch als sein Eigentum ansah.

„Das ist wirklich eine hübsche Waffe, mit der du da versucht hast, meinen Partner zu erschießen", sagte Ian drohend und mit eisiger Stimme.

„Mir geht es gut", erinnerte ich ihn. „Sieh mich an."

Aber das tat er nicht. Stattdessen hob er die Waffe und stieß den Lauf gegen die Wange des auf dem Boden liegenden Mannes.

„Scheiße", fluchte der. Seine Augen waren wild, als sie flehend zu mir hinüberhuschten.

„Wie wär's, wenn ich dir das Ding in den Rachen ramme?", knurrte Ian, riss den Flüchtigen vom Bürgersteig hoch und zerrte ihn näher zu sich. Er war wohl sehr viel wütender, als ich angenommen hatte. „Was, wenn du ihn getroffen hättest?"

Der Mann war entweder klüger, als er aussah oder er hatte einen außerordentlich stark ausgeprägten Überlebensinstinkt. Er vermutete korrekt, dass Ian Widerworte zu geben oder frech zu werden keine gute Idee war, und so hielt er den Mund.

„Es ist doch alles in Ordnung", beschwichtigte ich Ian, während um uns herum diverse Polizeiwagen mit quietschenden Reifen zum Stehen kamen.

„Keine Bewegung!", schrie der Polizist, der als Erster aus einem der Wagen sprang.

Statt dem Befehl Folge zu leisten, öffnete ich Ians olivgrüne Einsatzjacke, die ich trug, und zeigte ihnen meine Dienstmarke. „US Marshals, Jones und Doyle."

Augenblicklich senkten sie ihre Waffen, und einen Moment später ergoss sich eine Flut von Uniformen um uns. Ian übergab ihnen den Gefangenen und die Waffe, und wies sie an, das grob fahrlässige Abfeuern einer Schusswaffe zusätzlich, zu was auch immer sie sonst noch gegen ihn in der Hand hatten, in die Anklage aufzunehmen.

Ich war überrascht, als er mich am Arm packte und hinter sich herzerrte, ein paar Meter die Straße runter, wo er stehenblieb und mich grob zu sich herumdrehte.

„Mir geht es gut", versicherte ich ihm mit einem leisen Lachen. „Du musst mich nicht rumschubsen."

Aber er ging auf Nummer Sicher und untersuchte mich, immer noch besorgt, von Kopf bis Fuß.

„Der Kerl hat mich komplett verfehlt."

Ian nickte, hörte mich, hörte mir aber nicht zu; die Worte drangen nicht bis zu ihm durch. Ich wollte ihn schon aufziehen und mit einem Scherz seine Befürchtungen zerschlagen, als mir auffiel, dass er zitterte.

„Komm her", befahl ich und zupfte an seinem Sweatshirt, zog ihn näher an mich. Mit so vielen Leuten in der Nähe und um uns herum konnte ich ihn nicht umarmen, also flüsterte ich ihm ins Ohr: „Ich bin okay, Baby, versprochen."

Er murmelte etwas in sich hinein, aber seine Schultern entspannten sich und seine zusammengeballten Fäuste öffneten sich. Einen Moment später schien es ihm besser zu gehen. „Ich wette, dein Sandwich ist inzwischen kalt", flüsterte er zurück.

„Mistkerl", brummte ich und stampfte zu unserem Auto.

„Und, was haben wir daraus gelernt?", zog er mich auf. Mein Genörgel hatte für ihn offenbar die Normalität wiederhergestellt.

„Nicht hinter anderer Leute Verdächtigen herzurennen, während wir essen."

Ians belustigtes Lachen entlockte auch mir ein Lächeln.

VOR ETWAS mehr als acht Monaten waren wir noch Deputy US Marshal Miro Jones und Partner Ian Doyle gewesen – was damals allerdings etwas anderes bedeutet hatte, als es das heute tat. Damals hatte es bedeutet, dass jeder in seiner eigenen Wohnung wohnte, Ian mit Frauen ausging und ich mir wünschte, dass er schwul war, damit wenigstens der Hauch einer Chance bestand, dass ich ihn haben konnte. Anstatt jeden Mann, dem ich begegnete, mit meinem heterosexuellen und nicht zu habenden Partner zu vergleichen. Das alles hatte sich geändert, als ich endlich begriffen hatte, was es denn nun tatsächlich bedeutete, seine volle und ungeteilte Aufmerksamkeit zu haben. Und als er dann seinen Mut zusammengerafft und mir gestanden hatte, was er von mir wollte und brauchte, hatte ich mich Hals über Kopf ins Gefecht geworfen. Und zwar so schnell ich konnte, damit ihm keine Zeit blieb, darüber nachzudenken, ob er nicht vielleicht, da er ja erst vor Kurzem herausgefunden hatte, dass er bisexuell war, erst einmal experimentieren und ein paar andere Leute kennenlernen wollte, bevor er sich häuslich niederließ. Aber die Sache war die: Ian war einer der ganz wenigen Männer, der nur die eine Person wollte, die haargenau zu ihm passte und wie es sich herausstellte, war diese Person – ich.

Also war Ian in der Theorie zwar bisexuell, praktisch aber Miro-sexuell und nicht daran interessiert, zu experimentieren oder andere Leute kennenzulernen. Alles, was Ian wollte, war, mit mir zu Hause zu bleiben. Ich hätte nicht glücklicher sein können. Alles in meinem Leben lief nahezu reibungslos: Beruflich war ich in einer guten Position und privat war ich bereit, Ian einen Ring an den Finger zu stecken. Also, so richtig bereit. Vielleicht sogar zu bereit für Ian. Aber im Großen und Ganzen war mein Leben perfekt. Mit Ausnahme von so lästigen Routinearbeiten, wie wir sie im Moment machten.

Nachdem wir unser unterbrochenes Mittagessen beendet hatten, mussten wir zurück nach Chicago rein fahren, um vorschriftsgemäß in der Hauptwache der Polizei in der Innenstadt Bericht zu erstatten – wir waren es schließlich gewesen, die die Festnahme durchgeführt hatten –, dann durften wir umkehren und wieder den ganzen Weg zurück raus nach Elmwood fahren.

„Das wird dich lehren, zu helfen", grollte Ian. Ich wusste, dass er das nicht ernst meinte, stimmte ihm aber im Grunde genommen zu; die Sache war in der Tat kolossal nervig und zeitraubend.

Eigentlich hätten wir vor dem Haus eines gewissen William McClain sitzen sollen, der wegen Drogenschmuggels gesucht wurde, aber ich erhielt einen Anruf von Wes Ching, einem der anderen Marshals aus unserem Team. Er bat uns, für ihn einen Haftbefehl in Bloomingdale zuzustellen, denn er und sein Partner, Chris Becker, waren bereits in anderer Mission in Elmwood, also konnten sie unsere dämliche Observation gleich mitübernehmen und wir dafür ihre – rein theoretisch – sehr viel interessantere Haftbefehlszustellung.

Ich war kein großer Fan der Vororte, egal um welchen es sich handelte, ob nun mit oder ohne arterienverstopfendes Essen oder der Stunden, die man brauchte, um von einem von ihnen zurück in die Stadt zu kommen. Verkehr in Chicago war tagein, tagaus chaotisch. Dazu kam, dass das Radio in unserem neuen Auto Ians Lieblingssender – 97,9 The Loop – nicht empfangen konnte und die beschissenen Stoßdämpfer ließen uns jeden noch so kleinen Hubbel in der Straße spüren. Da wir das fuhren, was während Razzien und Ermittlungsverfahren beschlagnahmt wurde, waren unsere Autos manchmal phänomenal – wie der Chevrolet Chevelle SS von 1971, den wir zwei Wochen lang gehabt hatten –, während ich mich andere Male fragte, ob ich vielleicht gestorben und in die Hölle gekommen war, ohne dass mir jemand Bescheid gesagt hatte. Der Ford Taurus, den wir derzeit fuhren, war jedenfalls nicht mein Fall.

„Er ist spritsparend", provozierte Ian mich und legte eine Hand auf meinen Oberschenkel.

Sofort rutschte ich im Sitz weiter nach unten, sodass seine Hand auf meinem Schwanz zu liegen kam.

„Was machst du da?", fragte er, das Schlitzohr, und drückte seine Handfläche gegen meinen bereits anschwellenden Schaft.

„Ich brauche Sex", sagte ich zum dritten Mal an diesem Tag.

Das war allein seine Schuld.

Anstatt am Morgen wie üblich aus dem Bett zu springen, hatte er sich auf mich gerollt, mich in die Matratze gedrückt und mich geküsst, bis ich vergessen hatte, welcher Wochentag war. Dergleichen tat er sonst nie. Jeder Morgen verlief bei ihm strikt nach Schema F, er war ganz auf die bevorstehende Arbeit konzentriert und bellte Befehle. Aber aus irgendeinem Grund war Ian an diesem Morgen in träger Urlaubsstimmung gewesen, begehrlich und begierig, hatte mich überall berührt und mir Knutschflecken auf den Hals gemacht. So gar nicht der Kommissknochen, der er sonst war, bevor er die erste Tasse Kaffee intus hatte. Aber dann hatte unser Chef angerufen, und Ian war aus dem Bett gesprungen, ganz „Sir, jawohl, Sir!" und hatte mich angewiesen, aufzustehen und mich im Bad zu beeilen.

„Was?", hatte ich geschrien und mich im Bett aufgesetzt. Hatte fassungslos gehört, wie nebenan das Wasser anfing zu rauschen. „Komm sofort zurück und beende gefälligst, was du angefangen hast!"

Er hatte die Frechheit besessen, schallend zu lachen, als er unter die Dusche gesprungen war. Ich hatte gehört, wie er in sich hineinkicherte, während ich vor Wut schäumend im Bett saß. Ich hatte mich rücklings auf die Matratze zurückfallen lassen, entschlossen, die Sache selbst zu Ende zu bringen.

„Wag ja nicht, das anzufassen", hatte er mir aus der Dusche zugerufen.

Ächzend hatte ich mich aus dem Bett aufgerappelt und war nach unten getappt, um den Kaffee anzustellen. Chickie Baby hatte sich gefreut, mich zu sehen. Hauptsächlich wohl deshalb, weil ich ihn fütterte. Dummer Hund.

„Es gab heute Morgen kein Happy End für mich", beklagte ich mich jetzt bei Ian. „Du warst nicht sehr nett zu mir."

„Was?" Er lachte leise und legte seine Hand wieder aufs Steuerrad. „Ich habe dich ganz liebevoll … geweckt und … Scheiße."

Ich wollte Ian, brauchte Ian, aber er war nicht bei der Sache, und als ich schließlich meinen Blick von seinem Profil losreißen konnte und nach vorne sah,

5

gab ich dasselbe angewiderte Geräusch von mir wie er. Ohne zu fackeln, rief ich Ching an.

„Du Arsch", sagte ich anstelle eines Hallos, als er dranging.

Ein geschnaubtes Lachen. „Was?", sagte er, aber es war undeutlich, so als würde er kauen. „Ich und Becker machen eure Observation hier in Elmwood und dann gehen wir einem Hinweis der Eastern District Vollzugsbeamten nach."

„Wo zum Teufel seid ihr?", fauchte ich, während ich ihn auf Lautsprecher stellte.

Er sagte etwas, aber man konnte das Geräusch nicht wirklich als Wort bezeichnen.

Sofort war ich misstrauisch. „Seid ihr im Johnny's Beef?"

„Wieso denkst du das?"

„Arschloch!", brüllte ich.

„Oh, komm schon, Jones, sei kein Unmensch. Wir tun euch einen Gefallen oder etwa nicht?"

„Entschuldige bitte, was hast du gerade gesagt?"

Ich hörte nur Gelächter.

„Du weißt genau, dass wir lieber einem nutzlosen Hinweis nachgehen, als zusammen mit einem Einsatzverband einen Haftbefehl zuzustellen", knurrte Ian neben mir. „Das ist doch scheiße, Wes, und das weißt du auch."

„Ich habe keine Ahnung, wovon du da sprichst", sagte Ching mit einem Gackern. „Ihr zwei dürft mit der DEA und der Chicagoer Polizei zusammenarbeiten, und das zum zweiten Mal heute. Das ist doch super."

Ich hätte es wissen müssen, als er mir das Angebot gemacht hatte. Es war meine eigene Schuld.

Ian sprach meinen Gedanken beinahe wortwörtlich laut aus, was die Sache auch nicht besser machte. „Da kannst du dir selbst die Schuld für geben."

Er parkte den Wagen und wir stiegen aus und gingen zum Kofferraum, wo wir unsere Einsatzwesten anzogen. Die Dienstmarken klemmten wir an unsere Gürtel, und Ian schnallte sich sein Oberschenkelhalfter um, in das er seine zweite Waffe steckte. Zusammen gingen wir zu einer Gruppe Beamte hinüber und Ian erkundigte sich bei ihnen, wer den Oberbefehl hatte. Es war genau so, wie wir es erwartet hatten: ein Riesenchaos, auch bekannt als Einsatzverband. Vertreter verschiedener regionaler und überregionaler Einheiten standen herum; diese Gruppe hier gehörte zu den ersteren, da ich in ihrer Mitte Mitglieder der örtlichen Polizei entdeckte. Dazu kamen natürlich noch die Jungs von der DEA, die alle entweder aussahen wie verdreckte Meth-Junkies oder wie *GQ* Models. Ein Mittelding gab es bei ihnen nicht. Bisher war ich allerdings noch keinem DEA-Typen begegnet, den ich hätte leiden können. Sie waren alle fest davon überzeugt, dass sie den härtesten Job der Welt hatten, und dazu noch den gefährlichsten. Sie waren ein Haufen Primadonnen, mit denen mir jegliche Geduld fehlte.

6

Ich fand es immer wieder faszinierend, wie viele Leute davon ausgingen, dass Marshals genau dasselbe taten wie andere Vollzugsbehörden auch. Sie nahmen an, dass wir Verbrechen untersuchten, Beweismittel sammelten und grübelnd vor Whiteboards saßen, um herauszufinden, wer von unserer Liste aus Verdächtigen wohl der böse Bube war. Was schlicht und ergreifend nicht stimmte. Ein Großteil unserer Arbeit war wie damals im Wilden Westen: Wir spürten die Verbrecher auf und sorgten dafür, dass sie vor Gericht erschienen. Das Resultat dessen war, dass wir, wenn wir nicht gerade an einen gemeinsamen Einsatzverband ausgeliehen wurden, den Großteil unserer Zeit damit verbrachten, Hinweisen nachzugehen oder Häuser zu beobachten, sprich zu observieren und zu überwachen. Das konnte ziemlich langweilig sein, von daher wurde es als eine willkommene Abwechslung angesehen, wenn die tägliche Routine von weniger alltäglichen Aufgaben unterbrochen wurde. Wie zum Beispiel in einen anderen Bundesstaat zu reisen, um dort einen Zeugen abzuholen oder in einer verdeckten Ermittlung mitzuwirken. Aber weder Ian noch ich sahen eine Zusammenarbeit mit der DEA als etwas Positives oder gar Wünschenswertes an.

Die Aufgabe dieses speziellen Einsatzverbands bestand darin, drei Männer mit Verbindungen zur Madero Verbrecherfamilie zu schnappen, die aus FBI Gewahrsam in New York entkommen waren und sich jetzt anscheinend bei einem entfernten Cousin eines der Typen hier in den Vororten von Chicago versteckten. Denn das war es, was `einen Haftbefehl zustellen` tatsächlich bedeutete. Im Grunde genommen war es Beamtenjargon für 'jemanden festnehmen'.

Der Plan sah eine volle Stürmung des fünfstöckigen Mietshauses vor. Razzien dieser Art mochte ich am allerwenigsten, aber ich verstand, warum wir hier waren. Normalerweise war es ein sogenanntes *Fugitive Investigative Strike Team*, bestehend aus FBI, Polizei und anderen staatlichen Einheiten, das einen Zeugen extrahierte, und eine solche *FIST* fiel in den Zuständigkeitsbereich der US Marshals. Ohne uns war es kein Einsatzverband, also hatte man unsere Dienststelle hinzugezogen.

Die Polizei betrat das Haus als erste, die Deppen von der DEA folgten. Ian und ich blieben im Erdgeschoss, bis wir aus dem Treppenhaus Schüsse hörten. Dann rannten wir los, während um uns herum die Leute schrien, dass Männer aufs Dach entkamen.

Ich schrie ihnen zu, den anderen Bescheid zu sagen und ließ den gebrüllten Befehl folgen, Verstärkung anzufordern. Da sich aber der Einsatzverband über alle Stockwerke verteilt hatte, waren nur Ian und ich noch übrig, um die Treppen hochzuspurten und zu versuchen, die Flüchtigen abzufangen, wer auch immer sie waren.

„Kein Schritt durch diese Tür!", schrie ich Ian hinterher, der wie üblich vor mir war. Der einzige Grund, warum er bei der Verfolgungsjagd heute Mittag nicht vor, sondern hinter mir gewesen war, war der, dass der Typ auf meiner Seite am

Auto vorbeigerannt war. In neun von zehn Fällen war ich es, der Ian in die wie auch immer geartete Situation hinein folgte.

Er platzte durch die schwere Metalltür, die aufs Dach führte und natürlich wurde sofort auf ihn geschossen.

Ich folgte ihm gerade rechtzeitig durch die Tür, um zu sehen, wie Ian seine Waffe hob und feuerte. Nur in Filmen schreien die Leute „Nicht schießen!", während man gleichzeitig auf sie schießt.

Ein Typ ging zu Boden und der andere drehte sich um und rannte los. Er trug keine sichtbare Waffe bei sich, also rammte ich meine Pistole in ihr Halfter und rannte hinter ihm her, während Ian den Mann, den er erwischt hatte, auf den Rücken drehte und den Männern, die uns gefolgt waren, zubrüllte, ihn zu übernehmen.

Ich sprintete über das Häuserdach, dem Flüchtigen dicht auf den Fersen; meine Arme und Beine pumpten wie Maschinenkolben, um ihn einzuholen, bevor er das Ende des Daches erreicht hatte. Er rannte auf die niedrige Brüstung zu, ohne langsamer zu werden, und sprang. Ich hatte keine Ahnung, ob sich hinter der Brüstung, außerhalb meines Gesichtsfeldes, ein weiteres Haus befand oder nicht, aber da ich keine Schreie hörte, rannte ich schneller und sprang hinter ihm her ins Nichts.

Das Dach des vierstöckigen Gebäudes auf der anderen Seite einer schmalen Gasse war ein willkommener Anblick und ich landete problemlos, rollte mich ab, kam wieder auf die Füße und rannte hinter meinem Flüchtigen her. Der plötzlich abrupt stehen blieb und zu mir herumwirbelte. Vermutlich waren uns die Hausdächer ausgegangen. Er zog ein Klappmesser aus der hinteren Hosentasche, ließ es aufschnappen und kam geduckt näher.

Ich zog meine Glock 20 und richtete sie auf ihn. „Lassen Sie die Waffe fallen, knien Sie sich hin und verschränken Sie die Hände hinter dem Kopf."

Er überlegte, was er tun sollte – ich konnte es ihm deutlich ansehen.

„Sofort", befahl ich, und meine Stimme sank um etwa eine Oktave, wurde kalt und dunkel.

Er murmelte etwas in sich hinein, ließ aber das Messer fallen und kniete sich hin. Ich bewegte mich schnell und stand neben ihm, bevor er noch meinen letzten Befehl ausführen konnte, trat das Messer weg und zog die Kabelbinder aus meiner Einsatzweste. Ich stieß ihn mit dem Gesicht nach unten zu Boden und wartete auf Verstärkung.

Mein Handy klingelte, und ich zuckte ein wenig zusammen, als ich den Namen auf dem Display sah. „Hi."

„Was zum Teufel war das denn bitteschön?"

„Das, mein Lieber, war das Ian-Doyle-Standard-Manöver", scherzte ich in dem Versuch, die Stimmung ein bisschen aufzuheitern.

„Oh, nein, mein Freund! Nein, ich springe nicht von Gebäuden, Miro, nur du machst so einen Scheiß."

Es gab in der Tat in meiner Vergangenheit ein paar derartige Vorfälle mehr als in seiner. „Ja, okay."

„Bist du verletzt?"

„Nein, mir geht es gut", erwiderte ich und lächelte ins Handy. „Versprochen. Wir sehen uns unten, sobald ich hier oben ein bisschen Unterstützung bekommen habe."

Sein deutlich hörbares Schnauben brachte mich zum Lächeln.

Wenige Augenblicke später war ich umringt von Polizisten, die mir den Flüchtigen abnehmen wollten. Während wir die Treppenstufen wieder hinuntertrampelten, fragte ich den Polizisten vor mir, ob wir die Verdächtigen auf ihr Revier brachten, welches auch immer das sein mochte, oder ob wir sie zur Hauptwache transportierten.

„Ich glaube, die DEA nimmt alle drei in Gewahrsam."

Was bedeutete, dass alle drei Männer verhört und demjenigen, der die meisten Informationen hatte, ein Handel angeboten werden würde. Die anderen beiden bekam dann die Polizei. Es war eine absolute Verschwendung meiner und Ians Zeit gewesen, herzukommen.

„Hast du gehört?", grollte ich, als Ian auf mich zugesprintet kam. „Wir bekommen nicht mal –"

„Sei still", knurrte er, packte den Armausschnitt meiner Weste und zerrte mich näher. Sein Blick huschte über meinen ganzen Körper und ich hörte, wie schwer und gepresst sein Atem ging.

„Oh, Baby, es tut mir so leid", flüsterte ich und beugte mich näher zu ihm, damit er meine leisen Worte hören konnte, ohne ihn dabei aber zu berühren. Die Art, wie wir standen, ließ es so aussehen, als würde ich geheime Informationen mit ihm teilen, mehr nicht.

„Versteh mich bitte nicht falsch, ich habe Vertrauen in dich", sagte er schnell. „Aber du weißt genau so gut wie ich, dass du gesprungen bist, ohne zu wissen, was hinter dem Haus war, und das war schlicht und ergreifend dumm."

Er hatte ja recht.

„Mach das nicht noch mal."

„Nein", stimmte ich zu, lehnte mich zurück und sah suchend in sein Gesicht. „Also, ist mir vergeben?"

Er nickte, und endlich schenkte er mir den Hauch eines Lächelns.

Wir wollten uns gerade auf den Rückweg zur Dienststelle machen, um unseren Bericht zu schreiben, als wir die insgesamt drei Männer, die sie aus der Wohnung geholt hatten, am Straßenrand sitzen sahen.

„Was ist mit denen?", fragte ich den am nächsten stehenden Polizisten und zeigte auf sie.

„Die lassen wir laufen."

„Warum?", fragte Ian knapp, hörbar verärgert.

„He, Mann", erwiderte der Bulle müde, „wir haben schon beim NCIC nachgefragt wegen gegen sie ausstehender Haftbefehle, aber die drei sind sauber. Kein Grund, sie zu behalten."

„Was dagegen, wenn wir sie noch mal überprüfen?", fragte ich und versuchte, möglichst begütigend zu sprechen.

„Nur, wenn Sie sie auch in Gewahrsam nehmen", entgegnete er mürrisch. „Ich hab keine Zeit, hier rumzustehen und Däumchen zu drehen, bis Sie fertig sind."

„Kein Problem", schaltete sich Ian mit seidenglatter, gefährlicher Stimme ein. „Übergeben Sie sie in unseren Gewahrsam."

Das dauerte nur wenige Augenblicke, dann trabte der befreite Polizist davon, um seinen Vorgesetzten zu informieren. Der neigte den Kopf in unsere Richtung, offenbar der Meinung, dass wir DEA waren, da er die Rücken unserer Einsatzwesten nicht sehen konnte. Hätte er die Wahrheit geahnt, er hätte uns niemals grünes Licht gegeben. Niemand übergab jemals irgendjemanden an die Marshals, denn dank unseres Informationsnetzwerks konnten wir immer noch etwas finden, das andere übersehen hatten und niemand mochte es gern, vorgeführt zu werden. Uns um unsere Hilfe und Unterstützung zu bitten, wenn es darum ging, jemanden einzukassieren oder einem veralteten Hinweis nachzugehen, damit hatte nie jemand ein Problem. Aber am Tatort vor den Kollegen und womöglich noch anderen Rechtsvollzugsbeamten vorgeführt zu werden, das machte sie immer alle biestig.

Ian zückte sein Handy, während ich mich vor den ersten Typen hinhockte.

„Und wer zum Teufel sind Sie?", fragte der.

„Marshal", antwortete ich. „Wir überprüfen Sie noch einmal auf ausstehende Haftbefehle."

Keiner von ihnen schien sonderlich besorgt.

Mike Ryan und sein Partner, Jack Dorsey, hielten heute Morgen die Stellung im Büro, was bedeutete, dass sie die Vorstrafenregister der drei auf der Bordsteinkante hockenden Männer aufrufen und überprüfen durften. Wir entließen die Verdächtigen einen nach dem anderen – Ryan und Dorsey schrieben am Telefon mit –, nahmen ihnen die Plastikhandfesseln ab und wünschten ihnen einen schönen Tag. „Geh zum Teufel" war die beliebteste Antwort auf Ians Frohnatur, „Verpiss dich" folgte an zweiter Stelle.

Dann fanden wir einen ausstehenden Haftbefehl wegen versuchten Mordes und gefährlicher Körperverletzung für den dritten Mann.

„Jackpot", verkündete ich und grinste ihn an.

„Scheißmarshals", fluchte Darito Batista. „Ich dachte, das wär 'ne Razzia von der DEA."

Ian lachte schadenfroh, als wir ihn auf die Füße zogen.

„Komm schon, Mann", protestierte er. „Ich kann euch Informationen geben. Lass uns 'n Deal machen."

„Wir sind Marshals", sagte Ian, während wir ihn zu unserem Taurus führten. „Wir machen keine Deals."

Ich rief die zuständigen Stellen an, während Ian ihn auf die Rückbank stopfte.

„Was'n das für 'ne Scheißkarre?", maulte Batista.

„Sie ist spritsparend", erläuterte ich, legte die Kindersicherung an der hinteren Tür ein und glitt auf den Beifahrersitz.

„Gott, ich hasse diese Kiste", knurrte Ian gereizt.

Ich versprach ihm, dass wir nach einem anderen Wagen Ausschau halten würden, sobald wir wieder in unserer Dienststelle angekommen waren.

Es stellte sich heraus, dass es Batista war, der für die Maderos, die Verbindungen zum Solo Kartell in Durango, Mexiko, hatten, die Geldwäsche betrieb. Mit dem Anreiz, einen Zeugen für die Anklagepunkte Geldwäsche und organisierte Kriminalität zu bekommen, wären die Jungs von der DEA vielleicht, vermutlich, in der Lage gewesen, ihn dazu zu überreden, über die Maderos auszupacken. Auch wenn die Sache wenig Aussicht auf Erfolg hatte, sie hätten es bestimmt gerne versucht. Aber die Polizei in San Francisco hatte erdrückende Beweise gegen ihn wegen versuchten Mordes und gefährlicher Körperverletzung. Und da San Fran den Haftbefehl gegen ihn ausgestellt hatte, und dieser Haftbefehl der Grund dafür war, warum wir ihn einkassiert hatten, steckten wir ihn in eine Zelle und informierten sie über seine Festnahme. Keine Stunde später saßen ihre Leute im Flieger, um ihn abzuholen. Und all das geschah in kürzerer Zeit, als die DEA benötigte, um herauszufinden, was mit ihrem potenziellen Informanten geschehen war.

Nachdem die Jungs dann endlich in die Gänge gekommen waren und von der Chicagoer Polizei die Information erhalten hatten, dass es die Marshals gewesen waren, die Batista in Gewahrsam genommen hatten, kreuzten sie gegen sechs Uhr abends schließlich bei uns auf.

Der leitende Agent war Corbin Stafford und er platzte zusammen mit vier seiner Männer in unsere Dienststelle und forderte, die Marshals zu sehen, die am Nachmittag in Bloomingdale gewesen waren.

Das war ein Fehler.

Wenn sie diplomatisch gewesen wären, sich respektvoll verhalten hätten, dann wäre die Sache vielleicht anders verlaufen. So aber kam mein Chef, der erst kürzlich zum Chief Deputy US Marshal beförderte Sam Kage, aus seinem Büro und wartete ungerührt, während Stafford ihn anschrie und ihm unzweideutig mitteilte, warum er Batista sofort an die DEA auszuhändigen hatte.

Kage wartete, bis er verstummte.

„Und?", bellte Stafford.

„Nein", erwiderte Kage ausdruckslos.

Es dauerte einen Moment, bis das Wort einsank. „Nein?"

Kage wartete.

„Was zum Teufel soll das heißen, nein?"

Kage stieß die Sorte Seufzer aus, vor der wir in der Regel die Flucht ergriffen.

„Die US Marshals sind der ausführende Arm der meisten staatlichen Behörden, inklusive Ihrer, und wir behalten uns das Recht vor, Festnahmen nach unserem Erachten durchzuführen."

Alle fünf öffneten den Mund, um etwas zu sagen oder vielleicht um etwas zu schreien, aber mein Chef hob eine Hand.

„Als oberste Strafverfolgungsbehörde haben wir eine größere Verfügungsgewalt, als es Ihnen in Ihrem eingeschränkten Verständnis unserer Behörde offenbar bewusst ist."

„Ich –"

„Folglich halten wir es in diesem Falle für angebracht, Ihrer Forderung *nicht* Folge zu leisten."

„Wir werden sehen, was Ihr Vorgesetzter dazu zu sagen –"

„Mein Vorgesetzter, Tom Kenwood, wurde erst vor einer Woche vom Senat in seinem Amt bestätigt und ist damit der neue US Marshal für den nördlichen Verwaltungsbereich von Illinois", erklärte Kage, und ich konnte einen Funken Bosheit in seinem Lächeln aufglimmen sehen. „Ich bin mir sicher, er wäre hocherfreut, wenn die Einführung in sein neues Amt darin bestünde, dass Sie seine Wahl des Chief Deputy in Frage stellen."

Im Raum wurde es sehr still.

„Aber sagen Sie *Ihrem* Vorgesetzten, dass er *meinen* Vorgesetzten von mir grüßen soll", schloss er heiter.

Als Kage in sein Büro zurückkehrte, huschten Staffords Blicke durch den Raum.

Ich winkte.

Ian auch.

Das „Fick dich" war darin enthalten.

12

2

ALS IAN und ich am Abend nach Hause kamen, gerieten wir uns erneut in die Haare. Ich hatte es diesmal nicht kommen sehen. Es war gut, dass wir den Konflikt nicht mit in unseren Arbeitsalltag nahmen – wir beide achteten peinlichst darauf, auf der Arbeit nicht über unser Privatleben zu sprechen –, aber kaum hatten wir die Türschwelle überschritten, flammte der schwelende Konflikt wieder auf.

Es war alles meine Schuld.

Ich wollte mehr, als er je auch nur in Betracht gezogen hatte und indem ich meinem Verlangen Ausdruck verliehen hatte, hatte ich alles ruiniert. Das Traurige daran war, dass ich immer so war. Ich wollte immer alles, anstatt mit dem glücklich zu sein, was ich hatte. Meine Freundinnen hatten verschiedene Theorien darüber, warum ich drängte und mehr forderte, wenn die Person, an der mir lag – oder wie in diesem Fall verzweifelt und wie verrückt liebte –, für etwas nicht bereit war. Die Nummer eins war, dass ich, weil ich als Pflegekind hin- und hergeschoben worden war, wie ein angreifender Bulle losstürmte, sobald ich mein und-sie-lebten-glücklich-bis-ans-Ende-ihrer-Tage als Ziel vor mir auftauchen sah. In Ians Fall musste ich ihnen recht geben. Aber auch nur in seinem. In der Vergangenheit hatte ich auf etwas Bestimmtes zu drängen oft als Test benutzt, um zu sehen, wie ernst es dem anderen war. Um zu sehen, ob er bleiben würde, wenn ich vorpreschte und zu schnell zu viel wollte. Aber bei Ian ging es mir nur darum, den Rest meines Lebens mit ihm zu verbringen. Ich konnte mir kein anderes Leben mehr vorstellen.

Zu meiner Verteidigung sollte gesagt sein, dass ich davon ausgegangen war, dass Ian mich nicht nur als seinen Partner wollte, beruflich *und* privat, sondern als *mehr*. Es hatte sich für mich so angefühlt, hatte für mich so ausgesehen, also hatte ich gewisse Dinge als gegeben vorausgesetzt. Es hatte seinen Grund, warum das nie eine gute Idee war und mein Fehler war es gewesen, mich nicht zu vergewissern.

„Es ist doch nicht so, als ob ich nicht dasselbe wollte wie du." Ian seufzte. Er saß mir gegenüber am Tisch und pulte das Etikett von einer leeren Flasche Gumballhead ab, das ich immer für ihn da hatte. „Ich versteh nur einfach nicht, warum es *das* sein muss."

„Du verstehst nicht, warum ich für Immer und Ewig will, bis dass der Tod uns scheidet?"

„Nein, das versteh ich. Ich versteh nur nicht, warum man dafür einen Ring und ein Stück Papier braucht."

Vielleicht war es dumm, aber ich konnte meine Gefühle genauso wenig ändern wie er. Und *das* war es, was mich innerlich umbrachte.

Das Problem, sagte er, war nicht, dass er nicht heiraten wollte. Das Problem war, dass er nicht verstand, warum ich es so sehr wollte.

„Vergiss, dass ich gefragt habe", fuhr ich ihn an und begann, den Abendbrottisch abzuräumen.

„Wie, bitteschön, soll ich das denn machen?", entgegnete er gereizt und folgte mir in die Küche. „Du willst etwas, du hast mich gefragt, ich hab nein gesagt, und jetzt ist alles am Arsch."

„Also ist es alles allein meine Schuld", erwiderte ich scharf und wirbelte zu ihm herum.

„Na ja, sicher, das weißt du."

„Willst du damit sagen, dass es dumm von mir war, um etwas zu bitten, das ich will?"

„Nein, aber es ist nicht so gelaufen, wie du es gerne gehabt hättest, und jetzt sagst du, vergiss es, aber wie soll das gehen? Du kannst die Sache nicht einfach löschen und so tun, als wäre nichts gewesen. Du willst etwas und du hast es laut ausgesprochen und jetzt müssen wir irgendwie damit klarkommen."

Ich verschränkte die Arme. „Warum willst du mich nicht heiraten?"

Schweres Seufzen. „Du weißt, warum."

„Sag es mir noch mal."

„Weil es dich einschränkt und mein Leben schwerer macht."

„Auf welche Weise?"

„Sie werden dich nie befördern", sagte er, und seine Stimme war unwirsch und hart vor Ärger.

„Das glaube ich nicht."

„Du bist ein Idiot."

„Schön, ich bin ein Idiot. Mir egal."

„Aber mir nicht! Die Kameraden in meiner Einheit haben vielleicht kein Problem damit, dass ich schwul bin, aber alle anderen werden es haben. Du verlangst quasi von mir, meine Militärlaufbahn zu beenden, nur damit du dein verdammtes Stück Papier haben kannst!"

„Es ist nicht nur ein Stück Papier", argumentierte ich mit brüchiger Stimme. „Es ist sehr viel mehr als das."

„Für mich nicht", entgegnete er kalt. „Es wird nichts an meinen Gefühlen ändern, ich werde dich deswegen nicht mehr oder weniger lieben. Es bedeutet mir nichts und es nimmt mir einen Teil dessen, was ich bin, was ich tue und wie weit ich gehen kann."

Seine Worte ließen eine tiefe Leere in mir entstehen und für einen Moment tat es körperlich weh wie ein Faustschlag in die Magengrube, denn für mich bedeutete es das genaue Gegenteil. Ich wollte alles, hatte immer schon alles gewollt, das volle Programm. Ehemann, Haus, Hund, vielleicht sogar Kinder. Ich war mir bei der Sache mit der Vaterschaft nicht ganz sicher, da ich nicht wusste, was für eine

Art Vater ich sein könnte, aber ich wollte verdammt noch mal wählen können, ob oder ob nicht.

Ian war zufrieden mit dem Status quo. Er war zufrieden damit, zusammen zu leben, zusammen zu arbeiten, zusammen zu lieben. Er hatte kein Verlangen, kein Bedürfnis danach, in neues Terrain vorzudringen und hatte sich dort eingebunkert, wo er war.

„Warum kann ich nicht genug für dich sein?", fragte er heiser, offensichtlich verletzt.

„Red keinen Quatsch", schoss ich zurück. „Es hat nichts mit genug sein zu tun, sondern damit, dass ich will, dass alle wissen, dass du zu mir gehörst."

„Aber warum spielt das eine Rolle?"

„Weil ich will, dass die Armee mich anruft, wenn dir – Gott bewahre – etwas zustößt. Ich will die Person sein, die der Arzt um Erlaubnis fragen muss, wenn er dich behandelt. Ich will, dass du einen Ring trägst. Ich will dein Ehemann sein."

„Und was ich will, spielt keine Rolle?"

„Natürlich spielt das eine Rolle. Du musst mir einfach nur begreiflich machen, warum du das alles nicht willst."

„Ich hab es dir bereits gesagt. Weil es für mich nicht passt."

„Und warum nicht?"

„Wegen meines Jobs!", schrie er.

Seit Wochen schon drehten wir uns im Kreis und redeten uns den Mund fusselig. Er hatte die Nase von dem Thema gestrichen voll. Im Unterschied dazu hoffte ich immer noch, dass er eines Tages aufwachen und seine Meinung komplett geändert haben würde. Ich wartete auf ein Wunder.

„Ian –"

„Du willst alles, was ich tue – alles, was ich bin – beeinträchtigen, nur damit du Vater-Mutter-Kind spielen kannst!"

„Wie bitte, was hast du da gerade gesagt?", fragte ich eisig.

Sofort hob er die Hände. „Okay. Das war nicht fair, aber jetzt komm schon, M."

„Komm schon was", wollte ich wissen.

„Warum muss ich mich dir gegenüber rechtfertigen? Warum liegst du mir auf einmal ständig damit in den Ohren?"

„Ich –"

„Warum ist es so wichtig, dass wir heiraten?"

„Weil ich dich liebe."

Er bewegte sich schnell, stand plötzlich vor mir, legte seine Hände an mein Gesicht und sah mir tief in die Augen. Wie immer verschmolzen Liebe und Verlangen und Lust in meinem Innern und ließen mir nahezu das Herz stillstehen. Ich wollte ihn so sehr.

„Ich liebe dich auch, M, aber Ehe – das ist nicht mein Ding."

„Sie wäre es, wenn ich eine Frau wäre."

15

Er ließ abrupt die Hände fallen und stampfte durch die Küche. Vor der Tür drehte er sich noch einmal herum. „Warum sagst du so einen Mist?"

„Weil es stimmt. Wenn ich eine Frau wäre, würdest du mich heiraten. Dann gäbe es kein Problem."

„Aber du bist keine."

„Nein."

„Also ist die Frage überflüssig."

Ich schwieg für einen langen Moment, und er ebenfalls, dann sagte ich: „Wir sollten die ganze Sache einfach vergessen. Ich bin es leid, mich mit dir darüber zu streiten. Und es tut mir leid, dass ich es überhaupt erst angesprochen habe."

Er zuckte die Schultern. „Aber du kannst deine Gefühle nicht ändern, ebenso wenig wie ich."

„Also was dann?", fragte ich und hielt den Atem an. Das tat ich seit einiger Zeit in seiner Nähe des Öfteren. Dank Ian Doyle verkrampfte mein Magen sich neuerdings mit schöner Regelmäßigkeit schmerzhaft. Aber es war besser, die Frage endlich zu stellen und seine Antwort zu hören, sodass wir beide wussten, wo wir standen. Nachzugrübeln, den Teufel an die Wand zu malen, das war wenig hilfreich. Außerdem war es feige und es half niemandem, das Offensichtliche zu ignorieren. „Du gehst?"

„Wie, ich gehe?"

Schnelles Luftholen. „Du haust ab, lässt mich sitzen, lässt dich für wer weiß wie lange Gott weiß wohin versetzen – vielleicht für immer. Was weiß ich."

„Warum sollte ich das tun?"

„Um von mir wegzukommen."

„Und warum sollte ich das wollen?"

Er schien aufrichtig verwirrt zu sein und das schien mir ein gutes Zeichen.

„Um uns beiden Zeit zu geben, die Dinge klarzubekommen."

„Scheiß auf den Scheiß", knurrte er. „Ich lauf nicht weg und gebe dir so die Chance, herauszufinden, wie du ohne mich leben kannst. Das ist –"

„Ich will niemals ohne dich leben, das ist ja der Punkt!"

„Na, ich geh jedenfalls nirgendwohin, also wirst du wohl einfach für den Rest deines Lebens unglücklich sein müssen."

„Ich bin nicht unglücklich", murmelte ich in mich hinein.

„Das glaubst du doch selber nicht."

„Pass auf, ich werde auch nicht gehen. So verhält sich ein Partner nicht."

„Woher willst du das wissen?", schoss er zurück. „Du denkst doch die ganze Zeit nur an dich und an das, was du willst. Was du haben musst, um glücklich zu sein."

„Ian –"

Er schüttelte den Kopf. „Du kannst nicht eine Sache einfach verändern wollen, ohne auch an die Konsequenzen zu denken. Ich weiß, was ich tun kann, was ich geben und dabei ich selbst bleiben kann. Ich dachte, du würdest fragen, bevor du hingehst und ein Ultimatum stellst."

„Ich habe dir kein Ultimatum gestellt", beharrte ich.

„Ach nein?"

„Verdammt noch mal, nein! Ich habe dir gesagt, was ich will, aber das war auch schon alles."

„Das war nicht auch schon alles. Wie könnte es auch?" Er verschränkte die Arme vor der Brust, seine Kampfhaltung. Er war bereit für die Schlacht. „Du hast mich gebeten, dich zu heiraten. Du hattest einen Ring und alles."

„Und du hast Nein gesagt", brachte ich heiser heraus und der Schmerz durchströmte mich erneut.

Ich hatte sein Lieblingsessen gekocht, Bœuf Stroganoff, und dann war ich in der Küche – etwa dort, wo ich jetzt gerade stand – auf die Knie gegangen und hatte ihn mit einem schlichten Platinring gebeten, den Rest seines Lebens mit mir zu verbringen. Sein Gesichtsausdruck in dem Moment hatte mir das Blut in den Adern gefrieren lassen. Ich hatte Angst dort gesehen und Schmerz, aber nicht einen Funken Freude oder Glück.

„Weil ich den Rest meines Lebens mit dir verbringen will, ja. Aber wieso muss ich dazu einen Ring tragen? Warum ist der Quatsch so wichtig?"

„Wenn ich eine Frau wäre, wäre es dann auch noch Quatsch?"

Keine Antwort.

„Siehst du", seufzte ich. „Heiraten ist etwas, das Heteros tun, richtig?"

Immer noch Schweigen.

„Verdiene ich es nicht, geheiratet zu werden?"

„Ich versteh nur einfach nicht, warum du es willst."

„Weil ich dich liebe."

„Liebe mich, M, und nicht ein Stück Papier, auf dem steht, dass du es musst."

„Schön", seufzte ich und gab auf. Ich hatte es gründlich satt, dass mein Wunsch ein Problem war. „Es tut mir leid, dass ich etwas gesagt habe."

„Ja, aber du hast es."

„Na und", murmelte ich und wandte mich zur Spüle, um das Geschirr abzuwaschen. „Wie ich schon sagte, lass uns einfach vergessen, dass da etwas war."

„Und ich hab dir schon gesagt, dass wir das nicht so einfach tun können. Du kannst die Sache nicht auf sich beruhen lassen und ich auch nicht. Ich würde sagen, wir haben beide ein Problem."

„Wir hätten keins, wenn du mich einfach heiratest."

„Sicher", erwiderte er stoisch. „Und wir hätten auch keins, wenn dir das, was wir jetzt haben, reichen würde."

„Du –"

„Wir sollten zu Bett gehen. Wir müssen morgen beide wieder früh raus und es ist schon fast Mitternacht."

„Du gehst *jetzt* ins Bett?" Ich konnte es nicht glauben. „Während wir uns noch streiten?"

„Wir streiten uns jetzt schon seit drei Wochen, was macht eine Nacht mehr oder weniger da schon aus?"

„Wie kannst du bei so was einfach einschlafen?"

„Übung", sagte er ausdruckslos.

„Na, ganz offenbar ist dir die Sache völlig unwichtig."

„Falsch", erwiderte er. „Aber ich bin der Meinung, dass wir beide Zeit brauchen, um darüber nachzudenken, was genau wir eigentlich wollen und was wir tun können."

„Was genau wir eigentlich wollen? Wovon redest du da?"

„Du willst einen Ehemann, richtig?"

„Ian –"

„Und wenn ich das nicht bin, was dann?"

„Dann schön, in Ordnung, ich finde mich damit ab."

„Aber warum solltest du das müssen? Warum solltest du dir nicht einfach einen Typen suchen dürfen, der dieselben Dinge will, wie du auch, und der nachgibt?"

„Ich will nicht, dass einer von uns nachgeben muss. Es geht hier nicht ums Gewinnen."

„Nicht?"

„Nein, du Idiot, es geht darum, dass ich den Rest meines Lebens mit dir verbringen will."

„Das ist genau das, was ich auch will, nur eben ohne den Scheißring und so ein verfluchtes Stück Papier!"

„Warum nennst du die Heiratserlaubnis immer ein Stück Papier? Sie ist mehr als nur das."

„Für dich", wiederholte er.

„Für viele Leute!"

„Es geht hier aber nicht um *viele Leute*, es geht hier um dich und mich, Punkt."

„Na schön."

„Was na schön?"

Ich seufzte. „Finde du heraus, was du willst, und wenn du das getan hast, dann lass es mich wissen."

„Ich weiß es schon. Mir gefallen die Dinge, wie sie jetzt sind."

„Okay", seufzte ich, zu müde und erschöpft, um mich weiter mit ihm zu streiten.

Er murmelte etwas, das ich nicht verstand, und polterte die Treppe hinauf. In seiner Abwesenheit räumte ich die Küche auf, stellte die Spülmaschine an und machte mich bereit, mit unserem Hund, unserem Werwolf, Chickie, eine Runde zu laufen.

18

„Was machst du da?", brüllte er von oben herunter.

Normalerweise trat ich raus ins Wohnzimmer, sodass ich ihn sehen konnte, wenn ich zur Empore hochrief. „Ich geh mit Chickie raus."

„Lass ihn einfach raus in den Hof. Ich mach da morgen sauber, wenn wir nach Hause kommen."

„Nein", rief ich zu ihm hoch. „Wir können beide ein bisschen frische Luft vertragen."

„Wie du meinst", grollte er. „Ich geh duschen."

Ich wartete nicht, bis ich das Wasser rauschen hörte, sondern ging zur Haustür, atmete tief die frische Herbstluft ein und trat hinaus in die Nacht. Es wurde bereits kühler, war aber noch nicht so kalt, dass ich eine dicke Jacke gebraucht hätte. Das Kapuzenshirt, das ich trug, würde reichen.

Ich schloss die Tür hinter mir, eilte die Stufen hinunter und hatte beinahe das Ende unserer Straße in Lincoln Park erreicht, als ich hörte, wie jemand meinen Namen rief.

Ich drehte mich just in dem Moment um, in dem Ian mich erreichte. Er rannte mich beinahe über den Haufen. Er packte mich, zerdrückte mich fast in seinen Armen und presste seinen Kopf in meine Schulter.

„Nicht", flüsterte er.

Ich registrierte, dass ich irgendwann in den letzten Sekunden aufgehört haben musste, zu atmen. Niemand außer Ian hatte diese Wirkung auf mich. Nur er konnte mich in diesen Zustand absoluter Regungslosigkeit und Stille – körperlich, mental und emotional – versetzen und in denjenigen verwandeln, der wartete.

Mit einem tiefen Luftholen klammerte ich mich an ihn, meine Lippen an seinen Hals gedrückt und genoss das Gefühl von ihm in meinen Armen. Ich wollte nicht loslassen. Ich hatte panische Angst, dass das, was wir hatten, uns zwischen den Fingern zerrann, während wir beide krampfhaft versuchten, es festzuhalten.

„Wir finden eine Lösung", sagte er mit bebender Stimme. „Bitte streich nicht meinen Namen aus dem Grundbucheintrag fürs Haus oder so."

„Das kann ich nicht", sagte ich um den Kloß in meiner Kehle herum. „Und ich würde es auch nicht, selbst wenn ich es könnte."

Er nickte an meiner Schulter.

„Es gibt einen Mittelweg", seufzte ich und hielt ihn fester. „Wir werden ihn finden. Versprochen."

„Ich hatte das Gefühl, als müsste ich mich übergeben, als du das Haus verlassen hast."

„Wir finden eine Lösung. Das ist nicht das Ende der Welt."

„Nein", stimmte er schnell zu.

„Es kommt schon in Ordnung", sagte ich und schob ihn sanft so weit von mir, dass ich ihn ansehen konnte.

Verdammter Ian. Nur er brachte es fertig, den Spieß so umzudrehen, dass ich derjenige war, der *ihm* versicherte, dass alles in Ordnung kommen würde, während ich es doch selbst nicht so ganz glaubte. Verflucht noch mal, schließlich war ich doch hier derjenige, den die Sache mehr mitnahm; ich war derjenige, dessen Gefühle verletzt und dessen Stolz getreten worden war. Ich war es, der das Gefühl hatte, als würde mein Herz von Dolchen durchbohrt, weil er mich nicht heiraten wollte. Ich hätte ihm eine runterhauen sollen, aber er war so voller Angst und Sorge. Ich konnte es deutlich sehen in seinen zusammengezogenen Augenbrauen, der Dunkelheit in seinen Augen, den fest zusammengepressten Lippen und der Anspannung in seinem Kiefer. Er hatte es so richtig mit der Angst zu tun bekommen und weil ich auch derjenige war, der sich in solchen Fällen immer der Sache annahm, der ihn beruhigte und die Dinge wieder in Ordnung brachte, konnte ich jetzt nicht einfach nichts tun, nur weil die Angelegenheit auch mich betraf.

„Okay."

„Wir müssen zusammenbleiben", sagte ich, und er war nicht der Einzige, der das hören musste.

„Ich weiß."

Ich trat einen Schritt zurück. In seinen Augen lag noch immer ein gehetzter, gequälter Ausdruck, als hätte ich ihn tatsächlich endgültig verlassen. Er hatte sich wirklich zu Tode erschreckt. In Anbetracht der Tatsache, dass meine Knie zitterten wie Espenlaub, konnte ich guten Gewissens sagen, dass er nicht der Einzige war, dem es so erging.

Wir drehten gemeinsam die Runde mit Chickie und als wir wieder nach Hause kamen, hörten wir sein Handy klingeln. Einen Moment lang hatte ich Angst, dass er in den Einsatz berufen wurde. Ian gehörte den Sondereinsatzkräften an, von daher unterlag seine Entsendung dem Gutdünken des Präsidenten, und so bestieg er, wenn der Einsatzbefehl kam, umgehend den nächsten Flieger. Da er aber nicht Haltung annahm, während er zuhörte, sondern leise fluchte, wusste ich, dass es nicht die Armee war, sondern dass wir in den Dienst zurückgerufen wurden.

„Was ist passiert?", fragte ich, als er auflegte.

„Dein Chef hat dich, mich, White und Sharpe für heute Nacht ans FBI ausgeliehen."

„Warum ist er immer mein Chef, wenn er uns einen beschissenen Befehl gibt?"

„Lass mich kurz nachdenken", sagte Ian und grinste mich fies an.

Es war schön, wenigstens ein kleines Stück weit die Normalität wiederhergestellt zu haben. Wir brauchten den Waffenstillstand zwischen uns, auch wenn keiner von uns sagen konnte, wie lange der anhalten mochte.

3

„AUF WAS hast du überhaupt geschossen?", fragte Chandler White, der mir am folgenden Abend am Tisch gegenübersaß.

„Auf den Typen, der versucht hat, dich mit seinem Auto zu überfahren", erklärte ich ein weiteres Mal, da er das erste Mal verpasst hatte. Ich hätte der Empfänger tiefer Dankbarkeit sein sollen, aber was ich bekam, waren Ärger und Gemecker.

„Ja, aber du hast nicht getroffen", erinnerte Ethan Sharpe, Whites Partner, mich.

„Ich habe nicht *nicht* getroffen", argumentierte ich. „*Du* hast nicht getroffen."

Er schnaubte verächtlich. „In deinen Träumen, Jones. Ich habe auf das Auto geschossen. Er hat versucht, mir auszuweichen und ist so in sein eigenes Haus reingerauscht!"

„Das schon wieder?" Ian klang gelangweilt, als er sich, von seinem Ausflug auf die Toilette zurückgekehrt, neben mich setzte. „Wartet doch einfach, bis wir den Bericht aus der Ballistik haben. Warum Zeit damit verschwenden, euch darüber zu streiten?"

Nach Dienstschluss am Mittwochabend hatten White und Sharpe uns eingeladen, mit ihnen im Haymarket Pub & Brewery unten auf der Randolph essen zu gehen. Da es direkt im West Loop und damit nicht weit von unserer Dienststelle entfernt lag, und wir beide den toten Punkt weit hinter uns gelassen hatten – mehr als vierundzwanzig Stunden lang nicht zu schlafen konnte diesen Effekt haben –, hatten wir zugestimmt. Normalerweise ging White nach Dienstschluss geradewegs nach Hause zu seiner Frau, aber sie war aus und traf sich mit Freundinnen. Also hatte er beschlossen, mit seinem Partner und seinen Arbeitskollegen abzuhängen. Da allerdings White fest entschlossen schien, eher seinem Partner zu glauben statt mir, fing ich langsam an, mir zu wünschen, Ian und ich hätten abgesagt. Ja, okay, ich verstand schon, Loyalität und der eigene Partner und all das. Aber doch nicht angesichts überwältigender empirischer Beweise für das Gegenteil.

„Ich habe das Auto erwischt", wiederholte ich für Ian und spürte dabei, wie ich von Sekunde zu Sekunde ärgerlicher wurde.

„Okay."

„Nein, nicht okay, du musst mir glauben."

Er zuckte mit den Schultern und nahm einen Schluck von seinem Bier, einem Angry Birds Belgian Rye IPA, das er gern mochte, auch wenn er normalerweise Mathias Imperial IPA bevorzugte. Allerdings hatten sie das nicht immer vom Fass. Ich war nicht so der Biertrinker, aber mir schmeckte das The Defender American

Stout, an dem ich im Moment nippte. Inzwischen schon am zweiten Glas, und mir ging es auch schon sehr viel besser, als ich mich beim Hereinkommen gefühlt hatte.

Da wir alle an dem Schusswechsel beteiligt gewesen waren, hatte man unsere Hauptwaffen zur Untersuchung einkassiert und jeder von uns trug derzeit seine Zweitwaffe. Ein Deputy US Marshal hatte zu jeder Zeit bewaffnet zu sein. Was nicht bedeutete, dass die fragliche Waffe zwingend die Standard Glock 20 sein musste, solange wir eine Erlaubnis besaßen, sie führen zu dürfen. Sie musste auch nicht zwingend sichtbar getragen werden, was unsere Waffen gewöhnlich ohnehin nicht wurden. Ich war ein paar Mal dabei erwischt worden, keine Waffe bei mir zu haben – einmal sogar von meinem Chef, der nett genug gewesen war, mich deswegen nicht schriftlich zu verwarnen. Aber seitdem hatte ich nie wieder gegen diese Regel verstoßen.

„Nicht von da, wo ich war."

„Was?" Ich hatte bei meinen Grübeleien über Waffen den Faden verloren.

Er kicherte und zeigte auf mein Glas. „Wie viele davon hattest du schon?"

„Zwei", sagte ich defensiv.

„Wohl eher vier", sagte er mit einem leisen Lachen und legte seinen Arm auf die Rückenlehne meines Stuhls.

„Wen kümmert das, das ist nicht der Punkt", fuhr ich auf. „Ich war in der Einfahrt. Wie konntest du überhaupt sehen, was ich getroffen habe und was nicht, wenn du vor dem Haus gewesen bist?"

„Weil ich zu dir gelaufen bin."

„Aber nicht, bevor ich geschossen habe."

„Doch", sagte Ian gönnerhaft, „bevor du geschossen hast."

„Na, offensichtlich nicht, sonst hättest du gesehen, dass ich das Auto getroffen habe."

„Ich habe das Auto von der Straße aus getroffen", warf Sharpe ein.

Ich wandte mich von Ian zu ihm um. „Wie? Du warst doch hinter mir."

„Glaubst du denn, ich kann nicht an dir vorbeischießen? Ohne dich dabei zu treffen?"

„Das habe ich ja nicht behauptet", murmelte ich. „Mir ist auch schon klar, dass du an mir vorbeischießen kannst, ohne mich zu treffen. Aber du hast auch sonst nichts getroffen."

„Nein, du hast recht, ich habe nicht nichts getroffen – ich hab das Auto getroffen."

„Nein, hast du nicht", stöhnte Ian und verschlang einen weiteren der geräucherten Chicken Wings, die wir als Vorspeise bestellt hatten. Er mochte Buffalo, ich zog Barbecue vor.

Die Sache war folgende: Sharpe dachte, er hätte das Auto getroffen, aber ich wusste, dass ich es gewesen war. Und Tony Bayer, der Fahrer des Autos, konnte uns nicht sagen, wer denn nun für die Kugel im Kühler seines Ford Focus verantwortlich war, die die Ursache dafür gewesen war, dass er das Lenkrad verrissen hatte und in das terrassierte Ranchhaus gekracht war, denn dazu musste er erst mal aus seinem Medikamentenkoma wieder aufwachen. Er hatte gegen die Auflagen seiner bedingten Strafaussetzung in Austin, Texas, verstoßen und war dann aus der Stadt abgehauen. Aber wir hatten von der Außendienststelle in Dallas den Hinweis bekommen, dass er sich in Northbrook bei seiner Schwester versteckte, und dort hatten wir ihn auch gefunden.

Er war – splitterfasernackt – aus dem Haus gerannt, bewaffnet und mit den Autoschlüsseln und der Brieftasche seines Schwagers. Sobald er im Wagen gesessen hatte, war er mit quietschenden Reifen losgerast, die Schottereinfahrt hinunter, die zur Rückseite des Hauses führte und hatte versucht, Deputy US Marshal Chandler White zu überfahren. In dem Moment hatte ich auf den Fluchtwagen geschossen – und ihn getroffen. Das Beste an der ganzen Sache war allerdings, dass sein Schwager, Bobby Tanner, mit ein paar von Tonys Kleidungsstücken aus dem Haus gekommen war, nachdem wir ihm, das Gesicht nach unten auf dem Boden liegend, die Plastikhandfessel angelegt hatten. Er hatte den Kerl ebenso wenig nackt sehen wollen wie wir.

Sharpe durchbrach meine Gedanken, als er auf Ian zeigte. „Moment mal. Du glaubst auch, dass Miro die Kiste getroffen hat?"

„Nein", grunzte Ian. „Ich hab das Auto getroffen."

Whites lautes Lachen ließ unsere Köpfe herumfahren. „Machst du Witze? Du auch? Ihr habt alle das Auto erschossen? Soll das ein Witz sein?"

„Wenn wir", begann Ian gelassen und wies mit einer majestätischen Geste auf uns, „den Bericht aus der Ballistik bekommen, werdet ihr zwei richtig lange Gesichter machen."

„Ich hab das Auto getroffen", wiederholte ich, als unsere Kellnerin die Burger für mich, Ian und Sharpe und die gegrillte Hühnerbrust für White brachte. „Was um alles in der Welt ist das denn?", fragte ich entsetzt und deutete auf seinen Teller.

„Das ist der Grund, warum ich euch alle um viele, viele Jahre überleben werde", teilte White mir mit.

„Mag sein", sagte Sharpe angewidert. „Aber in der Zwischenzeit haben wir sehr viel mehr Spaß."

„Ich werde auf allen euren Beerdigungen ein paar nette Worte über euch sagen."

Wir bewarfen ihn mit Pommes.

NACHDEM WIR mit essen fertig waren, rief Whites Frau ihn an. Sie wollte, dass er in den Club in Lakeview kam, wo sie mit ihren Freundinnen war. Natürlich wollte er nicht allein hin, und Sharpe hatte keine andere Wahl, wie ein Partner das ja nie hatte. Ian und ich entschuldigten uns, aber White bestand beharrlich und quengelnd darauf, dass wir mitkamen, also knubbelten wir vier uns in ein Taxi und quälten uns zwanzig Minuten durch den Verkehr – das war Chicago: Es gab immer Verkehr –, um sie dort zu treffen.

„Vielleicht kommt der Bericht aus der Ballistik ja noch heute Abend rein", sagte ich vom Rücksitz, wo ich eingeklemmt zwischen Ian und Sharpe saß. White saß vorn neben dem Fahrer.

„Oh, hör endlich damit auf", maulte White, drehte sich um und zeigte auf Ian. „Er ist doch sonst immer derjenige, der bei allem der Beste sein muss."

Das stimmte, normalerweise war Ian so. Der Gedanke erfüllte mich mit Zuneigung, warum auch immer, und ich ließ meinen Kopf an seine Schulter fallen.

Sobald ich registrierte, wie wohl und behaglich ich mich fühlte, ging mir auf, was ich getan hatte und mein Herz sank. Wir waren uns darin einig gewesen, Berufliches und Privates strikt voneinander zu trennen. Und wie die Dinge derzeit standen, war das gleich doppelt wichtig. Zwar waren wir nicht mehr im Dienst, aber wir waren mit Sharpe und White zusammen, und sie waren mehr Teil der ersten Kategorie als der zweiten. Außerdem wollten wir niemanden irgendwie in Verlegenheit bringen. Es war schön, dass es niemanden in unserem Team störte, dass wir zusammen waren, aber das hieß noch lange nicht, dass sie uns beim Rumknutschen zugucken wollten. Also, jedenfalls nicht, soweit ich das wusste.

Ich wollte gerade meinen Kopf wieder anheben, als ich Ians Fingerspitzen in meinen Haaren spürte, die mich mit sanftem Druck festhielten, wo ich war. Er wollte mich dort. Ich mochte es sehr, wenn er so zärtlich und liebevoll war, wenn er mich seine Zuneigung, sein Verlangen sehen ließ und müde wie ich war erforderte es mehr Konzentration als sonst, mich nicht an seine Seite zu kuscheln. Ich wollte wirklich nur noch nach Hause und ins Bett. Mit ihm.

White schrieb seiner Frau eine SMS und Sharpe fragte ihn über ihre Freundinnen aus – welche von ihnen Single waren, ob welche von ihnen heiß waren und wenn ja, welche davon verheiratet waren. Diese Frage erregte meine Aufmerksamkeit.

„Was für eine Rolle spielt das denn?", fragte ich, setzte mich auf und drehte den Kopf, sodass ich ihn ansehen konnte.

„Was?"

„Verheiratet?"

Er zuckte die Schultern. „Wenn sie verheiratet sind, wollen sie nur Sex. Dann gibt's kein Trara von wegen Beziehung und so."

„Oh. Mein. Gott", sagte ich, absolut abgestoßen von ihm.

„Du bist ein Schwein", fiel Ians Urteil aus.

„Was?"

„Sie können nicht mit verheirateten Frauen schlafen", informierte der Taxifahrer Sharpe. „Dann kommen Sie in die Hölle. Denken Sie an Ihre unsterbliche Seele."

„Und dass der Ehemann, der es rausfindet, bewaffnet sein könnte", fügte White hinzu.

„Und wenn er's *ist*, bin ich vielleicht nicht da, ihn für dich zu erschießen", warf ich ein.

„Ich hab das Auto erwischt", behaarte Ian.

„Gott, wann kommt endlich dieser Bericht?"

Was interessant war – und selbst mein alkoholgetränktes, müdes Hirn registrierte es – war, dass niemand im Auto, weder Sharpe noch White noch der Taxifahrer, ein Problem damit hatte, dass Ian und ich ganz offensichtlich zusammen waren.

DER CLUB war laut und im vorderen Bereich gerammelt voll, hinten, wo er mehr Lounge als Club war, war es leerer. Whites Frau Pam saß dort zusammen mit ihren Freundinnen und drei männlichen Bewunderern, die die Damen mit Getränken versorgten, an einem Tisch. Mir fiel auf, dass die Cosmopolitans vor ihnen alle unberührt schienen.

„Meine Damen", grüßte Sharpe, als er näherkam und Pam sprang auf und umarmte ihn fest, bevor sie sich umdrehte und ihn als den Partner ihres Mannes vorstellte.

„Darf ich vorstellen, Deputy US Marshal Ethan Sharpe, der seit kurzem Single ist."

Die Erwähnung der US Marshals erfüllte ihren Zweck. Die Typen, die offenbar darauf aus gewesen waren, die Damen klarzumachen, trollten sich und eine Kellnerin kam an den Tisch und sammelte die Getränke ein, die niemand wollte.

„Ich mochte deinen Partner lieber, als er noch eine Freundin hatte", sagte ich zu White.

„Mein Frau tut ihr Bestes, das zu ändern", kicherte er.

Sharpe bestellte eine Runde Kamikaze für die Frauen, und Ian drehte sich um und trat näher an mich heran, bevor ich ein Bier bestellen konnte.

„Willst du noch was trinken oder willst du mit mir nach Hause gehen?"

Sah ich aus, als wäre ich irre? „Ich will mit dir nach Hause gehen", erwiderte ich entschieden.

Sein Lachen klang warm. „Du bist so hackebreit, aber es ist süß, dass du trotzdem mit mir gehen willst."

„Immer", rülpste ich. „Aber ich war schon mal besoffener als" – *Eric Lozano* – „als jetzt und – warte mal."

„Warum warte ich?", erkundigte er sich und lehnte sich an mich, als ob es sehr laut wäre, und als ob dies der Grund war, warum sein Mund so nah an meinem Ohr lag, aber in Wahrheit strich sein Atem dort über meine Haut, und –

„Scheiße", keuchte ich, bewegte mich ruckartig von ihm weg und packte ihn am Oberarm. „Ian, ich glaub, Eric Lozano ist gerade auf die Toilette gegangen."

„Was?", fragte er barsch, hörbar verärgert. „Ich versuche hier –"

„Ich schwöre bei Gott."

Und weil er nicht nur mein Lover, sondern auch mein Partner war, schüttelte er den Verführer ab und wurde wieder Marshal. „Lass uns gehen."

Keiner von uns verschwendete einen Gedanken daran, Sharpe und White zu alarmieren, stattdessen stürzten wir los.

Ian ging wie gewöhnlich voran, aber wir zückten unsere Waffen erst, als wir vor der Toilettentür standen. Sobald wir durch sie hindurch waren, stellten wir als erstes – schnell und leise – sicher, dass sich niemand sonst auf der Toilette befand, dann gingen wir den schmalen Gang entlang zur vorletzten Kabine, aus der recht eindeutige Geräusche drangen.

Im Lauf der Jahre hatte ich selbst mehrere *Rendezvous* in Toiletten gehabt, aber nie mit einer Frau, von daher war ich von den Balancierkünsten von Lozanos Freundin wirklich beeindruckt. Sie hatte ihre Beine um Lozanos Taille geschlungen, den Rücken gewölbt wie einen Regenbogen, und die Hände hinter sich auf der Klobrille abgestützt. Es war wert anzumerken, dass sich zwischen ihren Händen und dem Plastik mehrere Schichten Toilettenpapier befanden.

„Warum hast du sie nicht einfach vornübergebeugt?", fragte ich, auf dem Klodeckel der Kabine hinter ihnen balancierend.

„Das ist eine gute Frage", warf Ian ein, der auf der Toilette in der Kabine auf der anderen Seite stand. Wir hatten sie zwischen uns in die Zange genommen.

Lozanos Kopf fuhr hoch und seine Augen traten hervor. Er starrte mich an, sah dann zu Ian, der ihn über die Trennwand zwischen den Kabinen hinweg finster musterte, dann wieder zu mir zurück.

„Es wäre schneller gewesen."

„Und leichter", sagte das Mädchen, denn warum sollte sie sich nicht auch einmischen?

„Ich bring euch verflucht noch mal um", drohte er, was einiges an Mumm bewies, weil ihm zum einen die Hose um die Knöchel hing und es zum anderen keinen Weg für ihn gab, aus der Kabine zu entkommen, ohne dass sie ihn losließ.

„Wir sind US Marshals", informierte ich ihn und steckte meine Waffe in das Holster unter meinem Pullover, während Ian seine über die Trennwand hob, sodass Lozano die P228 deutlich sehen konnte. „Möchtest du da vielleicht noch mal drüber nachdenken?"

Er seufzte schwer. „Ich dachte, ich hätte euch Typen in Des Plains abgehängt."

Ian senkte die Waffe; er wusste so gut wie ich, dass Lozano uns keine Schwierigkeiten machen würde. Wir unterhielten uns bereits wie normale Menschen und wir waren lange genug Marshals, um zu wissen, was das bedeutete. Wie die meisten Leute, die wir auffliegen ließen – wenn sie erst einmal sicher wussten, dass wir sie geschnappt hatten –, war Lozano bereit, mit uns zu kommen.

„Du warst in Iowa?" Ich verzog das Gesicht. „Ooh, Mensch, das tut mir leid."

„Hey."

Die neue Stimme ließ mich aufblicken und ich sah drei Männer hinter uns stehen, alle in Trenchcoats mit Anzügen darunter, und ich fragte mich wie so oft, warum diese Typen sich nicht einfach Namensschilder mit der Aufschrift „Hallo, ich bin ein Mafiaschläger" ansteckten.

„Hi", grüßte ich sie laut und aufgesetzt. „Kommt und guckt, wie mein Kumpel kackt! Wir laden's bei YouTube hoch!"

„Er muss dabei auf der Brille stehen", verkündete Ian, sogar noch lauter als ich, dann tat er so, als wäre er von der Toilette gefallen. „Oh, Scheiße!"

Ich brüllte vor falschem Gelächter. „Ooooh, Mann, du bist nicht in die Scheiße reingefallen, oder?"

Der Typ an der Spitze der Gruppe hielt sich die geballte Faust vor den Mund, einer der Männer hinter ihm drehte sich um und flüchtete und der dritte im Bunde übergab sich fast.

Menschen in den Kopf schießen, das war eine Sache. Die Fäkalien eines anderen Typen abbekommen eine ganz andere.

Der Typ an der Front atmete schnell durch die Nase ein und aus, in dem Bemühen, so vermutete ich, nicht zu kotzen. „Habt ihr Wichser hier sonst jemanden rauskommen sehen?"

„Nee", lachte ich laut und hob mein Handy. „Alter, du musst dir das angucken ... das ist episch!"

Das war genug. Er wirbelte herum und stieß seinen Freund, der ebenfalls darum rang, sich nicht zu übergeben, in Richtung Tür. Sekunden später waren sie verschwunden.

Ian kam aus seiner Kabine und klopfte nebenan an die Tür. „Tritt deine Knarre unter der Tür durch, dann können du und –"

„Donatella", warf sie ein.

„Du und Donatella da raus kommen."

Eine Heckler & Koch P30 glitt unter der Tür durch und Ian stoppte sie mit dem Fuß.

„Willst du meine auch?", fragte Donatella.

„Ja, bitte", sagte ich, während Ian schnell prüfte, ob die Waffe gesichert war. Donatellas Micro-Uzi war eine Überraschung.

„Ich habe eine große Handtasche", sagte sie defensiv, als die Tür aufging und sie und Lozano herauskamen. Und sie hatte recht: Ihre Juicy Couture Tasche war riesig.

Ich hielt die automatische Waffe hoch. „Warum brauchst du die?"

Der Blick, den sie mir zuwarf, und der durch ihr sehr starkes Augenmakeup und ihre sehr künstlichen Wimpern besondere Ausdruckskraft erhielt, schien zu fragen, ob ich dumm war.

„Na schön, dann eben nicht. Aber dann sag mir, warum du dich mit Lozano für eine schnelle Nummer hier auf der Toilette triffst. Du siehst exklusiver aus."

„Oh, tue ich das?", köderte sie mich.

Ich trat einen Schritt vor und zwang sie zum Wegsehen. „Ja, Donatella, das tust du. Ich würde sagen, das Vier Jahreszeiten oder so was in der Richtung. Das hier ist doch das gemeine Volk für dich."

Damit brach der Damm: Sie warf sich in meine Arme, hängte sich an meinen Hals und schluchzte und wiederholte wieder und wieder, dass sie ihn liebte, sie schwor bei Gott.

„Um Gottes willen, Lozano", sagte Ian und winkte mit der Waffe, die er aufgehoben hatte. „Warum hast du den Marshals, die dich festgenommen haben, nicht gesagt, dass Donatella mit dir kommen soll?"

Seine Brauen verschwanden beinahe in seinem Haaransatz. „Das kann ich?"

Ian stöhnte, und Donatella hob den Kopf, um mich aus verquollenen Waschbäraugen anzusehen. „Ich kann auch nach Iowa gehen?"

„Nun, es wird jetzt nicht mehr Iowa sein", erklärte ich ihr, während ich mein iPhone aus der Brusttasche meiner Slim-Fit-Motorradjacke zog, um in der Dienststelle anzurufen. Wir brauchten Verstärkung.

„Ja? Können wir nach Brooklyn? Ich hab da Familie."

Ich verdrehte die Augen, als sie seufzte und sich an mich kuschelte und dann anfing, am Saum meines grauen Kaschmirpullovers herumzuspielen.

„Hast du ein Mädel daheim auf dich warten, Marshal?", fragte sie verführerisch.

„Was?", bellte Ryan am anderen Ende der Leitung.

„Das ist keine Begrüßung, du Arsch", teilte ich ihm mit.

„Was zum Teufel willst du?"

„Ich brauche Ching und Becker und ein Einsatzteam im Kid Lobo auf der Clark Street. Wir haben Eric Lozano und seine Freundin Donatella –"

„Fenzi", schnurrte sie und drängte sich enger an mich. „Ich hoffe sehr, dass du ein Mädel hast, Marshal, das wäre sonst eine böse Verschwendung."

„Fenzi", wiederholte ich, als Ian ihren Arm packte, sie herumwirbelte und in Lozanos Richtung stieß.

„Willst du mich verarschen?", platzte Ryan ungläubig heraus. „Du und Doyle, ihr habt Eric Lozano erwischt, den Buchhalter des Tedesco Verbrecherclans?"

Ich nahm das Handy vom Ohr und sah zu, wie Lozano zu Donatella hinunterlächelte, die sich sogar noch enger an ihn drückte als an mich. Der Unterschied zwischen der freundlichen, dankbaren Umarmung, die ich bekommen hatte und der verführerisch-sinnlichen Ganzkörperliebkosung, deren Empfänger Lozano war, war nicht zu übersehen. Leider hatte Ian keine weiblichen Freunde, von daher wusste er nicht, wie freundschaftliches Kuscheln aussah.

„Du bist Buchhalter?", fragte ich Lozano.

Er sah mich an. „Ja."

„Ich dachte, du bringst Leute um."

„Nein, Mann, ich mach die Steuer, ich wasche Geld, halte es in Bewegung, so Sachen halt."

„Weißt du überhaupt, wie man eine Waffe abfeuert?"

Sein Gesichtsausdruck sagte 'vielleicht', dann nickte er.

„Was zum Henker, Jones", grollte Ryan durchs Handy.

„Einsatzteam", beharrte ich.

„Schon unterwegs."

„Wir sind auf der Herrentoilette."

„Natürlich seid ihr das", sagte er, als litte er unter Schmerzen. „Wo sind White und Sharpe?"

„Kippen Kurze."

„Weißt du was, sag nichts weiter. Ich lege jetzt auf. Bleibt, wo ihr seid. Ching und Becker sind in zwanzig Minuten da."

„Halt-halt-halt – hat sich die Ballistik schon zur Schießerei geäußert?", fragte ich begierig.

„Welche Schießerei?"

„Das Auto!"

„Das Auto?" Er war entrüstet.

„Komm schon", jammerte ich. „Sind die Waffen schon zurück?"

„Du siehst aus wie ein erwachsener Mensch, aber in Wahrheit bist du erst zehn", beklagte er sich.

„Biiiitteeee", bettelte ich, extra quengelig.

„Doyle hat das Auto getroffen", informierte er mich. „Du hast einen der Reifen getroffen und Sharpe einen Baum. Bist du jetzt zufrieden?"

„Was? Das kann nicht stimmen."

„Du bist gelaufen, Sharpe ebenfalls. Weißt du überhaupt, wie schwierig es ist, etwas zu treffen, wenn man rennt?"

„Scheiße."

„Das wirst du noch in dreißig Jahren zu hören bekommen."

Er hatte ja keine Ahnung.

„Ching und Becker sind in achtzehn Minuten da. Bewegt euch nicht von der Stelle."

„Hast du mir gerade befohlen, auf der Toilette zu bleiben?"

Anscheinend war ich zu nervig, um es in Worte zu fassen. Der Beweis: Er legte auf. Ich wollte Lozano und Donatella gerade erklären, dass für dergleichen ihre Steuergelder verwendet wurden, aber da sie vermutlich keine Steuern zahlten, war die Bemerkung wohl an sie verschwendet. Außerdem hätten sie mich ohnehin nicht gehört, da sie schwer mit Rumknutschen beschäftigt waren. Ich hätte sie ja unterbrochen, einfach nur, um sie zu ärgern, aber dann spürte ich Lippen an meinem Hals.

„Lass mich", maulte ich, ohne es im Geringsten zu meinen.

„Ich hab dir doch gesagt, ich hab das Auto getroffen", murmelte er an meinem Ohr.

Ja, das hatte er.

29

„Wir sollten mal zusammen zum Schießplatz gehen, ich könnte dir ein paar Tipps geben."

Ich ging rüber zur Toilettentür und versperrte sie, damit niemand hereinkommen konnte.

„Soll ich kommen und dich beschützen, weil ich ja treffen kann?", zog er mich auf.

„Ich hab die Uzi", schoss ich zurück.

„Ja, schon, aber kannst du damit treffen?"

„Fick dich, Ian!"

Er lachte schallend los.

ES DAUERTE die ganze Nacht und den halben nächsten Morgen, bis wir Lozano und Donatella abgefertigt hatten, und als wir endlich nach Hause kamen, war ich nicht nur hungrig und nüchtern, sondern auch müde und gereizt. Die Sticheleien eines jeden einzelnen Mitglieds meines Teams, einschließlich meines Partners, hatten ihre Spuren hinterlassen. Meine Stimmung war alles andere als rosig.

Plötzlich wurde ich überraschend von hinten gepackt und aufs Sofa geschubst. Ian folgte meinem Fall, rollte sich über mich, packte meine Beine und schlang sie um seine Hüften.

„Was soll das –"

„Küss mich", verlangte er heiser, rieb seinen Schritt an meinem und beugte sich zu mir, um meinen Mund in Besitz zu nehmen.

Ich wich seinen Lippen aus. „Der Spott war grausam, Ian."

„Nein, war er nicht."

„Du warst der reinste Arsch."

„Ja, aber du liebst mich, wenn ich ein Arsch bin."

Er hatte recht, das tat ich. Ich liebte ihn wie verrückt.

„Also", sagte er, und seine Stimme wurde brüchig, als er meine Oberschenkel mit seinen Händen umschloss und so dafür sorgte, dass ich genau dort blieb, wo ich war, „könntest du bitte aufhören sauer zu sein, und mich küssen?"

„Weißt du, was du da heute Abend gemacht hast, das war schon wirklich klasse."

„Hmm, und was hab ich gemacht?", fragte er und beugte sich weiter vor.

„Na ja, ich meine, die Art, wie du mir gefolgt bist, ohne Fragen zu stellen."

„Immer", sagte er und lächelte mich an. „Also, wie war das jetzt mit dem Kuss?"

„Ja", seufzte ich, packte ihn an der Krawatte und zog ihn zu mir herunter. „Ich glaube, das bekomme ich hin."

4

IN CHICAGO war es im Oktober bereits ordentlich kalt, also drehte ich die Autoheizung auf, nachdem wir am Rand der mäßig befahrenen Straße in der Innenstadt geparkt hatten. Das Dumme daran war, dass Ian sofort einschlief, wenn ihm warm wurde. Das heißt, dank seiner Militärausbildung konnte Ian eigentlich immer und jederzeit schlafen, wenn er wollte. Es dauerte vielleicht eine Minute, dann war er weg. Was mich immer fürchterlich wurmte, denn ich musste mein Hirn erst langsam herunterfahren, bevor ich in denselben Zustand des Tiefschlafs fiel, den er so leicht erreichte. Selbst Sex war bei mir kein Garant für ein sofortiges Einschlafen, und, ganz ehrlich gesagt, war ich in dem Moment mehr als nur ein bisschen sauer.

„Wachst du wohl auf?", knurrte ich und stieß ihn unsanft mit meinem Ellenbogen an, um ihn zu wecken.

„Was?", beschwerte er sich, schob sich im Sitz hoch und sah mich missmutig an. „Jetzt sei nicht neidisch."

Kommentarlos wandte ich mich wieder der Observation der Straße durch mein Fernglas hindurch zu, und Ian setzte sich gerade hin und lehnte den Kopf an die Tür auf der Fahrerseite. Wir befanden uns in einer Parallelstraße zu dem Haus, das wir observierten. Unsere Kollegen Eli Kohn und Jer Kowalski saßen auf der anderen Straßenseite, und die Chicagoer Polizei war mit drei Mannschaftswagen an den jeweils anderen drei Ecken des Häuserblocks vertreten. Allerdings nicht unseretwegen; sie hatten nichts mit unserem Einsatz zu tun und waren in eigener Sache hier.

„Hey."

Mein Blick huschte zu Ian hinüber.

„Warum sagst du's mir nicht einfach?"

Ich hatte keine Ahnung, wovon er sprach. „Ich kann dir nicht ganz folgen", sagte ich und überprüfte die Umgebung ein weiteres Mal, um sicher zu gehen, dass ich nichts übersehen hatte.

„Wir wissen beide, dass du eigenartiger drauf bist als sonst, seitdem Altman dagewesen ist."

Es ging nicht um die Sache mit der Hochzeit, sondern um ein ganz anderes Thema. Vor allem war es ein Thema, das ich gar nicht erst anschneiden wollte. „Ich weiß wirklich nicht, was du –"

„Stopp", befahl er. „Spuck es aus."

Sein Armeekumpel, Sean Altman, war eines der Mitglieder der zwölfköpfigen Sondereinheit, der Ian angehörte und wann immer Ian entsendet wurde, war Altman bei ihm. Er war verantwortlich für die Kommunikation, während Ian der Waffenspezialist war. Altman hatte mir – auf meine Frage hin – erklärt, welche Arten von Einsatz Operational Detachment Alpha fuhr. Er sprach über Ausbildung und Übungen, und dass jedes Mitglied der Mannschaft über besondere Eingliederungsfähigkeiten verfügte – was mir ein Kichern entlockte, denn egal wie alt ich von außen aussah, in meinem Kopf war ich immer noch ein kleiner Junge –, aber er ging nicht weiter ins Detail, was den Rest der Einheit betraf. Was ich einerseits verstand. Aber andererseits, wenn er mir wirklich nichts weiter über die Männer und ihre Arbeit sagen durfte, warum hatte er dann gefragt, was ich wissen wollte?

Ich hatte mich entschuldigt, damit sich die beiden Männer ungestört miteinander unterhalten konnten, aber es hatte mich ein wenig geärgert, dass Ian mich nicht aufgehalten hatte. Dass er mich nicht hatte dabeihaben wollen. Als ich oben im Bett lag, war mir aufgegangen, wie besitzergreifend und idiotisch ich mich benahm. So hatte ich meinen Frieden damit geschlossen, ein idiotischer Mistkerl zu sein und die Sache losgelassen. Sie blieben bis in die frühen Morgenstunden auf und unterhielten sich; ich war gegen zwei Uhr endlich eingeschlafen. Als ich aufwachte und hinunterging, um den Kaffee anzustellen, war ich überrascht, Altman nicht tief und fest schlafend auf dem Sofa zu finden, wie ich es am Morgen zuvor getan hatte.

„Wo ist dein Kumpel?", fragte ich Ian, als er hinter mich trat und mir einen Kuss auf die nackte Schulter drückte.

„Er musste los", war alles, was er sagte.

Aber da musste mehr dahintergesteckt haben, denn eine Woche später wurde Ian zu einer Übung einberufen, da Altman ersetzt worden war und sie einen Neuen in der Gruppe hatten. Als ich nachfragte, sagte Ian, dass er sich nicht sicher war, warum Altman sich hatte versetzen lassen, aber dass er vermutlich seine Gründe dafür gehabt hatte.

„Jeder hat Gründe, Doyle. Interessiert es dich nicht, zu wissen, was seine sind?"

„Es geht mich nichts an?"

„Er ist dein Freund."

„Das ist er."

Ich war verwirrt. „Also kann ich hingehen und einen neuen Partner verlangen und du würdest nicht wissen wollen, warum?"

„Das ist etwas anderes und das weißt du auch", sagte er heiser, beugte sich zu mir und legte eine Hand an meine Wange, um mich stillzuhalten, während er mich küsste. Er stellte seine Kaffeetasse ab, und die nun freie Hand machte sich daran, mich meiner Schlafshorts zu entledigen. Als er sich vor mich kniete, vergaß ich, warum ich hatte wissen wollen, warum Altman nicht in meinem Haus geblieben war.

Die Wochen vergingen, aber meine Gedanken kehrten immer wieder zu Altman zurück und hier und jetzt, in diesem Auto, während einer Observation, hatte ich keine Chance, dem Thema auszuweichen.

„Miro?"

Ich war so brav und reagierte. „Was?"

„Nichts was, stell einfach deine verdammte Frage."

Ich räusperte mich. „Ich möchte wissen, warum Altman die eine Nacht nicht geblieben ist und warum er sich später hat versetzen lassen."

Ian ließ seinen Kopf zur Seite fallen, sodass er mich ansehen konnte. „Er wollte mich vögeln."

Ich verschluckte mich an meinem Wasser und ertrank beinahe an Ort und Stelle. „Himmelherrgott, Ian!" Meine gebrüllten Worte waren sehr laut in dem begrenzten Raum des Autos. „Willst du mich umbringen oder was?"

„Nein", seufzte er, „nur deine Frage beantworten."

„Ian!"

„Hör auf zu schreien", sagte er mit einem Gähnen.

„Dann erklär das bitte."

Rasches Schulterzucken. „Er hat mir gestanden, dass er schwul ist."

„Warum? Wieso sollte er dir etwas Derartiges einfach so aus dem Nichts heraus sagen?"

„Es war nicht aus dem Nichts heraus. Er hat mir vertraut, weil ich meinem Team die Wahrheit gesagt habe, als ich sie das letzte Mal gesehen hatte."

„Du hast was?"

„Sicher", erklärte er. „Ich konnte nicht zulassen, dass sie es irgendwann selbst herausfinden. Das wäre nicht fair gewesen. Also habe ich es erst meinem befehlshabenden Offizier gesagt und dann dem Rest der Mannschaft."

Ich war überwältigt. „Ich kann nicht glauben, dass du das getan hast."

„Man muss ehrlich sein mit den Männern, mit denen man dient – sie sind deine Rückendeckung."

„Und sind sie auch immer noch deine?"

„Natürlich", sagte er gereizt, mit einem Unterton von ´wie konnte ich es wagen, an ihnen zu zweifeln´. „Sie kennen mich. Sie waren mit mir im Einsatz. Was hätte sich ändern sollen?"

„Manchmal sind Leute einfach dumm und dass du schwul bist, das hätte sie komplett ausflippen lassen können."

„Ja, okay, aber nicht, du weißt schon, meine Jungs. Sie sind in erster Linie Soldaten. Das einzige, was für sie zählt ist, dass jeder sein eigenes Gewicht trägt."

Das verstand ich auch.

„Aber ja, ich hab es ihnen gesagt und als Altman hier war, hat er mich angebaggert."

Ich versuchte, nicht defensiv zu klingen. „Und was hast du gesagt?"

„Was zum Teufel glaubst du denn, das ich gesagt habe?"

Das war die nagende Angst, die ich immer irgendwo im Hinterkopf hatte: was Ian mit einem anderen haben oder tun konnte. Ich war nicht der einzige Mann, der in der Lage war, ihn zu dominieren, ihn festzuhalten; er kannte noch andere.

Ich starrte ihn an. Er starrte zurück.

Ich gab nach. „Du vertraust diesen Jungs auch."

„Soll was heißen?"

Ich zuckte die Schultern.

„Ist es so leicht, mich aufzugeben?"

„Das ist es nicht, das weißt du."

„Ach nein?", höhnte er. „Was ist es dann, bitteschön?"

Ich beugte mich zu ihm, ganz nahe, so nahe, dass mein Mund nur Zentimeter von seinem entfernt war und wir dieselbe Luft atmeten. „Ich will wissen, was du deinem Freund gesagt hast."

„Und ich will wissen, was da in deinem Kopf vor sich geht."

Ich wollte mich aufrichten, ein wenig Abstand zwischen uns legen, aber er schloss eine Hand um meinen Nacken und hielt mich fest.

„Ich bin nicht der Einzige, der mit dir ins Bett gehen kann." Das war die Wahrheit. „Das wissen wir beide."

„Es gibt andere Männer", stimmte er zu. „Kein Zweifel."

Mein Mund wurde trocken, denn das war der andere Punkt, der mich mit Angst erfüllte – neben seiner Überzeugung, dass Heiraten nichts für ihn war. Als wir zuerst zusammengekommen waren, hatte ich gedacht, dass ich der Einzige war, der Ian körperlich das geben konnte, was er brauchte. Aber wenn die Männer, denen er regelmäßig sein Leben anvertraute, auch darum wetteiferten, mit ihm in die Federn zu steigen … Es würde nicht leicht für mich sein, da mitzuhalten.

Er sprach die Frage laut aus, die ich nicht den Mut hatte zu stellen: „Also warum dann du?"

Ich machte mich los, wollte diese Konversation nicht weiterführen. Ich war wütend auf mich selbst, dass ich die Sache überhaupt erst angesprochen hatte und wünschte, das alles würde einfach von selbst wieder weggehen. Warum ich immer weiter drängen, bohren und fragen musste, war mir ein Rätsel. So dringend musste ich nun auch wieder nicht wissen, was mit seinem Freund passiert war.

„M."

Die Straßenlampen hatten meine volle Aufmerksamkeit.

„Sieh mich an."

Langsam, widerwillig, tat ich, worum er mich bat.

„Du bist so ein Idiot."

„Sehr hilfreich", murmelte ich und ließ meinen Kopf gegen das Fenster fallen.

„Kohn", sagte Ian leise, und ich realisierte, dass er am Handy sprach. „Miro und ich machen zwanzig Minuten Pause. Wir holen uns was zu essen."

„Wo zum Teufel willst du hier etwas essen? Wir sind in Englewood."

„Bedeutet was?"

„Bedeutet, bleibt einfach im Wagen. Rausgehen ist nicht sicher."

„So schlimm ist es auch wieder nicht."

„Oh, ist es nicht", schnaubte er spöttisch, und ich konnte Kowalski im Hintergrund lachen hören. „Habt ihr eure Westen an?"

„Kannst du einfach die Klappe halten und unsere Position übernehmen?"

„10-4", sagte er spitz.

Ich brauchte frische Luft und drehte mich zur Autotür, um auszusteigen, während ich im Geiste durchging, wo man hier in der Nähe etwas zu essen bekommen konnte, aber Ian packte den wollenen Jagdmantel, den ich mir im Büro übergeworfen hatte und hielt mich fest. „Was soll das?", brummte ich.

Er riss mich zu sich, legte beide Hände um mein Gesicht und küsste mich grob, hart. Ich öffnete mich ihm, als er seine Zunge in meinen Mund schob, meine berührte. Es war kein Kuss, sondern ein heißer, wilder, brutaler Angriff und ich winselte tief in meiner Kehle, als er um mich herumgriff und die Rückenlehne des Sitzes zurückklappte, sodass ich unter ihm war, als er sich über die Mittelkonsole beugte, und ich hinnehmen musste, was er mir gab.

Er lockerte den langen, grauen Kaschmirschal, den ich trug. Als er begann, an meiner Kehle zu saugen, zuckte ich unter ihm zusammen.

„Ian –"

Er küsste mich erneut, biss mir in die Unterlippe, damit ich den Mund hielt, dann legten sich seine Lippen hungrig und besitzergreifend auf meine.

Er war kein großer Redner, mein Junge, aber ich hörte ihn dennoch, klar und deutlich.

„Ich vertraue dir", keuchte er mit bebender Stimme, bevor er erneut über meinen Mund herfiel. „Nur dir."

Nur mir. Es gab nur mich.

Ja, er konnte andere Männer haben, aber vertrauen tat er nur *mir*, und weil er das tat, blieb sein Begehren auf einen Punkt – auf eine Person – gerichtet.

Ich brauchte Luft und so schob ich ihn weit genug von mir, um durchatmen zu können.

„Wenn ich's mit einem anderen mache", sagte er rau, „verliere ich dich, und das kann ich nicht." Er sah gut aus, heiß und geil auf mich, mit seinen geweiteten Pupillen, den geschwollenen Lippen und den geröteten Wangen. „Als Altman das gesagt hat, hatte ich nur einen Gedanken im Kopf: Wenn ich's mit ihm mache, dann verlässt Miro mich, und dann sucht er sich einen Neuen, den er mit nach Hause und in sein Bett nehmen kann und ich will der Einzige sein, der das darf."

Er war der Einzige, den ich wollte. Ich *sah* nicht einmal einen anderen Mann neben ihm.

„Und außerdem bist du viel hübscher als Altman."

Ich prustete vor Lachen. Dass Ian, der Mann, der die Perfektion quasi verkörperte mit seinem wie gemeißelten Körper und den wunderschönen Augen, dem rauchigen, verführerischen Klang seiner Stimme und dem verschmitzten Grinsen, mich schön fand, war überwältigend. Dass er mich wollte, wirkte Wunder für mein Ego.

„Miro", sagte er mit tiefer, grollender Stimme und beugte sich wieder über mich, „ich gehöre dir."

Und das wusste ich. Ich wusste das.

„Hör auf, an mir zu zweifeln. Denk nicht mehr solchen Blödsinn, okay? Ich bleib nicht bei dir, weil du der Einzige bist, der mich festhalten oder dominieren *kann*. Ich bleibe, weil wir es sind, wir zwei sind echt und fest und ich bin bei dir sicher, also" – er knurrte – „lass es und hör auf damit."

Er war sicher, weil ich ihm das Gefühl gab, sicher zu sein. Es gab sonst nichts, was er von mir brauchte und auch nichts, das ich wollte.

Das war meine Chance. Die Gelegenheit. Er war offen und verwundbar in dem Moment, und ich hätte es tun können, hätte die Heirat wieder aufs Tapet bringen können. Es wäre so leicht gewesen, ihm zu sagen, dass es, da er fühlte, was er ja nun ganz offensichtlich fühlte, einen logischen nächsten Schritt gab. Aber die Stimmung zwischen uns war gerade so gut, so entspannt, und ich wollte sie nicht dadurch ruinieren, dass ich ein ohnehin spannungsbehaftetes Thema ansprach.

„Okay", stimmte ich zu und seufzte, als ich noch einen Kuss bekam. „Okay."

„Ich will nach Hause", brachte er fast schon stammelnd heraus und als ich eine Hand über seinen harten, gegen den Reißverschluss seiner Jeans drängenden Schwanz legte, stöhnte er süß.

„Hmm, da will mich einer aber wirklich sehr", neckte ich ihn, drückte seinen Kopf zur Seite und leckte über seinen Halsansatz.

„Spar dir die Schadenfreude", warnte er mich und drehte sich weg, sodass er wieder in seinem Sitz saß, und packte das Lenkrad fest mit beiden Händen. Ein paar Augenblicke später rief er Kohn an und teilte ihm mit, dass wir zurück waren.

„Wart'n Moment, ich stell dich gerade auf Lautsprecher, Jer will –"

„Das war flott. Was habt ihr gegessen?", wollte Kowalski wissen.

„Nichts", sagte Ian, und seine Stimme war kühl und unwirsch. Er wollte nicht hier sein.

„Ooo-kay, was – Moment, warte. Wir haben Bewegung auf der nördlichen Seite. Jeder bleibt in Position."

Wir standen vor dem Haus, also sahen wir nichts.

„Scheiße!", brüllte Kohn. „Los, los, los – Verdächtiger flüchtet zu Fuß über die 77th in östlicher Richtung."

Ian schoss aus dem Auto wie eine Kanonenkugel aus dem Rohr und rannte los. Ich hatte keine andere Wahl, als auf die Fahrerseite zu klettern und den Wagen so schnell wie möglich zwischen den vor und hinter uns parkenden Autos heraus und auf die Straße zu manövrieren. Ich hasste es zu fahren, wenn Ian rannte, und ganz besonders bei Nacht, wenn es dunkel war und es mir schwerfiel, ihm zu folgen.

Mein Handy klingelte eine Sekunde später. „Kannst du Doyle sehen?",
schrie ich Kohn an. „Ich kann ihn nicht finden!"

„Verfolgt den Verdächtigen durch eine Gasse – jetzt ist er auf der Bishop, in
Richtung 79th!"

Scheiße.

Ich machte mitten auf der Straße eine Kehrtwendung, sehr zum Ärger der
anderen Verkehrsteilnehmer, die es mit wildem Hupen, quietschenden Reifen und
wütendem Gebrüll quittierten.

„Scheiße, warte", keuchte Kohn, „er ist auf der Loomis, nicht Bishop."

Gut, dass er mir das sagte, denn ich war drauf und dran gewesen, scharf links
abzubiegen, also fuhr ich stattdessen geradeaus weiter, flog die Straße förmlich
hinunter bis zur nächsten Abzweigung, bog ab und raste die schmale Straße
vermutlich sehr viel schneller entlang als klug war. Gassen waren heikel; man
konnte nie wissen, wer plötzlich aus einem Gebäude kommen konnte.

Ein Mann kam in vollem Lauf in meine Richtung, meinen Partner heiß auf
den Fersen. Ich hielt schlitternd an und als der Typ ausscherte, um einen Bogen
um mich zu machen, warf ich die Fahrertür auf. Er prallte dagegen, was sie wieder
zuschlagen ließ, aber der Aufprall bremste ihn.

Ian hatte ihn eine Sekunde später eingeholt und zerrte den benommenen
Mann auf die Füße, sodass ich aussteigen konnte. Er legte ihm Plastikhandfessel
an, dann drehte er ihn herum und stieß ihn gegen das Auto.

„Das ist Polizeigewalt", keuchte der Typ.

„Wir sind nicht die Polizei", stellte Ian klar, nicht einmal außer Atem, und
zog die Dienstmarke aus der Innentasche seiner Jacke, sodass der Typ den Stern
sehen konnte. „Wir sind Marshals."

„Scheiße", stöhnte er. „Ich will nicht zurück in den Knast."

„Zu spät", erwiderte ich fröhlich, gerade als Kohn und Kowalski die Gasse
entlang auf uns zugerast kamen – wir fuhren alle viel zu schnell –, gefolgt von drei
Polizeiwagen mit Blaulicht und Sirene.

Nur Sekunden später waren wir umstellt, aber Kowalski hatte wichtigere
Dinge im Kopf als den gefassten Verdächtigen.

„Habt ihr wirklich eben was gegessen?", wollte Jer, ein wahrer Bär von einem
Mann, zuallererst wissen. Er sah aus wie ein Gewichtheber bei den Olympischen
Spielen, dicke Muskeln und breite Brust. Im Kontrast dazu sein Partner Eli Kohn:
gepflegt, metrosexuell, nahm offenbar jeden Abend eine andere Frau mit zu sich
nach Hause. Ich fragte mich immer, wo er die Energie dazu hernahm.

„Was?", knurrte Ian, hörbar verärgert.

„Was? Wie, was? Wieso sagst du das so? Ich wollte euch zum Abendessen
einladen, aber nicht, wenn du dich wie ein Arsch benimmst. Dann nehm ich nur
deinen Partner mit und lasse dich hier."

Ians Miene wurde noch finsterer und ich entschuldigte mich für ihn und sagte, dass wir uns freuen würden, in einem Restaurant von Jers Wahl mit ihm essen zu gehen.

„Da, siehste, du Heini – so macht man das, wenn man kein Arsch ist."

„Wo ist Sergeant Joyner?", fragte ich die Umstehenden.

„Hier", rief sie und kam auf uns zu, während die Männer ihr Platz machten. Als sie uns erreicht hatte, händigte ich ihr die Brieftasche des Flüchtigen aus. „Ich übergebe in Ihren Gewahrsam einen Derek LaSalle, vormals aus Gresham, Oregon, gesucht wegen Gewaltanwendung und Körperverletzung."

Sergeant Adele Joyner von der Polizei in Portland war mehr als glücklich darüber, ihn uns abzunehmen. „Vielen Dank", sagte sie und schüttelte erst mir die Hand, dann Ian. „Ohne diese Art Einsatzgruppen würde ich Straftäter, die nicht zu unseren offenen Fällen gehören, nie erwischen."

Das stimmte. Die meisten Bullen waren so damit beschäftigt, in ihrer täglichen Fallbelastung zu ertrinken, dass Leute, die sich der Festnahme entzogen, in andere Bundesstaaten flüchteten oder die zuständigen Gerichtsbezirke verließen, durch die Maschen schlüpften. Viele Polizeibehörden hatten weder die Mittel noch genug Leute, einem Flüchtigen quer durchs Land zu folgen. Was sie aber tun konnten, war, ihre vermissten, gewalttätigen Straftäter den Marshals zu melden und wir bildeten dann wie in guten alten Zeiten im Wilden Westen eine Bande, in unserem Fall bestehend aus Vertretern der örtlichen, bundesstaatlichen und staatlichen Strafverfolgungsbehörden, um die Person, die sie suchten, zur Strecke zu bringen. Joyner hatte sich an die Marshals in Portland gewandt, die wiederum Zugriff auf die Gerichtsakten in Chicago hatten und dort einen Hinweis auf ihren Flüchtigen gefunden hatten. Der Rest bestand aus Warten und Observieren.

„Ich weiß das sehr zu schätzen, meine Herren."

„Das ist unser Job", versicherte Ian ihr.

„Ist es", stimmte ich zu.

„Okay, dann verraten Sie mir noch, wo man hier gut essen kann, bevor wir zum Hotel zurückfahren."

Ich schlug das Girl & The Goat in der Innenstadt vor, aber Ian wollte Fleisch und Bier, also entschieden wir uns für das Trenchman auf der North Avenue. Ich hatte ihn einmal dorthin ausgeführt, und das Hanger Steak, das sie dort brieten, war sein neues Leibgericht. Leider erfuhr ich, als ich anrief, dass der Speisesaal geschlossen war und da es bereits nach zweiundzwanzig Uhr war, boten sich uns nicht mehr viele Alternativen. Ians zweiter Vorschlag war Mexikanisch im El Charro auf der Milwaukee Avenue. Er schwärmte so wortreich und anhaltend von ihrem extragroßen Superburrito mit Rührei und Chorizo, dass selbst Kowalski das Wasser im Mund zusammenlief. Joyner und ein paar der anderen Männer sagten, sie wollten uns dort treffen.

Ian freute sich, als er sah, dass die Tür auf der Beifahrerseite durch den Aufprall des Flüchtigen eingedrückt war. Wir würden die Kiste per Abschleppdienst zurück in unseren Fuhrpark bringen lassen müssen, meinte er. Dienstrecht sah vor, dass es uns nicht erlaubt war, ein Fahrzeug zu führen, dessen Zustand Zweifel an der strukturellen Unversehrtheit selbigen Fahrzeugs aufkommen ließ.

„Oh, bitte, verschone mich", sagte ich zu Ian. „Das ist noch fahrbar. Es ist nur eine Delle."

„Eine verdammt tiefe Delle", kommentierte Kowalski.

Ich zeigte auf Ian. „Er sucht nur nach einer Ausrede, die Karre nicht mehr fahren zu müssen."

„Na, ich kann ihm da keinen Vorwurf draus machen", gestand Kohn mit angewiderter Miene. „Sieht nicht gerade nach bewaffnet und gefährlich aus, mehr wie nach mittlerer Führungsebene."

Kowalski schauderte. „Ich pass da nicht mal rein."

Das entlockte mir wider willens ein amüsiertes Schnauben und Ian grinste. „Na schön", gab ich nach. „Wir lassen es abschleppen, sodass die Delle ausgeklopft werden kann."

Ians Freudenschrei brachte mich zum Lächeln.

„Dann ruf schon an", befahl ich und schüttelte den Kopf, als er mir spielerisch in den Bauch boxte.

WIR FUHREN in Kohns und Kowalskis Mercedes Benz zum Restaurant. Ich hockte auf der Rückbank und beklagte mich darüber, dass Kohn, der am Steuer saß, so kroch.

„Miro ist daran gewöhnt, dass ich die Kurven auf zwei Rädern nehme." Ian kicherte.

„Ich bemühe mich immer sehr, zu jeder Zeit mit allen vier Rädern Bodenkontakt zu haben", bestätigte Kohn mit seiner über-ernsten Stimme.

Das fand ich an sich ja auch sehr gut. Weniger gut gefiel mir allerdings seine Geschwindigkeit. Als ich weitermeckerte, trat er schließlich aufs Gas, um mich zufriedenzustellen.

„Wir werden hier hinten noch an Altersschwäche sterben", kommentierte ich und beugte mich vor, zwischen ihn und Kowalski. „Lass mich fahren."

„Im Leben nicht", entgegnete Kohn, während sein Partner eine seiner riesigen Hände auf mein Gesicht legte und mich zurück auf die Rückbank drückte.

Ich wandte mich an Ian. „Du lässt es zu, dass er mich so behandelt?"

Da er nicht aufhören konnte zu lachen, nahm ich an, dass aus dieser Richtung keine Unterstützung zu erwarten war.

Nachdem wir gegessen hatten, gingen wir drei Häuser weiter zu einer Bar, die Ian kannte, und er, die Marshals aus Oregon, ich und Kohn – Kowalski hatte sich abgesetzt, um Joyner und einen der Detectives zu ihrem Hotel zurückzufahren – machten uns daran, uns einen anzuzwitschern.

Als die ersten anfingen, aus dem Nähkästchen zu plaudern und Geschichten über skurrile Verbrecher auszutauschen, beschloss ich, dass es Zeit war zu gehen. Es war bereits weit nach Mitternacht und wir mussten alle morgen … heute wieder arbeiten. Aber Ian ließ sich erst zu einem Dartspiel und dann zu einer weiteren Runde Drinks überreden und gegen halb zwei Uhr morgens ergriff ich schließlich drastische Maßnahmen.

Ich lauerte ihm auf, als er von der Toilette kam.

„Hey."

Er drehte sich rasch um, sah mich gegen die Ziegelwand gelehnt dastehen und schlenderte zu mir herüber.

„Was ist?"

Ich zuckte die Schultern. „Ich bin alle, ich fahre nach Hause."

„Ohne mich?", fragte er, augenblicklich besorgt.

„Ich will dir nicht den Spaß verderben."

Er atmete tief ein.

„Es sei denn, du möchtest lieber mit mir nach Hause kommen?", fragte ich leise, legte meine Hände auf seine Hüften und zog ihn an mich, den Blick unverwandt auf ihn gerichtet.

„Ich … ja", sagte er heiser und atmete scharf ein, als ich meine Position änderte, sodass er sich an mich drängen konnte und mein Oberschenkel glitt zwischen seine Beine.

„Ich will dich küssen", versprach ich sanft, leise. „Aber das kann ich hier nicht."

„Aber zu Hause."

„Oh, ja", sagte ich und lächelte ihn an.

„Okay, lass uns gehen", erwiderte er rau.

„Gut", stimmte ich zu. Zum Glück mussten wir nicht erst noch Chickie abholen, bevor wir nach Hause konnten, da Aruna und Liam sich bereiterklärt hatten, ihn über Nacht zu behalten. Ich hatte nicht gewusst, wie lange der Einsatz dauern würde, also hatte ich vorgesorgt.

Als wir an unseren Tisch zurückkehrten, wollten die anderen wissen, in welche Bar wir als Nächstes gehen sollten. Und ich verstand, ich verstand nur zu gut; unser Beruf konnte furchteinflößend sein und das Entspannen nach einem Einsatz war notwendig und erlaubte es uns, Beziehungen aufzubauen und aufrechtzuerhalten. Aber ich war fertig und zu erschöpft, um noch an weiteren Unterhaltungen teilzunehmen, geschweige denn mit ihnen allen „Kumbayah" zu singen.

„Wir wollten nur Bescheid sagen, dass wir gehen", informierte Ian sie. „Arbeit morgen – heute. Ihr wisst schon."

Wir wurden ausgebuht und aufgezogen, dass wir keinen Alkohol vertrügen, aber Kohn verabschiedete sich ebenfalls und wir riefen uns Taxis: Kohn rüber nach Roosevelt and State, wo er in einem neugebauten Apartmenthaus der Luxusklasse wohnte und ich und Ian nach The Loop, von wo aus wir mit dem Bus nach Lincoln Park fuhren. Bus dauerte zwar länger, aber mit dem Taxi zu fahren hätte uns ein kleines Vermögen gekostet. Und außerdem war der Weg von der Haltestelle Fullerton bis zu meinem Stadthaus nicht sehr weit.

Ich wollte gerade anfangen, Ian in aller Ausführlichkeit die schweißtreibenden, klebrig-feuchten Dinge zu beschreiben, die ich mit ihm vorhatte, sobald wir durch die Tür waren, als sein Handy klingelte. Ein Blick aufs Display und sein Gesicht wurde lang.

„Oh nein", sagte ich unwillkürlich, denn ich hatte einiges getrunken und mein Filter funktionierte nicht mehr ganz. „Nein, nein, nein."

Aber es war eindeutig und nicht zu ändern. Er würde später an diesem Morgen in den Einsatz fliegen, so viel konnte ich aus den ja-und-nein Antworten heraushören, und alles, was wir bis wer weiß wann hatten, waren ein paar wenige Stunden. Sein Lächeln, als er auflegte, versuchte sehr, mich davon zu überzeugen, dass alles gut werden würde.

Wir traten schweigend durch die Haustür, die Ian hinter uns abschloss, zogen unsere Jacken aus und hängten sie auf. Er wandte sich zu mir, um etwas zu sagen, aber bevor er das tun konnte, hatte ich ihn gepackt und gegen die Tür gestoßen.

„Du verlässt mich wieder einmal", flüsterte ich. Meine Brust an seinen Rücken gedrängt hielt ich ihn fest, fing sein linkes Handgelenk mit meiner rechten Hand ein und drückte es über seinem Kopf gegen die Tür; die andere Hand schob ich unter sein Hemd und kniff seine Brustwarze. Fest.

„Verdammt!", schrie er und drehte und wand sich unter mir. Ich zog ihn gerade so weit von der Tür weg, dass ich meine Hand über seinen Bauch gleiten lassen konnte und genoss das Spiel seiner Muskeln unter meinen Fingern.

Ich ließ sein Handgelenk los und machte mich über seinen Gürtel her, dann über die Knöpfe an seiner Jeans, schob meine Hand unter den Bund seiner Unterhose und schloss sie um seinen bildschönen Schwanz, der bereits eifrig Lusttropfen weinte.

„Hmm, da ist jemand bereit für mich", sagte ich rau in sein Ohr und er legte den Kopf zurück und zur Seite und bot mir so seinen Mund dar.

Ich massierte sein Glied, während ich seine Lippen in Besitz nahm und beendete den Kuss erst, als er sich in meinen Armen wand.

„Lass mich – die muss weg", flüsterte er und schob ungeduldig seine Jeans bis zu den Knien hinunter. Als er seinen Arm nach hinten streckte und mir ein kleines Päckchen Gleitgel in die Hand drückte, blinzelte ich überrascht.

„Wo zum Geier kommt das denn her?", fragte ich, meine Stimme belegt vor Begehren, und ließ ihn los, trat einen Schritt zurück, gerade genug, dass ich meine Hose und Unterhose ausziehen und meine Erektion einschmieren konnte.

„Ich hab die immer dabei für dich", sagte er, legte beide Hände flach auf die Tür und wölbte den Rücken, öffnete mir seinen harten, wunderschönen Körper. „Nur für den Fall."

41

„Clever", knurrte ich, packte meinen glatten, feuchten Schwanz und drückte ihn langsam in Ians Körper.

„Miro!", keuchte er, zitterte, zuckte, drängte sich an mich, pfählte sich auf meinem Schwanz, nahm mich tief und heiß in sich auf, hungrig nach mir, hungrig nach dem, was ich ihm geben konnte. Langsam und sanft musste auf ein anderes Mal warten. „Ich will's fühlen, wenn ich fort bin."

„Ich würde dir niemals wehtun", flüsterte ich und stieß zu, hielt seine schmalen Hüften fest umschlossen, zog mich quälend langsam aus ihm zurück und stieß hart und tief wieder in ihn hinein.

„Scheiße, du fühlst dich so gut an", sagte er mit rauer, bebender Stimme. Sehnsucht und Verlangen schwangen deutlich hörbar darin mit. „Nicht … aufhören."

Er war glatt und heiß und ich wollte sanft sein, aber er ließ mich nicht.

„Miro, verdammt – schnell!"

Ich konnte es ihm nicht versagen. Sein Verlangen, die dunkle Anspannung in seiner Stimme, der stockende Atem, die Art, wie er zitterte – ich wollte ihn ganz.

Ich stieß wieder und wieder in ihn, bis wir beide schweißüberströmt waren und er sich mit einer Hand an der Tür abstützte, während er sich mit der anderen wichste.

„Ich … k-komme", presste er heraus.

Ich fuhr mit einer Hand über seinen Rücken hinauf zu seinem Kopf und packte seine Haare, riss seinen Kopf nach hinten, sodass ich ihn küssen konnte. Er öffnete sich mir und ich saugte an seiner Zunge, küsste ihn wild und verzweifelt. Ich wollte ihn in mich aufnehmen, ihn in meine Haut aufsaugen, sodass er immer bei mir war und es brach mir das Herz, während es mich gleichzeitig mit wilder Freude erfüllte.

Gott, ich liebte ihn.

Seine Muskeln schlossen sich fest um mich, und er riss den Kopf weg und schrie auf und ergoss sich über die Tür, bebte in meinen Armen, als mein Orgasmus seinem folgte und ich in ihn spritzte, ihn füllte, und mein Samen heiß und zähflüssig über seine Oberschenkel rann.

Immer noch tief in ihm vergraben lehnte ich mich schwer an ihn und verteilte Küsse entlang seines Kiefers, bis er seinen Kopf zurück auf meine Schulter fallen ließ. „Ich liebe dich", sagte ich und leckte den Schweiß von seiner Haut. „Sei vorsichtig, wenn du nicht bei mir bist."

Er bewegte den Kopf, kaum wahrnehmbare Bestätigung meiner Bitte. „Küss mich noch mal."

Das war alles, was ich wollte.

5

AUF DER mir gegenüberliegenden Seite des Wartezimmers der Tierarztpraxis auf der Cicero in der Innenstadt waren nur noch Stehplätze frei. Obwohl mein Freund, und daher auch sein Hund, jetzt beide bei mir in Lincoln Park wohnten, hatten wir uns noch nicht nach einem neuen Tierarzt für den Werwolf umgesehen. Also waren Chickie und ich in die Stadt gefahren, um dort ungewollt die Einheimischen in Angst und Schrecken zu versetzen.

Egal, was ich sagte, niemand glaubte mir, dass der riesige Hund neben mir nicht versuchen würde, jemanden zu fressen. Er war einfach zu groß. Seine Pfoten waren so groß wie meine gespreizte Hand, sein Kopf ließ meinen klein erscheinen und wenn er sich auf die Hinterbeine stellte, konnte er seine Vorderbeine auf meine Schultern legen – und ich war einen Meter achtzig groß. Es war nicht seine Schuld, dass er so groß war wie zwei – oder vielleicht drei – normale Hunde. Er war kein Monster aus einem Horrorfilm; er sah nur aus wie eins.

„Sie wissen schon, dass Kreuzungen in Chicago verboten sind", kritisierte eine Frau, die versuchte, sich mit ihrem Katzenkorb an der gegenüberliegenden Wand zu verstecken.

„Ja, Madam, das weiß ich", sagte ich und ließ meinen Kopf gegen die Wand hinter mir fallen, als Chickie Baby aufstand – was die gesamte linke Seite des Raums nach Luft schnappen ließ –, sich streckte und seinen Kopf in meinen Schoß legte.

„Jemand sollte Sie anzeigen", warf eine weitere besorgte Haustierbesitzerin ein.

„Mrs Gunderson." Susannah, die forsche Tierarzthelferin, seufzte, als sie das Wartezimmer betrat und auf Chickie und mich zukam. „Wenn dieser Hund tatsächlich ein Wolfsmischling wäre, glauben Sie dann, dass wir ihn behandeln würden? Oder meinen Sie nicht, dass wir ihn längst bei der Tierschutzbehörde gemeldet hätten?"

Es kam keine Antwort.

Susannah erreichte uns und hockte sich neben Chickie, der mit dem Schwanz wedelte, sich aber ansonsten nicht rührte. „Was stimmt denn nicht mit Ians Baby?"

„Keine Ahnung, aber er frisst nicht und das macht mir Sorgen. Ich meine, normalerweise frisst er jeden Tag sein eigenes Körpergewicht."

Sie gluckste. „Okay, dann kommen Sie und bringen Sie ihn nach hinten durch."

Sobald sich die Tür hinter uns geschlossen hatte, hörte ich das Geräusch von Bewegung von der anderen Seite. „Jetzt können sie sich endlich wieder im Raum verteilen."

Sie lachte leise. „Er ist ein sehr großer Hund, Miro."

„Ja, aber er frisst keine Menschen."

„Nein, aber er könnte es."

Ich hob das süße Gesicht mit der schwarzen Schnauze. „Schauen Sie in diese Augen. Sind das die Augen eines kaltblütigen Mörders?"

Als sie ihn ansah, zog Chickie seine Nase aus meiner Hand und leckte mir die Finger.

„Ooooohh", machte sie. „Nein. Er ist ein süßes Baby."

„Ja, das ist er", stimmte ich zu und folgte ihr den Flur hinunter zu einem Untersuchungsraum. Nachdem wir ihn gewogen hatten – neunundvierzig Komma acht Kilogramm pure Muskelmasse –, setzte ich mich auf den im Raum stehenden Stuhl. Chickie schob seinen Kopf unter meine Hand in meinem Schoß und ich streichelte ihn, während Susannah mir mitteilte, dass er gute anderthalb Kilo leichter war als vor einem Jahr.

„Was aber bei einem so großen Hund wie Chickie kaum ins Gewicht fällt, sozusagen", belehrte sie mich.

„Okay", sagte ich, kraulte ihn hinter den Ohren und machte mir trotzdem Sorgen.

„Ist es möglich, dass er einfach nur Ian vermisst?", schlug Susannah vor. „Wie lange ist er schon weg?"

„Erst seit drei Wochen, von daher wage ich das zu bezweifeln."

„Er wurde in einen Einsatz geschickt?"

„Genau", antwortete ich und versuchte, nicht so deprimiert zu klingen, wie ich mich fühlte. Wir waren erst seit sechs Monaten auch privat Partner und wenn er zu Hause war, konnte ich nur mit Mühe die Finger von ihm lassen. Drei Wochen ohne ihn und kein Ende in Sicht und ich war kurz davor, die Wände hochzugehen. Ich hasste es, dass die Armee ihn, weil er Reservist war, einfach so von jetzt auf gleich einziehen konnte. Die Sorgen forderten ihren Tribut und ich vermisste es, ihn neben mir im Bett zu spüren.

„Miro?"

Ich räusperte mich. „Entschuldigen Sie, ich glaube nur einfach nicht, dass Chickie hungert, weil Ian nicht zu Hause ist."

„Ach nein?"

„Nein. Dieser Hund lässt nie ohne guten Grund eine Mahlzeit aus und normalerweise frisst er *mehr*, wenn Ian weg ist."

„Warum?"

„Weil Ian sehr genau darauf achtet, wie viel er ihm füttert, und ich eher nicht."

Sie nickte. „In Ordnung. Okay, normalerweise würde ich seine Temperatur messen, aber das Thermometer für Großtiere ist letzte Woche kaputtgegangen und wir warten immer noch auf den Ersatz."

„Das ist schon okay. Seine Nase ist kalt, das sollte also nicht das Problem sein."

Sie schüttelte den Kopf, als wäre ich albern.

„Was?"

„Das ist so niedlich. Haben Sie Wiederholungen von Lassie geguckt, ja?"

Ich grinste sie an und sie kicherte und versprach mir, den Tierarzt sofort zu mir zu schicken, dann verschwand sie und schloss die Tür.

Ich saß dort mit Ians Hund und streichelte ihn. „Was immer es ist, Chickie, wir werden es herausfinden."

Er gähnte ausgiebig, um mir zu zeigen, dass er selbst sich da keine so großen Sorgen machte.

Die Tür öffnete sich und der Tierarzt kam herein – Dr. Alchureiqi, einer der nettesten Männer, die ich kannte. Chickie mochte ihn auch, deutlich erkennbar daran, dass er aufstand und zu dem guten Doc hinübertrabte.

„Nun, Mr Wolf, warum essen wir nicht?", fragte er Chickie mit seinem weichen ägyptischen Akzent. „Ist es der Bauch oder – oh, was haben wir denn da zwischen den Zähnen stecken?"

Es war so simpel, aber woher hätte ich das wissen sollen? Es war ja nicht so, als ob Chickie mir erlauben würde, ihm mit Zahnseide die Zähne zu reinigen. Und jetzt mal ernsthaft, welcher Hund zog sich denn ein Stück Rinde zwischen die Schneidezähne? Was zum Teufel machte er, Bäume kauen?

Einhundertfünfzig Dollar später hatte ich einen Termin für eine Zahnreinigung, Hundeleckerlis, die dabei helfen sollten, Zahnbelag zu vermeiden und einen strengen Verweis, ihn besser im Auge zu behalten, wenn er draußen war. Ich nickte brav wie ein gescholtener Schüler und die Wartenden schauten überrascht drein, als die winzig kleine Susannah mir einen Klaps auf den Arm verpasste.

„Sie haben sich gerade die Finger gebrochen, oder?", zog ich sie auf.

„Nein", schmollte sie, während sie gleichzeitig ihre Hand ausschüttelte. Mein Oberarm war dicker als ihr Oberschenkel, natürlich tat das weh. „Sie haben eine Statur wie ein Holzfäller."

Ich lachte leise, und ihre Wangen überzogen sich mit einer bezaubernden Nuance von Feuerrot.

Wir verließen die Tierarztpraxis, begleitet von ängstlichem Keuchen und Luftschnappen – wir hatten die Leute schon wieder erschreckt. Ich verdrehte die Augen, als die Wartenden ihre Haustiere enger an sich zogen und stieß die Tür zur Praxis auf. Und erschreckte draußen eine Frau, die gerade vorbeiging. Sie warf einen Blick auf uns und eilte hastig weiter, ihr Kind eng an sich gedrückt.

Das war doch nun wirklich albern. Chickie würde noch Komplexe bekommen. Ich wollte ihr hinterherschreien, dass er nur Männer und Frauen fraß,

45

keine Kinder, aber da das der Situation wohl kaum zuträglich sein würde, verkniff ich es mir.

Wir überquerten die Straße zu dem kleinen Parkplatz der Tierarztpraxis und ich ließ Chickie auf den Beifahrersitz meines Toyota Tacomas springen, schnallte ihn an und ging um den Pick-up herum zur Fahrerseite.

„Portemonnaie her, schnell", hörte ich im selben Moment, als ich den Lauf einer Pistole zwischen meinen Schulterblättern spürte.

Ich erstarrte, während Chickie im Wagen wie verrückt anfing zu bellen.

Der Parkplatz befand sich direkt an der Ecke einer ruhigeren Seitenstraße und der normalerweise sehr geschäftigen Cicero Avenue, aber es war Samstagmorgen und von daher herrschte weniger Verkehr als sonst. Ich hätte also wirklich nicht so überrascht sein sollen.

„Nicht umdrehen, dann wird auch niemand verletzt", versprach der Mann. „Geben Sie mir einfach Ihr Portemonnaie über die Schulter."

Ich zog mit voller Absicht meinen Dienstausweis aus der Brusttasche meines Burberry Wollwintermantels im militärischen Schnitt und hielt das Etui über meine rechte Schulter in seine Richtung.

„Oh, Scheiße." Er ächzte, als Chickie sich aus seinem Gurt herauswand, sich knurrend und mit gefletschten Zähnen gegen die Fahrertür warf und anfing, an der Scheibe zu kratzen. „Sie sind 'n Bulle?"

„Marshal", berichtigte ich ihn, als er den Lauf seiner Pistole fester in meinen Rücken drückte.

„Scheiße", fluchte er erneut, als Chickie die Geduld verlor, den Kopf hob und laut heulte.

Abrupt schnellte ich vor und packte den Türgriff und Chickie explodierte förmlich durch den entstehenden Spalt. Die Wucht der auffliegenden Tür stieß mich rückwärts gegen den Mann hinter mir und durch den Aufprall gingen wir gemeinsam zu Boden.

Mein Möchtegern-Räuber ließ seine Waffe und meinen Dienstausweis fallen, als er aufkam, wand sich wie Quecksilber unter mir heraus und rannte los. Ich musste erst noch ein wenig zu Atem kommen, bevor ich mich bewegen konnte, aber sein Adrenalinspiegel war auch vermutlich sehr viel höher als meiner. Ich wusste, dass der Hund mich nicht anfallen würde. Mich nicht.

„Chickie", brüllte ich, aber der dumme Hund war bereits durchgegangen und raste dem fliehenden Mann hinterher.

Ich rappelte mich noch wackelig hoch, hob Waffe und Dienstausweis auf und sah gerade noch, wie Chickie einen großen Satz machte und sich auf den fliehenden Mann warf, sich in seiner Schulter verbiss und ihn zu Boden riss, als wäre er eine Puppe und kein erwachsener Mann.

Ich stöhnte.

„Oh!", schrie ein Schaulustiger auf der anderen Seite des Parkplatzes.

„Um Gottes willen!", rief ein weiterer von der Straße.

Ein guter Samariter, der zu mir geeilt war, um zu sehen, ob ich okay war, zuckte aus Mitgefühl mit dem Räuber zusammen. „Oh, Scheiße, das hat wehgetan."

„Krass", rief eine Frau, die zwei Autos weiter neben ihrem VW Beetle stand und wir alle sahen zu, als Chickie um seine geschlagene Beute herumtanzte.

Der Aufprall hatte in der Tat schmerzhaft ausgesehen und der Mann rührte sich nicht mehr.

Ein Glück, dass Chickie kein ausgebildeter Kampfhund war, sonst wäre er dem Mann an die Kehle gegangen und der wäre jetzt tot. So reichte auch schon. Chickie knurrte und bellte und umkreiste sein Opfer schwanzwedelnd, wartete nur darauf, dass seine Beute zuckte oder sich sonst irgendwie bewegte. Ich lief eilig zu ihnen hinüber, rief Chickie zu mir und klopfte seine Flanke, während der Mann einfach nur dalag und leise stöhnte.

„Ich hab 911 für dich angerufen, Bruder", sagte mein guter Samariter, der mir gefolgt war.

„Danke", seufzte ich, hockte mich hin und hielt Chickie fest, als der Typ auf dem Boden sich umdrehte.

„Ich glaub, er hat mir das Rückgrat gebrochen, Marshal", sagte der Möchtegern-Räuber heiser. Ihm fehlte immer noch ein Teil der Luft, die sich normalerweise in seinen Lungen befand.

„Und was haben wir daraus gelernt?", fragte ich spitz.

Beifall erregte meine Aufmerksamkeit und ich drehte mich um und sah die gesamte Belegschaft der Tierarztpraxis vor der Praxistür stehen und applaudieren. Es war schön, dass sie in Chickie den braven Jungen sahen, der er war. In der Ferne hörte ich Sirenen heulen und ich klopfte seine Flanke erneut, als er sich neben mich setzte.

„Das nächste Mal beißt du den Kerl einfach ins Bein, okay?"

Zum Dank bekam ich eine nasse Nase ins Auge.

Ich durfte mit auf die Polizeiwache kommen, Anzeige erstatten, den Tierarzt anweisen, Chickies Patientenakte zu faxen, damit ich beweisen konnte, dass er geimpft war und keine Tollwut hatte und dann stundenlang herumsitzen, bevor ich endlich darüber befragt wurde, was eigentlich genau vorgefallen war. Und das war schon schnell! Ich wurde bevorzugt behandelt, nachdem sie herausgefunden hatten, dass ich ein Marshal war. Es war einfach immer wieder unglaublich, wie viel Bürokratie der Polizeivollzugsdienst beinhaltete.

„Warum haben Sie nicht Ihre Waffe verwendet?"

„Weil ich mir dachte, der Hund tut mehr weh", log ich. Es bedurfte einiges, bevor ich meine Waffe auf einen anderen Menschen richtete; ein Kampf auf Leben und Tod zum Beispiel. Aber die waren dünn gesät.

„Wirklich?", fragte der Beamte, der meine Aussage aufnahm und gluckste in sich hinein, während er vorgebeugt auf seinem quietschenden Bürostuhl sitzend das Formular auf seinem Computerbildschirm ausfüllte.

„Nein, nicht wirklich", ächzte ich. „Normalerweise rufe ich erst, wissen Sie? Man warnt die Leute, bevor man auf sie schießt."

„Und was ist dann passiert?"

„Mein Hund hat ihn erwischt, bevor ich „Stopp oder er frisst Sie" sagen konnte."

Der Bulle grinste breit. „Was für ein Idiot."

„Man bekommt bei einem Überfall einen Dienstausweis statt eines Portemonnaies, man lässt ihn fallen und türmt."

„Ja, oder?"

Ich zuckte die Achseln.

„Mann, was bringen die Jungs ihnen im Knast denn heutzutage bei?", murmelte der Beamte.

Zum großen Unglück für meinen Straßenräuber wurden Angriffe auf Gesetzeshüter, Marshals und andere Vertreter des Rechtsvollzugsdiensts weitaus härter bestraft als Überfälle auf Otto Normalverbraucher. Er konnte sich auf eine Menge Ärger gefasst machen.

Insgesamt keine schöne Art, seinen Samstagvormittag zu verbringen.

Auf dem Rückweg nach Lincoln Park zückte ich mein Handy, um meinen Chef anzurufen und ihm von dem versuchten Überfall zu berichten, aber Chickie wand sich aus dem Sicherheitsgurt heraus und versuchte, in meinen Schoß zu klettern, während ich fuhr. Wieso der Monsterhund dachte, er wäre ein Chihuahua, war mir ein Rätsel.

„Miro."

Nicht mein Chef. Nicht in einer Million Jahren, selbst wenn ich im Sterben läge, würde er mich mit Vornamen anreden. Ich hatte mich offensichtlich verwählt, aber ich konnte nicht erkennen, wen ich denn nun an der Strippe hatte.

„Scheiße, Chickie, sitz. Dummer Hund, du kannst von Glück reden, dass du mir heute das Leben gerettet hast, sonst würde ich dich glatt –" Ich knurrte. „Verdammt. Hallo?"

„Wer hat dir das Leben gerettet?"

„Der Hund", antwortete ich. Ich versuchte erst gar nicht, herauszufinden, mit wem ich sprach, ich war zu sehr darauf konzentriert, nicht bei einem Verkehrsunfall ums Leben zu kommen, nur weil ich einen Hundearsch im Gesicht hatte. „Chickie, sitz!"

„Wie hat er dir das Leben gerettet?"

„Irgendein Idiot dachte, ich wäre ein leichtes Opfer", sagte ich und bemühte mich, so streng wie möglich zu klingen, als Chickie sich auf meinen Schoß setzte – und mir damit komplett die Sicht nahm. „Da rüber", knurrte ich und schob ihn auf den Beifahrersitz, wo er sich prompt herumdrehte und mir den Hals leckte.

„Bist du okay?" Die Stimme klang zunehmend außer sich.

„Ja, ich –" Es traf mich wie ein Faustschlag ins Gesicht. „Ian?"

„Was zum Teufel machst du?"

„Oh", keuchte ich und mir blieb das Herz stehen. Schnell fuhr ich rechts ran, bevor ich auf den Lakeshore Drive abbog und dort einen Unfall baute. „Baby?"

Augenblicklich wurde er brummig. „Fragst du das oder weißt du das?"

„Ich *weiß*."

„Du klangst dir gerade nicht so sicher."

„Um Gottes willen, I", fauchte ich, kürzte seinen Namen auf die erste Silbe ab, was ich so gut wie nie tat, denn wie konnte er es wagen, an mir zu zweifeln? „Ich kann dich kaum hören, weil ich mit deinem verdammten Hund zugange bin!"

„Was? Warum? Wo bist du?", fragte er gereizt.

„Mit Chickie im Auto."

„Und warum?"

„Ich war mit ihm beim Tierarzt, weil er nichts mehr gefressen hat."

„Hast du nachgesehen, ob er was zwischen den Zähnen stecken hatte? Sein Zahnfleisch ist sehr empfindlich", sagte er, logisch denkend.

Perfektes Timing, wie immer. „Nein, habe ich nicht."

„Und, war es das?"

„Ja, das war es." Ich seufzte, denn obwohl wir über seinen dämlichen Köter sprachen, schwebte ich im siebten Himmel, weil ich mit ihm telefonierte. „Warum rufst du an? Bist du verletzt?"

„Was?"

Mein Herz stand still. „Oh, Scheiße. Ian –"

„*Du* hast *mich* angerufen, du Penner."

Stimmt, das hatte ich, aber warum um alles auf der Welt war er drangegangen? „Ian ... Liebling –"

„Nein, ich bin verdammt noch mal nicht verletzt!", brüllte er. „Warum sollte ich verletzt sein? Ich bin hier nicht derjenige, der einen Zusammenstoß mit – wem genau hatte? Hat jemand versucht, dich zu überfallen?"

„Ja, ich –"

„War er bewaffnet?"

„Ja, aber das war kein Problem. Mir geht's gut, nicht mal ein Kratzer. Kannst du dasselbe von dir auch sagen? Keine neuen Löcher in dir? Warum bist du ans Handy gegangen? Sag mir, warum du drangegangen bist!"

„Ich will wissen, was mit dem Kerl passiert ist!"

Ich musste meine Stirn aufs Lenkrad legen und versuchte, meinen Atem wieder unter Kontrolle zu bekommen. Chickie neben mir winselte besorgt.

„Miro?"

„Ja, ich ... Gib mir einen ... einen Moment", sagte ich zittrig.

Er räusperte sich. „Jetzt dreh nicht gleich durch."

„Leichter gesagt als getan."

49

„Ja", grummelte er mit rauer, belegter Stimme. „Geht mir auch so. Wenn ich nicht hier bin und dir passiert etwas, dann – ich denke immer sofort an das Schlimmste."

„Ich weiß." Nach einem Augenblick atmete ich tief durch. „Also, ich habe dich angerufen?"

„Ja."

„Wie habe ich das gemacht?"

„Du hast auf eine Taste auf deinem Display gedrückt, vermute ich."

„Du bist so ein Klugscheißer."

„Ja, okay", gestand er. „Kann ich nicht ändern, bin so geboren."

Wir schwiegen beide für einen langen Moment.

„Also", setzte er an, und ich konnte das Zögern in seiner Stimme hören. „Du hast aus Versehen angerufen."

„Ja."

„Froh, dass ich drangegangen bin?"

Dummer Mann, dumme Frage. Nur Ian fragte so etwas, wenn die Wahrheit doch so unendlich offensichtlich war. „Ja. Sehr."

„Warum?"

Ich schluckte, um das verzweifelte, drängende Geräusch, das in meiner Kehle aufstieg, nicht entkommen zu lassen. „Ich vermisse dich."

„Ach ja?"

„Ja."

„Sehr?"

„Du hast ja *keine* Ahnung."

Er schwieg und ich realisierte, wie weinerlich ich geklungen haben musste. „Entschuldige. Ich wollte nicht klingen wie eine Klette. Du kommst nach Hause, sobald du kannst, ich weiß."

„Miro!", knurrte er.

Was hatte ich verpasst?

„Ich will, dass du mich vermisst."

„Na, dann ist ja gut." Ich lachte leise.

„Und du weißt, wann ich nach Hause komme."

Wusste ich das? „Woher?"

„Konntest du mich schon mal anrufen, während ich im Einsatz war?"

„Noch nie."

„Und was sagt dir das?"

Mir präsentierte sich die Antwort und es war keine gut. „Ooohh, Mann, hast du aus Versehen dein Handy angelassen? Habe ich eure Nacht-und-Nebel Aktion ans Tageslicht gebracht?"

„Du bist so ein Witzbold."

„Nein, ich meine, seit wann könnt ihr Jungs bei verdeckten Operationen angerufen werden?"

„Können wir nicht, wenn wir im Feld sind."

„Bedeutet was?"

„Reim es dir zusammen, Jones."

Es dauerte nur eine Sekunde. „Du bist an einem Ort, an dem du reden kannst?"

Das Geräusch, das er von sich gab, bestätigte meine Schlussfolgerung.

„*Wo*?", fragte ich, bevor ich darüber nachdenken konnte, wollte nichts sehnlicher, als zu wissen, wo er war.

Er räusperte sich.

„Nein, warte", murmelte ich. „Ich … es tut mir leid. Ich bin dumm. Du telefonierst vermutlich nicht auf einer sicheren Leitung und – vergiss, dass ich dich gefragt habe."

Sein Seufzen klang genervt. „Wo genau bist du?"

Ich schluckte mein Herz hinunter. „Wollte gerade auf Lakeshore abbiegen."

„Okay", sagte er schlicht. „Dann komm nach Hause. Ich bin hier."

Ich erstarrte, hatte Angst, auch nur zu atmen.

„Miro?"

„Ian –"

„Himmelherrgott, kommst du jetzt nach Hause oder was?"

„Du bist zu Hause?"

„Hab ich das nicht gerade gesagt?"

„Sein kein Arsch."

„Dann beweg deinen nach Hause!", knurrte er.

Ich schwieg einen Moment. „Oh, das war clever", informierte ich ihn dann. Ich grinste wie ein Idiot. Mein Mann war zu Hause.

„Ja, nun", sagte er, und seine Stimme erreichte ihr tiefstes Register. „Ich hab dich auch vermisst."

Und weil es auf meiner Seite Schmachten und Sehnen gegeben hatte, gab ich ein sehr unmännliches Geräusch von mir, auf das ich nicht stolz war.

„Beeil dich."

Er wusste ja nicht, wie schnell mein Truck fahren konnte.

6

ALS ICH die Tür zu unserem Greystone öffnete, an dem Ian und ich im Sommer einiges getan hatten – unter anderem hatten wir Haustür und Fenstersimse tiefdunkellila gestrichen, die Buchsbaumhecken gestutzt und Blumenkästen angebracht –, sah ich voller Freude seine im Wohnzimmer verstreut liegende Reisetasche und Stiefel. Da ich aber erst noch die Tür hinter mir zumachen musste, erreicht der Hund ihn zuerst. Chickie raste winselnd auf Ian zu, sprang an seinem Herrchen hoch und warf ihn um. Sie landeten zusammen auf dem Sofa.

„Dummer Hund", sagte Ian liebevoll, während er seinen Werwolf umarmte. Wenn ich nicht gewusst hätte, was ich da vor mir sah, hätte ich es mit der Angst zu tun bekommen. Wildes Ablecken sah aus der Entfernung aus wie Zerfleischen und die Wahrheit war: Wenn Chickie das wollte, dann war Ian Hundefutter.

Ich hängte meine Jacke an einen der Haken, die wir im Flur angebracht hatten und legte Schlüssel und Portemonnaie auf die Ablage darüber, bevor ich aus meinen Turnschuhen schlüpfte. Ian hatte ein paar Änderungen durchgeführt, damit ich morgens schneller in die Gänge kam. Er hatte meine Rituale, unter anderem Wahl der Bekleidung und Stylen der Haare, getimt und Verbesserungen eingeführt. Eine dieser Verbesserungen war, dass bestimmte Dinge bei der Haustür abgelegt wurden: Schlüssel an Haken, Dienstmarken an ihren Ketten an andere Haken, Portemonnaies auf das Regalbrett darüber, Dienstausweise, Ohrhörer und Stifte in eine Schüssel. Die einzigen Gegenstände des täglichen Gebrauchs, die nicht dort abgelegt wurden, waren unsere Handys und unsere Waffen und ich musste es ihm lassen: Nicht jeden Morgen das ganze Haus nach meinem Kram absuchen zu müssen, hatte unseren morgendlichen Exodus enorm beschleunigt.

„Hi."

Als ich mich umdrehte, stand Ian mit offenen Armen in der Mitte des Raums, barfuß, in einer ausgefransten Jeans und einem weißen T-Shirt. Chickie war in der Küche und den Geräuschen nach zu urteilen, machte er sich über den Inhalt seines Futternapfes her.

Ich reagierte sofort, tat ein paar hastige Schritte auf Ian zu und warf mich auf ihn, sobald ich nah genug war. Wir prallten hart zusammen – auch wenn ich immer noch sanfter war als sein Hund –, und ich schlang meine Arme fest um ihn, schloss die Augen und genoss die Berührung und die Wärme, die mich umgab, als Ian seine Arme um mich legte.

„Verdammt, ich bin so glücklich, dass du zu Hause bist", brachte ich heraus. Seine Nähe, die Stärke seines Körpers und der Geruch seiner Haut sandten einen Schauer durch mich hindurch.

Er wandte den Kopf und küsste mich hinters Ohr, auf die Wange, den Kiefer, das Kinn, bevor er in einem wilden verzehrenden Kuss seine Zunge in meinen Mund schob.

Kurzschluss in meinem Gehirn. Es war immer noch neu, immer noch wie ein Traum – Ian, der mich begehrte, der mich aufs Sofa drängte, mir hinunter folgte, mich nicht eine Sekunde lang losließ und mich unter sich begrub. Das alles geschah in einer einzigen, fließenden Bewegung und der Kuss wurde inniger, wilder, hungriger. Ich klammerte mich an Ians Rücken, grub meine Finger in seine kraftvollen Muskeln, um ihn festzuhalten, wo er war, ganz nah bei mir. Sein Knie zwängte sich zwischen meine Schenkel und öffnete sie, und ich spreizte sie weiter, sodass er sich dazwischen legen konnte, ganz auf mich, meine Füße auf seinen Waden.

Ich schob eine Hand zwischen uns und ertastete die harte Kontur seines Glieds, das sich gegen den dünnen Jeansstoff drängte und als ich meine Finger unter seinen Hosenbund gleiten ließ, registrierte ich, dass es keine weitere Barriere zwischen uns gab.

Schnell und behände öffnete ich Knopf und Reißverschluss seiner Jeans und seine Erektion lag heiß und prall in meiner Hand. Der Laut, den er von sich gab, als ich ihn sanft aber fest drückte, war pures, nacktes Verlangen. Er stieß seine Hüften vor, suchte nach mehr, drängte sich in meine Faust, während er meinen Namen zwischen zusammengebissenen Zähnen hervorpresste.

„Du hast mich vermisst", sagte ich und versuchte, mir nicht einen Hauch von Selbstgefälligkeit anhören zu lassen, während ich seinen feuchten Schaft streichelte.

Seine Wimpern hoben sich träge, als wäre er berauscht und ich ertrank in tiefem, dunklem Blau. „Ich hab dich vermisst", flüsterte er zustimmend.

„Beweg deinen Hintern in mein Bett", forderte ich, dann milderte ich den Befehl ab mit einem „Bitte."

„Nein", sagte er, und sein Atem stockte. Er schob eine Hand unter die Sofakissen und zog eine kleine Tube Gleitgel hervor. „Hier."

Er drückte mir die Tube in die Hand. Dass er die Voraussicht besessen hatte, sie dort zu verstauen, weil er wollte, dass ich ihn auf dem Sofa nahm, war absolut und unfassbar heiß. Sein Verlangen nach mir war wahrlich ein Geschenk.

„Runter von mir", sagte ich mit tiefer, rauer Stimme.

„Wann?", wollte er wissen. Lusttropfen rannen über meine Finger, während ich sein eisenhartes Glied liebkoste und streichelte.

„Jetzt, du Idiot." Ich gluckste, ließ ihn los und versuchte, mich unter ihm hervorzuwinden.

„Ich will, dass du ... Ich will –", sagte er rau, als er neben mir aufstand. „Miro."

Ich drehte mich, sodass ich hinter ihm stand, stieß ihn vorwärts und beugte ihn über die Sitzkissen des Sofas, zerrte sein T-Shirt hoch und seine Hose runter. Er zog ein Bein aus dem Hosenknäuel um seine Knöchel, sodass er die Beine spreizen konnte und ich ließ die Tube aufschnappen.

„Beeil dich", flehte er, und ich hörte die Anspannung in seiner Stimme, eine Mischung aus Frustration und dem Verlangen, das ihn erfüllte.

„Wir sollten langsam machen. Du bist eine Zeit lang weggewesen."

„Scheiß auf langsam, zeig es mir", bettelte er.

Ich musste ihn nicht fragen – ich wusste, was er meinte. Er wollte, dass ich ihm zeigte, wie sehr ich ihn vermisst hatte.

Schnell schmierte ich meinen Schwanz ein, schloss die Tube und ließ sie auf den Boden fallen. Es würde keine Vorbereitung geben, um seine Muskeln zu entspannen, kein langsames Öffnen seines Körpers. Das war es nicht, was er wollte und brauchte.

„Miro", würgte er hervor und seine Hände schlossen sich fest um die Sofakante. Er ließ den Kopf vornüberfallen und hob seinen Hintern, bereit für mich.

Ich nahm meinen schmerzhaft erigierten Schwanz in die Hand, platzierte die dunkle Eichel an seinem Eingang und drückte mich langsam in ihn hinein.

Der Laut, den er von sich gab, machte mir ein wenig Sorge.

„Bist du okay?", fragte ich und beugte mich über ihn. Meine Lippen berührten seinen Rücken und ich küsste seine Haut, ließ meine Zungenspitze über seine bebenden Muskeln gleiten.

„Ja", stöhnte er heiser. „Nur … Ich hab dich vermisst. In mir."

Und ich hatte es vermisst, in ihm zu sein. „Halt dich fest, Baby."

„Du fühlst dich so gut an. Ich brauche … schneller, beweg dich schneller."

Sein Körper würde keine Zeit bekommen, sich an die Invasion zu gewöhnen, denn ich konnte keine Sekunde länger warten. Ich stieß in ihn hinein, hart und gierig, vergrub mich mit einem Stoß meiner Hüften tief in ihm. Seine zuckenden Muskeln konnten mein Vordringen nicht aufhalten. Das unaufhaltsame Eindringen, das Gefühl, so plötzlich ganz von mir erfüllt zu sein, raubten ihm den Atem.

„Verdammt", keuchte er, und seine Muskeln traten in dicken Strängen hervor, als er das Sofagestell umfasste, um sich dort abzustützen.

Ich zog mich ein kleines Stück heraus, drängte mich ungestüm wieder tief in ihn hinein, füllte ihn, erfüllte ihn ganz. Unsere Körper trafen mit einem klatschenden Geräusch aufeinander, und die kraftvolle Bewegung entriss ihm mit einem leisen Aufschrei meinen Namen.

„Miro, verdammt, benutz mich einfach."

Ich packte seine Hüften und begann, mich langsam und gleichmäßig in ihm zu bewegen, hinein, hinaus und wieder tief in ihn hinein. Ich genoss das Gefühl der feuchten Hitze, die mich umschloss und das Wissen, dass es Ian war, der mich in sich aufnahm, der mich wollte.

„Miro, ich kann nicht –"

„Du kannst", presste ich heraus. „Wag es nicht, zu kommen."

„Aber ich bin so kurz davor …"

„Ja", stimmte ich zu und zuckte plötzlich, erschauerte, war *da*, ohne eine Vorwarnung, und kam tief in seinem Körper.

Er klammerte sich zitternd an das Sofa und an seine Selbstbeherrschung, während ich in ihm bebte, mich dann aus ihm zurückzog. Sperma tropfte dickflüssig auf seine Oberschenkel.

„Miro", flüsterte er, als ich hinter ihm auf die Knie sank.

„Dreh dich um und gib ihn mir."

Er bewegte sich mit der ganzen, geballten in ihm schlummernden Kraft, drehte sich herum, als ich meine Lippen öffnete und stieß seinen dicken, schweren Schwanz in meinen Mund. Zum Glück verfügte ich über keinen nennenswerten Würgreflex, sonst wäre die Sache anders ausgegangen. Aber so schluckte ich ihn lediglich mühelos, saugte und lutschte und er packte meine Haare und hielt mich fest.

„Nimm ihn ganz", knurrte er rau und presste seine Leistengegend an mein Gesicht.

Ich saugte fester und spürte das Beben, das ihn durchlief. So sehr Ian es auch genoss, wenn ich tief in ihm vergraben war: Der Anblick meiner Lippen um seinen Schwanz brachte ihn jedes Mal in Sekundenschnelle zum Orgasmus. Es gefiel ihm sehr, Macht über mich zu haben und diese auch zu benutzen, während er zusah.

„S'gut", stöhnte er und spritzte in meine Kehle.

Ich schluckte schnell, ohne Luft zu holen, trank ihn in tiefen Zügen, sog ihn in mich auf. Es dauerte lange Augenblicke, bis ich mit einem Mal realisierte, dass ich meinen Herzschlag in den Ohren hören konnte und dass Sauerstoff urplötzlich oberste Priorität geworden war. Es war fast schon ein Kampf, mich loszumachen. Er wollte mich, und zwar genau da, wo ich war – meine Lippen um seinen Schwanz geschlossen. Aber es gelang mir, ihn von mir zu schieben und ich sog gierig süßen Sauerstoff in mich hinein und sackte rücklings gegen das Sofa, meine Arme über die Sitzkissen ausgebreitet.

Er folgte mir, glitt rittlings auf meinen Schoß und sein von Speichel und Sperma nasser Schwanz malte eine feuchte Linie auf meinen Bauch. Sein Hintern schmiegte sich wie angegossen in meine Leistenbeuge.

„Ich weiß, warum du mir nicht erlaubt hast, zu kommen", sagte er mit stockender, rauer Stimme, während er mein Gesicht zwischen seine schwieligen Hände nahm.

„Und warum?", köderte ich ihn und leckte meine Lippen, entdeckte Spuren seines Geschmacks in meinen Mundwinkeln.

„Weil du keinen Bock auf die Sauerei auf dem verdammten Sofa hattest", sagte er mit einem Schnauben.

Ich nickte und grinste ihn an.

Er stieß ein tiefes Knurren aus, drückte meinen Kopf in den Nacken und küsste meine Kehle. Ich musste lachen.

„Mensch, Miro", maulte er und küsste mich, fand seinen eigenen Geschmack in meinem Mund. Er leckte in meinen Mund, saugte an meiner Zunge, bis ich schwer keuchend nach Luft rang.

„Du klingst sauer", sagte ich mit einem leisen, atemlosen kleinen Lachen, während meine Hände über seine granitharten Oberschenkel glitten. „Aber ich werde belohnt. Da kommen so ein bisschen gemischte Signale an."

Eine Hand in meinem Haar vergraben hielt er mich fest, drückte mich gegen die Sofakissen und fuhr in seiner sinnlichen Attacke fort. Er küsste mich, langsam und gründlich, jeder Kuss länger und tiefer als der vorherige und ich verlor den Überblick darüber, wo der eine aufhörte und der nächste begann, verlor die Welt aus den Augen bis auf Ian und seinen heißen, hungrigen Mund auf meinem. Es gab so vieles, das ich ihm sagen wollte, von dem ich ihm erzählen wollte, aber ich konnte keinen klaren Gedanken fassen und jeder Zentimeter Haut, den er berührte, war wie gebrandmarkt von seinem festen Griff, seinen harten Händen auf meinem Körper.

Ich konnte ihn nicht aufhalten, ihm nichts verwehren, nicht einmal, um Luft zu holen. Aber dann knurrte mein Magen laut und der Zauber brach. Ich stöhnte und ließ den Kopf zurückfallen, löste so die Verbindung unserer Lippen. Unwillkürlich musste ich lachen.

„Soll ich aufhören, dich zu küssen und dir was zu essen besorgen?", fragte er leise und biss mir in die Unterlippe, zupfte sanft daran, bevor er sich zurücklehnte und mir in die Augen sah.

„Nein", sagte ich fest, legte eine Hand um seinen Nacken und zog ihn zu mir herunter, bis seine geröteten, geschwollenen Lippen dicht über meinen waren. „Küss mich noch mal."

Sein Lächeln war verführerisch hinterhältig, als er den Kopf beugte und meine Lippen erneut in Besitz nahm. Ich hätte auch noch einen Kuss bekommen, aber plötzlich klingelte es an der Tür. Wir zuckten zusammen.

„Miro?", rief jemand durch die Tür. „Bist du zu Hause?"

„Wer zum Teufel ist das?", grollte Ian.

Mein Handy, das ich entgegen meiner Gewohnheit auf die Ablage neben der Tür gelegt hatte, fing eine Sekunde später an zu brummen und dann begann die Person, die vor unserer Haustür stand, an selbige zu klopfen, beziehungsweise zu hämmern. Meine Waffe lag neben meinem Handy auf dem Regalbrett bei der Tür – ich war zu sehr darauf konzentriert gewesen, zu Ian zu gelangen, um sie wie üblich in meinem Nachttisch zu verstauen.

„Warum ist da –"

„Es ist Drake", sagte ich schnell.

„Drake? Warum?"

Ich zuckte die Schultern. „Keine Ahnung. Er hat mich gestern angerufen und gefragt, ob er vorbeikommen kann. Anscheinend gibt es da ein neues Problem."

„Oh, verdammte Scheiße, nein", knurrte Ian und ließ seinen Kopf schwer auf meine Schulter fallen.

Ich verbiss mir ein Lachen.

„Was zum Teufel ist denn jetzt mit ihnen los?", wollte er wissen, als sein Handy klingelte.

Es gab nur einen Weg, das herauszufinden.

„Das ist doch albern", sagte mein Partner, Lover und bester Freund zum sechsten Mal.

„Ich habe dich die anderen fünf Mal auch gehört", erwiderte ich drollig, während wir die Wabash runter in Richtung des Exchequer gingen, dem Restaurant, in dem Cabot Jenner – jetzt Cabot Kincaid – als Kellner arbeitete. Er hatte sich um den Job beworben, weil das Restaurant in der Nähe des Art Institutes lag, wo Cabot studierte und er zum ersten Mal in seinem Leben arbeiten musste, nachdem er zusammen mit seinem festen Freund Drake – ehemals Ford, jetzt Palmer – ins Zeugenschutzprogramm aufgenommen worden war. Drake trabte zwanzig Schritte vor uns über den Bürgersteig. Er hatte es eilig – wie immer, wenn er sich mit seinem Freund treffen wollte.

Drake und Cabot – beide achtzehn Jahre alt und ursprünglich aus einer Kleinstadt in Virginia – waren vor sechs Monaten ins kalte Wasser des hektischen Großstadttreibens von Chicago geworfen worden. Cabot, von dem ich angenommen hatte, dass er Probleme haben würde, ging es gut, aber Drake hatte so seine Schwierigkeiten.

Nach zwei Monaten in Chicago war Drake davon überzeugt gewesen, dass Cabot ihn betrog. Dem war nicht so.

Nach drei Monaten war er mit einem Mal unsicher, ob er wirklich studieren wollte. Ich hatte ihm damals geraten, eingeschrieben zu bleiben, während er darüber nachdachte. Da das den meisten Sinn machte, hatte Drake zugestimmt und war an der Uni geblieben.

Nach vier Monaten hatte er geglaubt, dass Cabot ausziehen wollte. Was Cabot eigentlich gewollt hatte, war, im Bett Neues auszuprobieren – zum Beispiel verschiedene Sexspielzeuge. Ian hätte sie damals beide beinahe umgebracht.

„Tief durchatmen", hatte ich ihn angewiesen, ihn auf der Straße stehenlassen und mit Cabot den Sexshop betreten.

Nach fünf Monaten war Cabot vom Aushilfskellner zum Kellner befördert worden und hatte seine Nische gefunden: mit Menschen zu sprechen. Mit seinen goldblonden Haaren, der glatten Haut, den großen, blauen Augen, den zarten Gesichtszügen und dem sonnigen Gemüt war er sowohl bei Frauen als auch bei Männern beliebt, kassierte reichlich Trinkgelder und schloss Freundschaften, wo immer er hinkam. Seine Arbeit und das Studium hatten Drake das Gefühl gegeben, dass Cabot ihm entglitt. Das war zwar nicht zwingend der Fall, aber es stimmte schon, dass sich die beiden jungen Männer verändert hatten. Aber während Drake sich nur in akademischer Hinsicht entwickelte, war Cabot förmlich aufgeblüht und hatte festgestellt, dass er es genoss, in Gesellschaft anderer Menschen zu sein. In der Vergangenheit war er von seinen Eltern streng behütet und mit Golfspielen, Dressurreiten und einer schier unüberwindbaren Mauer aus Geld und Sicherheitsmaßnahmen von der Außenwelt abgeschirmt worden. Jetzt endlich trat der wahre Cabot zum Vorschein, der Cabot, der nicht mehr nur Drakes „Junge" war und der mehr als bereit dazu war, auf eigenen Füßen zu stehen.

Einen Monat später, nach sechs Monaten in Chicago, hatte Drake mich angerufen und gesagt: „Ich glaube, Cabot will seine eigene Wohnung haben." Also musste ich hingehen und mit ihnen darüber sprechen. Ich hatte mich bereit erklärt zu helfen, bevor ich gewusst hatte, dass Ian dann schon wieder zu Hause sein würde.

„Es ist nicht unsere verdammte Aufgabe, mit unserem Zeugen darüber zu sprechen, ob er Abstand von unserem anderen verdammten Zeugen haben will oder nicht."

„Es ist sehr wohl unsere Aufgabe, wenn es potenziell ihre Sicherheit gefährdet", korrigierte ich Ian und bedeutete Drake mit einer Geste, weiterzugehen, statt sich umzudrehen und zu uns zurückzukommen. Ian war gerade erst wieder nach Hause gekommen, da wollte ich ihn ganz für mich allein haben, und wenn auch nur für eine weitere Minute.

Er schüttelte den Kopf. „Das glaube ich kaum."

„Aber du kannst es auch nicht mit Sicherheit ausschließen."

Er blieb stehen und sah mich an. „Ich will nach Hause. Ich will ins Bett. Ich will mit dir zusammen duschen und zwar genau so, bevor sie mich einberufen haben."

Ian Doyle war ein großer Fan von mir vor ihm auf den Knien, sein Schwanz in meinem Mund. Er war nahezu süchtig nach diesem Bild meiner Hingabe. Ich hatte gedacht, dass sich dieses Verlangen auch daraufhin auswirken würde, dass er im Bett oben sein wollte, aber bisher genoss er es, wenn ich ihn dominierte.

„Das kannst du haben, sobald wir hier fertig sind", versprach ich, hob meine Hand zu seiner Wange und strich mit meinem Daumen sanft über die von Bartstoppeln bedeckte Haut. „Du siehst so müde aus. Geh nach Hause und hau dich eine Runde aufs Ohr. Ich bringe etwas zum Abendessen mit."

Er schüttelte den Kopf und lehnte sich zur Seite. „Nicht ohne dich. Drei Wochen lang hab ich an nichts anderes gedacht als daran, endlich wieder zu Hause zu sein, auf dem Sofa zu liegen, meinen Kopf in deinem Schoß, Fernsehen zu gucken und Chickie beim Schnarchen zuzuhören."

„Pupsen tut er auch", erinnerte ich ihn, schlang einen Arm um seine Schulter und zog ihn an mich.

„Wenn du so viel essen würdest wie er, tätest du das auch."

Die Art, wie er das sagte, so nüchtern und sachlich, brachte mich zum Lachen.

„Was?", wollte er wissen und warf mir ein träges Lächeln zu, das alles südlich der Gürtellinie steif werden ließ.

„Du bist witzig."

„Nur bei dir", seufzte er.

„Mag sein", erwiderte ich, als wir uns unserem Bestimmungsort näherten.

Exchequer sah von außen wie ausgestorben aus, selbst mit dem flotten Baldachin über dem Haupteingang, aber im Innern war es riesig. Und ja, in manche Tische waren Namen eingeritzt. Der Sage nach hatte Al Capone höchstpersönlich hier vor einer Million Jahren gegessen. Sie machten sehr gute Pizza und dazu war es eines der wenigen Restaurants, wo ich Pfannenpizza bekommen konnte und Ian italienische mit dünnem Boden, sodass wir nicht Streichhölzer ziehen mussten, wer enttäuscht sein würde.

Wir baten um einen Tisch in Cabots Bereich des Restaurants und als er uns entdeckte, kam er an unseren Tisch geeilt und gab Drake einen lauten, feuchten Schmatzer, bevor er sich mit einem strahlenden Lächeln zu uns umdrehte. Ich hatte den Außenplatz der Nische und so kam ich in den Genuss, von Cabot fest umarmt zu werden.

Ich warf Drake einen vielsagenden Blick zu und er verzog das Gesicht. Ian bestellte uns beiden ein Bier und Drake eine Cola.

„Ich darf euch das Bier nicht bringen", sagte Cabot, als er sich aufrichtete und Drake das Haar aus dem Gesicht strich. „Aber ich sage Terry Bescheid."

Er wusste, welche Pizza wir haben wollten – wir bestellten immer dieselben –, und als er davoneilte, beugte Ian sich vor und verpasste Drake einen Schlag auf den Hinterkopf.

„Aua, Scheiße, Ian, was sollte das denn?"

„Du dämlicher Idiot!", schimpfte Ian. „Er liebt dich. Er steht auf dich. Zieh endlich den Kopf aus dem Arsch und hör auf, dir Sorgen darüber zu machen, was er vielleicht, eventuell, möglicherweise will oder auch nicht will und konzentrier dich mal auf dich und auf das, was du willst."

Drake nickte und sah langsam zu uns hoch. „Ich – es ist nur … Neulich haben wir uns mit ein paar von seinen Freunden vom Institute getroffen, und als ich gesagt habe, dass ich an der University of Chicago bin, waren die alle total beeindruckt und meinten so „Wow, wirklich? Wie bist du da reingekommen?" Da hab ich Panik bekommen. Ich meine, ich wusste ja nicht, dass das fast so ist, wie an Harvard oder Yale angenommen zu werden. Die wollten alle wissen, wie ich das gemacht habe."

„Sag ihnen mit guten Noten, bestandenen Prüfungen und freiwilligen Zusatzarbeiten", erwiderte Ian schnell.

„Warum konntet ihr mich nicht an der Loyola einschreiben oder an der UIC oder der DePaul oder –"

„Halt, halt, jetzt mal langsam", wies ich ihn an. „Wo kommt das auf einmal her?"

59

Er schüttelte den Kopf.

„Du hast nicht das Gefühl, dass du da hingehörst?"

Er sah mich an. „Cabot hätte besser an die Uni gepasst."

„Ich war dort", erinnerte ich ihn. „Sie ist ziemlich groß, was?"

„Ja, genau."

„M-hm. Ich erinnere mich noch, als ich das erste Mal über den Campus gegangen bin, das war ein Gefühl von 'Wo zum Teufel muss ich hier hin?'"

Er machte ein zustimmendes Geräusch.

„Ja, der Anfang ist schwer, aber dann dauert es nicht lange, bis man Cobb Hall wie seine Westentasche kennt und in die Reg zu gehen ist –"

„In die was?"

„Die Regenstein Library", zog ich ihn auf. Ich wusste, dass er schon einmal dort gewesen war, denn als ich ihn das letzte Mal abgeholt hatte, um mit ihm im The Medici essen zu gehen, hatten wir uns vor dem Gebäude getroffen. „Du findest dich schon zurecht, gib dir einfach ein bisschen Zeit, dich einzugewöhnen."

„Ja, okay."

„Gut", sagte ich und lächelte ihn an, als Cabot mit seiner Cola kam, gefolgt von Terry, Cabots Kollegen, der zwei Flaschen Sierra Nevada Pale Ale auf den Tisch stellte, eine für Ian und eine für mich.

„Zu Hause könnten wir Bier trinken, das ich wirklich mag", brummelte Ian.

Ich lehnte mich zu ihm und stieß seine Schulter mit meiner an. „Wir gehen bald, versprochen."

Sein Knurren war unwirsch, aber die Hand, die sich unter dem Tisch auf meinen Oberschenkel legte, war fest und besitzergreifend und sagte mir alles, was ich wissen musste. Das Versprechen bedeutete ihm viel.

Während ich den ersten Schluck von meinem Bier nahm, erhaschte ich einen Blick in die Küche und sah Cabot an die Wand gedrängt dastehen, vor ihm der Typ, der unsere Getränke gebracht hatte. Cabot drückte eine Hand gegen Terrys Brust; die ganze Situation sah weder entspannt noch freundschaftlich aus. Cabot war eindeutig in Bedrängnis und beim bloßen Gedanken daran drehte sich mir der Magen um. Was selbst dann nicht besser wurde, als sich der ältere Mann umdrehte und wegging.

Ich entschuldigte mich bei meinen Tischgenossen, stand auf und marschierte schnurstracks zur Küche. Cabot lächelte, als er mich sah.

„Miro, ich habe die Pizzen gerade in den Ofen gesteckt."

„Perfekt", sagte ich, während ich schnell an ihm vorbei und auf Terry zuging, der damit beschäftigt war, Bestellungen in die elektronische Kasse einzutippen.

Er war größer als ich, aber ich war um einiges muskulöser; als ich ihn an der Kehle packte und gegen die Wand stieß, wehrte er sich nicht. Stattdessen fing er sofort an zu betteln.

„Miro", keuchte Cabot, vermutlich besorgt um seinen Job.

„Hör mir gut zu", sagte ich und beugte mich vor, sodass ich die Warnung in Terrys Ohr flüstern konnte. „Wenn du Cabot jemals wieder anfasst, ihn mit den Augen ausziehst oder ihn auch nur lüstern anlächelst, komm ich zurück und reiß dir die Lungen raus. Hast du mich verstanden?"

Er nickte schnell.

„Bist du sicher?"

Weiteres Nicken.

„Perfekt", knurrte ich, ließ ihn los und trat zurück, sodass er einen besseren Blick auf die Muskeln in meinen Armen und Schultern bekommen konnte, die ihm fehlten. Normalerweise fand ich solche Einschüchterungstaktiken albern, aber in diesem Fall waren sie eindeutig angebracht.

Terrys Augen huschten hin und her, ohne mich auch nur ein Mal anzusehen. Einen Moment später drehte ich mich um, nahm Cabots Oberarm und schleppte ihn mit mir raus in den Speisesaal.

„Miro, ich hätte das auch selbst –"

„Drake glaubt, dass du ausziehen willst, weil du Abstand brauchst, aber das ist es nicht, oder? Du hast versucht, einen Weg zu finden, mit Terry fertig zu werden, ohne Drake von der Sache erzählen zu müssen. War nicht leicht, hm? Lag dir schwer im Magen."

Cabot hatte den Atem angehalten, aber einen Moment später gab er auf. „Ja", gestand er und starrte hinunter auf seine Schuhe, als wären die in dem Moment ungemein wichtig.

„Sieh mich an."

Sein Blick hob sich und traf meinen.

„Wenn du ein Problem hast, ganz gleich, welches – Geld, unheimliche Nachbarn, ältere Typen, die dich angrapschen, ein Prof, der sich an dich ranmacht oder Drake, der irgendwas in den falschen Hals bekommt – dann sag mir das. Dazu bin ich da, Probleme aus dem Weg zu räumen."

„Okay", willigte er ein.

„Egal, was es ist", beharrte ich, „ich kümmere mich darum. Und ja, das ist mein Job, aber du und Drake, ihr seid ein Sonderfall für mich und Ian. Das weißt du."

Er lächelte reumütig. „Ja, okay."

„Also sprich mit Drake und schenk ihm reinen Wein ein, okay?"

„Mache ich."

„Gut. Und jetzt besorg mir was zu essen, bevor ich vor Hunger umfalle."

Er lachte und ging zurück in die Küche, während ich zu Ian und Drake zurückkehrte.

„Stimmt etwas nicht?", fragte Ian, als ich neben ihm auf die Bank glitt und seine Hand fand augenblicklich meinen Oberschenkel. Es war intim und sexy, und als er sich zu mir beugte, um zu hören, was ich zu sagen hatte, sandte sein Atem an meinem Ohr einen Schauer durch mich hindurch.

„Nein", brachte ich heraus. „Cabot bringt uns gleich unser Essen."

„Gut", sagte Ian mit leise grollender Stimme und ihr Klang war wie eine Umarmung.

„Lass uns nach Hause gehen, sobald wir mit essen fertig sind."

„Gute Idee", stimmte er schnell zu und seine Finger wanderten über die Innennaht meiner Jeans.

In der Vergangenheit war Ian nicht besonders sinnlich gewesen, aber jetzt war er Sex auf zwei Beinen. Seitdem wir das erste Mal miteinander geschlafen hatten, erfüllte ihn ein ganz neues Verständnis davon, wie sein Körper auf Lust, Leidenschaft und Sinnenfreuden reagierte, und die neue Gelassenheit, die er zeigte, war unwiderstehlich. Ian war immer schon umwerfend gewesen, aber jetzt floss er nahezu über vor Selbstvertrauen und dem Versprechen sinnlicher Genüsse. Ich wollte ihn so bald wie möglich unter mir haben.

„Entschuldigen Sie bitte."

Wir sahen hoch. Vor unserem Tisch hatte sich ein Mann aufgebaut, den ich nicht kannte und hinter ihm stand Terry, den ich gerade in der Küche gewalttätig bedroht hatte.

„Sie müssen bitte das Restaurant verlassen", wies der Mann uns an. „Ich bin Brad Rigby, der stellvertretende Geschäftsführer und Sie –"

„Wo ist das Problem?", fragte Ian, zog seinen Dienstausweis aus der Brusttasche seiner Lederjacke und ließ ihn aufschnappen.

Brad wurde bleich, als er sah, dass Ian ein US Marshal war.

„Möchten Sie seinen auch sehen?", fragte Ian mit finsterer Miene und neigte den Kopf in meine Richtung. „Oder reicht Ihnen das so?"

Es ist gar nicht so einfach, sich wieder unter Kontrolle zu bekommen und zu beruhigen, wenn man sich auf eine Auseinandersetzung eingestellt hat und einem das Adrenalin durch den Körper pulsiert. Brad tat nur seinen Job und verteidigte seinen Angestellten, er wusste schlicht und ergreifend nicht, dass sein Mann die Schuld trug.

Vor sechs Monaten wäre Ian über mich gestiegen, um aus der Sitzecke herauszukommen, hätte sich auf Brad gestürzt und ihn in die Ecke gedrängt. Der Ian, der jetzt neben mir saß, erlaubte es Brad, sich zu sammeln und den Rückzug anzutreten.

Ich wusste, dass ich der Grund dafür war. Weil ich ihn liebte, weil er ein Zuhause hatte, zu dem er zurückkehren konnte. Weil er nicht länger ein Streuner war, musste er nicht mehr immer und überall gewinnen. Er musste nicht mehr der Furchteinflößendste und der Stärkste sein. Er konnte er selbst sein, nicht nur stark und mutig, sondern auch freundlich und sanft. Ian hatte Sicherheit, hatte Bodenhaftung. Er war nicht mehr permanent wütend. Er musste sich nicht mehr jedem beweisen, denn ich war der Einzige, der wichtig war. Wenn er nur einsehen würde, dass zu heiraten der nächste, logische Schritt dieser Veränderung war.

„Also?", drängte Ian den Manager und holte meine Aufmerksamkeit damit in die Gegenwart zurück.

Brad schluckte hart. „Ich dachte, Ihr Partner hätte meinen Angestellten bedroht."

„Nein", sagte Ian ausdruckslos. „Hat er nicht."

„Ich verstehe."

„Gut", erwiderte Ian und nickte.

Als sich die beiden Männer umdrehten, um zu gehen, stand Cabot mit unseren Pizzen da. Sein Chef lächelte ihn an, sagte ihm, dass er seine Sache gut machte und ging mit Terry im Schlepptau davon.

„Was war denn da los?", fragte Drake seinen Freund.

Cabot stellte unsere Pizzen – meine Deep Dish und Ians italienische – auf die Untersetzer auf dem Tisch, dann sah er Drake an. „Die Kurzversion ist: Ich habe Mist gebaut und dir nicht gesagt, dass ich hier Ärger habe."

Drake streckte eine Hand nach Cabot aus, der sie sofort ergriff und Drake erlaubte, ihn neben sich auf die Bank zu ziehen.

„Vergib mir. Es ist nur, ich bin noch nie vorher angebaggert worden."

Drake nickte.

„Ich wusste nicht, was ich tun sollte", sagte Cabot und nahm Drakes Gesicht zwischen seine Hände. „Ich wollte nicht, dass du hier reinstürmst und Ärger machst und außerdem, ich meine, ich bin erwachsen, richtig? Ich sollte meine Probleme selber lösen können."

„Aber du solltest mir immer alles sagen können."

„Ja", stimmte Cabot zu, und seine Augen wurden weich und feucht, wie immer, wenn er Drake ansah. Er war absolut und rettungslos verloren und Drake sollte wirklich langsam anfangen, das auch zu glauben. Ihre ganze Beziehung hatte damit begonnen, dass er die Wahrheit, dass ein Prinz ihn wollte, nicht erkennen wollte. Oder konnte. Aber jetzt musste er wirklich aufwachen und erkennen, dass auch er ein Fang war, sonst würde er durch seine Unsicherheit Cabot letztendlich doch verlieren.

„Von jetzt an keine Geheimnisse mehr", sagte Drake, wandte den Kopf zur Seite und küsste Cabots Handfläche. „Versprich es mir."

Cabot nickte und sein Atem stockte: Er brachte kein Wort heraus. Die Art, wie sie einander in die Arme fielen, sagte alles.

„Könntet ihr das vielleicht woanders machen, damit ich essen kann", grummelte Ian und wickelte Messer und Gabel aus der Serviette aus. Er brauchte das Besteck nicht, die Serviette aber schon. „Mach deine Pause, Cabot, und setz dich verdammt noch mal hin."

Manche Dinge änderten sich eben doch nie.

7

DRAKE BESCHLOSS, die eine Stunde bis zum Ende von Cabots Schicht zu bleiben und Ian und ich überließen ihm die Reste unserer Pizzen, sehr zu meinem Verdruss.

„Ich hol dir eine neue", lachte Ian, als wir das Restaurant verließen. „Aber vielleicht willst du ja auch was anderes zum Abendessen." Ich knurrte und er stieß mich mit der Schulter an. „Oder ich könnte dich ausführen."

Ich drehte mich zu ihm um und fand seinen Blick fest auf mich gerichtet. „Was?"

„Wie bei einer richtigen Verabredung. Ich könnte dich zum Essen ausführen."

Mein Grinsen verbarg meinen Unglauben.

„Was?"

„Du willst mich ausführen?"

Langsam breitete sich ein Lächeln über seine Lippen und legte die Haut um seine Augenwinkel in eine Million kleine Fältchen. Die Freude, die er verspürte, wenn er mich ansah, war so offenkundig, dass es mir den Atem raubte. „Ja, will ich."

„Okay", erwiderte ich heiser und räusperte mich. „Her mit dem Date."

Wir waren auf dem Rückweg zu dem 1973 Ford Capri mit Schiebedach, in dem wir derzeit durch die Gegend gondelten und er gluckste immer noch in sich hinein, als sein Handy klingelte. Ich hatte es genossen, den Schlitten zu fahren, aber da Ian zurück war, waren meine Tage hinter dem Steuerrad gezählt. Tatsache war, ich hatte bereits auf den Beifahrersitz zurückkehren müssen.

Er ging an mir vorbei und auf die Straße, um zur Fahrerseite des Wagens zu gelangen, aber dann drehte er sich um und ergriff meinen Arm.

„Nein", sagte er schnell und seine blassblauen Augen bohrten sich in meine. „Ich wusste nicht, dass es heute ist. Ich bin nicht absichtlich nicht gekommen."

Das war es dann wohl mit dem Date.

„Miro und ich werden irgendwann im Lauf des Tages mal reinschauen."

Sein Griff um meinen Arm lockerte sich und seine Hand glitt zu meinem Handgelenk hinunter und weiter, bis seine Finger sich um meine schlossen. Die Geste war seltsam und zugleich vielsagend, denn Ian war nicht der Typ für öffentliche Liebesbekundungen. Er suchte Trost in der Berührung, aber für was, das konnte ich nicht sagen.

„Ich weiß nicht, ob wir es zum Ess... Kuchen gibt es um sechs, verstanden."

Er legte auf, und ich wartete.

„Mein Vater feiert heute seinen sechzigsten", sagte er und blickte suchend in mein Gesicht.

Colin Doyle war Ians Vater, aber sie standen sich nicht sehr nahe. Eine Zeit lang hatte ich geglaubt, sie würden sich einander wieder annähern, aber da hatte ich falsch gelegen. Sie hatten sich seit Monaten nicht mehr gesehen. „Das kommt ein bisschen kurzfristig, oder?"

„Offenbar hat sie mir eine Einladung geschickt, aber die ist zurückgekommen. Ich hab nicht so ein Nachsendedings bei der Post ausgefüllt, als ich umgezogen bin."

„Oh."

„Ich meine, die meiste Post waren eh nur Rechnungen und so."

„Sicher."

„Um die hab ich mich gekümmert, denn sonst schreibt mir keiner, die meisten Leute schicken mir eine E-Mail."

Ich nickte, denn sein Geplapper über die Post sagte mir, dass ihm unbehaglich zumute war. Dabei kümmerte es mich herzlich wenig, dass die Einladung zur Geburtstagsfeier seines Vaters verloren gegangen war.

Der Umzug war schnell vonstattengegangen. Wir hatten einen Samstag damit verbracht, Ian aus der Betonziegelödnis seiner Wohnung in mein Greystone in Lincoln Park überzusiedeln und Ian wurde vom Mieter einer armseligen Schuhschachtel zum Miteigentümer eines achthunderttausend Dollar teuren Greystones, das vielleicht ein Jahr oder so vor meinem Lebensende abbezahlt sein würde; ich hatte die Rückzahlungsrate erhöht. Es war alles sehr schnell gegangen, das ja, aber ich hatte ihn gefragt und Ian war ganz wild darauf gewesen, sich den Kredit mit mir zu teilen. Es hatte ihn tief berührt, dass ich ihn mit einbeziehen wollte. Er war gerührt gewesen von meinem Vertrauen in ihn und überglücklich, ein Stück Papier zu unterschreiben, das uns zu mehr als nur beruflichen Partnern machte – es hatte uns zu Lebensgefährten gemacht. Das war meine große Geste gewesen, um ihn an mich zu binden und er verstand, wie sie gemeint war: als Zeichen für Dauerhaftigkeit. Wir hatten allen, die wichtig waren, gesagt, dass Ian bei mir eingezogen war. Offenbar hatte Colin nicht dazugehört.

„Okay", sagte ich einen Moment später, „wir halten an einem Wein- und Spirituosenladen und kaufen ihm eine Flasche richtig guten irischen Whiskey."

„Weil er Ire ist", köderte mich Ian. Meine Stereotypisierung hatte seine Laune gehoben.

Ich zuckte mit den Schultern und sein Lächeln blitzte erneut auf, hob seine Mundwinkel in einer Art, die meinen Magen Purzelbäume schlagen ließ.

Er grub seine Finger in meinen Mantel und zog mich näher an sich. Er legte den Kopf auf meine Schulter, ohne seinen Griff zu lockern. „Bleib bei mir, wenn wir da sind, okay?"

„Natürlich", erwiderte ich, die Hände auf seine Hüften gelegt und atmete seinen warmen Zitrusduft ein.

Er hob mein Kinn an und drückte mir einen Kuss auf die Lippen, der vielleicht nur einen Moment dauerte, aber wie ein Steppenbrand durch meinen Körper raste und jede Zelle, jedes Nervenende in Flammen setzte.

Wir stiegen ins Auto, und wieder wurde ich daran erinnert, warum Ian am Steuer ein Grund zur Sorge war. Meine Hand flog nach vorn und ich hielt mich am Armaturenbrett fest.

„So ähnlich muss es sein, wenn man mit einem Stuntfahrer befreundet ist", grummelte ich.

Sein leises Lachen ließ mich wider Willen Lächeln.

IAN WAR der Ansicht, dass wir zu viel Geld ausgegeben hatten, aber wir kamen verspätet zur Feier und überhaupt, wie oft wurde man schon sechzig?

Obwohl es Samstag war, hatte die Fahrt raus nach Marynook eine Weile gedauert. Das war Chicago: Es gab immer Stau, morgens, mittags und abends. Einmal war ich um drei Uhr morgens von einem Club nach Hause gefahren und hatte Stoßstange an Stoßstange mitten im schönsten Verkehrschaos gestanden. Am besten ging man immer davon aus, nie jemals irgendwo pünktlich anzukommen.

Die normalerweise ruhige Straße war gerammelt voll mit Autos und der letzte freie Parkplatz war einen Häuserblock entfernt. Als wir uns dem Haus näherten, sah ich das Gartentor offenstehen, und den Vorgarten mit Luftballons und Luftschlangen dekoriert.

„Wir gehen rein, gratulieren ihm und hauen wieder ab, okay?"

„Was immer du willst", stimmte ich zu. Ich merkte, dass seine Anspannung zunahm, je näher wir dem Tor kamen, und mir wurde ein wenig mulmig zumute.

Wir gingen um das Haus herum und gelangten in den Garten, der voller Menschen war. Sie saßen auf wackeligen Gartensesseln, die umfielen, wenn man nicht aufpasste, Bänken, Liegen und Klappstühlen an einer langen Tafel aus Picknick- und Kartentischen. Im Wintergarten standen Heizstrahler und weitere Gäste pendelten zwischen Haus und Garten hin und her. Ich warf noch einen letzten prüfenden Blick auf die Flasche einundzwanzig Jahre alten Redbreast Non-Chill-filtered Irish Whiskey, um sicherzugehen, dass die Schleife auch fest war und sich nicht noch irgendwo ein Preisschild versteckt hatte, dann reichte ich sie an Ian weiter und sah mich um. Ich entdeckte Ians Vater in einer Gruppe Männer, die alle dasselbe trugen wie er: ein Bowlinghemd mit einem langärmeligen T-Shirt darunter.

Er entdeckte uns, als wir nahe genug herangekommen waren und die Röte in seinen Wangen und das breite Grinsen, mit dem er Ian bedachte, sagten mir, dass er dem Alkohol bereits gut zugesprochen hatte. Gewöhnlich war sein Vater sehr viel zurückhaltender.

„Da ist mein Junge ja!", krähte er und breitete die Arme weit aus.

Ian holte tief Luft und trat näher. Die Umarmung war hart und fest und sah entsetzlich ungeschickt aus und ich wunderte mich, dass Colin Ian so lange festhielt. Aber dann klopfte er ihm auf den Rücken und schob ihn auf Armeslänge von sich.

„Schön, dich zu sehen", seufzte er und tätschelte Ians Wange. „Wie lange ist es jetzt her, sechs Monate?"

Damals, als Colin mir gesagt hatte, dass er Chickie an einem bestimmten Wochenende nicht nehmen konnte, hatte ich das für keine große Sache gehalten. Ich hatte meine Freundin Aruna und ihren Ehemann Liam gebeten, auf den Werwolf aufzupassen, und sie hatten begeistert zugestimmt. Aber Ian hatte die Sache anders aufgefasst: Er hatte seinen Vater um eine einzige Sache gebeten und das war, sich um seinen Hund zu kümmern, wenn er selbst es nicht konnte. Was ich also als Bagatelle ansah, bedeutete für Ian, im Stich gelassen zu werden. Wenn Colin wirklich für ihn hätte da sein wollen, dann hätte er seine Termine so arrangiert, dass er auf Ians Hund aufpassen konnte. Da er das nicht getan hatte, hatte Ian sich anderweitig umgesehen. Dauerhaft.

Er hatte Aruna und Liam gebeten, sich um Chickie zu kümmern, während wir im Dienst waren und da die beiden ihn wirklich haben wollten, hatten sie bereitwillig zugestimmt. Zwar hatte Aruna erst vor Kurzem entbunden und ihre Aufmerksamkeit galt primär dem Baby, aber Chickie war ihr selbst dabei eine große Hilfe. Er war der Grund, warum sie zum Supermarkt gehen konnte, statt fahren zu müssen und warum sie sich sicher fühlte, egal wo sie hinging. Außerdem konnte sie ihm sagen „Hol das Baby" und Chickie drehte Sajani Duffy sanft mit der Nase in die richtige Richtung. Das kleine Mädchen, ganze vier Monate alt, konnte zwar bereits Kampfrobben wie Ian es nannte, sich aber noch nicht wirklich koordiniert bewegen. Sie schlängelte sich quasi quer durch den Raum und wenn Aruna müde war, stupste Chickie sie an und sie schlängelte los. Offenbar würde sie dem Hund, der ihre Mutter klein erscheinen ließ, überallhin folgen.

Dieses neue Arrangement hatte sich für Chickie als wundervoll erwiesen, für Ian und Colin aber weniger. Ohne einen Grund, seinen Vater zu besuchen, sah Ian ihn überhaupt nicht mehr.

„Ja, so in etwa", stimmte Ian jetzt zu.

„Warst beschäftigt, ja?"

„Ich war im Einsatz", sagte Ian, was zwar nicht ganz der Wahrheit entsprach, aber netter war als die volle Wahrheit. „Bin heute erst zurückgekommen."

„Oh ja?", sagte Colin, und ich hörte die Herausforderung in seiner Stimme, als wolle er Ian ködern und in eine Falle locken. „Und du bist direkt hergekommen, ja?"

„Zuerst hab ich noch das hier geholt", sagte Ian in seiner präzisen, sachlich-nüchternen Rechtspflegerstimme, als er seinem Vater die Flasche reichte.

„Oh, also", sagte einer der anderen Männer und schlug Colin auf den Rücken. „Das ist mal ein ordentliches Geschenk, Col." Die anderen Männer stimmten zu, dass die sehr teure Flasche eine der besten des Tages war.

Colin stellte erst Ian und dann mich seinen Freunden vor und dankte mir explizit dafür, auch gekommen zu sein. Gerade, als Ian uns entschuldigen und unseren Aufbruch verkünden wollte, kam Linda Doyle, Ians Stiefmutter, aus dem Haus, um alle für den Kuchen nach drinnen zu rufen.

Ian wollte gehen, das konnte ich deutlich sehen, aber sein Vater schlang einen Arm um seine Schultern und führte ihn ins Haus.

Im Wohnzimmer war eine Leinwand aufgestellt worden und Colins Sohn Lorcan und seine Tochter Erica standen rechts und links daneben und wiesen die Leute an, sich hinzusetzen. Linda – eine schöne Frau mit prachtvollem, dichtem, grauen Haar, das sie zu einem scheinbar lässigen Chignon hochgebunden hatte (nur jahrelanges Zusammenleben mit vier Frauen sagte mir, dass er alles andere als lässig war) – wiederholte die Einladung, wartete, bis sich alle hingesetzt hatten und bat dann um Ruhe. Ich versuchte, Ian zu folgen, um mich neben ihn zu stellen, aber Colin zog ihn zu einer Couch im vorderen Teil des Raums, wo kein Platz mehr war.

Colins Familie war leger aber elegant gekleidet. Seine Frau trug ein schwarzes Wickelkleid, seine Tochter ein an der Hüfte geknotetes Jeanshemd über einem schwarzen Spitzenrock, und sein Sohn eine Anzughose und ein langärmeliges Hemd mit verdeckter Knopfleiste. Ian konnte in seiner dunkelblauen Jeans, dem grauen Henley und den John Varvato Bikerstiefeln – es waren meine – nicht mithalten.

Dass er noch immer meine schwarze Dsquared2 Lederjacke trug, ließ ihn noch mehr herausstechen. Neben mir war er der einzige, der im Haus eine Jacke trug. Er sah ein bisschen so aus, als hätten sie ihn hereingezerrt, ohne ihm zu erlauben, richtig anzukommen. Ich war hin- und hergerissen zwischen dem Wunsch, hinzugehen und ihn aus der Sache herauszuholen und dem Wissen, dass er gehen würde, wenn er das wollte. Ian war mehr als nur in der Lage dazu, einfach aufzustehen und aus dem Raum und dem Haus zu marschieren. Ich musste also einfach abwarten und sehen, was er tun wollte.

„Hallo alle zusammen und vielen Dank, dass ihr zu Dads sechzigstem Geburtstag gekommen seid", sagte Lorcan laut und die Anwesenden quittierten seine Worte mit Applaus, Rufen und fröhlichen Pfiffen. „Erica und ich haben eine kleine Reise durch Colin Doyles Vergangenheit zusammengestellt und ich hoffe, sie gefällt euch allen."

Es gibt Momente, in denen man klar und ohne jeden Zweifel beide Seiten einer Sache oder einer Situation sehen kann. Wenn ich Colin oder Linda oder einer ihrer Freunde oder ein Familienmitglied gewesen wäre, dann wäre ich vermutlich gerührt und tief beeindruckt davon gewesen, wie viel Zeit und Mühe und Energie in die Produktion dieses kleinen Films geflossen waren. Die schiere Anzahl an Fotos, die eingescannt, hochgeladen und digital bearbeitet worden waren, war atemberaubend. Dazwischen gab es alte Videoaufnahmen, Interviews und eingescannte Briefe; das Ganze ähnelte ein bisschen einer Doku über das Leben eines berühmten Sportlers oder so, mit einem Schuss emotionalen Überschwangs. Der Sprecher erzählte kurzweilig, ohne Längen oder Ausschweifungen. Man musste einfach überwältigt sein. Linda weinte; Colin, der Mann der Stunde, hielt sie im Arm; alle waren vollkommen gebannt.

Ian saß wie erstarrt da und auf die Entfernung schien er nicht einmal zu atmen.

Ich wusste warum.

Im gesamten Film war nicht ein Bild von ihm oder seiner Mutter zu sehen, tatsächlich wurde nicht einmal auch nur mit einem Wort erwähnt, dass Colin vor der derzeitigen Mrs Doyle schon einmal eine Ehefrau gehabt hatte. Stattdessen durfte Ian sich Bilder ansehen von Familienurlauben, bei denen er nicht dabei gewesen war, von Weihnachtsfeiern, an denen er nicht teilgenommen hatte und Abschlussfeiern, zu denen er nicht eingeladen worden war. Der Film dauerte eine knappe Stunde, aber für mich fühlte es sich an wie fünf.

Kaum war die Vorführung vorbei, wurden Rufe nach einer Rede laut. Als Colin zu Lorcan und Erica hinüberging, sprang Ian auf und flog förmlich auf mich zu. Um uns herum lachten und klatschten die Gäste und drängten sich vor, um Colin sehen und hören zu können. Niemand bemerkte es, als ich Ian zu mir und dann hinaus in den Flur zog.

„Tief durchatmen", befahl ich.

„Mir geht's gut", sagte Ian mit gespielt lässiger Stimme, aber der Ausdruck in seinen Augen sagte mir etwas anderes. Er war tief verletzt.

„Ich weiß", sagte ich und nickte und tat so, als würde ich ihm glauben, dass es ihn nicht tief getroffen hatte, zu sehen, dass er und seine Mutter völlig vergessen waren.

Er atmete tief ein und zog an meiner Jacke, packte den Stoff mit beiden Händen und versuchte, mich an sich zu ziehen.

„Ian, du kannst nicht … Wir sind hier im Haus deines Vaters."

Seine Augen wurden schmal.

„Lass den Quatsch. Dreh es jetzt nicht so hin, als würde das bedeuten, dass ich dich nicht will. Du weißt ganz genau, dass dem nicht so ist", warnte ich ihn.

„Okay."

„Ich mach's dir gleich hier, wenn es das ist, was du willst."

„Ja", krächzte er. „Das ist genau das, was ich verdammt noch mal will."

Ich warf mich förmlich auf ihn, schlang meine Arme um ihn, zog ihn fest an mich und presste meine Lippen auf sein Ohr. „Ich liebe dich, Ian Doyle. Nur dich, und jedes Mal, wenn sie dich fortschicken, bringt mich das ein kleines bisschen um. Ich will nicht, dass wir jemals getrennt sind."

Er lehnte sich an mich und ich spürte die Kraft in seinem harten, muskulösen Körper, als er sich mir ergab. Seine Lippen lagen heiß an meinem Hals.

„Eines Tages, wenn sie einen Film über mein Leben machen, wird niemand darin vorkommen außer dir", versprach ich heiser.

Er legte eine Spur aus Küssen über meinen Kiefer hinauf zu meinem Mund. Als er meinen Kopf anhob und meine Lippen verschlang, atmete ich ihn ein, nahm willig alles an, was er mir geben wollte. Ich drängte ihn rückwärts gegen die Wand und stieß mit ihm zusammen, als er nicht mehr weiter zurückweichen konnte. Die Bilderrahmen an der Wand wackelten bei dem Aufprall. Ich zwängte meinen Oberschenkel zwischen seine und drängte mich enger an ihn, bis kein Haar mehr zwischen uns gepasst hätte, wollte ihm noch näher sein, wollte ihn nackt unter mir, wollte ihn so sehr.

Es war zu viel verlangt, mitanzusehen, wie er einfach so vergessen wurde. Er war der Mann, den ich liebte und meine Reaktion auf diese Missachtung war das Bedürfnis, ihn mit nach Hause zu nehmen und ihm dort in aller Ausführlichkeit zu zeigen, wie sehr er wertgeschätzt und gebraucht und geliebt wurde.

„Miro." Er hauchte meinen Namen.

Ich konnte mich nur mit Mühe beherrschen, ihn nicht hinter mir her aus dem Haus zu zerren. Ich wollte ihn näher, brauchte ihn näher, musste in ihm sein. Das Verlangen danach erfüllte mich ganz, von den Haar- bis zu den Zehenspitzen, während ich dort stand, Brust an Brust mit meinem Partner. Ich spürte sein Herz wie eine Trommel schlagen, spürte es direkt unter meinem, als ich den Kopf senkte, meinen Mund auf den hämmernden Pulsschlag in seiner Kehle legte und zubiss.

Sein Aufschrei war heiser und doch kaum mehr als ein Hauch, und seine Hüften stießen unwillkürlich, instinktiv vor. Er legte beide Hände um mein Gesicht, hob es an und küsste mich – berauschend und brutal, heiß und hungrig und ich vergaß, wo ich war. Alles, was zählte, war er. Er und mein Verlangen danach, ihn ganz zu besitzen.

„Scheiße", keuchte er, drehte den Kopf zur Seite, beendete so den Kuss und sein heißer Atem strich über meine Wange. „Ich kann nicht mal … nicht mal denken. Du – Lass mich los."

Langsam, als würde ich mich durch schweren, klebrigen Honig bewegen, kam ich seiner Aufforderung nach. Dabei ließ ich mit voller Absicht die Hände über seinen Körper gleiten, bis sie seine Taille erreicht hatten, schob meine Finger durch seine Gürtelschlaufen und hakte sie dort ein. Mein Atem ging schwer und ich lehnte meine Stirn gegen seine.

Er hatte die Hände unter meinen leichten Kaschmirpullover geschoben und fuhr über meine nackte Haut, strich mir über den Rücken und weiter über meinen Bauch, während er darum rang, seinen Körper nach meiner Attacke wieder unter Kontrolle zu bekommen.

„Oh."

Ich drehte mich um und entdeckte seine Stiefschwester Erica hinter uns im Flur stehen. Sie lächelte uns zögerlich an.

„Da bist du ja, Ian", sagte sie leise. „Wir würden gerne, dass alle etwas zu Dad sagen, einen kurzen Glückwunsch oder so und dann schneiden wir die Kuchen an. Mom macht gerade den Anfang, dann kommt Lor. Du kannst vor mir etwas sagen, wenn du möchtest."

Sie war überrascht und vielleicht auch ein wenig aus der Fassung gebracht, als sie dort stand und uns ansah – keuchend und außer Atem nach unserem Kuss –, man konnte es ihr deutlich im Gesicht ansehen. Zu ihrer Ehre musste allerdings gesagt werden, dass ihr zögerliches Lächeln weder schwankte noch verblasste. In ihren Augen lag kein Urteil, nur Überraschung.

Er schüttelte den Kopf. „Nein, danke. Miro und ich müssen wieder los. Die Pflicht ruft."

Sie kniff verwirrt die Augen zusammen.

Ich zog meinen Dienstausweis aus der Tasche und ließ ihn aufschnappen, wie ich es in den letzten drei, beinahe vier Jahren schon so oft getan hatte. „Deputy US Marshal."

Ihr Kiefer klappte herunter.

„Deshalb waren wir hier draußen", erklärte ich. „Ich habe einen Anruf bekommen und Ian Bescheid gesagt."

Ihre Miene wurde skeptisch.

„Ich meine –" Ich zuckte mit den Schultern, denn wir hatten uns noch nicht wieder voneinander gelöst. Ich hatte immer noch meine Hände auf seinen Hüften und er seine unter meinem Pullover. Wir hielten hier niemanden zum Narren. „Ja, okay, wir haben uns geküsst, aber es hat einen guten Grund, dass wir hier draußen sind."

Eine faustdicke Lüge, aber das war mir egal. Sie hatten weder Ian noch seine Mutter in ihrer 'Reise durch Colin Doyles Vergangenheit' erwähnt. Ich war zu wütend, um mich einen Deut darum zu scheren, was einer von ihnen vielleicht dachte. „Ihr braucht also nicht auf Ian zu warten. Ihr könnt einfach ohne ihn weitermachen, wie in eurem Film auch."

Sie legte eine Hand auf ihr Herz. „Du bist sehr direkt."

„Ja, das ist er", sagte Ian, und ich war erleichtert, leise Belustigung in seiner Stimme zu hören. Für einen Moment hatte ich mir Sorgen gemacht, den Bogen überspannt zu haben. „Deshalb mag ich ihn ja so."

Er löste sich von mir, packte mich dann aber am Pullover. „Wir sehen uns dann irgendwann später."

„Wartet, ich –", begann sie und eilte uns den Flur entlang hinterher. „Seid ihr sicher, dass ihr gehen müsst? Ich würde gerne mehr darüber erfahren, wie es ist, ein Marshal zu sein."

Ian lachte schnaubend und mein Herz hüpfte bei diesem Geräusch. Ich konnte es mir nicht verkneifen, mich zu ihm zu beugen und ihn zu küssen. Er legte eine Hand auf seine Wange, wo meine Lippen ihn berührt hatten und strahlte seine Stiefschwester an. „Das ist dir doch völlig egal."

Aber anders als bei jeder anderen Begegnung zwischen ihnen vorher, lächelte er jetzt auf seine spitzbübisch-verschmitzte Weise, die im Betrachter unweigerlich die Überzeugung hervorrief, noch nie im Leben etwas so Bildhübsches gesehen zu haben.

„Nein, nein, es interessiert mich", widersprach sie, eindeutig fasziniert von ihm. Es war sehr leicht, Ian zu verfallen, wenn er sich von seiner charmanten Seite zeigte, denn dann war er unwiderstehlich. „Ich wusste ja gar nicht, dass es noch Marshals gibt. Ich dachte immer, Marshals reiten auf Pferden und trommeln Revolverhelden zusammen, um Verbrecher zu fangen."

„Oh, das tun wir immer noch, allerdings ohne Pferde", versicherte er ihr. „Und heutzutage sind es auch keine Revolverhelden mehr, sondern Einsatzkommandos."

„Wirklich?"

Er nickte.

Sie machte einen Schritt auf ihn zu.

„Lass uns gehen", knurrte ich, eine Hand auf seinen unteren Rücken gelegt. „Das interessiert sie doch nicht wirklich."

„Doch, das tut es", fuhr sie mich an, und mir war klar, woher ihr Unmut rührte. Sie wollte, dass er blieb; ich unterstützte diesen Wunsch nur nicht. „Bitte, geh noch nicht, Ian", bat sie, stellte sich vor ihn und versperrte ihm so den Ausgang. „Wenn Miro gehen muss, dann okay, soll er gehen, aber es ist schließlich dein Vater, der Geburtstag hat."

„Sollte man nach dem Film, den ihr gezeigt habt, nicht meinen", sagte ich barsch, und man konnte mir meinen Ärger deutlich anhören.

„Das ist nicht fair", verteidigte sie sich. „Ian war nicht hier, als wir die Bilder zusammengesucht haben und wir haben schließlich keine von ihm oder seiner Mutter."

„Nein", erwiderte ich eisig, „natürlich nicht."

Sie schwieg verärgert.

Ich meinerseits schäumte innerlich vor Wut. Vage registrierte ich, dass ich meine Hände zu Fäusten geballt hatte und dass sie leicht zitterten. Ian so vergessen zu sehen, hatte mich zutiefst mitgenommen.

Wir hörten, wie nebenan jemand ihren Namen rief.

„Ian, ich rufe dich vor mir auf", sagte sie zu ihm und ich konnte das Beben in ihrer Stimme hören, zusammen mit der Drohung. „Also lass dir besser etwas einfallen und wage es ja nicht, vorher wegzugehen."

Ich packte seine Schulter und zog ihn mit mir, noch bevor sie sich umgedreht hatte, um ins Wohnzimmer zurückzugehen.

„Ian!", flüsterte sie uns laut nach.

„Das ist sehr ungewohnt", bemerkte er, als ich ihn vor mir her in Richtung der Glasschiebetür stieß, die ich mit mehr Wucht aufriss, als notwendig gewesen wäre. „Du wirst nie wütend."

Was kompletter Unsinn war. Ich wurde genauso schnell wütend wie jeder andere auch. Der Unterschied war, dass es hier nicht um mich ging, sondern um den Mann, den ich liebte.

Die arme Fliegentür bekam meinen Ärger voll ab. Ich schlug sie hinter uns mit solcher Wucht zu, dass sie wild hin und her pendelte und für jeden, der uns hätte folgen wollen, eine Gefahr darstellte. Nicht, dass es mich gekümmert hätte. Dazu war ich zu wütend.

Ich schob mich an Ian vorbei und stampfte die Stufen zum Garten hinunter. Unten angekommen trat ich einen der Klappstühle aus dem Weg. Mir wurde bewusst, dass ich leise in mich hineinknurrte und von Sekunde zu Sekunde wütender wurde.

Je länger ich darüber nachdachte, desto schlimmer wurde es. Wie konnten sie es wagen, so zu tun, als hätte Ians Mutter – und damit auch Ian – nie existiert? Was zum Teufel war das für eine Art?

„Okay", sagte er und eilte hinter mir her, als ich um die Hausecke in Richtung Gartentor stürmte, schlang von hinten beide Arme um mich, einen um meine Brust und einen um meinen Bauch und zog mich fest an sich. Er vergrub sein Gesicht an meinem Hals und atmete tief ein.

Ich bekam vor Wut kaum Luft und die in mir angestaute Aggression suchte nach einem Ausgang. Der arme Stuhl hatte nicht wirklich geholfen und die Tür noch weniger. Ich hätte mit Freuden meine Faust in die Hauswand rammen können.

„Miro", hauchte er rau und zart in mein Ohr. „Du liebst mich wirklich."

Die Wut schnürte mir die Kehle zu, sodass ich kein Wort herausbrachte, und hämmerte in meinen Schläfen. Wie konnte seine Stiefmutter das nur tun – erst ihm ein schlechtes Gewissen machen, weil er nicht rechtzeitig zur Feier erschienen war und ihn dann so behandeln, als gäbe es ihn gar nicht!

„Ich meine, ich wusste das, du hast es mir schließlich gesagt, aber zu sehen, wie du meinetwegen ausrastest … Heilige Scheiße, das ist heiß."

Ich knurrte ihn an. Das war alles, was ich herausbrachte.

„Ich bin dir wichtig."

Ich konnte mich nicht beruhigen und sein fester Griff half mir auch nicht. Ich versuchte, mich aus seinen Armen zu winden.

„Oh, nein, das wirst du nicht", sagte er mit belegter Stimme und hielt mich fester, drängte sich an mich. „Du gehst nirgendwo hin."

Er hatte den Vorteil, war in der besseren Position, aber wichtiger als das, mein Körper begann, auf die an meinen Hintern gedrückten Lenden zu reagieren. Seine Hände gruben sich in meine Brust, seine Lippen lagen heiß auf meinem Hals, als er begann, Küsse über meine Haut zu tupfen; die schiere, brutale Kraft, mit der er mich hielt und mich seinem Willen unterwarf, verwandelte blinde Wut in ein Verlangen, das meine Knie weich werden ließ.

Als seine Hand zu meinem Schwanz hinunterglitt, zuckte ich in seinen Armen zusammen. Sehnte mich nach seiner Berührung, seinen Händen auf mir. Sehnte mich nach ihm vor mir auf den Knien.

„Miro", hauchte er. „Du bist verrückt nach mir."

Als ich endlich meine Stimme wiederfand, war sie rau und krächzend. „Du bist alles für mich."

Er hielt mich nur noch fester. „Lass uns nach Hause fahren. Ich will mit dir zusammen auf dem Sofa liegen. Ich will deine Hände auf mir, deinen Mund. Überall."

Oh lieber Gott, ja.

Aber ich konnte mich nicht bewegen. Hitze raste wie ein Feuersturm durch mich hindurch. Ich ließ meinen Kopf zurück an seine Schulter fallen, als meine Wut sich auflöste und mein Fokus sich wieder auf Ian richtete. „Ich habe dich vermisst."

„Ich dich auch", sagte er heiser, drückte mich noch einmal fest und ließ mich dann los. „Komm mit mir."

Was immer er wollte, wann immer er wollte, ich war bereit.

Wir hatten das Gartentor erreicht, als jemand hinter uns schrie.

„Du brichst ihm das Herz, du Arsch!"

Wir drehten uns um und sahen Lorcan, ein paar andere Typen seines Alters im Gefolge, durch die Haustür kommen.

„Geh wieder rein", rief Ian ihm zu, öffnete das Tor und trat hindurch. „Ich bin schon wieder weg, du kannst dich also abregen."

„Ich will nicht, dass du gehst, du egoistisches Stück Scheiße", fuhr Lorcan fort und beschleunigte seine Schritte. Die anderen folgten ihm. „Ich will, dass du reinkommst und ihn um Vergebung bittest."

Ich schloss das Tor auf der Gartenseite hinter Ian und wirbelte zu Lorcan herum, als er näherkam.

„Miro, komm, wir gehen", befahl Ian.

„Ihr habt nicht ein Bild von ihm oder seiner Mutter in euren verfluchten Film gepackt, aber er ist ein egoistisches Stück Scheiße?", fuhr ich ihn an und all meine Wut und Feindseligkeit kochten wieder hoch, fanden ihr Ziel in Ians Stiefbruder.

„Geh mir aus dem Weg, du Scheißschwuchtel", fauchte Lorcan, als er mich erreichte und streckte eine Hand aus, um mich aus dem Weg zu stoßen.

Ich sah rot.

Ich sah rot und ... rastete aus.

In der einen Sekunde stand er vor mir und seine Hand stieß gegen meine Brust, in der nächsten lag er auf den Knien, den Arm so nach hinten verdreht, dass ihm jede Bewegung unmöglich war. Das war eine Selbstverteidigungstechnik, die sie an der Polizeischule lehrten – wie man einen Menschen so bewegungsunfähig machte, dass er einen nicht verletzen konnte. Der Bewegungsablauf war eine Art Reflex für mich geworden, war mir vor langer, langer Zeit in Fleisch und Blut übergegangen, lange bevor ich Marshal wurde, damals, als ich noch jung und unerfahren gewesen war.

„Entschuldige dich bei ihm", verlangte ich von Lorcan und meine Stimme war tief und drohend. Ich übte weiteren Druck auf sein Handgelenk aus, was, wie

74

ich aus eigener Erfahrung wusste, Wellen des Schmerzes entlang des Unterarms und in seinen Oberarm schickte.

„Lass ihn los!", drohte mir einer der Typen und machte sich für den Angriff bereit.

Ian sprang über das Tor und trat zwischen Lorcans Kumpel und mich. „Mach keinen Scheiß. Er kann ihm den Arm brechen auf diese Art."

Alle erstarrten.

Lorcan gab ein ersticktes, schniefendes Geräusch von sich, während ich über ihm aufragte und zusah, wie ihm der Schweiß auf die Stirn trat.

„Miro", sagte Ian sanft. „Lass ihn los und wir machen uns aus dem Staub."

„Wenn er sich entschuldigt hat."

„Nein, lass", erwiderte Ian, trat neben mich und klopfte mir auf die Brust. „Das ist es nicht wert."

Aber für mich war es das. „Entschuldige dich", sagte ich zu Lorcan.

„Es tut mir leid", würgte er hervor und begann zu zittern.

„Okay", sagte Ian, den Blick auf mich gerichtet. „Komm, lass uns nach Hause gehen."

Ich ließ Lorcan los und drehte mich zu Ian um.

Sein Grinsen war breit und spitzbübisch. „Und ich dachte, ich bin hier das Arschloch, nicht du."

Ich wollte ihn schon anschreien, aber er packte mich an der Jacke und zog mich an sich. „Ab zum Auto, Jones", befahl er und seine tiefe Stimme und das Grinsen, das seine Worte begleitete, ließen meinen Magen Purzelbäume schlagen.

„Du glaubst wohl, es ist lustig, Leute so zu behandeln?"

Ich hörte die Worte, aber ich erwartete nicht, dass der Typ sich über das Gartentörchen schwingen und auf mich losgehen würde. Ich *hätte* es vermutlich tun sollen. Die Typen waren allesamt jung und hitzköpfig und außerdem dachten sie wohl, dass ich über Lorcan lachte, während ich doch nur auf Ian reagierte. Es hätte mich also nicht überraschen sollen, als einer der Knaben sich auf mich warf. Beziehungsweise, es versuchte.

Er flog förmlich auf mich zu, Ian stieß mich zur Seite und der arme, betrunkene Idiot segelte zwischen uns durch und landete unsanft auf dem Gehweg.

„Oh!", rief ich aus, trat über den Gefallenen und sah auf ihn hinunter. „Hast du dir das Kinn aufgeschlagen?"

Ian hockte sich neben den Typen. „Was zum Teufel sollte das denn werden?"

Das großartige Versagen ihres Freundes kühlte den anderen das Mütchen und als er sich auf den Rücken drehte, fragte Ian ihn, ob er einen Krankenwagen brauchte.

Mein Handy klingelte, bevor ich die Antwort hören konnte.

„Jones."

„Ja, Sir", antwortete ich und richtete mich unwillkürlich auf, denn mein Chef war am anderen Ende.

„Gut", sagte er knapp, „Sie und Doyle melden sich augenblicklich zurück. Teilen Sie mir Ihren Aufenthaltsort mit."

Ich informierte ihn, dass wir uns in Marynook befanden und er erwiderte, dass er uns vierzig Minuten gab, um ihn zu erreichen. Wenn es länger dauerte, erwartete er Statusupdates aus dem Wagen.

„Darf ich fragen, wozu Sie uns brauchen, Sir? Sollen wir uns umziehen oder –"

„Stellen Sie keine Fragen, kommen Sie einfach her. Ich will Sie und Doyle augenblicklich hier haben."

Es sah ihm gar nicht ähnlich, uns nicht zu sagen, was los war.

„Jawohl, Sir."

Er legte auf und ich wandte mich wieder der aktuellen Situation zu. Lorcans Freund war ein wenig zerkratzt und verbeult, aber nichts davon war Ians oder meine Schuld – wenn man davon absah, dass wir der Auslöser gewesen waren.

„Wir müssen", sagte ich zu Ian und klopfte ihm auf die Schulter, als ich an ihm vorbeiging. „Chef will uns augenblicklich sehen."

Ian stand auf und warf Lorcan, der sowohl bestürzt als auch verwirrt aussah, einen Blick zu, dann drehte er sich weg und machte sich auf den Weg zu unserem Auto.

„Kommt ja nicht wieder", kreischte Lorcan, der sich anscheinend ausreichend von seiner Verwirrung erholt hatte, um hinter uns herzuschreien. „Keiner von euch ist hier noch willkommen."

„Kein Problem", rief Ian über seine Schulter zurück, nahm meine Hand und drückte sie fest, bevor er sich zu mir beugte und mich auf die Wange küsste. „Ich hab alles, was ich brauche gleich hier bei mir."

8

ALS WIR in der Dienststelle ankamen, war ich überrascht, dort die ganze Mannschaft versammelt vorzufinden. Es waren nicht nur Ian und ich und unser Team einberufen worden, sondern auch die anderen Teams, die unserem Vorgesetzten seit seiner Beförderung unterstellt waren. Sobald wir das Büro betraten, rief Kage uns in den Konferenzraum, wo bereits vier Leute saßen und warteten.

„Haben Sie die Nachrichten gesehen?", fragte Kage, bevor wir auch nur die Chance gehabt hatten, uns hinzusetzen.

Ich sah mich am Tisch um, bevor ich antwortete. „Nein, Sir."

Er ließ uns mit einer Geste wissen, wo er Ian und mich haben wollte und wir sanken in Stühle am Ende des langen Tisches.

„Dies ist Special Agent Oliver und sein Partner Wojno, sowie die Agenten Rohl und Thompson."

Ich kannte alle bis auf Oliver, der der Art nach zu urteilen, wie er sich vorbeugte und mich fixierte, die Leitung innehatte. Es wäre besser gewesen, wenn Wojno nicht mit dabei gewesen wäre, denn jetzt musste ich Ian beichten, dass ich mit dem Mann geschlafen hatte, bevor ich mit meinem letzten festen Freund, Brent Ivers, zusammengekommen war. Und es war nie besonders angenehm, einem Lebensabschnittspartner vergangene Affären zu beichten.

Ich nickte, und Oliver verschränkte die Hände vor dem Körper, während er mich weiterhin prüfend musterte. Schließlich wandte er sich an Ian. „Wir werden es Ihnen gestatten, bei dieser Besprechung anwesend zu sein, Marshal Doyle, aber das ist reine Höflichkeit, da Sie Marshal Jones' Partner sind und daher Fragen stellen würden. Wir erwarten absolute Geheimhaltung von Ihnen und das ohne Ausnahme."

„Jawohl, Sir."

Oliver nickte, dann wandte er seine Aufmerksamkeit wieder mir zu. „Nun, Jones. Sie haben in den Nachrichten berichtet, dass Craig Hartley heute aus dem Gefängnis ausgebrochen ist. Fakt ist jedoch, dass dies bereits vor drei Tagen geschehen ist."

Ich war wirklich stolz auf mich, dass ich niemanden sehen ließ, wie die Angst mich durchfuhr – und dass ich mich nicht gleich dort am Tisch erbrach. Nur Ian hörte, wie ich scharf einatmete und ich war dankbar für seine warme Hand auf meinem Oberschenkel unter dem Tisch, denn sie war das einzig Reale. Ein Kälteschauer durchrieselte mich, und die Wärme seiner Handfläche gepaart mit seinem besitzergreifenden Griff war so viel mehr als nur tröstlich.

„Wir haben verhindern können, dass diese Information an die Öffentlichkeit gelangt, da wir allen Hinweisen, die uns zugetragen wurden, nachgehen wollten, bevor wir die Presse informieren. Aber da keiner dieser Hinweise zu einer heißen Spur, geschweige denn zu einer Wiederergreifung geführt hat, sind wir für jede Hilfe dankbar, die wir bekommen können", fuhr Oliver fort.

Drei Tage war der Mann, der mich umbringen wollte, nun schon nicht mehr hinter Schloss und Riegel. Die Vorstellung, dass er frei herumlief und ich nichts davon gewusst hatte, war vernichtend. Ich hätte nichts ahnend meine Haustür öffnen und er hätte davorstehen können. Bei dem Gedanken wurde mir noch kälter.

„Bitte seien Sie sich bewusst, Jones, dass Sie seit dem Augenblick, in dem wir von seiner Flucht erfahren haben, unter konstanter Beobachtung gestanden haben."

Was mir absolut nicht helfen würde, sollte Dr. Craig Hartley mich umbringen wollen.

Keine Art von Schutz, egal wie allgegenwärtig er sein mochte, reichte aus. Ich war nicht sicher, konnte nicht sicher sein, das war schlicht unmöglich. Wenn er mich wollte, dann würde er mich auch bekommen, so einfach war das. Offenbar wollte er nicht, das war der einzige Grund, warum ich derzeit noch atmete. Ich zweifelte nicht einen Augenblick daran, dass ich, sollte er seine Meinung ändern, auf dem Weg in die Leichenhalle war. „Okay."

Der letzte Fall, an dem ich damals, als ich noch Polizist gewesen war, zusammen mit meinem Partner gearbeitet hatte, war der Fall „Märchenprinz" gewesen. Ein Mann brachte Frauen um und verwandelte sie in Kunstwerke. Eine Zeit lang nannten sie ihn den „Meister", nach den großen Künstlern, die er imitierte, aber der Name zog nicht. Als wir dann ernsthaft anfingen, nachzuforschen und in die Tiefe zu gehen, fanden wir heraus, dass der Typ ein wahr gewordener, feuchter Traum war – bis hin zu der Tatsache, dass er seine Opfer tötete, während sie schliefen. Und so wurde er zum Märchenprinzen. Der Name blieb.

Es hatten damals viele Detectives an dem Fall mitgearbeitet und es hatte viele plausible Verdächtige gegeben. Aber Cochran und ich hatten eine Ahnung gehabt, was Hartley betraf und keiner von uns war bereit gewesen, aufzugeben. Er war einfach zu sauber, zu gelassen, wenn man ihn in die Enge trieb, zu nett – er schickte uns manchmal sogar Donuts und Mittagessen. Aber mehr noch als das war es die Tatsache, dass er unglaublich gerne redete. Und besonders gern redete er mit mir. Zu Beginn der Ermittlung hatte ich gedacht, dass er schwul war, aber das war er nicht. Er mochte es einfach, in meiner Nähe zu sein, mir nahe zu sein. Ganz, ganz nahe. Und er mochte es, wenn wir spät abends zusammen Tee tranken und ich ihm dabei von dem Fall erzählte.

An dem Abend, als ich den Ring, der einem der Opfer gehört hatte, in seinem Haus gefunden hatte – seine Schwester, der er das teure Schmuckstück geschenkt hatte, hatte ihn versehentlich liegengelassen –, hatte er mir ein Kochmesser in den Bauch gerammt. Ich hatte die Narbe immer noch. Aber ich hatte bei meinem

Partner Fürsprache für Hartley eingelegt, ihn am Leben zu lassen und damit hatte ich uns aneinandergebunden bis zu dem Tag, an dem einer von uns beiden starb. Er schuldete mir sein Leben, wohl war, aber ich wusste auch, dass er unaussprechlich grausame Dinge mit mir anstellen und mich um meinen Tod flehen lassen würde, sollte ich mich jemals hilflos in seiner Hand befinden.

Dass das FBI mir jetzt sagte, dass ich sicher war, war lächerlich.

„Wir haben seit Hartleys Flucht ein Auge auf Sie gehabt."

M-hm.

„Selbst Ihr Rencontre mit dem Straßenräuber heute Morgen wurde beobachtet."

Ich schwieg. Wie nett von ihnen, dass sie eingeschritten und mir das Gefühl gegeben hatten, in Sicherheit zu sein. Was wollten sie tun, zusehen, wie der Wahnsinnige mir eine Kugel in den Rücken jagte? Chickie war ein besserer Leibwächter, als das FBI es je sein konnte.

„Wir sind seiner Spur bis nach Maine gefolgt, aber dort hat er die Grenze nach Kanada überschritten und wir haben ihn in Quebec verloren. Unsere Agenten arbeiten mit dem RCMP vor Ort zusammen, aber bis jetzt wissen wir noch nicht, wo er sich befindet."

Ich nickte.

„Jones."

Ich drehte mich um und sah Rohl an.

„Erinnern Sie sich an unser Treffen im Elgin?"

„Ja."

Sie lächelte zaghaft. „Nun, es ist kein Geheimnis, dass Hartley immer noch eine sehr große Anhängerschaft hat und es viele Leute gibt, die bereit sind, ihn zu verstecken oder bei sich aufzunehmen oder ihm in sonst einer Art und Weise bei seiner Flucht vor der Justiz behilflich zu sein."

„Natürlich", erwiderte ich hölzern und konzentrierte mich auf meine Atmung, um nicht anzufangen, zu hyperventilieren. Ein und aus, ganz langsam.

„Aber selbst mit diesen Hilfeleistungen glauben wir nicht, dass er dumm genug ist, ins Land zurückzukehren. Wir können mit großer Sicherheit sagen, dass er Kanada verlassen und ins Ausland gehen wird, nach Frankreich vielleicht, da er dort viele Freunde hat und die Sprache fließend beherrscht."

Ich hätte gelacht, wenn ich einen Laut herausbekommen hätte. Himmel, wie dumm konnten sie denn sein? Der Mann war ein Egomane. Er würde Chicago im Leben nicht verlassen. Es war *seine* Stadt, er hatte sie terrorisiert, er war in den Nachrichten gewesen, alle hatten über ihn gesprochen. Ja, sie sprachen immer noch über ihn, sprachen seinen Namen voller Furcht aus, wann immer eine Freundin begann, mit einem Mann auszugehen, der zu gut schien, um wahr zu sein.

„Vielleicht ist er der Märchenprinz?"

Die Leute flüsterten es noch immer, jagten sich gegenseitig Angst ein und googelten dann, ob Hartley immer noch inhaftiert war.

Es war unheimlich, dass ich Hartley so gut kannte, aber ich wusste genau; er würde seine Leute, seine Stadt nicht verlassen – und er würde nie, niemals gehen, ohne vorher mit mir abgerechnet zu haben.

„Marshal?"

Meine Blicke begegneten Agent Rohls. „Nein, das wird er nicht."

Sie runzelte die Stirn. „Er wird was nicht?"

„Das Land verlassen."

„Sie können nicht –"

„Er wird tun, wofür er nach Kanada gegangen ist – sich körperlich erholen oder finanziell, was auch immer, aber dann wird er seine Leute zu seiner Schwester und zu mir schicken oder selbst kommen", brachte ich erstickt heraus. „Er wird die Sache nicht auf sich beruhen lassen. Er wird *uns* nicht in Ruhe lassen. Dazu ist er viel zu gründlich."

Alle schwiegen.

„Wie ist er entkommen?", fragte Ian.

Oliver seufzte. „Er hatte einen Blinddarmdurchbruch und wurde für eine Not-OP ins Krankenhaus gebracht, aber –"

„Er hat schon seit Jahren keinen Blinddarm mehr", beendete ich den Satz für ihn und lachte leise in mich hinein. „Verdammt, das ist clever."

„Woher wissen Sie, dass er den Blinddarm herausgenommen bekommen hat?", fragte Wojno und sein Ton war schärfer als notwendig.

„Wir haben darüber gesprochen", sagte ich und begegnete seinem Blick nur flüchtig. „Wir haben uns über viele Dinge unterhalten, wenn ich ihn besucht habe. Man hat ihm den Blinddarm herausgenommen, als er zwölf war, und er war sehr erfreut darüber, dass damals in dem Krankenhaus ein plastischer Chirurg gearbeitet hat, sodass die OP keine Narbe hinterließ. Er hat immer Mitleid mit mir gehabt, weil es in dem Krankenhaus, in das sie mich gebracht haben, nachdem er mir das Messer reingerammt hat, keinen gab. Dass ich eine Narbe davongetragen habe, hat er immer mehr bedauert als seine Handlung."

„Nun, es stand nicht in seiner Akte", informierte Rohl mich. „Als sie ihn für die OP vorbereitet haben, hat der Wachmann den Raum verlassen, offenbar weil er dachte, Hartley wäre bereits unter Narkose. Aber die Anästhesiologin war eine alte Studienfreundin von Hartley und sie hat ihm geholfen, die OP-Schwester zu überwältigen, die Handschellen zu öffnen und den Wachmann umzubringen."

„Lebt sie noch? Seine Freundin?"

„Nein", antwortete Rohl. „Man hat sie auf dem Parkplatz des Krankenhauses gefunden. Die offizielle Todesursache ist eine Überdosis Morphium."

„Wenigstens hat sie nicht gelitten", sagte ich traurig. „Verdammt nett von ihm."

Ian atmete tief ein und wandte sich an Kage. „Wie ist der Plan?"

Kage trat an den Tisch, näher an mich und Ian heran. „Sie beide werden an eine Einsatzgruppe in Phoenix ausgeliehen, bis der Marshal Service und das FBI Ihre Rückkehr für sicher erachten."

Natürlich. Weil ein Wahnsinniger frei herumlief, musste ich leiden. Wieder einmal.

„Beide?", fragte Oliver. „Warum wollen Sie beide –"

„Weil Doyle sein Partner ist", erklärte Kage knapp und ich sah, wie der harte, kühle Ton in der Stimme meines Chefs Oliver zurückprallen ließ. Ich war immer überrascht, wenn ihm jemand Widerworte gab oder seine Entscheidungen hinterfragte. Er war so groß, so beeindruckend und ob es jetzt seine reine Größe war oder wie kalt sein Blick werden konnte, das konnte ich nicht sagen, aber die meisten Leute wussten instinktiv, dass sich mit Kage anzulegen keine gute Idee war. Wie ich den Jungs in meinem Team gesagt hatte, war ich fest überzeugt, dass beides bei seiner Beförderung eine Rolle gespielt hatte. Sam Kage sah einfach so aus, wie man sich einen Chief Deputy vorstellte: groß, finster und gemein.

„Ich wollte Ihre Entscheidung nicht anzweifeln, Chief Deputy Kage, aber –"

„Sie gehen beide", unterbrach Kage ihn, bevor er sich an uns wandte, den Blick auf Ian gerichtet. „Es sei denn, Sie würden lieber bleiben, Doyle."

Ian räusperte sich. „Nein, Sir, ich gehe mit."

Kage nickte. „Okay, dann sind Sie beiden in Phoenix, bis Hartley aufgefunden oder erschossen wurde oder wir seinen genauen Aufenthaltsort mit Sicherheit bestimmen können."

Ich nickte, überlegte aber gleichzeitig, wie ich Kage wohl am besten davon überzeugen konnte, Ian hierzubehalten. Die bloße Vorstellung, dass Hartley den Mann, den ich liebte, aus dem Weg räumte, um an mich heranzukommen, ließ Übelkeit in mir aufsteigen. Der einzige sichere Ort für Ian war irgendwo weit, weit weg von mir. Ich musste einen Moment mit meinem Chef allein finden.

„Die Sache ist die", begann Oliver vorsichtig und warf Kage einen Blick zu, nicht ängstlich, aber wachsam. „Wenn wir ihn in einem Land aufspüren, mit dem wir kein Auslieferungsabkommen haben, dann können wir ein Team schicken, um ihn zu extrahieren. Aber wie die Sache jetzt steht, ohne genaueres Wissen darüber, wo er ist, können wir nicht für Ihre Sicherheit garantieren. Ihre Gegenwart kann darüber hinaus das Leben anderer Menschen gefährden, da Hartley auch eine Bedrohung für die Zeugen in Ihrer Obhut darstellt."

Oder für jemanden, der mir noch näher stand.

„Wir wissen, dass er gewalttätig sein kann."

Kann? Wohl eher *würde*. Hartley würde jeden umbringen, der zwischen ihm und mir stand, wenn er denn irgendwann bereit war, diesen Schritt zu tun.

„Ich habe bereits alles in die Wege geleitet, damit Sie im aktiven Dienst bleiben können", informierte Kage uns. „Unter Alias. Nur die Personen, die hier in diesem Raum anwesend sind, wissen über Ihren neuen Einsatz und seine Dauer Bescheid."

„Und", setzte ich an und stieß den Atem aus, „woher wusste Hartleys Freundin, dass er ins Krankenhaus kommen würde? Woher wusste sie, dass er krank war?"

„Das wird derzeit noch untersucht", antwortete Oliver knapp.

„Soll heißen, Sie haben keine Ahnung", fasste Ian zusammen.

Keine Antwort.

„Es ist also sicher, zu sagen, dass Sie irgendwo eine undichte Stelle haben?"

„Wir wissen noch nicht, was wir haben, Marshal."

Ian nickte. „Ist das der Grund, warum die Gruppe, die über unsere Versetzung nach Phoenix Bescheid weiß, so klein ist?"

„Wir arbeiten nach dem Need-to-Know-Prinzip", entgegnete Kage knapp.

Das bedeutete ja.

„Wir müssen noch eine Unterbringung für unseren Hund organisieren", teilte ich allen mit.

„Tun Sie das", stimmte Kage zu. „Packen Sie für etwa einen Monat und bedenken Sie dabei, dass Sie nach Phoenix gehen."

Ich konnte nicht ganz folgen.

„Werfen Sie einen Blick auf den Wetterbericht: Da unten ist es wärmer als hier."

Ians spöttisches Schnauben sagte mir, dass ´warm´ eine Untertreibung war.

ICH SAGTE Ian, dass ich auf die Toilette musste, und da wir in *unserer* Dienststelle waren, deren Sicherheitsmaßnahmen Ford Knox in nichts nachstanden, machte er sich keine Sorgen und blieb im Konferenzraum, wo er mit den FBI-Typen stritt. Ich trat hinaus auf den Flur, duckte mich um eine Ecke und schickte Kage eine SMS mit der Bitte, sich mit mir auf ein Wort beim Wasserspender zu treffen.

„Ja?", fragte er, als er auf mich zukam. Er wirkte sogar noch größer als sonst, als er näherkam. „Was gibt es, Jones?"

Es waren seine Größe und sein Körperbau, die Art, wie ihm seine Kleidung wie angegossen passte, wie sie die Breite seiner Schultern und seiner Brust betonte und wie geschniegelt und gebügelt er war. Er hatte dieselbe Art die Welt aus zusammengekniffenen Augen zu betrachten wie Ian, aber was bei dem Mann, den ich liebte, sexy aussah, wirkte bei meinem Chef nur kalt, hart und beängstigend. Manchmal fiel es mir schwer, ihn als menschlich zu sehen.

„Jones?" Nur mein Chef war in der Lage, *so* schnell *so* gereizt zu klingen. Ich fragte mich, ob ich der Einzige war, der diesen leidgeprüften Ton zu hören bekam.

Ich räusperte mich. „Entschuldigen Sie, ich – Sir, würden Sie bitte Doyle hierbehalten, anstatt ihn mit mir nach Phoenix zu schicken?"

Normalerweise hätte ich mich langsam an die Sache herangetastet und meine Argumentation vorsichtig aufgebaut. Ich hätte andere Worte benutzt, bessere Worte, hätte ihn nicht direkt überfallen und geradeheraus um das gebeten, was ich wollte. Hätte vielleicht erst einmal vorsichtig die Fühler ausgestreckt, um ein Gefühl für seine Stimmung und die Situation zu bekommen. Mit Kage zu sprechen und ganz besonders, ihn um etwas zu bitten, erforderte gewöhnlich sehr viel Taktgefühl, aber mir fehlte die Zeit dazu. Ian konnte jede Minute nach mir suchen und ich musste die Sache vorher geklärt wissen.

„Wie bitte?", fragte er mit scharfer Stimme.

„Ich würde es vorziehen, wenn Marshal Doyle hier in Chicago bliebe, Sir. Ich bin der Meinung, dass kein Grund dafür besteht, ihn der Gefahr auszusetzen und wenn er mitkommt, wäre er definitiv in Gefahr."

Er nickte langsam. „Sie wollen also damit sagen, dass Doyle nicht weiß, wie er mit lebensbedrohlichen Situationen umzugehen hat?"

„Nein, Sir", seufzte ich. „Der Mann ist ein Green Beret, er ist –"

„Oder dass er in Umständen wie diesen eine Belastung wäre?"

„Nein, Sir, aber –"

„Was dann?"

Ich holte tief Luft.

„Dies ist ein persönliches Anliegen", brachte er es auf den Punkt, nur für den Fall, dass ich das nicht mitbekommen hatte.

„Jawohl, Sir."

„Und Sie wollen nicht, dass er mitkommt, weil Sie befürchten, dass er aufgrund seiner privaten Beziehung zu Ihnen in Gefahr ist."

Oh. Ja. Das war gut. „Jawohl, Sir", stimmte ich eifrig zu.

„Und weiterhin, dass er aufgrund dieser Beziehung Verletzungen erleiden könnte, was eine Gefahr ist, die jemand, der sich nicht in einer derartigen Beziehung mit Ihnen befindet, nicht ausgesetzt wäre."

„Genau."

Seine Augen wurden schmal und ich hatte das Gefühl, als würde er mich wie eine Probe unterm Mikroskop studieren.

„Sir?"

„Ich werde den Befehl zurücknehmen. Doyle bleibt hier."

Ich hätte weinen mögen. Mein furchteinflößender, knallharter Chef war auf meiner Seite. Es war wie das Wunder der Weihnacht und dabei hatten wir noch nicht einmal Halloween.

„Es sei denn", fügte er schnell hinzu, „Sie ändern Ihre Meinung."

„Wie bitte?"

„*Falls*", begann er mit leiser Stimme, „Sie Ihre Meinung ändern und den Mann, der Ihnen garantiert immer und zu jeder Zeit den Rücken freihält, doch lieber bei sich hätten … lassen Sie es mich wissen."

Ich hatte das Gefühl, dass er über etwas ganz anderes sprach, auf etwas ganz anderes hinauswollte, aber ich verstand ihn nicht. „Ich werde meine Meinung nicht ändern, Sir."

„In Ordnung."

„Vielen Dank, Sir", krächzte ich, und meine Stimme versagte. „Das bedeutet mir alles."

Er knurrte.

„Ich weiß es wirklich sehr –"

„Holen Sie Ihren Partner, Jones, und gehen Sie nach Hause packen. Sie sitzen morgen früh im Flieger."

Mir wurde klar, dass die Tatsache, dass er meine Ansicht teilte, nicht bedeutete, dass wir einen Durchbruch gehabt hatten und nun Freunde werden würden.

Ich nickte, drehte mich um und eilte den Flur hinunter, aber ich nahm die Kurve am Ende zu eng und stieß mir die Schulter an der Wand an. Es tat mehr weh als gedacht. Ein bisschen musste ich mich über mich selbst wundern. Vermutlich waren meine Nerven ein wenig überreizt.

Das Verfahrensprotokoll für die Ausleihung eines US Marshals an einen anderen Verwaltungsbereich war einschüchternd und nahezu erschlagend und das galt gleich doppelt und dreifach, wenn man mit verdeckter Identität geschickt wurde. Also durften Ian und ich in Kages Büro sitzen und uns durch ganze Kataloge an Unterlagen und Anträgen und weiß Gott was sonst noch alles quälen. Es tat mir leid für Ian, denn da er nicht mitkommen würde, war die Sache reine Zeitverschwendung für ihn, aber so war das nun mal. Wenn er ihm persönlich gegenüberstand, konnte Ian mit ihm streiten, am Telefon aber nicht. Also würde Kage warten, bis wir zu Hause waren, und ihn dann anrufen.

Als wir mit den Papierbergen fertig waren, führte ich ein Telefonat bezüglich Chickie. Aruna war, wie zu erwarten, ganz aus dem Häuschen, dass der Werwolf bei ihr bleiben sollte und als ich ihn um ein Uhr nachts zu ihr brachte, war sie trotz nicht zu übersehender Müdigkeit – ein Säugling im Haus plus arbeiten von zu Hause aus – klar genug, mir wieder einmal ausführlich darzulegen, dass Ian jederzeit willkommen war, sie und Chickie zu besuchen, sollte er ihr seinen Hund schenken wollen. Ich ignorierte ihre Worte, wies sie an, sich unter keinen Umständen meinem Stadthaus zu nähern und versprach, sie von unterwegs aus anzurufen.

„Warum kann ich nicht bei dir vorbeigehen?", fragte sie, als ich schon in der Tür stand. Sie hatte mich mit ihrer Umarmung fast erdrückt, wie üblich. Für so ein klitzekleines Persönchen war sie erstaunlich stark.

„Weil ich es dir sage", sagte ich. „Es ist nicht sicher. Mein Haus steht unter Beobachtung."

„Beobachtung?" Sofort war ihr Misstrauen geweckt und ihre Augenbrauen zogen sich drohend zusammen.

„Mach dir deswegen keine Gedanken. Halt dich einfach nur fern."

Sie nickte und biss sich auf die Unterlippe. „Aber du bist in Sicherheit, ja?"

„Natürlich."

„Du bist jetzt ein Patenonkel", erinnerte sie mich. „Um Gottes willen, Miro, du musst gesund bleiben."

„Oh, komm, jetzt werde nicht –"

„Miroslav Jones!", schrie sie und schlug mir obendrein noch auf den Arm. Ugh, mein voller Name. „Tschuldige, tschuldige."

„Du musst vorsichtig sein", beharrte sie und stampfte mit dem Fuß auf.

„Ja, Liebes, das werde ich", versprach ich und ging, bevor sie mich weiter ausfragen konnte.

Als ich um zwei Uhr morgens endlich nach Hause kam, hatte Ian bereits fertig gepackt, saß auf dem Sofa und tippte eine SMS.

„Mit wem schreibst du?"

„Kowalski und Kohn", sagte er und gluckste in sich hinein. „Sie wollen wissen, wie viele Gepäckstücke du für den Einsatz mitnimmst."

„Du sollst doch niemandem sagen, wo wir hingehen", fuhr ich ihn an.

Er sah missmutig zu mir hoch.

„Verdammt, tut mir leid", stöhnte ich, als mir aufging, dass ich gerade einem Elitesoldaten, den sie auf verdeckte Operationen schickten, erklärt hatte, wie man ein Geheimnis bewahrte. „Was hast du ihnen gesagt, wo wir hingehen?"

„Gar nichts", sagte er mit einem Schulterzucken. „Kage hat ihnen gesagt, dass wir verdeckt ermitteln und mehr auch nicht."

So hatte ich die Sache noch gar nicht betrachtet. Aber er hatte recht, das war wirklich alles, was die anderen wissen mussten. Wenn Ian entsendet wurde, fragte ich schließlich auch nicht nach Details.

„Was?"

Ich warf ihm einen Blick zu, nicht sicher, was er wollte.

„Du hast ein Geräusch gemacht."

„Oh, tut mir leid."

„Es muss dir nicht leidtun, sag mir nur, woran du gedacht hast", verlangte Ian.

„Na ja, nun, es ist für Leute wie uns ziemlich einfach, ohne Erklärungen zu verschwinden. Niemand stellt Fragen. Macht Fremdgehen sehr einfach."

„Daran denkst du also?"

„Ich habe ein kleines Gehirn."

„Eindeutig", kommentierte er und wandte sich wieder seinem Handy zu.

„Also was ist mit Kohn und Kowalski?"

„Sie haben eine Wette laufen", kicherte er. „Kohn sagt vier Taschen, Kowalski sechs."

„Wie bitte, was?"

Er lachte mich an. „Ein Monat, M. Ich meine, so ein bisschen neugierig bin ich auch."

Ich zeigte ihm den Mittelfinger und ging ins Bad.

„Warte", sagte er immer noch lachend und folgte mir. „Jetzt werd' nicht –"

Ich wirbelte zu ihm herum. „Du solltest hierbleiben."

„Weil ich dich damit aufziehe, wie viel Gepäck du nach Phoenix mitnimmst? Hab ich jetzt Hausarrest?"

„Nein, ich – ich denke nur nicht, dass es sicher für dich ist und je länger ich darüber nachdenke, desto mehr Sorgen mache ich mir."

Seine Miene war absolut finster. „Wovon redest du da?"

„Wenn Hartley mich verfolgt, will ich nicht, dass du dich ihm in den Weg stellst."

Er nickte, sagte aber nichts und nach ein paar Momenten lastender Stille ging mir auf, dass er nachdachte.

„Was?"

„Nichts."

„Ian, komm schon, was?"

„Oh, okay. Ich versuche gerade zu entscheiden, ob dies das Dümmste ist, das du je gesagt hast oder das Zweitdümmste. Ich überlege noch."

„Ian –"

„Nein!", explodierte er und rammte mir seinen Finger ins Schlüsselbein. „Der einzige Ort, an dem ich sein will, ist bei dir und Hartley im Weg zu stehen ist genau das, was ich zu tun beabsichtige."

„Ich will nicht, dass du verletzt wirst!", brüllte ich zurück.

„Dann mach keine Dummheiten und sorg dafür, dass du mich beschützt", knurrte er. „Solange du mich beschützt, werde ich definitiv nicht verletzt."

Wir schwiegen beide, Blick fest auf den anderen gerichtet.

Er hatte solches Vertrauen in mich und ich realisierte, dass es mir mit ihm ebenso ging. „Ich bin –" Ich holte tief Luft. „Ich habe nur einfach Angst."

„Ich weiß", sagte er und trat auf mich zu, legte seine Hände auf meine Hüften und strich über meine Rippen, als ich meine Arme um seinen Hals schlang. „Aber es wird schon alles gut gehen. Ich werde dich nicht verlassen."

„Das ist sehr beruhigend, Marshal", sagte ich und küsste ihn.

Seine Arme schlossen sich um mich, als er sich zu mir hinunterbeugte, den Kuss erwiderte, und seine Zunge Einlass in meinen Mund suchte, den ich ihr nur zu gern gewährte.

Das Klingeln an der Tür war das Einzige, das eine Verlagerung der Ereignisse in die Horizontale verhinderte. Es machte mich nervös, zu sehen, dass Ian auf dem Weg die Treppe hinunter seine Waffe zog und durch die Tür rief, statt sie einfach zu öffnen. Ich hasste den Gedanken, dass wir in unserer Nachbarschaft, in unserem Zuhause, nicht sicher waren und so wachsam sein mussten.

„Alles in Ordnung", ließ Ian mich wissen, als er die Tür öffnete. „Pack deine Sachen."

Ich tat, wie mir geheißen und ein paar Minuten später stapfte Ian leise lachend die Treppe herauf.

„Was ist so lustig?"

Er hob den Kopf und sah mich an und der Anblick meines wunderschönen Mannes und seines spitzbübischen Grinsens, das seine Augen in viele, viele Lachfältchen legte, traf mich wie ein Blitzschlag. Manchmal raubte er mir einfach den Atem.

„Dein Deckname", sagte er lachend und hielt den Ausweis für mich hoch.

„Smith?", las ich empört.

„Weil du jetzt Jones bist!" Er fing schallend an zu lachen. Er fand das eindeutig sehr viel lustiger als ich.

„Wer hat hier ein kleines Gehirn?", fragte ich spitz.

Er wollte antworten, aber sein Handy klingelte. Ich machte mich wieder ans Packen, während er dranging. Aus irgendeinem Grund gestaltete es sich als sehr viel schwieriger, als ich gedacht hatte. Einen Augenblick später erhaschte ich einen Gesprächsfetzen.

„Entschuldigung. Würden Sie das bitte noch einmal wiederholen, Sir?"

Kage.

Verdammt.

Ich schluckte und wandte mich zu Ian um. Selbst von der anderen Seite des Zimmers aus war der mörderische Ausdruck in seinen Augen nicht zu übersehen.

Verdammt.

„Ich verstehe, Sir", sagte er, und seine freie Hand ballte sich zur Faust.

Ich würde mir wegen Hartley wohl keine Sorgen mehr machen müssen. So wie es aussah, war es Ian, der mich umbrachte. Er wirbelte herum und rammte die geballte Faust mit der Kraft eines Vorschlaghammers gegen die Wand. Der Schrank neben mir wackelte.

Langsam, um keinen Verdacht zu wecken, da ich nicht wollte, dass er hinter mir herkam, wich ich rückwärts aus dem Zimmer. Als ich hörte, wie er sich verabschiedete, bewegte ich mich schneller.

„Miro!", brüllte er, kaum dass er aufgelegt hatte.

Das war kein 'in Deckung' und auch keine Warnung. Er war stinksauer.

Ich entschied, dass es das Klügste war, mich im Badezimmer zu verbarrikadieren. Zu meinem Erstaunen hielt die Tür seinem Tritt stand. Andererseits waren alle Türen im Haus aus solidem Holz, ich hätte also nicht ganz so überrascht sein dürfen.

„Mach die verdammte Tür auf!", verlangte er und trat ein weiteres Mal dagegen.

„Warum bist du so wütend?"

„Weil du mit Kage gesprochen und ihn gebeten hast, mich hierzubehalten!"

„Wie ich eben sagte", entgegnete ich leise in der Hoffnung, dass er, wenn ich ruhig war, sich auch wieder beruhigen würde. „Alles, woran ich denken konnte, war, dass du verletzt werden könntest und der Gedanke allein bringt mich fast um."

Er hämmerte an die Tür. „Ich will nur dann von dir getrennt sein, wenn sie mich in den Einsatz schicken, okay? Sonst will ich immer bei dir sein, du Arsch."

„Geht mir genauso", sagte ich, laut genug, dass er mich auf der anderen Seite der Tür hören konnte.

„Da gibt's eine Lösung", keuchte er. „Hör auf, mich ausschließen zu wollen."

„Aber darum geht es hier nicht", berichtigte ich ihn. „Ich kann – will – dich der Gefahr, verletzt zu werden oder Schlimmeres, nicht aussetzen. Und ich weiß nicht, wie du meinst, dass ich meine Meinung diesbezüglich ändern kann."

Es wurde still. So still, dass ich hätte annehmen können, er wäre weggegangen. Aber ich wusste es besser.

„Miro."

Selbst durch die Barriere zwischen uns konnte ich den Unterschied in seiner Stimme hören. Er war nicht mehr wütend. Dieses Gefühl war verschwunden, war von etwas anderem ersetzt worden.

„Liebling, mach die Tür auf."

Liebling.

Es war doch verrückt. Mir hätte nicht jedes einzelne Sauerstoffatom aus den Lungen entweichen sollen, nur weil Ian Doyle mich mit etwas anderem als mit meinem Namen angesprochen hatte.

Und es auch so meinte. *Liebling.* Denn er liebte mich.

Ich hörte es in seiner Stimme; sie war sanft und besitzergreifend, und mir war zwar bewusst, dass ich verwundbar und extrem gefühlsbetont war, weil ein Psychopath hinter mir her war, aber trotzdem … Ian nannte mich seinen Liebling und das war lieb und sexy und sehr, sehr heiß.

Es war ein Wunder, dass ich nicht spontan in Flammen aufging.

Liebling.

Gott, wer hätte gedacht, dass ich so gefühlsduselig sein konnte?

„Bitte."

Seine tiefe, grollende Stimme, in der ein Hauch köstlicher, verlockender Ruchlosigkeit mitschwang, und ihr träges Timbre von harzigem Rauch und warmgoldenem Whiskey, entlockte mir ein unwillkürliches Winseln.

„Bitte, Liebling, öffne die Tür."

„Du spielst nicht fair, und seit wann?"

„Seit wann was?", erwiderte er, und er klang dabei so herzerwärmend barsch, dass es mich kein bisschen wunderte, dass mein Schwanz schneller reagierte als mein Hirn.

„Liebling –" wiederholte ich, „– ich … d-du –" Scheiße. „Du bist nicht – du … keine Kosenamen." Ich gab auf. Vollständige Sätze standen derzeit wohl nicht auf der Agenda.

„Ich nenn' dich wie ich verdammt noch mal will. Jetzt mach die verdammte Tür auf."

„Ian", brachte ich heraus, die Finger auf dem Holz der Tür gespreizt, und versuchte, mich wieder auf das zu konzentrieren, was ich zu tun beabsichtigt hatte und nicht auf das, was ich tun wollte.

„Weißt du, was es mit mir machen wird, wenn du mich daran hinderst, mit dir zu kommen?"

Da hätte ich, ehrlich gesagt, noch gar nicht drüber nachgedacht. Ich war so damit beschäftigt gewesen, für seine Sicherheit zu sorgen, dass ich nicht in Betracht gezogen hatte, was er fühlte.

Nicht ein Mal.

„Was, wenn –"

„Machen wir das so, ja?", hakte er nach und ich hörte, wie er gegen die Tür stieß. „Sitzen wir herum und sorgen uns darüber, was passieren könnte?"

Nein, das taten wir nicht. Das wäre unser Ende – als Paar, als Partner, als Marshals. Sich Sorgen zu machen, führte zu einem Leben absoluten Stillstands und das wollte ich nicht, für keinen von uns.

„Das heißt also, wir müssen uns trennen, weil du Angst hast." Es war eine Aussage, aber das verführerische, samtige Timbre seiner Stimme sandte einen Schauer des Verlangens durch meinen Körper. „Aber du wirst mich vermissen, und dann wirst du derjenige sein, der eines Tages entscheidet, was ich tun darf und was nicht."

Ich wollte ihn sehen, aber ich wagte es nicht, die Tür zu öffnen. Er hatte mich, wenn ich das tat. „Nein, so ist das nicht."

„Ach nein? Fühlt sich nämlich so an. Als würdest du deine Macht über mich ausnutzen."

Scheiße.

„Und das bist nicht du", schloss er sanft. „Wie könntest das du sein?"

„Ian –"

„Das ist ja der Grund, warum ich weiß, dass du mich wirklich liebst", sagte er und räusperte sich. „Weil du nicht versuchst, mich zu ändern."

Ich schnaubte spöttisch.

„Bis auf diese eine bestimmte Sache", lachte er leise.

Alleine im Bad musste ich lächeln, denn nein, ich würde die Sache mit der Hochzeit nicht auf sich beruhen lassen. „Okay", willigte ich ein. Ihn nicht bei mir zu haben, wenn ich nicht ohne ihn sein musste, das war wirklich einfach dumm. Und ich war vieles, aber das nicht. Außerdem hatte ich noch nie Nein zu Ian sagen können.

Ein Moment verstrich.

„Machst du jetzt die Scheißtür auf?"

„Du brauchst gar nicht so arrogant zu klingen", schoss ich zurück.

„Mach die Tür auf", forderte er. „Ich will dich küssen, bevor wir zum Flughafen losmüssen."

Dazu konnte ich auch nicht Nein sagen.

9

„HEILIGE SCHEIßE", stöhnte Ian, als wir aus dem Shuttle stiegen, das uns vom Ankunftsterminal am Sky Harbor International Flughafen in Phoenix zu dem Terminal gebracht hatte, in dem sich die Autovermietung befand. Es war wenig mehr als ein Wendehammer, ein Stück Gehweg und dahinter ein Glasgebäude, das so früh am Morgen völlig verlassen dalag. Wir waren die Einzigen dort, nachdem der Shuttlebus uns abgesetzt hatte. Außerdem war es heiß und ich war überrascht, dass es so früh am Morgen schon so warm sein konnte. „Das ist ja hier genauso wie bei der Scheiß JÜ in Twentynine Palms."

Ich lachte leise. „Ich habe keine Ahnung, wovon du redest, und was ist JÜ?"

„Jährliche Übung", murmelte er, bevor er sich seine Fliegersonnenbrille aufsetzte.

„Und Twentynine Palms ist was?"

„Der Vorhof zur Hölle in Kalifornien, an der Grenze zu Nebraska. Aber das Marine Corps Air Ground Combat Center befindet sich dort, also ist der Ort wichtig."

„Oh, ihr – du und deine Einheit – ihr trainiert dort mit ihnen."

Er nickte. „Leider ja."

„Und die Temperaturen hier erinnern dich daran?"

„Alles hier erinnert mich daran", grollte er. „Der Staub überall, die Felsen, die Kakteen – Gott, ich hasse die verdammte Wüste."

„Du hättest nicht herkommen müssen."

„Den Teufel musste ich nicht", entgegnete er.

Ich warf einen Arm um seine Schultern, zog ihn an mich und vergrub meine Finger in seinem Haar. „So schlimm ist es auch wieder nicht und so heiß ist es nicht."

Er brummte, dass ich mich mal von unserem Psychiater auf Diensttauglichkeit untersuchen lassen sollte und ich konnte mein Lachen nicht unterdrücken.

„Wir stehen hier im Schatten und es ist heiß", moserte er. „Das ist wie im Backofen, den ganzen Tag lang."

„Wenn du es gar so sehr hasst", zog ich ihn auf und rieb meine Nase an seinem Hals, „dann hättest du wirklich zu Hause bleiben sollen."

„Ich hab dir schon gesagt – was machst du da?"

Ich war immer auf der Suche nach dem einen Duft, der mir gefallen und den ich dann für den Rest meines Lebens tragen würde und ich gab einiges an Geld aus für Aftershaves und Herrendüfte. Wobei ich nicht durch Einkaufszentren irrte und Parfümerien heimsuchte, aber wenn ich an einer vorbeikam, dann ging ich rein und, nun ja, roch mich um. Ian hingegen benutzte ein Wässerchen, das er für billiges Geld in einem Laden in Chinatown erstand, der Nahrungsergänzungsmittel, Kräuter und Gewürze verkaufte. Er kaufte nicht gezielt etwas, das ihn besser riechen ließ. Dergleichen tauchte nicht einmal auf seinem mentalen Radarschirm auf als etwas, das er in Betracht ziehen musste. Er kaufte nur das Nötigste: Shampoo und Spülung mit nicht einem einzigen, lesbaren Wort irgendwo auf der Flasche und ein Aftershave, das er sich nach dem Rasieren ins Gesicht klatschte, damit sich die Haut wieder beruhigte. Ich vermutete, dass es der Haut darüber hinaus auch Feuchtigkeit verlieh, aber das würde ich ihm niemals sagen. Und für das alles zusammen bezahlte er fünfzehn Dollar. Das wusste ich so genau, weil ich ihn das letzte Mal begleitet hatte, als er Nachschub brauchte und einkaufen gegangen war. Der Mann war absolut umwerfend, also reichte das, was er benutzte, definitiv aus, aber das in meinen Augen beste war die resultierende Duftmischung.

Heiliger Gott im Himmel, er roch gut.

Wann immer ich ihm nahe kam, atmete ich diese verführerische Mischung aus Zitrus und Vetiver, mit einem Hauch von Sandelholz, Ambra, Zeder und Leder ein und sie weckte in mir jedes Mal den Wunsch, ihn am ganzen Körper abzuschnuppern.

„M?" Er lachte leise, als ich ihn tief einatmete, während ich gleichzeitig an der zarten Haut hinter seinem Ohr saugte.

„Du riechst so gut", raunzte ich.

„Ich rieche nach Schweiß", grollte er, aber es klang widerwillig erfreut. Dass ich ihn wollte, machte ihn glücklich. Und an. „Jetzt komm, lass uns das Auto holen, damit wir uns in der Dienststelle melden können. Je schneller wir das hinter uns haben, desto schneller finden wir raus, wo wir untergebracht sind. Wir brauchen ein Bett."

Das brauchten wir in der Tat.

Eine halbe Stunde später hatten wir unseren Toyota Sequoia, und Ian fuhr ihn aus dem Parkhaus. Die Temperaturanzeige auf dem Armaturenbrett zeigte achtunddreißig Grad, aber ich vermutete, das lag nur daran, dass der Asphalt unter uns sich durch die Sonne aufgeheizt hatte. Ich hätte gerne gewusst, wie die Leute das hier im Sommer mit dem Autofahren machten und ob sie sich Topfhandschuhe anzogen, um das Lenkrad halten zu können.

„Wo geht's hin?", wollte Ian gereizt wissen.

„Also, wir befinden uns jetzt auf dem East Sky Harbor Boulevard, und du musst gleich nach rechts auf die I-10 abbiegen."

„Und dann?"

„Weißt du eigentlich, dass sie hier im Sommer Eier auf dem Bürgersteig braten?"

„Halt den Mund. Wie geht's weiter, wenn ich auf der Autobahn bin?"

„Oh, sind wir schon drauf?"

„Ich fahre, oder nicht."

Das stimmte. „Okay, du nimmst die Ausfahrt auf die 7th Avenue, das ist Ausfahrt Nummer 144."

„Roger – wie weiter?"

„Okay, jetzt biegst du auf der 7th Avenue nach links ab und fährst geradeaus, bis du links auf die Jefferson abbiegen kannst. Hier steht, dass das Justizgebäude auf der Washington ist, gerade östlich der 7th. Ach ja, sie nennen es hier angeblich den 'Sonnenofen'."

„Fick dich."

Ich lachte. „Im Sommer erlauben sie es allen, die dort arbeiten, kurzärmelige Hemden zu tragen."

„Tun sie nicht."

„Tun sie wohl, aber jetzt ist es ja nicht so heiß."

„Da draußen ist es wie im Hochofen", beschwerte er sich und gestikulierte in Richtung Armaturenbrett. Die Anzeige sagte dreiunddreißig Grad. „Um Himmels willen, wir haben Oktober!"

„Ja, aber schau, die Anzeige zeigt jetzt fünf Grad weniger an als vorhin."

„Ach, und du meinst, dein Körper kennt den Unterschied zwischen dreiunddreißig und achtunddreißig Grad?"

Vielleicht nicht. „Weißt du, bevor wir gestern aus dem Büro raus sind, hat Kage mir erzählt, dass sie es damals, als er mit einer Einsatzgruppe hier war, das Große Gewächshaus der Hölle genannt haben."

Einen Moment lang kam keine Reaktion, dann wandte er sich mir zu. „Machst du Witze?"

Der Ausdruck auf seinem Gesicht war unbezahlbar.

„Das hat er gesagt?"

„Er hat gesagt, man fühlt sich, als hätte der Teufel einen in sein Terrarium gesetzt."

Ian ächzte, und ich konnte nicht mehr.

Ich lachte so sehr, dass ich keine Luft mehr bekam.

„Kannst du dich bitte einen Augenblick lang beherrschen?"

Es dauerte eine Weile, bis ich das konnte. Mein Zuhause zu verlassen, weil ein Psychopath es auf mich abgesehen hatte, das war beunruhigend und unheimlich, aber ich hatte Ian bei mir, also war es auch ein bisschen wie Urlaub. Alles in allem fühlte ich mich ein wenig … aus dem Gleichgewicht.

„Er sagte –" Immer noch leise in mich hineinglucksend wischte ich mir die Lachtränen aus den Augen – „dass es komplett aus Glas ist und man im Sommer das Gefühl hat, in einer Sauna zu sitzen. Und im Winter soll es auch nicht viel besser sein."

„Wie auch, wenn es im Oktober noch dreiunddreißig Grad heiß ist!"

„Und ich wette, dass es sich nachts auch nicht sehr abkühlt", bemerkte ich. „Schau dir all diesen Beton an!"

Zuerst konnten wir nirgendwo in der Nähe des Gebäudes einen Parkplatz finden, es war alles abgesperrt. Aber dann entdeckte Ian etwas, das wie eine Parkplatzschranke aussah und fuhr den Zaun entlang einmal um das Gelände herum. Und tatsächlich, hier parkten die Leute, die im Justizgebäude arbeiteten, ihre Autos.

Wir wurden angehalten und mussten den Sicherheitsleuten am Eingang unsere Dienstabzeichen und –ausweise zeigen, bevor man uns erlaubte, das Atrium zu betreten. Und unser Vorgesetzter hatte recht behalten: Ein wunderschönes Gebäude, ganz aus Stahl und Glas, und drinnen war es heißer als in der Hölle. Draußen hatte man das Gefühl, dass einem ein auf höchster Stufe stehender Haartrockner ins Gesicht blies, aber hier drinnen war es aus unerfindlichen Gründen heiß und drückend schwül.

„Das ist ja wie Chicago im Juli", stöhnte Ian.

„Aber draußen ist es trockene Hitze."

„Ich will nach Hause."

Die Angestellten an der Kaffeebar und ein paar der anderen Leute, die durch das Atrium eilten, trugen kurze Hosen und T-Shirts, einige sogar Trägershirts und ich konnte das gut verstehen. Wenn sie das anhätten, was Justizangestellte normalerweise trugen, würden sie eingehen. Es war heiß im Atrium und ich fragte mich, ob im Winter die Kälte hier auch eindringen und sich dann halten würde.

An der Sicherheitskontrolle zückten wir erneut unsere Dienstmarken und – ausweise, händigten unsere Waffen aus und durften endlich eintreten. Aber bevor wir uns auf den Weg in den ersten Stock machen konnten, erklärte uns einer der Deputy US Marshals, mit denen wir gerade gesprochen hatten, dass wir uns beim Leiter der Gerichtssicherheit melden sollten, der im Central Court Building saß, was *nicht* hier war, wo wir uns derzeit befanden, sondern ein Stück weiter. Um dorthin zu gelangen, mussten wir wieder nach draußen und laufen.

„Nein, das glaube ich nicht", entgegnete ich. „Wir sind nicht der Gerichtssicherheit unterstellt, sondern gehören zu einer Einsatzgruppe."

„Oh." Er schien überrascht. „Sie machen keinen Gerichtsdienst?"

„Nicht in erster Linie", sagte Ian. „Wir sind keine Sicherheitsbeamten, wir sind Kommissare."

Es war eine Grauzone. Kage hatte uns als Deputy US Marshals gekennzeichnet, aber da keiner von uns andere beaufsichtigte, und da wir sowohl mit WITSEC als auch mit für organisiertes Verbrechen und Drogenhandel zuständigen Behörden zusammenarbeiteten, waren wir faktisch Kommissare. Das war aber immer nur dann wichtig, wenn wir Chicago verließen, weil es andere Marshals wissen ließ, was von uns erwartet werden konnte.

„Oh, okay." Padgett – so stand es auf seinem Namensschild – sah nach wie vor überrascht aus. „Ich wusste gar nicht, dass wir im Moment freie Stellen haben."

„Haben Sie nicht", warf ich rasch ein. „Wir sind leihweise hier, nicht dauerhaft."

Er schien erleichtert und ich verstand. Wenn man in der Gerichtssicherheit arbeitete, dann wollte man aufsteigen, man wollte raus und in den Einsatz und Tommy Lee Jones in *Auf der Flucht* sein, auch wenn der Film mehr als unrealistisch war. Wie so viele Filme und besonders auch Serien; es war unmöglich, alles in allen Einzelheiten korrekt darzustellen. Ich war zum Beispiel mal mit einem Seemann ausgegangen, der mir akribisch erklärt hatte, was bei *Die Jagd auf Roter Oktober* alles nicht stimmte und er war der Ansicht gewesen, dass ich den Film ausmachen und ihn schon allein aufgrund seiner vielen Fehler und Unstimmigkeiten aus Prinzip verdammen sollte. Er war nach Hause gegangen und wir hatten uns nicht wiedergesehen. Ob jetzt korrekt oder voller Fehler, wenn es mir gefiel, dann gefiel es mir, Punkt.

„Wir müssen in den ersten Stock, richtig?", fragte Ian und rief damit meine Gedanken wieder in die Gegenwart zurück und zu der Aufgabe, herauszufinden, wem wir denn nun eigentlich unterstellt waren. Wir hatten einen Namen, Brooks Latham, und das war alles. „Das hat man uns so gesagt."

„Ja, Sie können den Aufzug nehmen oder die Treppe", erwiderte Padgett freundlich.

Erstaunlich, wie nett die Leute sein konnten, wenn sie wussten, dass man sie nicht um ihren Job bringen wollte.

Als wir Lathams Büro erreichten und ich die vielen Leute in dem Raum sah, die vielen verschiedenen Whiteboards und die überall verteilten Schreibtischgruppen, wurde mir klar, dass wir es hier nicht mit einer Einsatzgruppe zu tun hatten, sondern mit vielen.

„Kann ich helfen?", fragte ein Mann und kam auf uns zu, während wir neben einer Trennwand standen und uns umsahen.

„Ich bin Morse", sagte Ian schnell, „und das ist Smith. Wir sollen uns bei Latham melden."

„Commander Latham", korrigierte er.

„Commander Latham", äffte Ian ihn nach.

„Ich gehe ihn holen."

Es würde uns nicht gestattet werden, weiter in den Raum vorzudringen, bevor wir nicht für hinlänglich befunden worden waren. Das verstand ich zwar, aber zu Hause ging es nicht darum, wer den Längsten hatte. Wir waren ein warmherziger, einladender Haufen in Chicago. Außer Ian.

Wir hörten einen schrillen Pfiff und als wir uns umdrehten, sahen wir einen älteren Mann, der uns aus einem Büro am anderen Ende des Raumes aus zuwinkte.

Ian stöhnte unterdrückt. „Ich liebe es ja, wie ein Hund gerufen zu werden."

„Immerhin haben sie hier drinnen eine Klimaanlage", bemerkte ich.

Er war wenig beeindruckt.

Latham hielt die Tür offen und schloss sie hinter uns, blieb dann aber stehen und sah uns prüfend an.

„Welchen Hintergrund haben Sie? Ich hatte keine Zeit, Ihre Akten zu lesen."

Ian erklärte, dass wir seit drei Jahren Marshals waren, dass ich davor Detective bei der Polizei gewesen war und er Reservist bei den Sondereinsatzkräften.

„Sie sind ein Green Beret?"

„Jawohl, Sir."

Er nickte, sichtlich beeindruckt. „Also sind Sie daran gewöhnt, sich strikt an die Regeln zu halten."

Ich war so stolz auf mich, dass ich nicht schallend loslachte.

Latham wandte sich mir zu. „Dass Sie Detective gewesen sind, wird Ihnen hier helfen. Viele nutzen unseren Staat als Durchgang und es ist wichtig, Verdächtige so schnell wie möglich festzusetzen."

„Wir werden tun, was wir können, um zu helfen, Commander", bestätigte ich.

„Ausgezeichnet", erwiderte er und hielt erst mir und dann Ian die Hand hin. „Dann kommen Sie, ich erzähle Ihnen ein bisschen darüber, wie wir hier arbeiten."

Brooks Latham hatte das Sagen und wir waren ihm direkt unterstellt, aber er war nur ein Chief Inspector, kein Chief Deputy wie Kage.

„Normalerweise arbeiten wir hier nicht mit Partnern, jedenfalls nicht in dem Sinne, dass Sie Tag für Tag mit demselben Kollegen arbeiten oder auch nur im selben Team. Wir wechseln oft, abhängig von persönlichen Stärken und dem, was für einen Einsatz speziell benötigt wird."

Wir schwiegen und warteten. Bisher hatte er noch nichts gesagt, was einer von uns gerne gehört hätte.

„Sind Sie in Chicago Partner?"

„Das sind wir", sagte Ian.

„Gut, das hilft uns. Ich hatte in der Vergangenheit gelegentlich meine Probleme damit, für meine Leute immer die richtigen Partner zu finden."

„Trifft auf uns nicht zu", versicherte Ian ihm.

Er lächelte uns an. „Haben Sie Hunger? Wir können zusammen zu Mittag essen, bevor ich Sie herumführe. Mögen Sie griechisch?"

Mochten wir.

Crazy Jim's lag in der Nähe des Justizgebäudes und die fantastischen Gerüche im Innern ließen mir augenblicklich das Wasser im Mund zusammenlaufen. Wir bestellten beide Pita – Ian Steak Picado, ich Huhn mit Feta – und teilten uns einen Ziegenkäsesalat, den wir in null Komma nichts verschlungen hatten.

„Essen Sie immer so viel?"

Ian und ich sahen uns an. „Normalerweise essen wir sehr viel mehr", stellte ich klar. „Aber da Sie bezahlen, dachten wir, wir sollten es besser langsam angehen."

Dass er lachte, war ein gutes Zeichen.

Unsere temporäre Unterkunft war in der Nähe des Willo Historic District, ein Stadtviertel, das Latham das 'Villenviertel' genannt hatte.

„Soll was heißen?", fragte Ian, als er rechts in eine kleine baumbestandene Straße abbog.

„Ich glaube, es soll heißen, dass es keine Mietshäuser gibt. Nur Einfamilienhäuser."

„Das macht keinen Sinn", erklärte er mir. „Guck in den Umschlag, den er uns gegeben hat, es sind Schlüsselringe darin und ein Plan, in dem er eingezeichnet hat, wo wir parken können. Ich glaube nicht, dass wir in einem Haus untergebracht sind. Es muss eine Wohnung sein."

„Es ist schön hier", bemerkte ich, als wir an einem Haus im Tudorstil, danach an einem Bungalow im Craftsmanstil und dann einer spanischen Villa vorbeifuhren. Jedes Haus war anders und es war interessant, sie sich anzusehen. Die Gebäude und umliegenden Gärten waren gepflegt; sie standen ganz offensichtlich schon länger hier.

„Ich will nach Hause", knurrte Ian.

Ich wusste, dass er das wollte. „Lass uns einfach unser Haus finden, okay? Je eher wir hinkommen, desto eher können wir unseren Kram abladen und uns an die Arbeit machen."

„Aber das meinte ich doch, M. Ich glaube nicht, dass wir nach einem Haus Ausschau halten."

Wie es sich herausstellte, hatte er recht. Die Wohnung, in der sie uns untergebracht hatten, lag im dritten Stock eines riesigen Mietsgebäudekomplexes am Rand des historischen Viertels auf der Vernon Avenue.

Wir parkten den Wagen und Ian schwang sich seine Reisetasche über die Schulter, während ich mit meinem Kleidersack, der Tasche und dem Rollkoffer, in dem meine Schuhe waren, jonglierte.

„Kann ich Ihnen helfen, Sir?", neckte Ian mich.

Wenn Blicke töten könnten. Aber offenbar war ich nicht sehr furchteinflößend, denn statt tot umzufallen, lachte er nur schnaubend und schnappte sich meinen Kleidersack. Er warf ihn sich mühelos über die andere Schulter, obwohl der das schwerste meiner drei Gepäckstücke war, und strebte dem Aufzug zu.

Die Wohnung war 150qm Langeweile: Ein Hauptschlafzimmer, zwei kleinere Räume, zwei Badezimmer, ein Kamin – der Herrgott mochte wissen, wofür –, eine Waschküche und ein winziger Balkon. Sie erinnerte mich an die erste Wohnung, in der ich gewohnt hatte, als ich zur Polizeischule gegangen war; spärlich möbliert, sehr sauber und absolut ausreichend.

„Sie ist in Ordnung", versicherte ich Ian.

„Sie ist scheiße", urteilte er vehement.

Ich verstand seine Ablehnung. Er hatte erst vor sechs Monaten eine ähnlich nichtssagende monotone Wohnung verlassen, es musste sich anfühlen wie ein böser Rückfall.

„Wir wohnen hier nicht", erinnerte ich ihn, während wir beide unsere Taschen abstellten. Ich trat an ihn heran und küsste ihn, zärtlich und sacht, und knabberte an seiner Unterlippe, bevor ich wieder zurücktrat.

„Wo gehst du hin?"

„Wir haben versprochen, in einer Stunde wieder da zu sein. Die ist fast um."

„Schön, aber heute Abend suchen wir uns eine Kneipe, wo wir was trinken können und dann versprich mir, dass du mit mir nach Hause kommst und mich durch die Matratze fickst."

„Dazu musst du mich nicht erst betrunken machen – kein Alkohol nötig, Marshal."

Er lachte leise und der Klang – heiser, rauchig, verführerisch – ließ mich wünschen, wir müssten nicht zurück zur Arbeit.

„Zu spät", verkündete er bereits mit seiner offiziellen Rechtsvollzugsdienerstimme. „Lass uns gehen."

Egal, was ich sagte, ich würde jetzt keinen Sex mehr bekommen und der Einzige, der Schuld daran war, war ich selber.

10

IN PHOENIX war vieles anders. Und während ich mich langsam daran gewöhnte, wie sie die Dinge hier handhabten, tat Ian das nicht. Simple Dinge; zum Beispiel, dass die anderen Marshals ihn davon abhielten, einen Verdächtigen zu Boden zu ringen oder gegen ein Auto zu schubsen, machten ihn wahnsinnig.

„Was zum Teufel", knurrte er mich an.

Ich zuckte bei seiner Lautstärke zusammen. „Der Asphalt ist heiß. Das Auto auch."

„Es ist scheiße hier", beklagte er sich.

Ich musste ihn ständig daran erinnern, das Auto nicht auszumachen, wenn Leute darin saßen und er musste sich außerdem daran gewöhnen, wieder Handschellen aus Metall zu tragen. Sie hatten ein anderes Budget in Phoenix und er konnte sich die Taschen seiner Einsatzweste nicht wie gewohnt mit Kabelbinder vollstopfen.

„Wie?", fragte er gereizt und hob die Handschellen hoch, während er mit der anderen Hand einen Typen über dem geöffneten Kofferraum des weißen Mercury Marquis festhielt.

Ich demonstrierte ihm die Schnappbewegung mit dem Handgelenk ein weiteres Mal, da er es geschafft hatte, die Handschellen zufallen zu lassen. Wieder einmal. „Du musst sie aufschnappen lassen und dann um ihre Handgelenke zuschlagen, so."

Er beherrschte weder das Aufschnappen noch das Zuschlagen. Nach der ersten Woche in Phoenix waren es immer meine Handschellen, die die Verdächtigen trugen. Aber ich hatte ihm auch jahrelange Übung voraus, da ich erst Streifenpolizist und später Detective gewesen war. Ians Hintergrund beim Militär war der Kampfeinsatz, nicht der Einsatz als Militärpolizist. Er hatte nicht mein Geschick mit den Handschellen.

„Und warum sind es Verdächtige?", schäumte Ian, als wir einen Typen in die Dienststelle brachten. „Es sind Flüchtige, verdammt noch mal. Das ist es doch, was wir hier machen: Wir fangen diese Wichser ein!"

Latham legte großen Wert auf politische Korrektheit und das erstreckte sich auch darauf, mit welchem Begriff seine Leute die Menschen bezeichneten, die sie der Justiz zuführten. Er war sehr besorgt um öffentliche Wahrnehmung. Ich hatte es noch nie erlebt, dass es so vielen Außenseitern erlaubt worden war, im Auto mitzufahren oder Teammitgliedern zu folgen und sie zu interviewen. Ich war dankbar dafür, dass Ian und ich nur Platzhalter waren, dass er uns nicht gut kannte und uns daher aus dem Rampenlicht heraushielt.

Einmal führten wir und ein anderes Team eine Verhaftung durch und einer der Reporter versuchte zu filmen, wie Ian und ich den Verdächtigen festnahmen. Nachdem er sich ein Paar Latexhandschuhe angezogen hatte, nahm Ian dem Typen sein Smartphone direkt aus der Hand und ließ es in den Gully fallen. Das eine Mal wurden wir nicht in Lathams Büro zitiert, da unser Wort gegen seines stand und der Reporter offenbar ein Idiot war. Aber es wurde zu einem alltäglichen Ereignis für uns, für *irgendetwas* vor den Schreibtisch des Commanders zitiert zu werden.

Übermäßige Gewaltanwendung. Ungenügende Gewaltanwendung. Warum rauften wir uns mit den Verdächtigen, anstatt einfach unsere Waffen zu ziehen? Warum überprüften wir jeden Anwesenden auf ausstehende Haftbefehle, wenn wir doch die Person, für die wir ausgeschickt worden waren, bereits in Gewahrsam hatten?

Nach der zweiten Woche hielt Ian abrupt in der Bewegung inne, einem Typen seinen Stiefel auf den Rücken zu setzen, und schrie mir zu: „Kann ich das so machen?"

Das blieb nicht das einzige Mal, und jedes Mal nickte ich entweder oder schüttelte den Kopf. Missbilligt wurde auch unsere Festnahme eines Mannes im Food Court des Scottsdale Fashion Square: Ian sprang über einen Tisch und warf sich auf den Mann, packte ihn, hob ihn hoch und stieß ihn dann hart auf die Bodenfliesen. Danach rührte sich der „Verdächtige" nicht mehr. Wir trugen beide Schirmmützen und Sonnenbrillen, und als die Sicherheitsbeamten des Einkaufszentrums erschienen, zeigte ich ihnen meine Dienstmarke. Sobald wir zur Dienststelle zurückkamen, saßen wir wieder in Lathams Büro vor seinem Schreibtisch.

„Sie hätten warten sollen, bis der Verdächtige das Einkaufszentrum verlassen hat", dozierte er.

„Schreib das auf", wies Ian mich an, woraufhin er für den nächsten Tag suspendiert wurde.

„Ich schick dir ein Memo", belehrte ich ihn und das war es – ich wurde ebenfalls suspendiert.

Wir verbrachten den gesamten Donnerstag im Bett, ließen uns Essen liefern und schliefen.

„Vielleicht hätten wir einfach Urlaub nehmen sollen", flüsterte ich auf dem Boden des Wohnzimmers liegend – es war der kühlste Raum in der Wohnung –, Ian befriedigt und schweißfeucht auf mir ausgestreckt.

Er knurrte zustimmend, drehte den Kopf und leckte mir der Länge nach über den Hals. Mehr brauchte es nicht; ich rollte ihn auf den Bauch und fickte ihn noch einmal.

Später entspannten wir uns am Pool und eine schöne, braun gebrannte, dunkelhaarige Frau, die aussah, als hätte sie ein Model sein können, kam herüber und fragte Ian, ob er sich mit ihr auf einen Drink treffen wollte.

„Ein Drink?"

Sie lachte leise. „Nur, wenn du nichts vorhast, ähm …"

„Ian", half er ihr aus.

Ihr Lächeln war sündhaft und die Art, wie sie sich auf die Unterlippe biss, aufreizend. „Ian", wiederholte sie, ihre Stimme so verführerisch wie ihr Körper. „Ich könnte dir die Sehenswürdigkeiten der Stadt zeigen. Du bist neu zugezogen, richtig?"

Er nickte.

„Ja, das dachte ich mir. Ich habe dich noch nie gesehen und du wärst mir definitiv aufgefallen."

Das war ein netter Spruch.

„Ich kann nicht", entgegnete er, setzte sich auf seiner Liege auf, legte den Kopf in den Nacken und betrachtete sie durch seine Fliegersonnenbrille. „Aber ich fühle mich geschmeichelt. Danke für das Angebot."

„Warum kannst du nicht? Du trägst keinen Ring."

Ich konnte mich kaum beherrschen, nicht aufzuspringen und laut zu schreien: „Ah-ha!"

Ring. Das magische Wort. Sie wäre nie herübergekommen und hätte ihn angesprochen, wenn sie einen Ring an seinem Finger gesehen hätte.

Verdammter Ian.

Ich stand auf, nahm meine White Sox Mütze ab, warf sie auf meine Liege und überließ es Ian, mit der Situation, in der er sich befand, fertig zu werden. Ich ging zum Pool, sprang ins Wasser und ließ mich auf den Boden des Beckens sinken.

Es war ruhig und still hier unten, und ich saß dort so lange ich konnte, die Augen geöffnet, das Blau um mich herum, bevor ich langsam wieder auftauchte.

„Du bist echt ein Arsch."

Ich sah über meine Schulter und entdeckte Ian am Beckenrand stehend und finster auf mich hinunterstarrend, die Arme verschränkt, die Sonnenbrille in den Kragen seines T-Shirts gesteckt.

Ich schwamm rückwärts von ihm weg.

„Wirklich?"

„Hast du nicht eine Verabredung für Drinks und … Sightseeing?"

Er schüttelte den Kopf. „Sei nicht albern."

„Warum nicht? Du kannst doch gehen."

„M."

„Du trägst schließlich keinen Ring", konnte ich mir nicht verkneifen, hinzuzufügen.

„Komm aus dem Scheißpool raus. Ich hab Hunger."

Aber stattdessen schwamm ich ein paar Runden und als ich mich schließlich aus dem Wasser hievte, stand er mit einem großen, flauschigen Handtuch bereit, das er mir um die Hüften wickelte.

„Was soll das?"

„Man kann deinen Schwanz durch deine Badehose sehen, wenn sie nass ist."

Ich zuckte mit den Schultern.

Er knurrte. „Sei kein Idiot. Ich hab ihr gesagt, dass ich mit dir zusammen bin."

Ich sah ihn aus zusammengekniffenen Augen an.

Er drehte sich um und winkte und als ich seinem Blick folgte, sah ich, wie die Frau und ihre Freundinnen, die unter einem der großen Dachventilatoren im Schatten saßen, zurückwinkten.

„Siehst du?"

Ich nickte und wollte an ihm vorbeigehen, aber er verstellte mir den Weg.

„Ian", sagte ich leise.

„Stopp", befahl er mir sanft, nahm mein Gesicht zwischen seine Hände und trat näher, ganz nah an mich heran, sodass niemand, der uns sah, bezweifeln konnte, dass wir zusammen waren. „Ich weiß, was du brauchst, M."

„Ach ja?"

„Ja."

Ich mochte den Klang dieses Wortes auf seinen Lippen.

„Gib mir Zeit."

Was immer er wollte.

AM NÄCHSTEN Tag fanden wir uns in AJ's Fine Foods in Glendale wieder, allerdings nicht, um dort etwas zu essen. Wir hatten an einem Haus an der 67th Avenue geklopft, um dort einen Flüchtigen festzunehmen und er hatte einen Blick auf uns geworfen und war getürmt. Instinktiv war ich hinter ihm hergerannt.

„Geht's dir besser?", fragte Ian und legte den Kühlakku, den eine sehr nette Dame in dem Laden uns gegeben hatte, auf meinen Nacken.

„Er muss mehr trinken, und zwar Wasser", erklärte Courtney Quinn, eine der örtlichen Marshals. „Das nächste Mal sollten Sie besser auf mich hören, Smith."

Ich würde etwas Biestiges sagen, wenn ich den Mund öffnete, also trank ich stattdessen das Gatorade, das Lucas Hoch, ein anderer Deputy, mir gegeben hatte. Er hatte die Flasche für mich geöffnet, was ich sehr nett fand, denn ich sah immer noch Sternchen.

„Niemand rennt in dieser Hitze", wiederholte er. Das hatte er im Lauf der letzten dreißig Minuten schon mehrfach erwähnt.

Ich hatte getan, was ich immer tat: war aus dem Auto gesprungen und losgerannt, und diesmal war es Ian gewesen, der mir gefolgt war. Aber die Verfolgungsjagd hatte gut zwanzig Minuten gedauert, war über Mauern, durch Gärten und Hinterhöfe, um Hausecken und quer über Straßen gegangen und nachdem ich den Typen schließlich auf dem manikürten Rasen eines Vorgartens in der ruhigen, Obere-Mittelschicht-Gegend zur Strecke gebracht hatte, indem ich mich mit einem Hechtsprung auf ihn geworfen hatte, war ich nicht wieder aufgestanden. Ich konnte nicht. Ich konnte kaum atmen, so heiß war mir.

Ian legte dem Typen Handschellen an – wir hatten in unseren eigenen vier Wänden geübt, im Bett und außerhalb –, befahl ihm, sich nicht zu rühren, und warf einen prüfenden Blick auf mich.

„Himmel, M, du bist knallrot im Gesicht."

Nichts existierte außer der Hitze und meine Haut fühlte sich an, als würde sie brennen.

Die Eigentümerin des Hauses, eine bildschöne, makellos gekleidete blonde Hausfrau mit einem Diamant am Ringfinger so groß wie mein Daumen kam heraus und erkundigte sich, ob sie uns helfen könnte, während ihre Freundinnen sich neugierig im Hauseingang drängten.

„Nein, Madam", sagte Ian schnell, sichtlich um mich besorgt. „Ich muss ihn nur aus Ihrem Vorgarten und in den Schatten bekommen und ihm was zu trinken besorgen."

„Genau", nickte sie. „Er muss ins Kühle und viel trinken. Wie meine Kinder, wenn ich sie nicht mit Argusaugen überwache."

„Ja, Madam", sagte er leutselig.

„Möchten Sie ihn hereinbringen?"

Es war uns unter allen Umständen verboten, Zivilisten zu involvieren, wenn wir es auch nur irgendwie vermeiden konnten.

„Nein, Madam, aber vielen Dank für das Angebot."

Als ich zu ihr hochsah, nickte sie lächelnd.

Und so kam es, dass Ian das AJ's fand und mich dorthin schleppte, damit ich in ihrem klimatisierten Raum sitzen und Wasser trinken konnte.

„Wir laufen nicht", erläuterte Quinn. „Nicht bis nach Halloween, wenn es sich langsam abkühlt."

„Es kühlt sich erst nach Halloween ab?" Ian war fassungslos.

„Ja, Marshal", neckte sie ihn, und ich sah, wie ihre Augen sich weiteten, als sie ihn ansah. Es war unschwer zu erkennen, dass sie ihn sehr anziehend fand. „Sie müssen also noch ein bisschen warten."

Ich ließ meinen Kopf nach vorne fallen und stieß seinen Oberschenkel mit meiner Schulter an.

„Bei der JÜ in Twentynine Palms, von der ich dir letztens erzählt hab, passiert so was ständig", sagte er in dem Versuch, mich zu trösten und fuhr mit seinen Fingern durch meine Haare, ließ seine Fingernägel sanft über meine Kopfhaut gleiten und verschob dann den Kühlakku. „Große, starke Typen fallen einfach so um."

Er wollte mich aufheitern, damit ich mich nicht wie der Obertrottel vom Dienst fühlte, aber es half nicht viel.

„Ist dir immer noch schwindelig?"

„Bisschen."

„Dir geht's gleich besser."

„Das ist so schwach."

„So was passiert in dieser Art Hitze, M."

„Du bist nicht beinahe ohnmächtig geworden."

„Nein, aber ich übe ja auch in so einer Bullenhitze", beharrte er, hockte sich vor mich hin, legte seine Hände auf meine Knie und sah mich an. „Ich weiß, dass man viel trinken und darauf achten muss, wie viel Energie man wofür aufwendet."

Die Erinnerung an die Blicke, die mir Quinn und Hoch zugeworfen hatten, als wäre ich ein Schwächling, der nichts vertrug, ließ heiße Scham in mir aufsteigen. Fast so heiß wie das Wetter draußen.

Natürlich hatte ich fünfzehn Minuten später, dank des Sonnenstichs, Migräne, also hielten Ian und ich auf dem Rückweg in die Innenstadt an einem Circle K und kauften mir Kopfschmerztabletten, mehr Gatorade und einen zwei Liter Durstkiller-Becher Dr Pepper, denn Ian behauptete, ich bräuchte sowohl das Koffein als auch den Zucker. Ich sah auf den riesigen Plastikbecher mit Henkel in meiner Hand hinunter und fragte ihn, warum.

„Weil du es brauchen wirst."

„Ich muss das Ding in der Hand halten oder zwischen den Beinen einklemmen. Es ist zu groß für den Becherhalter."

„Trink's einfach aus und halt den Mund", grummelte er. „Und steig ins Auto."

Nachdem wir dann noch etwas gegessen hatten, ging es mir langsam besser: Essen, Pillen, Koffein und Kühle, und ich war bereit, dem nächsten Schurken hinterherzurennen.

Als wir die Sammelstelle der Einsatzgruppe in Tempe in der Nähe der Universität erreichten, trafen wir dort auf die üblichen Verdächtigen, sowie Agenten der DEA. Ian und ich schlüpften in unsere Westen – er schnallte sich sein Oberschenkelholster um, in dem seine Ersatz-SIG P228 steckte, denn nur die Glock 20, die wir alle trugen, war ihm nicht genug – und wir gingen auf die Gruppe zu.

„Wo wollen Sie hin?", fragte Hoch, bevor wir weit gekommen waren.

Ian deutete auf den Sammelpunkt.

„Noch nicht", sagte Quinn. „Wir warten, bis sie uns sagen, wo sie uns haben wollen."

Ich sah sie finster an. „Ich dachte, das wäre unsere Verhaftung. Geht es hier jetzt um die Ergreifung eines Flüchtigen oder nicht?"

„Ja, doch, aber Sie wissen doch, dass Latham immer sagt, wir warten auf Anweisung."

„Selbst dann, wenn wir die Verhaftung durchführen?"

Sie nickten.

„Oh." Ich hätte nicht überrascht sein sollen. Die Vorgehensweise hier in Phoenix bedeutete einen stetigen Lernprozess für mich. „Das heißt, dass wir uns selbst dann, wenn wir die Leitung innehaben, im Hintergrund halten und die Rückendeckung übernehmen?"

„Ja, genau."

„Hm", sagte ich und drehte mich zu Ian um.

Er verschränkte die Arme. „Machen Sie Witze?"

Ich blickte zu Hoch und Quinn zurück, aber als sie ihn nur verwirrt anstarrten, wandte ich mich ihm wieder zu. „Nein, glaube ich nicht."

Als er mich damals eingestellt hatte, hatte Kage mir klipp und klar gesagt, dass wir unter seinem Befehl immer voll durchgriffen. Wir gingen ihnen auf direktem Weg an die Gurgel, sozusagen. Er war der Boss, er hatte die Führung inne und er erwartete, dass seine Männer sich im Einsatz auch so verhielten. Man konnte von Glück sagen, dass Ian an Kage geraten war, denn Ian war nicht der Typ, der wartete, *bitte* sagte und *darf ich* fragte. Ian trat die Tür ein und Gnade dir Gott, wenn du in dem Moment dahinter standest.

„Oh, wir halten uns zurück und warten", wiederholte Hoch, nur für den Fall, dass Ian und ich das nicht verstanden hatten.

„Okay", stimmte ich zu, denn es war nicht meine Entscheidung.

„Scheiße, nein", knurrte Ian und als er davonmarschierte, musste ich ihm folgen, denn das stand gewissermaßen in meiner Stellenbeschreibung so drin.

Zwei Stunden später, als wir in Lathams Büro saßen und er uns zum wohl hundertsten Mal in den letzten drei Wochen anschrie, wurde mir bewusst, dass Ian und ich uns hier auf dünnem Eis bewegten. Wir würden von Glück sagen können, wenn wir noch Jobs hatten, wenn sie uns nach Hause zurückholten.

„Wir übernehmen niemals die Führung!", brüllte er uns an. „Wir richten uns nach den anderen Strafverfolgungsbehörden, sodass nichts auf uns zurückfallen kann!"

Lathams Team trat keine Türen ein, sie sagten niemandem, er solle sich zum Teufel scheren. Sie nahmen Verdächtige in Gewahrsam, wenn es Zeit dafür war oder wenn man sie darum bat. Das war eine komplett andere Vorgehensweise als die, mit der wir gearbeitet hatten, seit wir Marshals geworden waren, aber vermutlich auch die mit deutlich weniger Schadensberichten.

„Sie sind eingeschritten, ohne Ihre Waffen zu ziehen! Was zum *Teufel* sollte das?"

Ich räusperte mich. „Wir befanden uns in einer Gegend mit einer großen Zahl Zivilisten, Sir, von daher wollten wir unsere Waffen nicht ziehen, bis wir die Bedrohung nicht direkt vor Augen hatten."

„Es bestand kein Grund für erhöhte Gewalt", unterstützte mich Ian. „Wir versuchen, unsere Waffen nur dann zu ziehen, wenn wir sie auch benutzen müssen."

„Sie waren Mitglieder einer Einsatzgruppe!"

„In der Nähe des Unicampus", informierte ich ihn. „Es war nicht notwendig."

„Es ist uns gelungen, den Flüchtigen festzunehmen, ohne dass es zu einem Schusswechsel kam", stellte Ian klar, für den Fall, dass man Latham darüber nicht informiert hatte.

„Aber das war nicht Ihre Entscheidung!"

Aber letzten Endes war sie es gewesen. Ian hatte den Typ gesehen und wir waren zu seinem Tisch geschlendert und hatten ihn verhaftet, schnell, schmerzlos, mit seinem

Gesicht in seinen Nachos. Er trug Handschellen und war bereit für den Abtransport, bevor die Deppen von der DEA überhaupt bereit waren, einen Finger zu rühren.

„Ich hasse diese Typen", murmelte ich.

„Das sollten Sie nicht!", schrie Latham. „Sie arbeiten für sie!"

Ian schnaubte spöttisch, was Lathams Blutdruck nicht gerade guttat.

„Sie beide sollten sich den Rest des Tages freinehmen und gründlich nachdenken", fauchte er. „Wir probieren es morgen noch einmal."

Wir waren auf halbem Weg zum Aufzug, als wir hörten, wie jemand unsere Namen rief. Ich drehte mich um und sah einen großen, gut aussehenden Mann auf uns zukommen. Als er uns erreicht hatte, hielt er mir seine Hand hin.

„Ich bin Javier Segundo", grüßte er mich lächelnd und drückte mir fest die Hand, bevor er sich an Ian wandte. „Wir haben uns noch nicht kennengelernt, weil mein Partner Charlie Hewitt und ich den ganzen letzten Monat einer SWAT Einheit zugeteilt waren. Einsatzgruppe zur Ergreifung von Flüchtigen. Wir sind gestern erst zurückgekommen."

„Einen ganzen Monat lang?" Ich war entsetzt. „Warum?"

„Wie sonst soll man Typen verhaften, die sich in ihren befestigten Häusern verschanzt haben?", fragte er mit einem Schulterzucken.

„Nein, nein, das mit der SWAT Einheit verstehe ich, aber wie viele Einsatzgruppen kann man denn haben?"

„Wir sind hier in Arizona", sagte er mit einem Grinsen. „Jede Menge Überlebenskünstler und Prepper, die sich auf den Weltuntergang vorbereiten und alle haben richtiggehende Arsenale auf ihrem Land."

Mir war selbst schon aufgefallen, dass man hier allerorts sehr viele Schusswaffen sah.

„Und nur, dass Sie es wissen, wir werden an SWAT ausgeliehen, damit wir Rückendeckung haben. Ist im Grunde genommen nur für unsere eigene Sicherheit, weil wir keine Schutzkleidung tragen."

Zu Hause hatten wir Schutzkleidung oder zumindest schusssichere Westen, da wir aufgrund der Lage unserer Einsatzstelle gelegentlich taktische Einsätze fuhren. Es gab noch andere Aufgaben, die zu den gewöhnlichen Pflichten eines Marshals gehörten, staatliche Beschlagnahmungen oder Gerichtssicherheit zum Beispiel, die Ian und ich nicht machten; Kage hatte andere Teams für diese Aufgaben. Zu hören, dass Segundo und sein Partner nie Schutzkleidung trugen, überraschte mich. Wenn wir ein unbekanntes Gebäude stürmten oder eine Verhaftung durchführten, bei der schwere Schusswechsel und Gott allein weiß was sonst noch alles zu erwarten war, dann trugen wir alle, unser gesamtes Team, die volle Montur. Der einzige Unterschied zu einem SWAT Team bestand dann in den Buchstaben auf den Rücken unserer Ausrüstung.

„Gar keine?", hakte ich nach, weil ich das so eigenartig fand.

„Nein. Sie denn?", fragte Segundo.

Ich neigte den Kopf in einer unverbindlichen Geste, bevor ich erneut Ärger dafür bekam, zu viel gesagt zu haben. Auch das war ein Problem bei Latham: Ohne es zu wollen, sprachen Ian und ich oft und viel darüber, wie wir die Dinge in Chicago handhabten, was uns bei unserem derzeitigen Vorgesetzten nicht beliebter machte. Ich verstand das, wirklich, niemand hörte gerne, dass man im Vergleich schlechter abschnitt. Aber wenn die Informationen halfen und dazu beitragen konnten, dass der Job als solches leichter wurde, dann war das doch eine gute Sache oder etwa nicht? Ian sagte, dass die Armee genauso war. Der Himmel bewahre, dass irgendjemand Änderungen einführte, um Abläufe effektiver zu machen. „Wo ist Ihr Partner? Ich würde ihn gern kennenlernen", sagte ich, um das Thema zu wechseln.

„Er muss noch seinen Bericht schreiben, aber er sollte gleich fertig sein", antwortete Segundo und legte eine Hand auf meine Schulter.

„Oh, na dann. Wir sind weg, wir sehen uns morgen", sagte ich und beendete so das Gespräch.

Ians finsterer Gesichtsausdruck war unmittelbar gewesen. Er mochte es nicht, wenn andere Leute mich anfassten. Selbst als wir noch nicht zusammen waren, war er sehr besitzergreifend gewesen, was mich und meine Person betraf.

„Hey", sagte ich zu meinem Partner. „Lass uns einen Ort finden, wo wir etwas essen können, bevor wir vor Hunger tot umfallen."

„Ja", stimmte er schnell zu, packte mich am Oberarm und zog mich – unauffällig – näher an sich heran. „Ich bin am Verhungern."

Der Aufzug war nur fünf Schritte entfernt. Wir schafften es nicht bis dahin.

„Hey, Vorschlag! Was halten Sie davon, wenn Hewitt und ich Ihnen unser Lieblingsrestaurant zeigen? Wir können uns kennenlernen, Geschichten vergleichen, etwas essen und uns entspannen."

Ich wollte in einen Supermarkt gehen, etwas zu essen kaufen, zurück zu unserer Wohnung fahren und dort mit Ian entspannen, aber das war nicht die klügste Idee. Es war wichtig, dass wir zu den Leuten, mit denen wir arbeiteten, eine Beziehung aufbauten und Segundo schien ein netter Kerl zu sein. Und was noch wichtiger war: Ich hatte keine Lust darauf dazusitzen und mit Ian über Hartley zu sprechen und er hatte keine Lust darauf, mir – wieder einmal – zu erklären, warum er nicht heiraten wollte. Irgendwie war uns der Gesprächsstoff ausgegangen und wenn wir nicht allein waren …

„Ja, gute Idee, sagen Sie uns nur, wo es ist", stimmte ich schnell zu und löste mich von meinem Partner. „Wir können uns dann dort treffen."

„Oh, wir können zu Fuß hingehen. So muss sich auch niemand Gedanken darum machen, wer fahren soll, wenn wir ein bisschen über die Stränge schlagen."

„Aber wir haben doch morgen früh Schule", neckte ich ihn.

„Hart arbeiten, heftig feiern – ist das nicht das Motto der Marshals?"

Ich glaubte nicht, dass es das war.

DAS CULINARY Dropout at The Yard war auf der 7th Avenue, ein paar Häuserblocks vom Justizgebäude entfernt. Ich hatte vorgehabt, dorthin zu fahren, da es draußen für gewöhnlich brüllendheiß war, aber als wir um kurz vor sechs Uhr abends aufbrachen, hatte es sich ein wenig abgekühlt – jetzt waren es nur noch knapp dreißig Grad –, also war es nicht mehr ganz so unerträglich. Es war auch nicht schwül, von daher war es ganz angenehm, zu dem Restaurant zu gehen. Zu gehen, wohlgemerkt. Nicht zu rennen.

Normalerweise fuhren Ian und ich erst zu Hause vorbei und tauschten unsere Glock 20 gegen unsere Zweitwaffe aus, wenn wir abends auswärts aßen. Ian hatte eine SIG Sauer P228 Semiautomatik und ich eine Ruger SR9C Compact Pistol mit Laser und Edelstahlverschluss, die ich an der Hüfte oder in einem Knöchelholster tragen konnte. Ian hatte sie für mich gekauft, nachdem er mich einmal zu oft hatte sagen hören, dass ich, unglaublich aber wahr, nur eine Waffe besaß. Für Ian nahezu frevelhaft – zählte man die M1911 mit, die er führte, wenn er von der Armee in den Einsatz geschickt wurde, besaß er drei. Also schuf er Abhilfe, als er bei mir einzog und ich bekam die Schusswaffe, die er mochte, und die sowohl zuverlässig als auch leicht zu verbergen war, in einer wunderschönen hölzernen Kiste, in deren Deckel oben rechts meine Initialen eingraviert waren. Kohn hatte ihn endlos aufgezogen, weil er nicht verstand, warum es keine verchromte Desert Eagle oder so was war, aber Ian hatte, ganz Ian, gesagt, dass es der Mann war, der die Waffe führte und nicht die Waffe selbst, die aus jemandem einen harten Typen machte.

Es fühlte sich komisch an, mit meiner Dienstwaffe an der Hüfte durch die Gegend zu laufen, obwohl mein Dienst für den Tag zu Ende war. Aber alles an Phoenix war komisch, also war das nur ein weiterer Punkt auf einer ständig länger werdenden Liste. Ich hätte mich auch gerne umgezogen und Hemd, Unterhemd und Hose gegen frische Klamotten getauscht, aber das sollte ebenfalls nicht sein. In Chicago hätte ich mir eine Jacke übergeworfen, aber hier war es zu heiß, um auch nur darüber nachzudenken. Ian ging es in seinen Dockers mit Jeanshemd ein wenig besser; nur die AMI Alexander Mattiussi Black Chelsea Stiefel, die er trug, peppten sein Outfit ein wenig auf. Natürlich hatte Ian keine Ahnung, worin seine Füße da steckten. Ich kaufte Schuhe, stelle sie auf seiner Seite in den Kleiderschrank, und er trug sie. Es war vermutlich ganz gut, dass er keine Ahnung hatte, wie viel sie gekostet hatten.

Wir saßen im Innenhof in der Nähe der Tischtennisplatte und des Shuffleboard Tisches auf niedrigen Sofas um eine nicht angezündete Feuerstelle. Offenbar wurde es im Winter – ab Mitte November bis Dezember – tatsächlich kalt genug, ein Feuer zu machen. Ich konnte es mir nur schwer vorstellen.

Ian bestellte Bier – sie hatten das Dogfish 90 Minutes IPA, das er so mochte – ich orderte ein Green Flash, das sie hier vom Fass hatten und dazu Wasser für uns beide, denn bei der Hitze war es wirklich wichtig, viel Wasser zu trinken. Wir ließen Segundo das Essen für uns bestellen – Vorspeise, Fleisch und Käse –, aber als er die mit Schinken gefüllten Eier empfahl, schritt ich doch ein. Rührei war ja ganz okay, aber ansonsten mochte ich keine Eier.

Irgendwann stieß dann auch sein Partner, der nicht mit uns gekommen war, zu uns. Hewitt war das genaue Gegenteil von Segundo: blond, blaue Augen, braun gebrannt, schlank, mit sehnigen Muskeln. Segundo dagegen war fitnessstudiogestählt, jeder Muskel dick und hart; dazu kamen tiefdunkelbraune Augen und dichte, schwarze Haare. Ich hätte wetten mögen, dass es ihm noch nie im Leben an weiblicher Gesellschaft gemangelt hatte.

„Wurde auch Zeit, dass ich endlich die Typen kennenlerne, die unserem Commander eines Tages noch die Hirnschlagader platzen lassen", grüßte Hewitt uns fröhlich, lehnte sich über den Tisch und streckte uns einem nach dem anderen die Hand hin. „Ich hoffe, Sie haben vor, eine Weile zu bleiben. Ich freue mich schon auf den Tag, an dem sein Schädel explodiert."

Segundo lachte schnaubend. „Er kann Sie beide wirklich nicht leiden."

Das wusste ich bereits.

„Bitte sagen Sie, dass Sie gerne Pool spielen", sagte Hewitt hoffnungsvoll.

„Wer spielt nicht gerne Pool?", fragte Ian leise, aber ich hörte die Schärfe in seiner Stimme und er stieß sein Knie gegen meines und ließ es dann dort.

„Fein, dann lassen Sie uns nach dem Essen noch die eine oder andere Runde spielen. Ich kenne da eine prima Spielhalle."

Ich wollte „mal sehen" sagen oder „wenn uns bis dahin nicht die Augen zugefallen sind, sicher", denn weder Ian noch ich hatten geschlafen, und ich wusste aus Erfahrung, dass Ian gereizt und unruhig wurde, je weniger Schlaf er bekam. Und damit meinte ich nicht unleidlich, so wie ich oder ungeduldig und ganz einfach arschig. Ian hatte gelegentlich Albträume, die der Psychiater, der uns alle regelmäßig auf unsere Diensttauglichkeit untersuchte, als eine milde Form der posttraumatischen Belastungsstörung bezeichnete.

Kage sorgte dafür, dass alle Marshals unter seiner Führung zweimal im Jahr mit unserem Seelenklempner sprachen. Ich hasste es, hinzugehen und wenn ich musste, dann lächelte und redete ich viel, damit Dr. Johar dachte, ich sei einfach gestrickt. Vermutlich wusste der gute Doktor, dass ich ihn zum Narren hielt, aber er war nett genug, mich diesbezüglich nie zur Rede zu stellen. Mein Partner allerdings war eine ganz andere Geschichte. Dr. Johar hatte Bedenken wegen Ian und seiner schlechten Träume, die ihn mitten in der Nacht schweißgebadet und nach Luft schnappend hochfahren ließen. Seit er bei mir eingezogen war, hatte er keine mehr gehabt, aber er hatte mir gestanden, dass sie auftauchten, wenn er in den Kampfeinsatz geschickt wurde oder wenn er irgendwo schlief, ohne mich neben sich zu haben. In letzter Zeit hatte er, weil er oft übermüdet war und schlief wie ein Toter, wenn er endlich ins Bett fiel, wieder Albträume gehabt. Ich hatte eigentlich vorgehabt, ihn zu frühestmöglicher Stunde ins Bett zu verfrachten, zumindest aber vor Mitternacht, also war es wohl keine gute Idee, mit den Jungs Billard spielen zu gehen.

„Klar", stimmte Ian zu, lehnte sich auf der Couch zurück und fasste meinen Ärmel. „Ich bin ein Ass mit dem Queue, was, M?"

Ich sah ihn über meine Schulter hinweg an. „Absolut."

Nach dem einen Bier blieben Ian und ich bei Wasser, also waren wir zwei nüchtern, als wir zwei Stunden später das Restaurant verließen. Sowohl Segundo als auch Hewitt hatten allerdings ordentlich gebechert, mindestens zwei Bier pro Stunde, was bedeutete, dass sie den Rest des Abends laufen würden. Also mussten wir das auch.

Der Billardsalon, zu dem Hewitt uns führte, war nicht sein Topfavorit – der, so sagte er, sei draußen in Mesa –, aber der familiengeführte Laden in der Innenstadt musste reichen, bis er uns am Wochenende die beste Spielhalle zeigen konnte. Auf dem Weg dahin bemerkte ich einen kleinen Jungen, der auf der anderen Straßenseite am Eingang zu einer Gasse stand und während wir darauf warteten, in den Billardsalon eingelassen zu werden, sah ich, wie er versuchte, die Aufmerksamkeit der vorübereilenden Passanten zu erregen. Niemand blieb stehen, um ihm zuzuhören, obwohl er ein-, zweimal die Leute sogar an ihrer Kleidung festhielt. Ich konnte nicht hören, was er sagte, aber sein verängstigter Gesichtsausdruck und die Art, wie er die Hände rang und wild nach links und rechts schaute, sagten deutlich, dass er Hilfe brauchte.

„Ich hab Karten für die Cardinals in ein paar Wochen", sagte Segundo, schlang einen Arm um meine Schultern und drückte mich kameradschaftlich. Er war offenbar einer von den Typen, die eine Tendenz zum körperlichen Ausdruck von Gefühlen entwickelten, wenn sie etwas intus hatten. Mir war das egal, er war harmlos, aber Ians Blick wurde von Sekunde zu Sekunde eisiger. „Du und Morse, ihr solltet mit uns kommen."

Abgelenkt machte ich ein zustimmendes Geräusch.

„Magst du Football nicht?", fragte er mit einem Rülpsen und zog mich noch enger an sich. „Komm schon, Mann, jeder mag Football."

„Nein, ich … warte", sagte ich, löste mich von ihm und warf einen raschen Blick nach rechts und nach links, bevor ich über die Central Avenue auf den kleinen Jungen zueilte.

Der Art nach zu urteilen, wie seine Augen aufleuchteten, als er den Stern an meinem Gürtel sah, hätte man meinen können, er hätte das große Los gezogen. Er rannte auf mich zu und als ich mich hinkniete, um mit ihm auf Augenhöhe zu sein, packte er mein Hemd mit beiden Händen.

„Hi, ich bin Deputy US Marshal Miro Jones", sagte ich ohne nachzudenken. „Wer bist du, kleiner Mann?"

Tränen schossen ihm in die Augen, und ich wischte sie weg, während er wild auf Spanisch drauflosplapperte, schneller, als ich folgen konnte.

„Scheiße", stöhnte ich, dann sah ich zurück zur anderen Straßenseite. Ian war bereits auf dem Weg und Hewitt und Segundo folgten ihm. „He, Javier, sprichst du Spanisch?", rief ich ihm zu.

„Warum?", schrie er zurück. „Weil ich einen spanischen Namen habe?"

„Ja!"

„Das ist rassistisch, Mann!"

„Ja oder nein?", rief ich verärgert.

„Nein, Mann, und fick dich."

Ich wandte meine Aufmerksamkeit wieder dem kleinen Jungen zu und bemerkte, dass er nicht nur weinte, sondern auch zitterte. Ich legte meine Hände auf seine Arme, um ihn zu beruhigen. „Mi nombre es Miro. ¿Cómo te llamas?"

Ganz tiefes Atemholen. „Oscar."

„Oscar", wiederholte ich, wütend auf mich selbst, weil ich mich nicht an mehr aus meinem Spanischunterricht an der Uni erinnerte. Dem musste abgeholfen werden. Später. „¿Ocupas ayuda?", fragte ich, obwohl es eindeutig war, dass er Hilfe brauchte.

„Sí", antwortete er. „Mi hermana está en problemas."

Schwester. Okay. „¿Dónde?", fragte ich. Ich war mir ziemlich sicher, dass das „wo" bedeutete.

Er schob seine Hand in meine und zog.

„Was ist los? Was machst du?", fragte Hewitt.

„Der Junge braucht Hilfe", verkündete Ian und trat näher. „Also helfen wir."

„Nein, nein, nein", sagte Hewitt und wedelte mit der Hand. „Wir haben alle was getrunken, es ist spät – ruft einfach die Polizei und überlasst denen die Sache."

Ich warf ihm einen finsteren Blick zu, dann wandte ich mich dem kleinen Jungen zu und wies ihn mit einer Geste an, uns den Weg zu zeigen. „Zeig mir, wo deine Schwester ist."

Er zog an meiner Hand und wir wären losgelaufen, aber Segundo stellte sich mir in den Weg. „Das ist ein Fehler", beharrte er ärgerlich.

„Wir helfen. Das ist unser Job", entgegnete ich und ging um ihn herum.

Oscar zerrte erneut an meiner Hand und als er loslief, folgte ich ihm. Er wurde schneller, rannte, und ich rannte hinter ihm her, Ian an meiner Seite. Hewitt und Segundo folgten uns und wurden es nicht müde, zu betonen, dass das, was wir da taten, jeden Moment in die Hose gehen könnte.

Wir liefen an mehreren Seitenstraßen und einem Parkplatz vorbei, kamen zu einem zwei Meter hohen Maschendrahtzaun, kletterten darüber, rannten über ein unbebautes Grundstück voller Zigarettenstummel und Bierflaschen und kamen an einer weiteren Straße aus. Uns gegenüber stand ein zweistöckiges Mietshaus, das auf den ersten Blick verlassen aussah, aber je näher wir kamen, desto deutlicher wurde es, dass der Schein trog.

Wir liefen um das Gebäude herum und in eine schmale Gasse, wo Abfallcontainer an der Wand aufgereiht standen. Direkt gegenüber befand sich ein kleiner Waschsalon. Fünf Männer lungerten vor der Tür zu dem Gebäude links davon herum und als wir näherkamen, zeigte Oscar darauf: Da drinnen war seine Schwester. Glücklicherweise waren die Männer mit Reden, Rauchen und Trinken so beschäftigt, dass sie uns nicht bemerkten. Dass wir im Schatten des Gebäudes standen, half ebenfalls.

„Okay", sagte ich zu dem kleinen Jungen, fasste ihn an der Schulter und zog ihn mit mir aus der Gasse heraus und hinter ein auf der Straße parkendes Auto. Dort blieb ich stehen und hockte mich vor ihn hin. Ich vermutete, dass er davon ausging, dass ich ihn mitkommen lassen würde, aber das hatte ich definitiv nicht vor. Ich drückte seine Schulter und stand auf, und als er versuchte, mir zu folgen, bedeutete ich ihm mit einer Geste, hierzubleiben. Er biss sich auf die Lippe, nickte und warf sich dann auf mich, schlang seine Arme um mich und drückte mich fest. Sein kleiner Körper zitterte immer noch. Er zeigte auf meine Waffe, dann auf die Gasse, wo die Männer standen, und ich verstand. Ich nickte, drückte seine Schulter, wuschelte seine Haare und kehrte zu Ian und den anderen zurück, die noch in den Schatten verborgen standen und die Männer beobachteten.

„Und?", wollte Ian wissen.

„Sie sind bewaffnet."

„Natürlich sind sie das", sagte er, grinste und zog seine Glock. „Was sonst?"

„Oh, Scheiße, nein", stöhnte Hewitt und legte eine Hand auf Ians Brust, um ihn aufzuhalten. „Keiner von uns trägt eine kugelsichere Weste. Wir können da nicht einfach so rein. Wir wissen nicht mal, wie viele da sonst noch drin sind!"

„Stimmt", sagte Ian und trat aus den Schatten heraus, sodass die Männer ihn sehen konnten. Den Arm mit der Waffe auf den Rücken gelegt, ging er auf die Tür zu.

„Ruft Verstärkung", wies ich die beiden an und folgte Ian.

„Scheiße", hörte ich Segundo hinter mir knurren, dann spürte ich seine Hand auf meiner Schulter. „Du und Special Forces da drüben, ihr solltet besser wissen, was ihr da tut."

Ich knurrte zurück, um ihn wissen zu lassen, dass ich ihn gehört hatte, aber meine Konzentration galt den Männern, denen wir uns näherten.

Normalerweise trugen wir kugelsichere Westen unter unserer gewählten Verkleidung: Obdachlose, Galagäste in Smokings oder Drogendealer in Anzügen, was immer der Einsatz erforderte, wir hatten das passende Outfit. Diesmal aber hatten wir keinen guten Grund, keine passende Ausrede dafür, dass wir uns in dieser Gasse aufhielten. Sie lag komplett verlassen, wir waren meilenweit entfernt vom Nachtleben der Innenstadt, und alle umliegenden Gebäude, mit Ausnahme des Waschsalons und einiger Treppenhäuser, waren dunkel.

Als der erste Mann uns sah, rief er den anderen eine Warnung zu und sie alle zogen augenblicklich ihre Waffen.

Die Geschwindigkeit, mit der Ian Menschen ins Jenseits befördern konnte, war unheimlich. Er erschoss drei, ich und Segundo jeweils einen.

111

„Heilige Scheiße", keuchte Segundo hinter mir.

Ian eilte um die gefallenen Männer herum und blieb bei einem stehen. Er bückte sich, wobei er seine Glock einsteckte, entwendete dem Mann dessen Heckler & Koch P30L mit Kompensator, durchsuchte seine Taschen nach zusätzlichen Magazinen, fand zwei und stand einen Augenblick später vor dem Hauseingang. Er blieb einen Moment horchend stehen, während er kontrollierte, ob seine neue Waffe geladen war, schob sich je ein Magazin in beide Hosentaschen und griff dann nach dem Türknauf.

„Warum hat er sich die genommen?", flüsterte Segundo mir zu und wies mit dem Kopf auf die Waffe in Ians Hand.

„Weil es eine gute Waffe ist", erwiderte ich leise. „Der Rückschlagkompensator verhindert ein Ausbrechen des Laufs, wenn er viel schießt, was er normalerweise tut und das macht die einzelnen Schüsse präziser."

„Wie viele Leute hat er denn vor, umzubringen?", tastete Segundo sich vorsichtig vor.

„Alle, die auf uns schießen", antwortete ich und folgte Ian, als er die Tür aufwarf und hindurchstürmte.

Er hatte sich nach rechts gedreht, also wandte ich mich nach links und Segundo folgte mir. Vor uns erstreckte sich ein Flur mit einer Treppe am anderen Ende, auf den vier Türen wiesen, und ich hoffte inständig, dass Hewitt Verstärkung angefordert hatte. Zu Hause hätte ich mich sicher gefühlt, egal mit welchem Team wir das Haus gestürmt hatten. Aufgabe des letzten, der ein Haus betrat, war Kage anzurufen, und unser Chef schickte immer alle verfügbaren Teams, wenn einer von uns Verstärkung anforderte. Aber hier, in Phoenix, hatte ich keine Ahnung, wer kommen würde und wie viele.

Ich trat an Ians Seite, jederzeit bereit, mich umzudrehen und zu schießen, sollte jemand mit Waffe im Anschlag und voller Angriffslust durch eine Tür kommen.

Ian trat die erste Tür ein und stürmte in das dahinterliegende Zimmer, wobei er sich mit den Worten: „US Marshals! Alle raus!" ankündigte.

Ich blieb im Flur, gab ihm Rückendeckung und betete, dass niemand im Haus eine Schrotflinte oder eine Uzi hatte. Er scheuchte ein Pärchen aus dem Raum – Anfang zwanzig, kaukasisch und, der fahlen Haut mit den verräterischen Flecken nach zu urteilen, Meth süchtig – das uns erklärte, das Haus sei eine billige Absteige, sonst nichts.

„Haben Sie Kinder hier gesehen?"

Der Typ hustete, laut und nass. „Nein, Mann, wir –"

„Oben, glaube ich. Ich hab vor 'ner Weile jemand weinen hören", sagte die Frau.

„Wieder rein", befahl Ian, und sie fielen fast übereinander in ihrer Eile, ihm zu gehorchen.

Es war kein Mietshaus, wie wir schnell entdeckten, als wir die anderen Räume durchsuchten, sondern ein riesiges Haus mit einzelnen Räumen und Durchgangsbädern, die die Räume miteinander verbanden. Bis auf das Pärchen war das Erdgeschoss leer und so hielt ich auf die Treppe zu, während Segundo mir Rückendeckung gab. Ian stoppte mich mit einem Arm quer über der Brust.

„Was machst –"

„Ich zuerst", verlangte er.

„Warum? Bist du neuerdings kugelsicher und hast vergessen, uns das zu sagen?"

Wenn Blicke töten könnten, wäre ich in arger Bedrängnis gewesen, aber so wurde ich nur Empfänger eines patentierten, Green-Beret-vernichtenden Blicks, bevor er sich umwandte, den Flur entlang und die Treppe hinaufsprintete. Ich folgte ihm dicht auf den Fersen und Segundo folgte mir.

Kaum hatten wir den Flur in der ersten Etage erreicht, fielen Schüsse.

„Scheiße!", schrie Segundo, während ich mich hinter die Wand des Treppenaufgangs duckte. In einer blitzschnellen Bewegung beugte ich mich vor und spähte um die Mauerecke in den Flur, um zu sehen, ob dort jemand war, dann eröffnete ich das Feuer, während Ian sich durch eine offene Tür warf, abrollte, auf die Füße kam und die Person im Raum erschoss.

Ich duckte mich wieder hinter meine Mauerecke, unruhig und wie auf glühenden Kohlen, weil ich Ian nicht sehen konnte und schrie nach Segundo. „Gib mir Deckung, sodass ich durch den Flur kann!"

„Was? Wo zum Teufel –"

„Da", schrie ich und zeigte auf die erste Tür rechts.

Er nickte mir rasch zu und ich sprintete über den Flur, rammte meine Schulter in die Tür, fiel mit ihr zusammen in den Raum dahinter und landete in geduckter Stellung.

Fünf Männer hielten sich in diesem Raum auf – zwei davon bewaffnet, und sie schossen beide umgehend auf mich. Sie trafen mich nicht einmal annähernd, da sie zu hoch gezielt hatten; sie hatten offenbar noch nie von diesem Standardmanöver gehört, das uns allen für die Stürmung eines Gebäudes eingedrillt worden war. Ich erwiderte das Feuer und erwischte sie beide, dann richtete ich mich auf und trat den drei anderen Männern entgegen, die um das Bett herum standen, auf dem ein nacktes Mädchen festgebunden war, das nicht älter sein konnte als zwölf.

„Auf die Knie!", schrie ich, hörte hinter mir Schüsse und Ians vertraute Stimme „US Marshals" brüllen, dann das Plopp-plopp-plopp, als er seine neue Waffe einsetzte.

Die Männer tauschten nervöse Blicke, versuchten sich zu entscheiden, was sie tun sollten. Um dem Entscheidungsfindungsprozess auf die Sprünge zu helfen, drehte ich meinen Körper so, dass sie den Stern an meinem Gürtel sehen konnten.

„US Marshal, auf die Knie!", fauchte ich. „Hände auf die Köpfe!"

Ian verfügte über jenen gewissen, stechenden Blick – militärgeschult, die Art Blick, der die Leute wissen ließ, dass er bereits Schlimmeres gesehen hatte, Schlimmeres *getan* hatte und dass sie nicht mehr lange leben würden, sollten sie nicht genau das tun, was er ihnen befahl. Ich hatte diesen Blick nicht, aber was ich hatte, war meine kantige, muskulöse Statur, und das Wissen, wie ich sie einzusetzen hatte, um einschüchternd zu wirken. Und das konnte ich. Ich und meine Waffe in dem kleinen Raum, die Pistole bereits im Anschlag, und keiner von ihnen hatte auch nur eine Hand an seinem Holster – das machte letztendlich den Unterschied.

Alle drei gingen auf die Knie, als die Tür hinter mir aufflog und Ian hindurchbarst, Waffe im Anschlag, Blutspritzer auf seinem Hemd, im Gesicht und in den Haaren.

„Sauber", berichtete er, als sein Blick auf das Mädchen fiel.

„Du hast sie alle erwischt?", fragte ich, während ich langsam zum Bett hinüberging.

„Hab ich", erwiderte er hohl und aus den Augenwinkeln sah ich, wie verzerrt und gequält sein Gesicht war. Er wies die Männer mit barscher Stimme an, sich auf den Bauch zu legen und nahm allen dreien ihre Waffen ab.

„Schau nach, ob die zwei, die ich erwischt habe, auch wirklich ausgeschaltet sind", befahl ich ihm, da ich nicht wollte, dass sich einer von ihnen aufrappelte und mich, Ian oder das Mädchen erschoss.

Er machte ein paar rasche Schritte zu ihnen hinüber, bückte sich, fühlte bei beiden nach dem Puls und schüttelte den Kopf. „Sie sind beide tot."

„Okay", seufzte ich und bereitete mich innerlich auf das vor, was ich zu tun hatte.

Ich trat ans Bett, wobei ich meine Waffe in ihr Holster steckte, zog mir das Hemd aus und bedeckte das Mädchen damit, dann löste ich die Fesseln an ihren Hand- und Fußgelenken. Sofort rappelte sie sich hoch und warf sich in meine Arme, klammerte sich an mich und drückte sich zitternd an meine Brust. Ich spürte, wie sie Luft holte, dann brach ein schriller, bebender Schrei aus ihr heraus, ein Laut wie das Heulen eines verängstigten, verwundeten kleinen Tieres.

„Drecksäcke", fluchte Ian mit gefährlich dunkler Stimme.

„Polizei!", hörte ich von irgendwo im Haus, dann Segundos Stimme, der sich auswies. Das donnernde Geräusch mehrerer Stiefel auf der Treppe, dann stand SWAT in der Tür, die automatischen Gewehre auf uns gerichtet.

„US Marshals", sagte Ian, erklärte, wer wir waren, und zeigte ihnen seinen Dienstausweis und den Stern an seinem Gürtel.

In dem Moment wurde mir klar, warum Oscar mir vertraut hatte, warum seine Schwester sich so an mir festklammerte: Es war der Stern. Manchmal war es schön, daran erinnert zu werden, was man für eine Dienstmarke trug und warum es so unendlich wichtig war, einer von den Guten zu sein.

11

IHR NAME war Sofia Guzman und ihr kleiner Bruder Oscar drehte durch, als ich sie aus dem Haus trug. Er stieß einen Schrei aus, der alle zusammenfahren ließ und fing, auf die kleinen Kindern eigene Art, an zu weinen: hemmungslos, lautstark und mit Schluchzern, die seinen ganzen Körper schüttelten. Später saß ich zusammen mit ihnen im Innenraum des Krankenwagens, einen Arm um Sofia gelegt, während Oscar sich an meine andere Hand klammerte.

Die Rettungssanitäterin, Collin Bryson, war eine sehr hübsche Frau – langer, wippender Pferdeschwanz, riesige, hellblaue Augen und Sommersprossen auf der Nase –, die wundervolles, fließendes Spanisch sprach. Sie stellte Sofia eine Frage nach der anderen, nickte bei jeder Antwort und sprach sanft und beruhigend, während sie das verängstigte Mädchen untersuchte.

„Sie ist nicht vergewaltigt worden", sagte sie irgendwann leise und mit ruhiger Stimme. „Das stand als Nächstes an."

Ich atmete bebend ein und drückte Sofias Schulter.

„Sie wollten das filmen", sagte Bryson und räusperte sich, als ihre Stimme zu versagen drohte. „Die Kerle haben sie nackt gefilmt. Sie sollten die anderen informieren."

Aber ich konnte die Kinder nicht allein lassen, also schrie ich nach Segundo, der mit Hewitt und ein paar der Polizisten zusammenstand. Ian dagegen sprach mit dem Befehlshaber des SWAT Teams, zwei anderen Männern in zivil, einem Polizeihauptmann und diversen anderen. Er war das Auge des Sturms und während ich zusah, händigte er die Waffe, die er benutzt hatte, einem der Polizisten aus und ließ sie zusammen mit der nicht benutzten Munition in einen Beweisbeutel fallen. Es war nur ein Magazin: Er hatte irgendwann nachgeladen. Das war kein sehr beruhigender Gedanke, bedeutete es doch, dass da noch mindestens fünfzehn weitere, vermutlich tote Männer in dem Gebäude sein mussten.

„Wessen Hemd ist das?", fragte Bryson und holte meine Aufmerksamkeit damit wieder zu ihr zurück.

„Meins."

Sie nickte. „Das dachte ich mir schon."

„Ich hatte vor, nach ihren eigenen Sachen zu suchen, aber sie wollte nur da raus."

„Sie wird diese Kleidungsstücke nie wieder tragen, Marshal. Das Hemd reicht völlig."

Tatsächlich hatte Sofia sich den Hemdkragen über die Nase gezogen. Vermutlich roch der Hauch meines Eau de Cologne, der an meinem Hemd haftete, besser als alles, was sie hatte ertragen müssen. Oscar zitterte und drückte sich enger an mich.

„Wir müssen sie beide ins Krankenhaus bringen, Marshal", verkündete Bryson. „Fahren Sie mit ihnen?"

„Marshal Morse und ich kommen mit, ja", erwiderte ich.

„Dann sollten Sie ihn besser rufen, wir fahren nämlich sofort."

„Ian!", rief ich, und als er sich umdrehte, winkte ich ihm.

Sekunden später stand er neben dem Krankenwagen.

„Sie wurde nicht vergewaltigt."

Seine Erleichterung, der kaum sichtbare Schauer, der durch ihn lief und seine Schultern herabsinken ließ, die Art, wie er sich sichtlich entspannte, beruhigten mich ebenfalls.

„Aber sie haben sie gefilmt, also sammele alle Handys und so ein – Laptops, meine ich, du weißt ja Bescheid. Ich hoffe, sie haben nichts per E-Mail versendet ... Sag ihnen, sie sollen den Tatort komplett auseinandernehmen, wir müssen sicherstellen, dass nicht doch irgendwo Videoaufnahmen von ihr existieren."

„Ich werde die Zeugen selbst befragen. Ich finde das heraus."

„Okay, ich –"

„Wissen wir, ob die Kinder illegal sind?", fragte der andere Rettungssanitäter – auf seinem Namensschild stand Treschi – Bryson. Sie zuckte mit den Schultern.

„Was spielt das für eine Rolle?", fuhr Ian wütend auf. „So oder so, sie muss ins Krankenhaus. Was zum Teufel?"

„Springen Sie mir nicht gleich an die Gurgel, Marshal, ich bin einer von den Guten", erklärte Treschi meinem Partner. „Es ist nur so, es gibt Krankenhäuser, da kümmert man sich um die Leute und dann gibt es solche, die nur ihre Rechnungen bezahlt haben wollen. Wenn die Kinder illegal hier sind, dann fahren wir sie in eins der ersteren."

Ian knurrte, räumte keinen Fehler ein. „Verstanden. Okay."

„Es ist wichtig, sich da auszukennen."

„Ja, ist es", stimmte er zu, entschuldigte sich aber nach wie vor nicht. Das war nicht seine Art.

„Entschuldigung", sagte ich an seiner statt, „wir sind beide neu hier in Phoenix."

Treschi trat hinter mich, um ein Klemmpflaster auf die Wunde an Oscars Kopf zu kleben, die er vorher gereinigt hatte. Er zauste Oscar die Haare, als er fertig war. „Nein, nein, schon in Ordnung. Sie hatten einen ziemlich bewegten Abend, das ist verständlich."

Plötzlich tauchten neue Scheinwerfen auf, mehr Sirenen und eine ganze Flotte großer, schwarzer SUVs fuhr von beiden Seiten in die schmale Gasse.

Ians Miene war absolut finster. „Was zum Teufel macht das FBI hier?"

FBI Agenten konnte man immer schon von Weitem erkennen. Während wir Marshals durchaus schon mal großspurig waren und die Tendenz dazu hatten, herumzustolzieren, betrat das FBI jede Szene, als sei Gott persönlich erschienen, sodass die Dinge endlich korrekt abgewickelt werden konnten. Normalerweise stieß mir ihr wichtigtuerisches Gehabe sauer auf, aber da die Vertreter staatlichen Rechtsvollzugs sich neben der örtlichen Polizei klar in der Unterzahl befanden, spürte ich bei ihrem Anblick beinahe ein warmes Willkommensgefühl in mir aufsteigen.

Eine schier endlose Anzahl von Anzugträgern strömte in die Gasse, und nachdem sie kurz mit der Polizei, Segundo und Hewitt gesprochen hatten – der ganz eindeutig seinen Job erledigt und Verstärkung angefordert hatte –, wurden sie an Ian und mich verwiesen und kamen zu uns herüber.

Ian trat vor mich, wie er das immer tat. Er verfügte über einen sehr ausgeprägten Beschützerinstinkt.

„Marshals", sagte der erste Mann, als er näherkam und zückte eine Dienstmarke, die ihn eindeutig als Mitglied des Außenministeriums auswies. „Sind das Sofia und Oscar Guzman?"

„Sind es", bestätigte Ian und trat zur Seite, sodass er nicht länger die Sicht auf mich und die Kinder blockierte.

Der Typ vom Außenministerium wandte sich um und machte ein Zeichen in Richtung eines der Autos und alle vier Türen öffneten sich. Ein Mann und eine Frau, ein älterer Junge sowie drei weitere Leute stiegen aus und hasteten auf unsere Gruppe zu. Sie alle waren makellos gekleidet: Zahllosen Shoppingtrips mit meinen Mädels verdankte ich das Wissen, dass der Hosenanzug, den die Frau trug, von Chanel war; der Mann, der vermutlich Sofias Vater war, glänzte in Dolce & Gabbana, und der Teenager trug Anzughose und Hemd und darüber ein Sakko. Mir war bewusst, dass ich über die Identität der drei Mutmaßungen anstellte, aber als Oscar aufblickte und „Mama!" schrie, bestand kein Zweifel mehr.

Sie war keine große Frau, Oscars Mutter, aber als sie auf den Krankenwagen zurannte, gingen ihr alle aus dem Weg. Ich wäre auch zur Seite gewichen, aber Sofia hatte mich noch nicht losgelassen. Oscar warf sich in die Arme seiner Mutter und sie drückte ihn so fest an sich, dass es vermutlich wehtat.

„Sofia!", rief der Mann und als sie seine Stimme hörte, hob sie den Kopf von meiner Brust und sah sich nach ihm um.

Weder die blauen Flecken auf ihrem Gesicht noch die aufgeplatzte Lippe noch der gequälte, gejagte Ausdruck in ihren Augen, die sich mit Tränen füllten, waren zu übersehen. Aber die Erleichterung auf ihrem kleinen Gesicht, als er endlich vor ihr stand, in der offenen Tür des Krankenwagens, war herzzerreißend.

„Papa", flüsterte sie und warf sich in die Arme ihres Vaters.

Als er sie fest an sich drückte, rutschte mein Hemd ein wenig hoch, und ich tippte Mr Guzman auf den Arm, um ihn darauf aufmerksam zu machen. Augenblicklich wandte er sich an den Teenager, der ihr älterer Bruder sein musste, und der Junge schlüpfte aus dem Sakko, wickelte es seiner Schwester um die Taille und verknotete fest die Arme, damit nichts rutschen konnte.

Sofia erzählte ihrem Vater derweil, was passiert war; die Worte sprudelten nur so aus ihr heraus, und ich hörte meinen Namen – und Ians, nach dem sie gefragt hatte –, dann erstarb ihre Stimme und sie brach erneut in Tränen aus. Mr Guzman umarmte Sofia ein weiteres Mal, dann reichte er sie an ihre Mutter weiter, die ihre Tochter fest an sich drückte, sie in ihren Armen hin und her wiegte und über und über mit Küssen bedeckte. Mr Guzman seinerseits hob Oscar schwungvoll hoch in seine Arme und drückte ihn an sich, sprach flüsternd mit ihm, säuselte seinen Namen und küsste seine Wange. Dann zog der ältere Junge Schwester und Bruder an sich, und beide Eltern umarmten alle drei Kinder. Es war eine sehr süße Wiedervereinigung.

Ich wollte nicht stören und so sprang ich aus dem Krankenwagen und legte eine Hand auf Ians Schulter.

„Gut gemacht, Marshal", seufzte ich und ließ meine Hand in seinen Nacken gleiten.

„Können wir nach Hause, wenn wir hier fertig sind?"

Ich schmunzelte. „Wieso, Marshal", neckte ich ihn, „bist du etwa müde?"

„Scheiße, ja", muffelte er. „Und wenn ich darauf hinweisen darf, es sind immer noch mindestens dreißig Grad hier draußen. Ich hasse diesen Scheiß."

„Du musstest ja nicht –"

„Doch, musste ich", knurrte er. „Wo du hingehst, da gehe ich auch hin."

„Und umgekehrt", stimmte ich zu. Ich wollte ihn so gerne küssen. Ich musste ihn küssen. „Du solltest vorsichtiger sein, wenn du als Erster durch eine Tür gehst."

„Ich war vorsichtig", versicherte er mir. „Ich bin nicht sofort in den Raum gerannt, nachdem ich die Tür eingetreten hab."

Das war das Beste, auf das ich hoffen konnte.

„Miro!"

Ich drehte mich um und Sofia rannte in mich hinein und schlang ihre Arme um meine Taille. Oscar folgte ihr auf der anderen Seite. Ich beugte mich zu den beiden herab und strich ihnen mit je einer Hand über den Rücken.

„Marshal."

Ich hob den Kopf. Vor mir standen Mr und Mrs Guzman.

„Mein Sohn sagt, dass Sie der Einzige waren, der ihm helfen wollte", sagte Mr Guzman.

Ich hatte keine Ahnung, was ich darauf antworten sollte. Es war besorgniserregend, dass viele Leute sich nicht mehr trauten, Kindern zu helfen, aus Angst, dass man sie des Kindesmissbrauchs beschuldigte. In diesem Falle allerdings hatte Oscar Hilfe benötigt, weil sich die Pädophilen bereits an seiner Schwester vergriffen hatten.

„Ich bin Ihnen zutiefst dankbar, Marshal", sagte er ernst und sah zu Ian hinüber. „Ihnen beiden, Ihnen und Ihrem Partner."

„Ich wünschte nur, wir wären früher dagewesen", sagte Ian.

„Sie haben sofort reagiert, nachdem mein Sohn Sie über die Situation in Kenntnis gesetzt hat", sagte er und holte tief Luft. „Mehr kann ich nicht verlangen."

Mrs Guzman machte einen Schritt nach vorn und warf sich in Ians Arme, und obwohl er überrascht war, erwiderte er ihre Umarmung prompt, wenn auch flüchtig. Nachdem sie ihn losgelassen hatte, drehte sie sich zu mir um und umarmte mich ebenfalls. Mr Guzman reichte mir die Hand und umfasste meine mit beiden Händen, fest aber nicht hart, ein warmer, aufrichtiger Händedruck. Dann war Ian an der Reihe.

„Ihr Sohn war sehr mutig", sagte ich zu den beiden. „Er ist eine sehr weite Strecke gelaufen, für so einen kleinen Jungen. Dann musste er sich daran erinnern, wo sie Sofia hingebracht haben, und er war ganz alleine, bis er Hilfe finden konnte. Er war wirklich großartig."

„Ja, das war er", stimmte Mr Guzman mir zu, während er sein Handy aus der Innentasche seiner Anzugjacke zog. „Bitte, würden Sie mir beide Ihre vollen Namen sagen und an wen ich mich zu wenden habe?"

„Oh, das ist nicht notwendig", versicherte ich ihm.

Er hob den Blick vom Display seines Smartphones und sah mich geradeheraus an. „Oh, aber das ist es, Marshal."

Ian räusperte sich. „Sie sollten Marshal Segundo und Marshal Hewitt ebenfalls erwähnen", warf er ein. „Sie waren unsere Rückendeckung."

Mr Guzman räusperte sich ebenfalls. „Mein Sohn spricht vielleicht noch nicht sehr gut Englisch, er hat neben Spanisch bisher nur Französisch und –"

„Bisher?" Ich lachte leise. „Lieber Himmel, wie alt ist er, sieben?"

„Er ist sechs", erwiderte Mr Guzman und lächelte mich an. „Meine letzte Entsendung war nach Paris und natürlich hat meine Familie mich begleitet. Mein Sohn beherrschte bereits Portugiesisch und Italienisch und er hat dort begonnen, Französisch zu lernen. Und jetzt auch Englisch."

„Heiliges Kanonenrohr, er spricht schon vier Sprachen?" Ich war tief beeindruckt. „Ich kann ja kaum Englisch!"

Mr Guzman lachte und drückte meinen Arm, tätschelte Oscars Kopf. Sofia ließ mich los, ging zu Ian und umarmte auch ihn. Sie hatte gesehen, wie Ian mit den Männern verfahren war, die ihr wehgetan hatten. Einer von ihnen hatte versucht, zu entkommen, als Ian ihnen befohlen hatte, mit hinter dem Kopf verschränkten Händen vorauszugehen und Ian hatte ihn die Treppe hinuntergestoßen. Unten angekommen hatte Ian ihm den Stiefel auf die Kehle gesetzt und den Mann gefragt, ob er jetzt vielleicht Anweisungen befolgen wollte. Als Ian dann noch seine Waffe gezückt und die Frage wiederholt hatte, hatte sich der Mann vor Angst in die Hose gemacht. Buchstäblich. Von daher wusste sie, dass sie bei Ian sicher war. Ich konnte das gut nachempfinden. Mir ging es genauso.

„Mein Sohn", fuhr Mr Guzman fort, „hat verstanden, dass die anderen zwei Marshals wenig geneigt waren, ihm zu helfen. Im Gegensatz zu Ihnen."

„Nun, wir haben da ein paar Dienstvorschriften missachtet", enthüllte ich ihm. „Und morgen früh werden wir genau gesagt bekommen, welche das waren und mit welchen Konsequenzen, Sir."

„Nein", sagte er rasch und blinzelte mehrmals, um zu verhindern, dass seine Augen sich erneut mit Tränen füllten. Er gab den Kampf schnell wieder auf. „Das werden Sie nicht."

Ich bekam einen zweiten Händedruck von ihm, als ich seinem Sohn über den Kopf strich.

„Wie ist der Name Ihres Vorgesetzten?"

Ich räusperte mich. „Wir sind ursprünglich nicht aus Phoenix, Sir. Wir kommen aus Chicago."

„Oh", sagte er mit einem langen Ausatmen. „Ich liebe Chicago. Meine Kinder mögen besonders den Lincoln Park Zoo."

Ich lächelte breit. „Ich und mein Partner wohnen knapp zwei Häuserblocks entfernt."

Er kniff plötzlich die Augen zusammen und augenblicklich ging mir auf, was ich da gesagt hatte. Aber er hatte von seiner Familie gesprochen und so hatte ich von meiner erzählt. Und die schloss einen Werwolf mit ein, der zur Zeit meinen Freunden die Haare vom Kopf fraß, und den Mann, der neben mir stand.

„Es ist eine sehr schöne Gegend", bemerkte er schließlich, und das war alles.

„Ja", stimmte ich zu. „Wir hoffen, dass wir zurück sind, bevor es anfängt zu schneien."

Er grinste. „Oh, mögen Sie Schnee, Marshal?"

„Habe ich nie wirklich getan, aber nach einem Monat hier fange ich langsam an, meine Einstellung zu Schnee zu überdenken, Sir."

„Ach, wirklich?"

Ich warf beide Hände hoch. „Es sind immer noch über dreißig Grad. Machen Sie Witze?"

„Es ist heiß hier", fiel Ian verdrossen ein.

Mr Guzman lachte über uns und das war gut, das war sehr gut. Sehr viel besser, als vollkommen aus den Fugen zu geraten, weil er nicht dagewesen war, als seine Kinder von Ungeheuern überfallen worden waren.

„Buchstabieren Sie bitte Ihren Namen und den Ihres Partners", wies er mich an.

Ich und Ian sahen uns an, aber er zuckte nur mit den Schultern. Es blieb uns nicht viel anderes übrig.

„Mein Name ist Miro, Sir", sagte ich und buchstabierte Vor- und Nachnamen, nannte Jones und Doyle statt unserer Decknamen, denn zum einen verdiente er die Wahrheit und zum anderen standen Segundo und Hewitt zu weit weg, um uns zu hören.

„Und wie heißt Ihr Vorgesetzter in Chicago?"

Ich räusperte mich. „Sein Name ist Chief Deputy Sam Kage, Sir."

„Kage mit K", warf Ian ein.

„Ausgezeichnet", sagte Mr Guzman.

„Wie ist Ihr Sohn entkommen, Sir?", fragte ich, denn den Bruchstücken nach zu urteilen, die ich verstanden hatte, hatte Oscar ihm seine Odyssee geschildert.

Er holte tief Luft. „Seine Schwester hat ihn aus dem Auto geschubst, sobald sie angehalten haben und ihm befohlen, wegzulaufen."

„Clever."

„Ja", stimmte er zu. „Sie hat ihre Sache sehr gut gemacht und ihn beschützt, und er hat seine Sache sehr gut gemacht und auf sie gehört. Ausnahmsweise."

„Ein Glück, dass die Kerle ihn nicht verfolgt haben."

„Sie hätten ihn niemals erwischt, es sei denn …"

Niemand wollte auch nur darüber nachdenken, was *es sei denn* hätte sein können.

„Ich sollte nachhören gehen, ob sie auch wirklich alle Handys eingesammelt haben", sagte Ian in die plötzliche Stille. „Wir können nicht zulassen, dass irgendwelche Bilder von Ihrer Tochter verbreitet werden."

Mr Guzman nickte.

„Ich werde mich darum kümmern. Dem FBI Bescheid sagen."

„Bitte", murmelte er.

Ian drückte Sofia ein letztes Mal an sich, dann schob er sie zu ihrem Vater hinüber, warf mir einen kurzen Blick zu und joggte zu den versammelten Anzugträgern von Polizei und FBI, die immer noch zusammenstanden, zurück.

„Wir sind jetzt soweit, ins Krankenhaus zu fahren", verkündete Bryson hinter uns.

Sofia und Oscar wollten nicht ohne mich gehen und als uns klarwurde, dass der Abschied wirklich nicht ohne Tränen ablaufen würde, willigte ich ein, mit ihnen und ihrer Mutter ins Banner Good Samaritan Medical Center zu fahren, einem Krankenhaus ganz in der Nähe.

Aber erst ging ich Ian suchen. Als ich ihn gefunden hatte, ergriff ich seinen Oberarm, entschuldigte uns für einen Moment und zog ihn aus dem Knäuel Polizeibeamter heraus.

„Was?", fragte er, und seine umwerfenden blauen Augen wurden weich, als er mich ansah.

„Ich wollte nur kurz Bescheid sagen, dass ich mit den Kindern ins Krankenhaus fahre, aber anschließend werde ich –"

„Nein", unterbrach er mich in seiner *Ich weiß alles und es ist bereits beschlossen* Stimme, die er gelegentlich verwendete. „Bleib da. Ich komme nach, sobald ich kann."

„In anderen Worten: Bis du mich abholen kannst?"

„Genau."

Ich war erschöpft, mein Adrenalin war verausgabt, ich hatte zwei Menschen erschossen und der Polizei meine Waffe für ihre Untersuchungen aushändigen müssen. Ich war unbewaffnet, bis ich die Gelegenheit gehabt hatte, an unserer Wohnung vorbeizufahren. Ian war es nicht, da er nicht mit seiner Glock geschossen hatte, aber ich fühlte mich verwundbar, was in der derzeitigen Situation nicht weiterhalf.

„Wieso, bin ich fünf oder was?"

Er machte einen Schritt auf mich zu, sodass er ganz nah vor mir stand; aus der Ferne mochte es aussehen, als würde er mir vertrauliche Informationen übermitteln, aber gleichzeitig war es auch ein ganz offenkundiges Zeichen besitzergreifender Dominanz. „Bleib da und warte auf mich", knurrte er.

Es juckte mich in den Fingern, ihn zu berühren, meine Hände unter sein Hemd zu schieben und über seine nackte Haut fahren zu lassen. Ich atmete langsam aus in dem Versuch, mein wild schlagendes Herz zu beruhigen und starrte auf den Puls in seiner Kehle. Ich wollte mich an ihn schmiegen und diese Stelle küssen und das Verlangen danach, es zu tun, war beinahe überwältigend.

„Steh hier nicht rum und warte, bis ich dich anflehe. Tu einfach, was ich dir sage."

„Okay", willigte ich mit schwacher Stimme ein, als mir klarwurde, dass im Mittelpunkt seiner geballten Aufmerksamkeit zu stehen, mir das Atmen – und das Denken – schwer machte.

„Wir sehen uns später", sagte Ian und drückte sanft meinen Ellenbogen.

Stehen zu bleiben und zuzusehen, wie er von mir wegging, war schwerer, als ich gedacht hatte. Das einzig Gute an der ganzen Sache war, dass ich im Krankenwagen hinten mitfahren durfte und dass ich dabei ausnahmsweise einmal nicht in Todesgefahr schwebte. Es war eine vollkommen neue Erfahrung für mich.

12

ZERMÜRBEND WAR das beste Wort, um den Rest des Abends, die frühen Morgenstunden und dann auch die Stunden danach zu beschreiben. Ian kam nie dazu, mich abzuholen, da er am Tatort festhing und dem FBI und der Polizei erzählen durfte, was geschehen war, und ich steckte im Krankenhaus mit Greg Hollister vom Außenministerium und Efrem Lahm von der Homeland Security.

„Sie verstehen sicher, wie heikel die Situation ist, Marshal", sagte Hollister herablassend, sah mich mit schmalen Augen unter gerunzelten Brauen hervor ernst an und nickte wissend. „Wir müssen die genaue Natur des Angriffs auf die Guzmans eruieren. Da er als Kulturattaché in der spanischen Botschaft arbeitet, hat sich doch das, was das FBI als Kindesentführung zum Zweck der Lösegelderpressung eingestuft hat, als ganz gewöhnliche Entführung mit dem Ziel des Filmens von Kinderpornografie erwiesen."

Es war überraschend, dass nicht ich es war, dem der Kragen platzte. Ich war noch vollends damit beschäftigt, den Wortschwall, der aus Hollisters Mund gekommen war, aufzudröseln, als er neben Sofias Zimmer an die Wand geworfen wurde, ein Unterarm quer über seiner Kehle.

„Soll das ein Witz sein?" Lahm – blond, grüne Augen, ein sehr hübscher Mann –, den ich als locker und entspannt eingestuft hatte, war ausgeflippt und stieß Hollister so hart gegen die Wand, dass der aufschrie. „Das Ganze ist real passiert, ist Ihnen das bewusst? Diese Kinder haben Entsetzliches durchgemacht und Sie nennen das *ganz gewöhnlich?*"

Hollister wand sich unter dem Arm hin und her wie ein Insekt, das man aufgespießt hatte.

„Sie legen sich besser ein wenig Respekt in Ihrer Wortwahl zu, Agent, sonst bekommen Sie meinen Unmut zu spüren. Verstanden?"

Hollister wurde weiß im Gesicht.

„Haben Sie mich verstanden?"

Hollister nickte. Lahm bewegte sich schnell wie eine zuschlagende Schlange und im nächsten Moment beugte sich der Mann, der so sehr von seiner Bedeutung erfüllt zu sein schien, vor und erbrach sich.

Ich trat zurück, trug ich doch meine schwarzen Alexander McQueen Lederschnallenstiefeletten und die wollte ich schließlich nicht mit Erbrochenem bespritzt haben.

„Okay", sagte Lahm gelassen, als wäre Hollister nicht gerade den Flur hinuntergerannt, vermutlich auf der Suche nach einer Toilette. „Wir werden es –"

„Das war super", unterbrach ich ihn. „Dass Sie so für die Kinder eingetreten sind."

Er verschränkte die Arme, als sei ihm langweilig. „Die meisten von diesen Typen sind eingebildete Lackaffen", informierte er mich. „Sie sind so daran gewöhnt, mit Staatsoberhäuptern zu reden, dass sie vergessen haben, wie man mit normalen Leuten spricht."

Ich nickte.

„Okay, also, es lief so." Er beschrieb, wie die Leibwächter der Kinder mit ihnen zum Bookmans auf der 19th Avenue gefahren waren, um Oscar neue PlayStation Spiele zu besorgen und Sofia mehr Mangas. Weil es ein so regelmäßig stattfindender Ausflug war – die Kinder liebten den Laden und fuhren oft hin –, wurden sie nur von einem ihrer Leibwächter begleitet. Auf dem Rückweg hatten sie an einem Circle K angehalten, um etwas zu trinken zu kaufen und Sofia hatte darum gebeten, auf die Toilette zu dürfen. Auf dem Rückweg zum Wagen, wo der inzwischen entlassene Leibwächter auf sie wartete, hatte man sie aufgegriffen und durch den Hinterausgang geschleppt. Der Mann, der sie getragen hatte, hatte dem Verkäufer im Laden gesagt, dass seine Tochter krank sei und sich übergeben hätte. Selbiger Mitarbeiter, vom FBI dahingehend befragt, warum er dem kleinen Jungen nicht geholfen hatte, der selbst auf den Aufnahmen der Sicherheitskamera absolut panisch aussah, beharrte darauf, dass Oscars Schreien, Weinen und Um-sich-Treten, als sie ihn mitgezerrt hatten, nichts weiter als ein kindischer Wutanfall gewesen war.

„Lieber Gott", flüsterte ich, und Oscar tat mir von Neuem leid.

„Außerdem hat das FBI die drei Männer befragt, die Ihren Sturmangriff auf das Haus überlebt haben, und –"

„Oh, nein, das war kein –"

Er hob eine Augenbraue. „So wie es aussieht war der Plan, Sofia innerhalb der nächsten Tage nach Mexico zu schaffen und sie dort an ein Bordell zu verkaufen. Wenn Oscar ohne Verstärkung aufgetaucht wäre, dann hätte ihn dasselbe Schicksal getroffen. Aber da es kein Terrorakt war, hat die Homeland Security nichts mit der Angelegenheit zu tun."

„Warum war das Außenministerium hier?"

„Weil sie sicherstellen müssen, dass der Angriff nicht der spanischen Botschaft oder Guzman selbst gegolten hat."

„Oh, ich verstehe."

„Sobald das absolut ausgeschlossen werden kann, sind die auch aus der Nummer raus."

Es war sehr nett von ihm, dass er blieb und mir die Sache erklärte, mit der er nichts zu tun hatte.

„Was bitteschön ist das denn für eine Sauerei?", fragte ein Krankenpfleger, der neben der Pfütze Erbrochenem ein paar Schritte hinter Lahm stehengeblieben war.

Lahm blickte über seine Schulter. „Irgend so ein besoffener Typ von der Burschenschaft. Tut mir leid."

„Oh, nein, entschuldigen Sie", sagte der andere Mann schnell. „Ich bin sofort wieder da und wische es auf."

„Kein Stress, es ist ja nicht so, als ob da jemand aus Versehen durchlaufen würde."

Nachdem der Krankenpfleger weg war, drehte Lahm sich wieder zu mir um.

„Also gehört die Angelegenheit jetzt ganz dem FBI. Sie werden die Sache weiterverfolgen, um sich ein besseres Bild darüber machen zu können, was hinter der Entführung steckt und wie groß die gesamte Operation ist oder nicht ist. Sie und Ihr Partner haben da etwas sehr Gutes getan, Marshal. Sie können zufrieden sein."

Ich nickte, als er mir die Hand hinhielt.

„Wie ist das", sagte ich, als er sich abwandte, um zu gehen, „glauben Sie, dass Sie Ärger wegen Hollister bekommen werden?"

„Und was soll er sagen? Ich hab wenig nett über ein paar Kinder geredet und Lahm hat mir das übel genommen?" Seine rechte Augenbraue hob sich zu einem wahrhaft diabolischen Schwung. „Wohl kaum."

„Okay."

„Außerdem würden Sie ja für mich aussagen, oder nicht? Ich müsste nur nach Chicago kommen und Sie finden."

Ich war nicht wirklich überrascht. Er war schließlich Homeland Security. „Gefällt es Ihnen, hier in Phoenix zu leben?"

Er schnaubte spöttisch. „Ich lebe in Washington DC. Hier, auf der Oberfläche der Sonne, würde ich es nicht lange aushalten."

Ich mochte ihn. Ich wusste, dass wir Freunde hätten sein können, wenn wir näher beieinander gewohnt hätten. „Gute Heimreise, Agent."

„Danke gleichfalls, Marshal", sagte er und verschwand den langen Flur hinunter.

„Miro?"

Ich drehte mich um und entdeckte Oscar in der Tür zu Sofias Zimmer stehen.

„Hallo, kleiner Mann", grüßte ich ihn.

Er winkte mir, also folgte ich ihm ins Krankenzimmer.

Bei einer näheren Untersuchung hatte sich ergeben, dass Sofias rechtes Handgelenk verstaucht war, sie sich aber ansonsten in guter Verfassung befand. Oscar war dehydriert und bis auf ein paar Schrammen und blaue Flecken unversehrt. Mrs Guzman reagierte auf die gute Nachricht, indem sie mich umarmte und auf beide Wangen küsste.

„Ich weiß, dass ich es Ihnen zu verdanken habe, dass meine Kinder noch bei mir sind, Miro."

„Das haben Sie nicht allein mir zu verdanken", versicherte ich ihr, denn ich wusste, dass ich ohne Ian hinter mir, der mir wie immer Rückendeckung gegeben hatte, die beiden nicht hätte retten können.

„Ja, ich weiß", stimmte Mrs Guzman zu, und das Lächeln, das sie mir schenkte, war beinahe so liebevoll wie das, mit dem sie ihre Kinder bedachte. „Marshal Doyle wird gemeinsam mit Ihnen für den Rest meines Lebens in meinen Gebeten sein."

Ich grinste. „Das weiß ich zu schätzen, Madam. Ich kann die Hilfe immer gut gebrauchen."

Sie seufzte tief und drückte ihre Kinder an sich.

Als ich irgendwann dann schließlich doch aufbrechen musste, weil Ian wartete, bat Mrs Guzman mich, ihr meine Telefonnummer und E-Mail Adresse zu geben, damit sie mich anrufen oder mir eine SMS oder E-Mail schicken konnte. Andernfalls hätten mich die Kinder wohl auch nicht aus dem Raum gelassen. Auch Mrs Guzman schien mich dabehalten zu wollen, selbst nachdem sie meine Kontaktdaten in ihr Handy eingetippt hatte, aber dann tauchte ein halbes Dutzend Leibwächter auf. Jeder der Männer schüttelte mir die Hand und als ich meine Blicke so über sie schweifen ließ, war ich sehr froh, der Familie nichts Böses zu wollen. Alle sechs waren wahre Hünen, groß, breit und muskulös und jeder trug sichtbar eine Schusswaffe. Ich hätte mich nicht mit ihnen anlegen wollen. Ich konnte in dem ruhigen Gewissen gehen, dass Mrs Guzman und ihre Kinder in sicheren Händen waren.

Das FBI schickte ein Team zum Krankenhaus, um mich abzuholen und zu ihrem Einsatzbüro zu bringen, wo Ian, Segundo und Hewitt bereits warteten. Dort gesellte sich wenig später auch Brooks Latham zu uns, der Supervisory Special Agent Zane Calhoun erklärte, seine Männer hätten sich korrekt an die Dienstvorschriften gehalten, aber Ian und ich seien unbelehrbar. Er hatte uns schließlich erst am Vortag wegen eines anderen Vorfalls diszipliniert und er machte sich große Sorgen, dass wir aufgrund der laxen Disziplin, die wir offenbar gewohnt waren –

„Einen Augenblick", sagte Calhoun mit einem Lächeln und hob einen Finger, um Latham Schweigen zu signalisieren. „Sie glauben, dass Chief Deputy Sam Kage es an Disziplin mangeln lässt?"

„Ich –"

Calhouns prustendes Gelächter entlockte mir unwillkürlich ein Grinsen, kam es doch von einem so ernst aussehenden Mann. „Wie gerne würde ich mit Ihnen nach Chicago fliegen und dabei sein, wenn Sie es ihm selber sagen. Wirklich, das würde ich nur zu gerne sehen."

„Ich – Sie kennen ihren Vorgesetzten?"

Die Antwort interessierte mich ebenfalls.

„Ja, ich kenne ihn", erwiderte er mit einem Nicken, „und wenn ich Ihnen sagen würde, wie oft es damals während unserer Zusammenarbeit vorgekommen ist, dass ich Dienstvorschriften sein lassen wollte und er mir daraufhin die Vorschriften gepredigt hat … Bis auf das eine Mal", fügte er leiser hinzu, als würde er sich an etwas erinnern. Im nächsten Moment war er wieder präsent und ganz in der Gegenwart. „Sie wären höchst überrascht. Der Mann ist ein wandelndes Handbuch, von daher gehe ich fest davon aus, dass Smith und Morse hier genau wissen, wie man sich als Marshal zu verhalten hat."

„Ja, aber, mit Verlaub gesagt, ich glaube –"

„Die Angelegenheit heute Abend war ein Sonderfall", sagte Calhoun und sah von mir zu Ian und dann zurück zu Latham. „Aber wie dem auch sei, ich habe eine Lösung für die Situation."

Wir alle blieben stumm, als er sich umdrehte und an die Tür klopfte. Zwei Männer mit versiegelten Plastikbeuteln in den Händen betraten den Raum. Ian, ich, Segundo und Hewitt bekamen alle einen ausgehändigt; in den Beuteln befanden sich unsere Waffen.

„Wir haben Ihre Waffen untersucht und Ihre Aussagen, auf wen Sie geschossen haben und warum, in unseren Akten. Es wird zwar noch ein paar Tage dauern, bis wir die Untersuchung abschließen können, aber Sie bekommen Ihre Waffen trotzdem jetzt schon zurück."

„Das ging schnell", kommentierte Ian.

„Wir sind das FBI", sagte Calhoun selbstzufrieden.

Die Tür öffnete sich erneut und eine Frau kam herein. Sie ging zu Ian hinüber und händigte ihm die Heckler & Koch P30L aus, die er bei der Stürmung verwendet hatte.

„Das ist nicht meine", sagte Ian.

„Sie haben sie abgefeuert", entgegnete Calhoun, „und unsere Ballistik hat sie untersucht, sie ist sauber. Die Seriennummer fehlt, vermutlich mit Säure abgeätzt, also ist die Waffe in keiner Weise irgendwie zurückverfolgbar. Ich händige sie Ihnen aus, weil sie Ihnen bei der verdeckten Ermittlung, für die ich Sie und Ihren Partner gerne einsetzen würde, von Nutzen sein wird. Wenn der Einsatz vorbei ist, geben Sie uns die Waffe zurück und wir vernichten sie."

„Wie bitte?", fragte Ian.

„Wir geben Ihnen die Waffe zurück, was haben Sie da nicht –"

„Nein, Sir, das meinte ich nicht", unterbrach Ian schnell. „Sie sagten, verdeckte Ermittlung?"

„Ich habe mit Sam Kage gesprochen und er hat mir gestattet, Sie und Ihren Partner in meine Einsatzgruppe in Kooperation mit der DEA zu versetzen. Bitte holen Sie Ihre persönlichen Gegenstände, ich brauche Sie morgen früh vor Ort und einsatzbereit."

Ich wollte den Mund aufmachen und lautstark protestieren: Kooperation mit der DEA ... *nein* ... aber Ian warf mir einen Blick zu und ich hielt den Mund.

„Sie – was?" Latham klang panisch.

Calhoun fuhr auf dem Absatz zu ihm herum. „Ich nehme Ihnen diese beiden Marshals ab, und da unsere Behörde, wie Sie wissen, den Fall Guzman übernommen hat" – er verschränkte die Arme vor der Brust und forderte Latham förmlich dazu heraus, ihn zu unterbrechen – „können Sie in Ihrer Abteilung morgen wieder zur Tagesordnung übergehen."

Latham öffnete den Mund, um zu protestieren.

„Das wäre dann alles, Marshal."

Latham war entschuldigt und während mein Chef – oder auch Ian und ich, was das anbelangte – niemals einfach so vor dem FBI gekuscht hätten, war ich mir nicht sicher, ob Latham überhaupt wusste, was er widerspruchslos hinzunehmen hatte und was nicht. Andererseits, vielleicht interessierte es ihn auch einfach nicht. Schließlich waren Ian und ich in seinen Augen nichts als Ärger. Besser, nichts weiter mit uns zu tun zu haben. Ich war mir sicher, dass er sehr zufrieden den Raum verließ.

„Setzen Sie sich, meine Herren. Wir haben eine Menge zu besprechen", sagte Calhoun und wies einen seiner Berater an, Orton Taggart aus dem Nebenzimmer zu holen. „Lassen Sie mich Ihnen Ihren neuen falschen Vorgesetzten vorstellen."

FBI und DEA zusammen. Fantastisch.

DEM FBI stand eine große Anzahl Fahrzeuge zur Verfügung, und Ian entschied sich schlussendlich für einen 2012 Cadillac Escalade ESV. Ein Monsterauto, aber in unseren neuen Rollen als angeheuerte Schläger brauchten wir ein Auto gehobener Marke mit Platz zum Transport vieler Leute. Der Wagen schien mir eine gute Wahl zu sein.

„Latham kann Sie nicht ausstehen", sagte Kage, als wir auf dem Weg zum JW Marriott Phoenix Desert Ridge Resort & Spa mit ihm telefonierten. „Und ich vertraue Calhoun. Es hört sich für mich nach einem unkomplizierten Einsatz an. Kooperation mit der DEA, Sie posieren als Leibwächter eines Drogendealers. Im Grunde genommen folgen Sie nur dem Ermittler der DEA, mehr nicht."

„Wir sind ihm begegnet", teilte ich ihm mit. „Taggart. Er schien in Ordnung zu sein."

Er war vor allem eins: jung. Aber das passte zu seiner Rolle: laut, protzig, steinreiche Eltern, den Umgang mit den mexikanischen Kartellen gewohnt, die die Drogen über die Grenze nach Texas brachten. Man hatte dafür gesorgt, dass die wichtigsten Hintergrundinformationen einer Überprüfung standhalten würden, aber weiter war die Identität nicht ausgebaut worden. Musste sie auch nicht, denn es ging in diesem Fall ja nicht um eine auf zwei oder sogar auf fünf Jahre angelegte verdeckte Ermittlung im Milieu, sondern um eine schnelle Ergreifung und Verhaftung. Die DEA hatte nämlich den echten Drogenkurier, Chris Bello, bereits geschnappt, und um seine Haftdauer zu verkürzen, hatte er alle seine Freunde verpfiffen. An seiner statt wurde nun also Brock Huber – Taggart – als neuer Mitspieler eingeführt und da das FBI bestimmte Personen unter Druck gesetzt hatte, für ihn zu bürgen, war sein Ruf gesichert. In dem Zusammenhang aber vielleicht wichtiger: Sein Bankkonto war riesig.

„Die Sache sollte glatt verlaufen", fuhr mein Chef fort. „Calhoun braucht lediglich ein paar neue Gesichter, die er mit seinen Agenten schicken kann. Sie erfüllen dieses Kriterium."

„Jawohl, Sir", antwortete ich für Ian und mich.

„Ich habe Calhoun wissen lassen, dass Sie morgen anfangen. Ich nehme nicht an, dass Sie viel geschlafen haben."

Gott segne ihn, manchmal war er richtiggehend menschlich.

„Und Jones, Sie können in dieser Hitze nicht rennen."

Natürlich hatte er davon gehört. „Nein, Sir."

„Spielen Sie nicht den starken Mann und trinken Sie ausreichend. Sie sind in Arizona, meine Herren."

Ich nahm alles zurück: Er war der Teufel.

„Setzen Sie sich mit Calhoun in Verbindung, sobald Sie im Hotel angekommen sind, damit er Bescheid weiß, dass Sie da sind. Essen Sie und gehen Sie früh zu Bett, damit Sie morgen ausgeruht und einsatzbereit sind."

Er wartete nicht darauf, dass ich den Befehl bestätigte, sondern legte gleich auf. Ich drehte mich zur Seite und sah Ian an. „Seine Kommunikationsfähigkeit ist wirklich unter aller Sau."

Er kicherte. „Deine auch, M."

„Wie bitte?"

Ian wurde langsamer, fuhr von der Straße und parkte im Schatten unter ein paar Bäumen. Er drehte sich in seinem Sitz zu mir um und legte eine Hand an meine Wange. „Ich will so sehr mit dir allein sein, dass es wehtut."

Es hatte einmal eine Zeit gegeben, da hätte er so etwas niemals zugegeben. Ich war so froh, dass sie der Vergangenheit angehörte. Zu hören, dass ich gebraucht wurde, gewollt wurde, war so viel besser. „Geht mir genauso."

Er lächelte. „Jetzt sag mir, was los ist."

Ich sah ihn mit zusammengekniffenen Augen an. „Abgesehen davon, dass ich das Gefühl habe, jemand anderes fährt mein Leben auf der Überholspur, und dass wir im Backofen feststecken, weil ein Psychopath hinter mir her ist?"

„Jepp."

Ich holte tief Luft. „Kann das warten, bis ich ein bisschen geschlafen habe?"

Er schüttelte den Kopf.

„Warum nicht?"

„Weil es, was immer es auch ist, dich komisch macht und das gefällt mir nicht."

Ich zögerte, es ihm zu sagen.

„Ich weiß, dass du heiraten willst", sprach er das Thema an, das seit Monaten zwischen uns stand. „Aber ich bin einfach –"

„Das ist es nicht", seufzte ich.

„Oh?"

„Nein", entgegnete ich und im nächsten Moment wurde meine Stimme lauter und panisch. Ian durfte auf gar keinen Fall denken, dass ich ihn nicht wollte. „Ich meine, doch, natürlich will ich das, aber das ist es nicht, was mir gerade zu schaffen macht."

„Dann sag's mir."

„Es ist keine große Sache."

„Schön, wenn es nicht so wichtig ist, dann kannst du es mir ja sagen", flüsterte er und seine Hand glitt in meinen Nacken und massierte ihn sanft.

„Okay", sagte ich beim Ausatmen. „Ich habe vor ewigen Zeiten mal mit Wojno geschlafen."

Er verzog das Gesicht. „Ja, ich weiß."

Ich war baff. „Du ... weißt?"

Sein Schulterzucken und wie er die Lippen verzog, ließen meinen Magen sich zusammenkrampfen und ich packte die Vorderseite seines Hemdes. „Sicher."

„Wie?"

„Das war damals, als du noch ein Bulle warst, richtig? Als du Hartley hinter Gitter gebracht hast? Ihr habt damals mit dem FBI zusammengearbeitet."

Ich nickte.

„Okay, also, als wir Partner geworden sind, da war die Sache zwischen euch noch am Laufen und er hat ein paarmal angerufen", eröffnete er mir, den Blick auf meinen Mund gerichtet. „Als ich ihn gefragt habe, warum er dich sprechen will, hat er nur gesagt, dass er mit dir reden muss und dass ich dir ausrichten soll, du sollst aufhören, ihn zu ignorieren."

„Ja, aber das hätte auch einen anderen Grund haben können."

„Nein, dazu war er zu hartnäckig", entgegnete Ian und beugte sich vor, bis seine Lippen dicht vor meinen waren. „Wenn man was braucht, so unter Bullen und man wird ignoriert, dann wendet man sich an den Vorgesetzten des anderen. So oft, wie er dich angerufen hat, entweder auf deiner Büronummer oder auf deinem Handy, ohne sich irgendwann an Kage zu wenden – das konnte keinen anderen Grund haben."

„Du bist sehr schlau", sagte ich und drückte meinen Mund auf seinen.

Er hob mein Gesicht an und fiel über mich her; seine Zunge drängte sich fordernd und unerbittlich zwischen meine Lippen. Er küsste mich wild und hart und gründlich.

Ich verlor mich in seinem Hunger, seiner Leidenschaft und seinem Geschmack, seinen Händen auf meinem Körper, als er anfing, an meinem Hemd zu zerren, es bis zur Brust hochschob und meine Hose öffnete. „Was machst du da?"

„Dumme Frage", knurrte er, beugte sich über meinen Schoß und schluckte mich der Länge nach.

„Ian!", stieß ich heraus, und mein Rücken wölbte sich unwillkürlich. Mein Körper erschauerte, zuckte, und ich versuchte, mich noch tiefer in der flüssigen Hitze seiner Kehle zu vergraben.

Er lutschte mich hart, die Lippen fest um mich geschlossen, und die leisen, halb erstickten Laute, die er ausstieß, während sein Mund an meinem Schaft auf und ab glitt, waren schier überwältigend.

„Ich kann nicht – Ian!"

Ein Schauer rann durch meinen Körper, als ich kam und für eine Sekunde absolut regungslos blieb, die Hand um seinen Hinterkopf gelegt, während er um mich herum schluckte.

„Oh Gott", stöhnte ich, als er mich sauberleckte. Schließlich richtete er sich wieder auf und seine Zungenspitze huschte über einen Mundwinkel, leckte den letzten Tropfen ab. „Komm her."

Sein Lächeln war sündhaft, als ich ihn küsste, die Hände um seinen Kopf geschlossen, um ihn still zu halten. Aus einem Kuss wurden zwei, dann drei, dann eine lange, endlose Verschmelzung unserer Münder, bis er sich zwischen meinen Händen hin und her wand.

„Wir sollten –" Er keuchte, als meine Hand in seine Hose schlüpfte und sich um seinen steifen, lustfeuchten Schwanz schloss. „– ins Hotel fahren."

„Getönte Scheiben", erinnerte ich ihn. „Rutsch auf die Rückbank."

Er zögerte keine Sekunde, sondern krabbelte zwischen den Sitzen hindurch und sank vor der nächsten Sitzreihe, die zum Glück ganz nach hinten geschoben war, sodass wir Platz hatten, auf den Boden des Wagens.

„Zieh dich aus."

„Nein, ich –" Er knurrte, rollte sich auf den Bauch und schob sich auf alle viere hoch. „Fick mich so, und –"

„Hast du hier das Sagen?", fragte ich ärgerlich, meine Stimme schwer und belegt vor Leidenschaft. „Lass es mich wissen, wenn dem so ist."

Er stieß scharf den Atem aus und kniete sich hin, zerrte sich die Hattington Budapester von den Füßen – es waren meine – und entledigte sich flugs des Rests seiner Kleidung. Bis auf seine Socken. Wenn ich nicht so völlig versunken in den Anblick seines Körpers gewesen wäre, hätte mir das ein Grinsen entlockt.

Manchmal betrachtete ich die vielen Narben, die seine olivfarbene Haut überzogen und mein Herz zog sich schmerzhaft zusammen. Dann wollte ich jeden einzelnen, der ihm jemals wehgetan hatte, der Narben auf seinem Körper hinterlassen hatte, finden und umbringen. Dann wiederum gab es Augenblicke, in denen mich die Narben nur noch mehr anturnten, zeugten sie doch von seiner Kraft und seinem Überlebenswillen, und all das vor mir ausgebreitet, meinem Auge dargeboten, war unbeschreiblich heiß.

„Miro", presste er rau heraus, als ich über ihn hinweg zu dem Sitz griff, auf dem meine Tasche stand. Ich grub in einer Seitentasche und fand schließlich die Tube mit dem Gleitgel.

„Spreiz deine Beine für mich", forderte ich, „und halt deine Oberschenkel fest."

Augenblicklicher Gehorsam. Sein Anblick, so willig und bereit für mich, die Lider halb geschlossen, Brust und Nacken von sich rasch ausbreitender Röte überzogen, während er auf mich wartete, ließ meinen Mund staubtrocken werden. Wie um alles in der Welt es mir gelungen war, dass Ian Doyle mich nicht nur sah, sondern auch wollte, war mir unerklärlich, war überwältigend und berauschend.

Sein Atem stockte, als ich mich, ebenfalls nackt, zu ihm gesellte und als mein gelbeschmierter Finger über seinen gekräuselten Eingang strich, stießen seine Hüften wild und unkontrolliert vom teppichbelegten Boden des SUVs hoch.

„Ich mache es ganz langsam", versprach ich ihm und beugte mich über seinen harten, muskulösen Körper, wollte seinen Mund, wollte seine warme Haut an meiner.

„Nein", flüsterte er und wand sich unter mir, hob sich mir, meinem Schwanz, entgegen. „Verdammt, nein, Miro, ich brauche dich."

Ich küsste ihn hart und drängte mich im selben Moment langsam in den engen, heißen Kanal hinein, hielt nicht an, bis ich ganz in ihm vergraben war.

Das Geräusch, das er von sich gab, als er sich mir öffnete – ein stockendes Stöhnen, unterbrochen von kurzem, scharfem Atemholen – und die Muskeln, die sich um mich herum anspannten und wieder lockerten, drängten mich förmlich dazu, mich zu beeilen, mich zu bewegen. Doch statt dem nachzugeben, hielt ich inne und wartete, erlaubte es seinem Körper, sich an mich zu gewöhnen.

„Mach's mir", sagte er heiser. „Miro – mach's mir verdammt noch mal."

Ich stützte mich auf, zog mich ein kleines Stück aus ihm zurück und rammte mich wieder in ihn hinein. Wieder und wieder, ein hämmernder Rhythmus, und mit jedem Stoß zielte ich auf seine Prostata. Er schauderte und zitterte und schrie meinen Namen, gab mir das Gefühl, unglaublich stark und mächtig zu sein und mein selbstgefälliges Knurren war laut in dem vergleichsweise beengten Raum.

„Zufrieden mit dir selbst?"

Seine Stimme war rau und mir gefiel der Klang, so harsch und tief. „Jaah", antwortete ich und zog mich aus seinem Kanal heraus, langsam jetzt, sank wieder hinein, vergrub mich, fickte ihn so bedachtsam, dass er jede Bewegung, jeden Zentimeter meines Schafts spürte.

„Miro, kannst du nicht einfach – Scheiße!"

Ich hatte mich ganz aus ihm herausgezogen, ihn umgedreht, auf Hände und Knie hochgezogen und mich wieder in ihn hineingerammt. Tief und hart und schnell; ich benutzte ihn so, wie er es wollte.

„Nicht", warnte er mich und ich verstand. Ich riskierte mein Leben, wenn ich jetzt aufhörte, langsamer wurde oder zum Ende kam.

„Ian, ich kann nicht … du fühlst dich zu gut an."

„Ich will dich genau da haben", bat er. Ich nahm seine Worte nur vage wahr. „Ich hab das Gefühl, dass ich dich – dass du auf Distanz gehst."

Und das war ich in der Tat, hatte mich ganz allmählich zurückgezogen, denn ich hatte panische Angst, dass er zwischen mich und Hartley geraten würde. Das geografische Problem hatten wir umschifft, und er war hier, bei mir, aber emotionale Distanz war eine andere Geschichte. Denn ich liebte ihn und die Vorstellung, dass er um meinetwillen verletzt werden könnte, machte mich instinktiv wachsam und zurückhaltend und ohne es bewusst zu wollen, war ich auf Abstand gegangen.

Zum Beispiel hätte ich nach einem so langen und harten Tag normalerweise darauf bestanden, dass wir nach Hause fuhren. Aber genau wie am Vorabend auch, hatte ich Segundo und Hewitt als Puffer zwischen uns haben wollen. Wären wir nach Hause gegangen, hätten wir gegessen, wären einander nahe gewesen – aber ich hatte nicht darauf bestanden. Stattdessen hatte ich dafür gesorgt, dass unsere freie Zeit anderweitig gefüllt wurde, schleifte ihn mit in Restaurants, obwohl er lieber auf dem Sofa entspannt hätte, und er kam mit, damit ich mir keine Sorgen machte. Und jetzt sagte er mir, dass er das gespürt hatte – und dass er es nicht hinnehmen würde, niemals, auf keinen Fall.

Andererseits: Ich auch nicht.

Ich beugte mich vor, presste mich an seinen Rücken und packte ihn an einer Schulter, um ihn festzuhalten, mich an ihm festzuhalten, damit ich auch weiter hart und rhythmisch in ihn stoßen konnte. Dann befahl ich ihm, sich in die Hand zu nehmen und es sich zu besorgen.

„Miro –"

„Jetzt!", donnerte ich, forderte seine Unterwerfung.

Die Muskeln in seinem Innern zogen sich zusammen, schlossen sich fest und bebend um mich, als er kraftvoll kam und sein Samen auf den Teppich unter uns spritzte. Ich sank tief in ihn hinein, so tief ich konnte, und kam ebenfalls, genauso heftig wie das erste Mal, dann sackte ich auf ihm zusammen. Ich löste seine Hand von seinem Schwanz und hob sie an meine Lippen, leckte seine Finger sauber.

„Scheiße, Miro, das ist so verdammt heiß."

Ich liebte seinen Geschmack.

Er drehte den Kopf, sah mich über seine Schulter hinweg an und ich küsste ihn, langsam und gründlich, saugte an seiner Zunge und genoss seinen Geschmack.

Sein Körper erbebte unter mir, und der Schauer, der durch ihn hindurchrann, ließ seine Muskeln sich reflexartig um mich zusammenziehen, so fest, dass es beinahe schon wehtat.

Schließlich glitt ich aus ihm heraus und ließ mich neben ihn auf den Boden des Wagens fallen. Ich hätte hier und jetzt einschlafen können, mit der noch immer auf vollen Touren laufenden Klimaanlage.

„Nein, mach nicht die Augen zu", warnte er mich leise und drehte sich um, setzte sich auf und rittlings auf meine Hüften. Die Hände rechts und links neben meinem Kopf abgestützt, beugte er sich vor und sah mir ins Gesicht. „Sonst stehst du nicht wieder auf."

„Fahr uns zum Hotel und trag mich auf unser Zimmer", nuschelte ich, als meine Lider die Schlacht gewannen und bleiern herabsanken.

„Nix da." Er gluckste. Der Klang war so voller Freude, dass ich meine Augen wieder öffnete, um sein Lächeln zu sehen. Sein sündhaftes Lächeln, das seine von Küssen geschwollenen Lippen nach oben bog und eine Augenbraue anhob.

Er war so schön – manchmal stockte mir schlicht der Atem, wenn ich ihn ansah. „Du gehst schön selbst auf unser Zimmer und ich bestelle Zimmerservice. Wir essen was, schlafen eine Runde, dann machen wir das hier noch mal."

„Wir könnten schwimmen gehen", schlug ich vor. „Ich habe gehört, dass sie ein schönes Schwimmbad haben."

„Ich glaube, sie haben acht davon."

„Acht sind zu viele", sagte ich, nur, um ihm zu widersprechen.

Er beugte sich tiefer herunter und küsste mich. „Egal, wofür wir uns letztendlich entscheiden, zuerst müssen wir uns wieder anziehen."

Ich gab einen Laut von mir, der irgendwo zwischen einem Stöhnen und einem Schnurren angesiedelt war.

Er verteilte Küsse entlang meines Kiefers hinunter zu meinem Hals. „Je eher du aufstehst, desto schneller können wir essen und schlafen."

Das setzte mich in Bewegung.

13

ICH BEKAM keines der Schwimmbäder zu sehen. Ich sah nur das, was Ian prophezeit hatte: das Zimmer, den Zimmerservice, die Dusche, das Bett und die fantastische Aussicht auf die Berge. Mehr nicht.

Ich hörte zu, als Ian mit Calhoun telefonierte und nachdem ich gegessen und geduscht hatte, schlüpfte ich in ein Paar Schlafshorts und schlief in Ians Armen ein. Sein Atem auf meinem Nacken, seine starken Arme, die mich fest umschlossen hielten und seine Oberschenkel, die sich an meine drückten, waren alles, was ich dazu brauchte. Ich schlief tief und fest, aber als Ian mich mitten in der Nacht weckte, indem er mich auf den Rücken rollte, meinen Schwanz mit Gleitgel einschmierte und mich ritt, wurde ich wieder lebendig.

Ich packte seine Oberschenkel und sah zu ihm hoch, beobachtete ihn über mir, vom Mondlicht umschmeichelt: den Kopf zurückgeworfen, die Augen geschlossen, die Lippen unter seinem stockenden Atem leicht geöffnet. Ich wusste, dass ich tun würde, was immer ich tun musste, um ihn für den Rest meines Lebens zu behalten.

„Du wirst mich nie wieder los", informierte ich ihn atemlos.

„Okay", willigte er ein und spritzte auf meine Brust ab. Ich kam nur Sekunden später und füllte ihn. Sehr zu seiner Zufriedenheit, denn er liebte das, liebte das Gefühl. Es erdete ihn und zeigte ihm, dass er mir gehörte und er brauchte das, sehnte sich leidenschaftlich danach. Ich für meinen Teil war einfach nur glücklich. Ich hatte fast alles, das ich je gewollt hatte; jetzt mussten wir nur noch hoffen, dass sie Hartley bald fanden. Es war schon beinahe ein Monat vergangen und ich war mehr als bereit dazu, wieder nach Hause zurückzukehren.

Ian stand gerade unter der Dusche, als ich von einem Klopfen geweckt wurde. Ich steckte den Kopf ins Badezimmer, um ihn wissen zu lassen, dass da jemand vor der Tür stand, dann schloss ich die Badezimmertür und ging, um die Tür zum Hotelzimmer zu öffnen. Davor stand unsere Kontaktperson, DEA Agent Orton Taggart, in seiner Verkleidung als Brock Huber, anerkannter Drogendealer aus Dallas.

Er kam herein und ich machte die Tür hinter ihm wieder zu und musterte seinen blonden Surfer-Haarschnitt, den blauen Hugo Boss Anzug und die schwarzen Budapester.

„Keine Krawatte?", fragte ich.

„Ich mag's lieber lässig", sagte er und klopfte mir auf den Bauch, als er an mir vorbeiging. „Hey, Alter, ich zähl auf dich und Morse, dass ihr mich bei der Nummer am Leben haltet, okay?"

Hey, Alter? Du lieber Himmel. „Keine Sorge", versicherte ich ihm, hoffentlich ohne mir meine Verärgerung anhören zu lassen. „Wo geht es heute Morgen hin?"

„Der Typ, den wir treffen, heißt Luis Cano, und er schickt seine Jungs, um uns in der Bar abzuholen. In zwanzig Minuten. Seid ihr zwei bereit?"

„Immer", versicherte ich ihm.

Er sah mich aus zusammengekniffenen Augen an. „Und du behältst das an?"

„Nein", sagte ich, nicht wenig verärgert. Ich trug ja noch Schlafshorts und T-Shirt. „Natürlich nicht."

„Eh, okay. Dann mache hopp und lass uns gehen, Alter."

Das war mir viel zu plump vertraulich und auf cool gemacht.

Zwanzig Minuten später saßen Ian und ich in der Lounge, schlürften Kaffee und vertilgten Croissants. Taggart studierte uns mit einem Lächeln.

„Was?", fragte Ian.

„Angezogen seht ihr zwei echt gut aus."

Ian sah in der Tat umwerfend aus in seinem braunen Gucci Anzug mit braunem Nadelstreifenhemd darunter. Er war ein wenig verkrampft und steif, wie er das immer war, wenn er etwas anderes trug als Jeans oder seinen Tarnanzug, aber der Anzug stand ihm und das war die Hauptsache. Die seiner Meinung nach besten Accessoires, die er dazu trug, waren die beiden Pistolenhalfter, eines unter der Jacke, das andere um den Knöchel.

„Du siehst besser aus als er", sagte Taggart, lächelte mich an und lehnte sich zu mir. „Was ist das, Armani?"

Ich trug meinen grauen Dreiteiler mit weißem Hemd und, anders als die beiden anderen, eine Krawatte. Sie war gelb. Wie auch das Einstecktuch in der Brusttasche und ich wusste, dass ich gut aussah; hatte mein Partner doch jenes gewisse Geräusch tief in seiner Kehle gemacht, als ich aus dem Schlafzimmer gekommen war, um mit ihm und Taggart runter zur Lounge zu gehen.

Beim Verlassen unseres Hotelzimmers hatte Ian Taggart den Vortritt gelassen und dann die Tür wieder zugemacht, bevor ich hatte folgen können. Ich hatte mich zu ihm umgedreht und er war ganz dicht an mich herangetreten, war mit der Nase meinen Kiefer entlanggefahren und hatte dabei tief eingeatmet.

„Ja?"

„Ich sollte dich öfter irgendwohin ausführen, wo du einen Anzug tragen musst."

„Und warum?"

„Du weißt warum", hatte er mit heiserer, lockender Stimme erwidert.

„Es gefällt dir, was du siehst."

„Das tut es." Er war einen Schritt zurückgetreten und hatte seinen Blick über meinen Körper gleiten lassen. „Sehr."

„Ich lasse ihn an, bis du ihn mir ausziehst."

136

„Ja, das wär' ganz gut", hatte er gesagt, sich geräuspert und die Tür just in dem Moment geöffnet, als Taggart Anstalten gemacht hatte, zu klopfen.

„Was zum Teufel macht ihr?", hatte er Ian verärgert angeknurrt.

„Dir folgen", hatte Ian zurückgeknurrt, und sein eisiger Ton und der noch kältere Blick hatten dafür gesorgt, dass Taggart den Mund zuklappte, auf dem Absatz kehrtmachte und davonstiefelte. Es war eine kluge Entscheidung gewesen.

„Smith?"

Ich kehrte abrupt in die Gegenwart zurück. „Entschuldigung. Was?"

„Ist das Armani?", wiederholte Taggart seine Frage.

„Ja."

„Also, Smith, wie sieht's aus –"

„Oh, da kommen sie", unterbrach Ian, als zwei Männer an den Tisch traten.

Letztendlich sollten wir Wilson Roan treffen, aber zuerst musste uns seine rechte Hand, Cano, auf Herz und Nieren prüfen, um sicherzustellen, dass wir wirklich die waren, die wir zu sein vorgaben.

Die Männer, eindeutig Leibwächter, wie Ian und ich es zu sein vorgaben, grüßten uns, begleiteten uns nach draußen und ließen uns in einen Maserati Kubang SUV einsteigen, der im Inneren geräumiger war, als man es vom Hersteller eines Sportwagens erwartet hätte. Sie fuhren uns nach Paradise Valley, einer beeindruckenden Gegend voller Millionen-Dollar-Anwesen, bogen in den E. Caballo Drive ab und rollten durch ein riesiges gusseisernes Tor zu einem Haus, das ich mir nicht einmal im Traum würde leisten können, es sei denn, ich knackte den Superjackpot.

„Heilige Scheiße", murmelte ich leise, als wir aus dem Wagen ausstiegen.

„So lebt die andere Hälfte, M", neckte Ian mich und stieß mich mit der Schulter an, als wir den anderen folgten.

„Das ist der Wahnsinn", fuhr ich fort und sah mich um. „Sieh dich doch mal um!"

Er schnaubte leise. „Ich ziehe das Stadthaus mit dir darin vor."

„Ian, jetzt mal ernsthaft." Ich piesackte ihn ein wenig, da die anderen uns weit voraus waren. „Siehst du das alles? Ich wette mit dir, sie haben über tausend Quadratmeter reine Grundstücksfläche."

Er zuckte mit den Schultern. „Mir egal. Ich brauche so einen Kasten nicht. Ich habe das, was ich brauche. Du nicht?"

Doch. „Ja, schon, aber es ist trotzdem nett, zu träumen."

„Ich habe geträumt, jetzt lebe ich es."

Verdammter Ian. „Warum musst du so was sagen, wenn du weißt, dass wir im Einsatz sind und ich nichts tun kann?"

Er zuckte erneut die Schultern. „Weil's wahr ist."

Gott.

„Mann, hast du auch so Hunger auf Pizza?", grummelte er und brach damit den Bann.

„Ein Monat und du hast schon Entzugserscheinungen?"

„Ein Monat?", wiederholte er, als hätte ich sie nicht mehr alle. „Ich hab Heißhunger auf Pizza, seit wir hier angekommen sind."

Ich grinste ihn an, und wir folgten den anderen ins Haus.

Es sah aus wie ein Wellnesshotel: Holzfußböden, gewölbte Decken, ein formelles Esszimmer, ein Wohnzimmer mit Flügeltüren, die sich zu einer riesigen Terrasse öffneten, von der aus Stufen zu einem wahrlich gigantischen Pool führten, mit Ministrand, zwei Springbrunnen und einem Wasserfall, der aussah, als gehöre er in eine römische Tempelanlage. Eine Bar mit Lounge und ein Weinkeller, alles offen und mit Luftbefeuchtern und Deckenventilatoren ausgestattet. Es war schlicht und ergreifend das schönste Haus, das ich je betreten hatte.

Ian hatte die Augen auf eine Art und Weise zusammengekniffen, die mich wissen ließ, dass er unbeeindruckt, gelangweilt und bereit war, zu gehen. Das Lustige daran war, dass er auf diese Art genau in das Klischee des Leibwächters passte, der zu sein er vorgab.

„Du gehst wirklich ganz in deiner Rolle auf", neckte ich ihn.

„Halt den Mund."

„Und, wo ist er?", fragte Taggart die beiden Männer, die uns zum Haus gebracht hatten. „Wo ist Cano?"

„Hier", sagte der Mann und erhob sich aus dem Pool.

Luis Cano war ein sehr gut aussehender Mann. Er war groß und hatte den Körperbau eines Schwimmers, mit langen, sehnigen Muskeln, und seine Haut hatte unter der Sonne einen sanften goldenen Braunton angenommen. Dunkle Augen und ebenso dunkle Haare machten zusätzlich Eindruck, als er Taggart anlächelte.

„Willkommen in meinem Heim, Mr Huber. Darf ich Ihnen und Ihren Männern etwas zu trinken anbieten?"

„Was immer Sie trinken", antwortete Taggart beflissen. „Aber nur für mich, für meine Männer nicht."

Cano nickte und winkte seinen Jungs, Ian und mir, dass wir entlassen waren. „Bitte, meine Herren, gehen Sie eine Runde um den Pool spazieren. Es gibt viel zu sehen. Ich habe stets allerlei Annehmlichkeiten und Unterhaltungen im Haus."

Ich wollte gar nicht wissen, wovon er da sprach, also bezog ich Stellung zwischen der Sitzgruppe, neben der Taggart stand, und der Terrasse. Ian stellte sich auf die andere Seite.

„Wirklich, meine Herren", wies Cano uns mit sanfter Strenge an, „tun Sie ein paar Schritte."

Ich konnte dem nicht widersprechen und da Taggart mehr oder weniger sicher schien, schlenderte ich die Treppen hinunter und am Pool vorbei in Richtung der Umkleidehäuschen am gegenüberliegenden Ende. Ian ging in die andere Richtung, an einer Gruppe Frauen vorbei, die sich in Liegestühlen rekelten und sich sonnten. Ich bemerkte, dass jede einzelne von ihnen ihn von Kopf bis Fuß musterte, als er vorbeiging und ich war drauf und dran, ihn zu mir zu rufen – ich hatte immer noch nicht gelernt, nicht eifersüchtig zu sein, wenn andere ihn so offen lüstern angafften –, als Gelächter meine Aufmerksamkeit erregte.

Ich folgte dem Geräusch um eins der Umkleidehäuschen herum und entdeckte eine Bikinischönheit, die von einem Mann am Boden festgehalten und begrapscht wurde, während fünf andere um sie herumstanden und zusahen. Sie wehrte sich und die Männer lachten laut, und der Typ, der sie festhielt, versuchte, ihr die Bikinihose auszuziehen.

„Runter von ihr", befahl ich und eilte vorwärts.

„Oh, nein, Mann, das ist schon okay", sagte einer der Umstehenden. „Sie ist für uns da, genau wie die anderen drüben am Pool. So läuft das hier."

„Den Teufel tut es", bellte ich, packte den Kerl, der auf dem Mädchen lag, an den Haaren und riss ihn von ihr runter, sodass ich sie mit der anderen Hand von ihm wegziehen konnte.

„Was zum Teufel soll das?", schrie einer der Männer, als ich das Mädchen hinter mich stieß und sie mit meinem Körper abschirmte.

„Ian!", rief ich laut. Ich war weniger wegen meiner zahlenmäßigen Unterlegenheit besorgt, als um meine Fähigkeit, das Mädchen zu beschützen. „Zurücktreten", warnte ich sie.

„Es ist doch nur Spaß", sagte ein anderer. „Ihr gefällt das. Die stehen da alle drauf."

„Quatsch", sagte ich rundheraus, als Ian an meiner Seite auftauchte, die Waffe gezückt – seine neue, den Kompensator bereits aufgesetzt.

Die Kerle hoben die Hände und im selben Moment wurde der Vorhang, der uns von der Terrasse trennte, beiseitegezogen. Dahinter standen Cano, Taggart und die zwei Männer, die uns hergefahren hatten.

„Was geht hier vor?", fragte Cano mich eisig.

„Nein, Luis", sagte das Mädchen, das ich beschützt hatte. Sie kam hinter meinem Rücken hervor und streckte die Hand nach dem Mann aus, der sie begrapscht hatte.

Er nahm ihre Hand, küsste sie und zog das Mädchen fest in seine Arme. Gemeinsam wandten sie sich an Cano.

Ich sah verständnislos zu.

„Was zum Teufel geht hier vor sich?", wollte Ian wissen, während er seine Waffe wieder einsteckte.

Cano wandte sich an die junge Frau. „Sag du es mir."

Sie zeigte auf mich. „Er kam und hat nicht eine Sekunde gezögert oder sie erklären lassen, sondern hat Emilio direkt von mir runtergezogen und sich zwischen mich und die anderen gestellt."

„Und der andere?"

„Kam dazu, als sein Partner ihn gerufen hat, ohne Fragen zu stellen, die Waffe schon im Anschlag und bereit, ihm zu helfen und mich zu retten."

Cano atmete tief aus und sah dann Ian und mich an. „Ich entschuldige mich, meine Herren, aber in der Vergangenheit sind bereits neun Männer wie Ihr Chef, Mr Huber hier, an mich herangetreten und wollten mir helfen, meine Ware in den USA zu vertreiben. Leider stellte sich in allen Fällen heraus, dass die Herren, die mit ihnen kamen, keine ehrenwerten Männer waren."

Er stellte uns auf die Probe, so viel war klar, aber warum, das war mir schleierhaft.

„Ich habe meine Schwester Marisol und ihren Verlobten Emilio schon oft gebeten, diese kleine Szene für mich vorzuspielen. Traurigerweise wollten die meisten Männer, die in mein Haus gekommen sind, an der Vergewaltigung teilhaben, wollten sie haben, wenn Emilio mit ihr fertig war oder gar Schlimmeres." Er hob beide Hände und lächelte uns an. „Ich habe kein Problem mit Dingen, die Leute miteinander tun, solange beide Parteien eingewilligt haben. Aber ich kann keine Männer in meinen Diensten haben oder mit ihnen Geschäfte treiben, wenn sie bereit sind, sich auf das Niveau eines tollwütigen Hundes zu begeben."

Das ergab Sinn.

„Nun gut", sagte er, wandte sich an Taggart und streckte ihm die Hand hin. „Ihre Männer haben meinen Test bestanden, Sie haben meine Leumundsprüfung bestanden und Männer, denen ich vertraue, bürgen für Sie. Also werde ich Sie heute Abend zu Wilson bringen, damit Sie über Ihre Geschäfte reden können."

„Ausgezeichnet", entgegnete Taggart. „Um wie viel Uhr sollen wir hier sein?"

Cano sah ihn aus zusammengekniffenen Augen an. „Sie sind doch bereits hier. Wir werden den Tag zusammen verbringen und dann heute Abend zum Abendessen zu seinem Haus in Cave Creek fahren."

Sollte heißen: Er vertraute uns, ja – aber nicht genug, um uns aus den Augen zu lassen.

„Das klingt fantastisch", sagte Taggart forsch und rieb sich die Hände. „Ich hatte keine Zeit fürs Frühstück. Besteht die Möglichkeit, dass es hier Brunch gibt?"

Cano schien sehr zufrieden, dass „Huber" sich so umgänglich zeigte.

Es WAR leicht für Ian und mich, die Tatsache, dass wir nichts aßen oder tranken, damit zu kaschieren, dass wir im Dienst waren.

„Meine Männer beschützen auch Sie beide", sagte Cano bedeutsam. „Entspannen Sie sich, meine Herren, lassen Sie mich Ihnen etwas anbieten." Es gab Essen, Alkohol, Gras und Kokain. „Sie sind die einzigen, die hier so ernst und streng sitzen."

„Bitte um Entschuldigung", sagte Ian, „aber Sie leben hier, Sir, unser Boss nicht."

Cano nickte, gegen diese Logik konnte er nichts einwenden. „Sie wirken auf mich, als wären Sie beim Militär gewesen."

Ian schnaubte spöttisch. „Tue ich das?"

140

„Ja, und ich kenne die Sorte sehr gut. Ich habe viele von ihnen zu Hause bei mir im Dienst stehen."

Das war Ians Chance, aber Fragen zu stellen – *oh, und wo ist Ihr Zuhause?* –, wäre nicht gut angekommen. Wenn man es mit einem Drogendealer zu tun hatte, gab es so etwas wie zwanglose Unterhaltung nicht.

Wir verbrachten den Tag damit, den Anwesenden beim Schwimmen zuzusehen, Wasser aus bis dahin verschlossenen Flaschen zu trinken und Koks, Whiskey und eisgekühltes Bier abzulehnen. Cano verteilte Joints, und um nicht aufzufliegen, rauchte Taggart einen mit. Ein paar der angebotenen Drinks musste er ebenfalls annehmen, um seine Tarnung zu wahren. Die gute Nachricht war, dass er vor unserem Aufbruch Tabletten genommen hatten, die ihm dabei halfen, nüchtern und konzentriert zu bleiben. Aber es war Ians und meine Aufgabe, ihn zu beschützen. Keiner von uns beiden sah auch nur eine Sekunde lang weg.

Gegen sechs Uhr fuhren wir in einer Karawane raus nach Cave Creek, bogen auf die 26th Place ab, schlängelten und wanden uns durch weitere Straßen, an denen ich keine Schilder entdecken konnte, und endeten schließlich auf einer asphaltierten Privatstraße, die uns zu einem geöffneten Tor brachte, das von Männern mit AK-47ern bewacht wurde. Ein Typ im Anzug mit iPad in der Hand sah aus, als würde er Namen von einer Gästeliste abstreichen. Ich hoffte inständig, dass der Tracker, den Taggart irgendwo an seinem Körper trug, auch wirklich funktionierte.

„Da wären wir, meine Herren", verkündete Cano, als der Wagen anhielt und der Fahrer das Fenster herunterließ, sodass er mit den Wachposten sprechen konnte.

Es war ruhig und still am Tor, aber am Haus angekommen wurden wir mit beleuchteten Pools konfrontiert, einer riesigen Bar und jeder Menge Menschen. Drinnen erwarteten uns bunte, wild blinkende Lichter, Glitzerkugeln und eine Tanzfläche. Während wir durch den Saal gingen, entdeckte ich rechts und links an den Seiten weitere Bars.

„Das is' ja wie bei 'ner römischen Orgie hier", lachte Taggart, Canos Arm um seine Schulter geschlungen, laut und klatschte in die Hände und wir schoben uns weiter durch die Menge.

Es ging wieder nach draußen, und wir kamen zu einem weiteren Pool, an dem es wesentlich leerer und stiller war, und von dort aus durch eine unterirdische Grotte, die zu einem vollkommen privaten Bereich führte.

Ian und ich folgten unaufdringlich und als wir endlich am Ende unserer Suche anlangten, war ich nicht überrascht, dass der Mann, den wir suchten, Wilson Roan in Person, inmitten einer kleinen Gruppe Männer saß, die zusahen, wie drei wunderschöne Frauen miteinander Sex hatten. Und es wurde mir klar, wie es in Sodom und Gomorra ausgesehen haben musste. Hier jedenfalls war ich so nahe daran, wie ich dem wohl je kommen konnte.

Als wir uns der Gruppe näherten, zeigte Taggart sich von seiner lauten, unausstehlichen Seite – so sollte er sein, das war die Rolle, die er spielte – und klatschte und pfiff anerkennend durch die Zähne. Schlagartig veränderte sich die

Atmosphäre, wurde von schwül und sinnlich, mehr Kunst als alles andere, zu einem billigen Porno. Die Frauen waren wenig amüsiert.

Roan war ein älterer, gut aussehender Mann mit Falten in seinem wettergegerbten Gesicht und sonnengebleichtem, von silbernen Strähnen durchzogenem Haar. Er war glattrasiert und trug einen umwerfenden schwarzen maßgeschneiderten Anzug mit einem schwarzen Hemd darunter. Er saß zwischen zwei jüngeren Männern und als wir näher kamen, hob er den Kopf, sah Taggart, sah mich, sah Ian, dann kehrte sein Blick zu Taggart zurück, dem Mann, mit dem er angeblich bereit war, ins Geschäft zu kommen.

Sie machten ein wenig Smalltalk, während Ian und ich rechts und links von Taggart Position bezogen und sobald Roan erklärt hatte, dass sich die Drogen auf dem Grundstück befanden und sozusagen nur auf das Geld warteten, drehte Ian den Einstellring an seiner Taucherarmbanduhr und löste damit das Signal für die Stürmung des Geländes aus.

Als wir das Gelände betreten hatten, waren wir mit Scannern durchleuchtet und durchsucht worden, man hatte unsere Waffen konfisziert und uns anschließend abgetastet, um sicherzustellen, dass nichts übersehen worden war – was sie aber hatten. Die meisten Menschen hatten zu viel ferngesehen und glaubten, die bösen Buben wären genauso gut ausgestattet wie die Guten. Was in der Regel absolut nicht der Fall war. Wenn zwei Regierungen aufeinandertrafen, dann sah die Sache anders aus. Wären Ian und ich in eine Militärbasis in Moskau oder Peking eingedrungen, dann hätten sie uns längst geschnappt. Aber dieser Einsatz hier war nicht hoch technisiert. Weniger *James Bond* und mehr eine Folge von *Miami Vice* – wenn denn einer von uns cool genug gewesen wäre, der Don Johnson von damals zu sein.

Jedenfalls drehte Ian den Glasrand seiner Rolex Submarine, die er als Requisite bekommen hatte, und ließ es so zwanzig Minuten später DEA, FBI, State Trooper, SWAT und Polizei regnen. Gerade, als Taggart und Roan auf den Deal anstoßen wollten.

Wir spielten unsere Rollen, knieten uns hin, verschränkten die Hände im Nacken und beschuldigten Roan und Cano und alle anderen, dass sie uns reingelegt hätten. Als wir in Handschellen abgeführt wurden, fluchte Taggart lautstark über Roan und Cano und schwor, dass sie im Gefängnis nicht einen Tag lang überleben würden, sobald sein Vater erst herausgefunden hatte, was geschehen war. Lauthals schreiend schwor er, dass er selbst nicht einen Tag lang hinter Gittern bleiben würde.

Es war wirklich beeindruckend. Er fiel nicht eine Sekunde lang aus der Rolle, selbst als die State Trooper grob mit ihm wurden. Die einzigen, die wussten, dass wir keine Verbrecher waren, waren das FBI und die Agenten der DEA, und die waren zu beschäftigt damit, Roan und Cano festzunehmen, um sich groß darum zu kümmern, was auf dem Weg vom Haus zu den wartenden Fahrzeugen mit uns geschah.

Als sie Ian in Handschellen hinter Taggart herzerrten, wurde mir klar, dass ich in die entgegengesetzte Richtung abgeführt wurde.

„Hey, was zum Teufel soll das?", fauchte ich die Polizisten an, die mich zu einem Einsatzfahrzeug brachten. „Ich sollte doch mit denen gehen."

Ian hörte mich und wollte sich umdrehen. Zur Belohnung bekam er einen Schlagstock in die Magengrube, bevor er und Taggart in das Rückteil eines von der Regierung genutzten SUVs mit schwarzgetönten Scheiben geworfen wurden. Sobald die Türen zugefallen waren, konnte ich ihn nicht mehr sehen und da mir dies das Signal zu sein schien, dass meine Nacht gerade so richtig lang geworden war, gab ich den Widerstand auf und ließ mich zu dem unauffälligen Stalker Van führen, mit dem Frauen in Polizeiserien immer entführt wurden.

Als sich die Seitentür öffnete, war ich überrascht, Agent Wojno darin sitzen zu sehen.

„Was zum Teufel?", fragte ich, bevor ich von hinten gestoßen wurde und der Länge nach auf dem Boden des Vans landete. Eilends rollte ich mich auf den Rücken und starrte wütend zu ihm hoch. Dann registrierte ich, wie mitgenommen er aussah. „Cillian?"

Ich hatte den Namen nicht mehr verwendet, seit wir vor so vielen Jahren miteinander ins Bett gegangen waren, aber jetzt reichte er aus, ihn aus seinem Kopf und was immer darin vorgegangen war, zurückzuholen.

„Was ist los? Was machst du hier?"

Er kniff die Augen zusammen. „Es tut mir leid."

„Was tut dir leid?", fragte ich, als die Seitentür hinter mir zurollte.

„Ich."

Ich fuhr zusammen und wirbelte herum, und da, vor mir, stand Dr. Craig Hartley. Ich sah nicht einmal, wer sonst noch im Wagen war und definitiv nicht die Person, die mir die Nadel in den Oberschenkel rammte.

„Ich tue ihm leid", sagte Hartley, neigte den Kopf und lächelte. „Denn, mein lieber Miro, er ist das Leck."

Ich versuchte, das zu verarbeiten, versuchte, zu schreien, versuchte, mich zu bewegen, aber alles floss zusammen, wie Regentropfen an einer Fensterscheibe. Alles tropfte und verlor sich in einem Farbschleier, dann sah ich gar nichts mehr.

143

14

ALS ICH über Waterboarding als Foltermethode gelesen hatte, und selbst als Ian es mir beschrieben hatte, war ich immer der Meinung gewesen, dass es nur eine Frage von Willenskraft sei. Der Geist triumphiert über die Materie, so etwas. Ich hatte gedacht, ich würde in dem Fall einfach kurz nach Luft schnappen, ansonsten flach atmen und darauf achten, nicht zu viel Flüssigkeit in die Lunge zu bekommen. Ich hatte mich in meinem Leben noch nie so geirrt. Was in meinem Kopf war und was tatsächlich passierte, das war ein Unterschied wie Tag und Nacht.

Ich hatte mich in meinem ganzen Leben noch nie so zur Wehr gesetzt.

Wenn mir das Wasser in die Nase lief, wenn ich ertränkt und gleichzeitig festgehalten wurde, schrie ich, bis ich heiser war.

Mein Hirn sagte mir, dass ich ertrank. Ich rang krampfhaft nach Luft, meine Kehle war wund, mein würgendes Husten nass, und das Entsetzen – dass ich starb, dass ich meinen Atem nicht eine Sekunde länger anhalten konnte – gab meinem Hirn das Letzte.

Sie taten es wieder und wieder, und selbst wenn ich Zeit hatte, nach Luft zu schnappen, fühlte es sich an, als würden mich die feuchten Tücher ersticken.

Als es endlich vorbei war, wurde ich seitwärts von der Pritsche gekippt und landete auf dem eisigen Boden, der Länge nach ausgestreckt in meinem Wasser – und meiner urinnassen Anzughose. Ich hätte nie gedacht, dass ich die Sorte war, die sich in die Hose pinkelte, aber die Panik und das Adrenalin waren zu viel für meine Blase gewesen. Ich drehte mich schnell auf den Bauch und erbrach mich bis nichts mehr hochkam außer Galle, dann rollte ich mich zu einem Ball zusammen, machte mich so klein wie möglich. Es überraschte mich kein bisschen, dass ich nur Augenblicke später wieder anfing zu würgen.

Sie stellten mir nicht ein einziges Mal eine Frage.

WOJNO KAM, nachdem sie mich nackt ausgezogen, mit einem Schlauch abgespritzt und mit Ketten an der Decke einer kleinen Zelle gefesselt hatten. Über mir waren Gitterstäbe, wenn ich also etwas anderes sehen wollte als nackten Zement, musste ich den Kopf in den Nacken legen und hochschauen.

Ich hatte Schwierigkeiten, ihn klar zu sehen, von daher wusste ich, dass ich noch irgendwas im Blut hatte. „Was ha'm sie mir gegeben?", nuschelte ich undeutlich.

„Ein bisschen Lorazepam, um dich zu beruhigen, und –"

„Nein. D'vor. Um'ich auszuknocken", beharrte ich; wollte das wissen.

„Das war Hydroxon", sagte Hartley, als die Zellentür aufschwang und er eintrat. „Aber mach dir keine Sorgen, Miro, ich würde dir niemals etwas Schädliches verabreichen."

Er trug einen gemusterten Dreiteiler, braun auf beigem Untergrund, eine Weste mit sechs Knöpfen, eine Krawatte mit Paisleymuster und ein hellblaues Hemd. Er sah aus, als würde er sich auf dem Weg in die Oper oder zu einem anderen hochkarätigen Event befinden.

„Ach nein?", sagte ich und bemühte mich, mit ruhiger, fester Stimme zu sprechen.

Das Skalpell in Hartleys rechter Hand machte mir Angst.

„Nein", versicherte er mir, kam näher und blieb neben Wojno stehen. „Ich bin tatsächlich der Einzige hier, der nicht irgendwelche verabscheuungswürdigen Dinge mit dir anstellen will."

Er hatte sich die Haare schneiden lassen, seit er aus dem Gefängnis geflohen war und trug sie wieder so wie vorher: das dichte, blonde Haar an den Seiten kurz, das längere Oberhaar nach hinten und leicht nach rechts gekämmt. Er hatte schon immer so ausgesehen, als gehöre er auf das Cover eines Liebesromans.

„Zum Beispiel?", fragte ich.

Er kam noch näher, bis er direkt vor mir stand, dann streckte er langsam eine Hand aus und legte sie flach über meinem Herzen auf meine Brust.

„Hartley?"

Er räusperte sich, während er seine Hand langsam über meinen Bauch gleiten ließ. „Einige von ihnen wollten dich vergewaltigen."

Ich kniff die Augen zusammen und legte ungläubig den Kopf schief, und er verzog das Gesicht, als hätte er etwas Ekeliges gerochen, schüttelte den Kopf und schnalzte obendrein noch mit der Zunge.

„Ich weiß, kann man sich das vorstellen? Ich? Jemanden vergewaltigen oder es zulassen, dass jemand in meiner Gegenwart vergewaltigt wird?" Er schauderte. „Schrecklich."

Wenigstens das nicht. „Was sonst?"

„Nun, die Pritsche, auf der du am ersten Tag gelegen hast, als sie dich dem Wasser ausgesetzt haben – wenn wir Akkukabel daran klemmen, können wir starke Elektrizitätsströme durch deinen Körper leiten."

„Aber Ihnen gefiel der Gedanke nicht?", hoffte ich.

„Dein Herz", sagte er, seine Stimme milde, als unterhielten wir uns irgendwo beim Abendessen, während er seine Hand tiefer gleiten ließ und sie um meinen schlaffen Schwanz schloss. „Ich will nicht, dass du unbeabsichtigt einen Herzstillstand erleidest. Das wäre furchtbar."

Ich kämpfte darum, ruhig zu bleiben, auch wenn meine Haut sich anfühlte, als würden Ameisen darüber krabbeln.

„Ich werde nichts gestatten, das dein Inneres schädigen könnte, lediglich dein Äußeres."

Das war nicht sehr beruhigend.

Er strich mit der Hand wieder hoch über meinen Bauch. „Deine Haut ist so glatt, wusstest du das? Und dein Körper ist in ausgezeichneter Verfassung, Marshal. Du kümmerst dich wirklich gut darum."

Ich schwieg, während er um mich herumging, seine Hand nach wie vor auf meiner Haut.

„Agent Wojno sagte, dass du gut im Bett bist. Ich habe ihn danach gefragt."

Meine Augen huschten zu Wojno hinüber, der gequält aussah.

„Ich wollte wissen, was für eine Art Liebhaber du bist."

„Warum?"

„Weil es viel über einen Menschen aussagt, wie er die Fremden behandelt, mit denen er ins Bett geht. Findest du nicht?"

„Vermutlich", antwortete ich ausdruckslos, obwohl seine Hand an meiner Wirbelsäule entlang nach unten glitt, zu meinem Gesäß, und fest zupackte.

„Du bist so hart und straff hier", flüsterte er und streichelte mich. „Hast du es jemals einem anderen erlaubt, das hier zu haben?"

Ich räusperte mich, denn in meiner Kehle stieg erneut Schleim auf, Nachwirkungen des Waterboardings. „Nein."

„Nicht einmal Marshal Doyle?"

Ich schwieg.

„Oh, komm, komm", sagte Hartley, der immer noch hinter mir stand, und legte eine Hand auf meine Schulter. „Ich weiß, dass ihr zwei zusammen seid. Agent Wojno teilte mir mit, dass er vollkommen außer sich und wie von Sinnen ist."

Ich richtete meinen Blick auf Wojno, fixierte ihn. „Warum?"

Er wies mit einer Geste auf Hartley. „Du weißt warum."

„Erpressen Sie ihn?", fragte ich Hartley, und just in dem Moment spürte ich die Nadel in meinem Hals. Ich hätte wissen müssen, dass er noch mehr in seiner Anzugjacke versteckt hatte.

„Natürlich", entgegnete er und zeichnete ein Muster auf meinen Rücken. „Sag es ihm."

Wojno holte tief Luft. „Ich habe ihm gesagt, dass sie dich nach Phoenix versetzt haben."

„Nein", sagte Hartley heiser und trat wieder an meine Seite.

Ich hatte Schwierigkeiten, mich zu konzentrieren und mein Kopf sackte nach vorn. Ich starrte hinunter auf Hartleys braune Cole Haan Brogue Medallions mit Doppelschnalle. „Hmm", machte ich.

„Was?", fragte Hartley interessiert.

„Die sehen aus wie die, die Sie damals im Gericht anhatten."

„Ja", erwiderte er erfreut, „das tun sie. Ich trage sie für dich, da wir ein gemeinsames Interesse an auserlesener Fußbekleidung haben."

Ich versuchte, zu nicken, konnte aber meinen Kopf nicht anheben. „Ja, 's haben wir."

146

„Die Jo Ghost Stiefel, die du getragen hast, als ich dich entführt habe, waren auch wirklich ganz reizend."

„Danke", nuschelte ich.

„Wie fühlst du dich?"

„Wie sollte ich mich fühlen?"

„Ich möchte nicht, dass du noch etwas spürst, wenn ich den Männern erlaube, dich zu schlagen."

„Warum? Und warum 's Wasser?"

„Du warst mitunter ein wenig hochfahrend und selbstherrlich zu mir, mein Lieber, und wie ein Hund musst du nun lernen, wo dein Platz ist."

„Also … Schläge", murmelte ich.

„Korrekt."

„Aber Sie wollen nicht, dass ich 's spüre."

„Natürlich nicht."

Ich schnaubte höhnisch. „'s macht kein' Sinn."

„Für dich vielleicht nicht."

„Für niemand."

Er trat einen Schritt vor und ich spürte den Druck seiner Lippen auf meiner Schulter, dann seine Zähne. Ich sah seine makellos sauberen Schuhe zwischen meinen nackten, schmutzigen Füßen. Der große Tropfen Blut, der sich einen Augenblick später auf dem Boden ausbreitete, bildete einen wunderschönen Kontrast zu dem satten Braun.

„Hast du den Schnitt gespürt?"

„Nein." Ich antwortete wahrheitsgemäß, denn ich vermutete, dass das, was immer er da mit mir anstellte, ohne Schmerzmittel verdammt wehgetan hätte.

„Das ist ausgezeichnet, denn ich benötige etwas von dir."

„Und was?"

„Ein Andenken, mehr nicht, aber es muss von dir sein, muss ganz du sein."

Ich hustete.

„Versuche, dich nicht zu bewegen", warnte er mich.

„Sie machen sich die Schuhe dreckig", merkte ich an, als Tropfen begannen, herabzuregnen und Wojno im Hintergrund heftig würgte.

„Das ist von keinerlei Bedeutung", versicherte Hartley mir. Hinter mir öffnete sich die Tür und ein anderer Mann kam herein. Er trug ein Tablett mit chirurgischen Werkzeugen in den Händen. „Ich brauche nur einen Moment die Säge."

Es wurde stiller im Raum, und der Boden vor meinen Blicken verschwamm, wurde unscharf und dann plötzlich wieder klar und deutlich. Ich fühlte mich, als wäre ich nicht mehr ganz in meinem Körper, als hielte mich nichts als ein seidener Faden. „Sterbe ich?"

„Oh, nein, nein, gar nicht. Versprochen."

Er war hier der Chirurg, er musste es wissen. „Okay."

„Hat das gerade wehgetan?" Er untersuchte mich.

„Ich hab … Druck gefühlt."

„Ausgezeichnet", sagte er und wiederholte, was immer er da gerade getan hatte.

Das Geräusch von Wojno, der sich erbrach, war das letzte, das ich hörte.

ICH WAR am ganzen Körper steif, als ich aufwachte, und mein Kopf fühlte sich an wie in Watte gepackt. Alles um mich herum war gedämpft, und ich lag auf dem Bauch auf der Pritsche, Kopf nach rechts gedreht, Arme und Beine gefesselt.

„Versuch, still zu bleiben", sagte Wojno, und das Metallgestell der Pritsche quietschte, als er sich neben mir auf die Kante hockte. Seine Hand fuhr durch mein Haar, und obwohl er es war, der mich verraten hatte, dem ich das hier zu verdanken hatte, war die Geste tröstlich und beruhigend und meine Lider schlossen sich wieder. „Du hast eine Menge Blut verloren, als er operiert hat."

„Operiert?"

„Es ging schnell. Hast du Schmerzen?"

„Wo?"

„Brustkorb, Rippen?"

Ich konnte es nicht sagen. „Da ist was in meinem Arm", brachte ich heraus, obwohl meine Zunge sich dick und schwer anfühlte, zu groß für meinen Mund.

„Ja, Antibiotika im einen Arm, Zuckerlösung im anderen. Er will wirklich nicht, dass du stirbst."

„Bis er fertig mit mir ist", schloss ich.

„Ja … bis dahin."

„Hat er in meinen Rücken geschnitten?"

„Er hat deinen Rücken *auf*geschnitten."

„Warum?"

„Ich kann – Er hat dafür gesorgt, dass die Blutungen aufhören. Er hat diesen chirurgischen Klebstoff verwendet."

Es war so schwer, klar zu denken. „Er … hat mich gebissen."

„Ja."

„Hat er mich schlagen lassen?"

„Das auch."

„Wette, ich seh' aus wie'n weichgeklopftes Steak."

„Du hast Blut gepinkelt vorhin."

„Passiert, wenn man genug Schläge in die Nieren bekommt."

„Ja", stimmte er traurig zu. „Gott, ich hoffe, die Bisse hinterlassen keine Narben."

Ich lachte leise. „Werden sie keine Gelegenheit zu haben. Ich bin tot, bevor's soweit ist."

Er klang, als wäre er den Tränen nahe. „Ich kann nicht – es sollte –"

„Lass mich nur nicht als vermisst enden, okay? Tu Ian das nicht an."

Sein Atem stockte. „Du liebst ihn."

„Nein", log ich, denn wir waren keine Freunde und ich wollte es nicht riskieren, dass er es Hartley sagte, der es dann auch auf Ian abgesehen haben würde. „Aber er's mein Partner. Hartley hat das falsch verstanden. Wir sind nicht zusammen."

„Ja, aber –"

„Bitte, egal, was passiert, find' mich und sag's ihm oder lass ihn mich finden. Ich will nicht als vermisst gelten."

„Okay", flüsterte er.

Ich ruhte mich ein Weilchen aus. Ein kurzer Wortwechsel und ich war bereits völlig erschöpft und am Ende.

„Du hast mich nicht nach dem warum gefragt."

Ich wusste warum. Er wurde erpresst.

„Ich war es, der Hartleys Freundin informiert hat, als er ins Krankenhaus gekommen ist. Ich bin derjenige, der sie dadurch umgebracht hat, dass ich ihn herausgeholt habe."

Natürlich hatte er das. Er war das Leck.

„Okay."

„Willst du gar nicht wissen, warum?"

Er musste es offensichtlich beichten.

„Okay, erzähl's mir."

„Ich habe einen Fall vertuscht, als ich noch ein Bulle in Chicago war."

„Sprich weiter", brachte ich heraus. Ich wollte wach bleiben; ich hatte Angst, dass ich einschlief und er nicht da war, um mit mir zu reden, wenn ich wieder aufwachte. Es war eine entsetzliche Vorstellung, hier allein zu sein.

„Es gab da einen Stricher, der für Rego James gearbeitet hat. Erinnerst du dich an ihn? James?"

„Ich erinner' mich an James. Ist im Zeugenschutzprogramm gestorben." Irgendjemand hatte ihn erkannt, irgendein Typ aus seiner Vergangenheit, der auf der Straße an ihm vorbeigegangen war. Er war ihm nach Hause gefolgt, war bei ihm eingestiegen und hatte James mit einem Messer aus seiner eigenen Küche erstochen. Wir taten unser Bestes für die Menschen, die ins Zeugenschutzprogramm aufgenommen wurden, aber wir konnten nicht jede einzelne Person in der Stadt überprüfen, in der wir sie versteckten, das war schlicht unmöglich.

„Das wusste ich nicht. Ich bin früher, als ich noch Streife gefahren bin, nach Dienstschluss öfter in James' Club in der Innenstadt gegangen. Einmal habe ich mich abends dort mit diesem Jungen getroffen, den ich gern hatte, Billy Donovan, und mittendrin ist plötzlich Rego reingeplatzt, mit einem anderen Jungen im Schlepptau. Ich hatte den schon mal gesehen, wusste aber nicht, wer das war."

Wojno holte tief und leicht zittrig Luft, so als wäre es nicht leicht für ihn, weiterzusprechen. Seine Finger fuhren mechanisch wieder und wieder durch meine Haare.

149

„Er hat den Jungen, den ich nicht kannte, neben Billy aufs Bett geworfen und sie dann beide erschossen."

Ich konnte mir den Wojno von damals gut vorstellen: erstarrt, entsetzt, über und über mit Blut bespritzt.

„Dann habe ich gesehen, dass James nicht alleine war und so habe ich Hartley kennengelernt."

Langsam ergab sich mir ein klareres Bild.

„James wollte mir ebenfalls eine Kugel durch den Kopf jagen, aber Hartley hat ihn aufgehalten. Hat ihm gesagt, dass ich ein Bulle bin. Anscheinend war der Junge, den ich nicht kannte, ein verdeckter Ermittler von der Sitte."

„Und was hast du gemacht?"

„Ich habe die Leichen so drapiert, dass es aussah, als ob Adams – das war der Bulle – und Billy zusammengewesen wären, und dass Adams erst Billy und dann sich selbst erschossen hat."

„Aber?"

„Aber in jedem Raum in James' Club gab es Kameras und er hat Hartley die Aufnahmen gegeben, vermutlich zur sicheren Aufbewahrung."

„Warum hätte er das tun sollen?"

„Keine Ahnung. Vielleicht hatte James ja auch gegen ihn etwas in der Hand." Vielleicht hatte er das.

„Sollte die Sache rauskommen, wäre das mein Ende beim FBI."

„Du würdest ins Gefängnis kommen", fasste ich es in Worte. „Das ist dir bewusst. Du warst ihr Komplize."

„Genau."

Und ich wusste, warum er mir das erzählt hatte: Ich war ein toter Mann. Er hatte nichts zu befürchten.

„Warum hast du mich damals nach ein paar Treffen sitzengelassen?", fragte Wojno.

Das war nun wirklich *nicht* der richtige Zeitpunkt, einen Schlussstrich unter Vergangenes zu ziehen – nicht, wenn die Person, von der man sich die Erklärung erhoffte, nackt an ein Bettgestell gefesselt war. „Nein", erwiderte ich.

„Nein was?", fragte er und beugte sich über mich; seine Lippen lagen dicht an meinem Ohr.

„Nein, wir reden da nicht drüber. Fick dich."

„Ich –"

„Und um es offiziell zu machen", fuhr ich fort, und meine Stimme brach, als mir Tränen in die Augen stiegen. „Ich würde dich hier rausholen. Ich würde dich nicht sterben lassen."

Er stand abrupt auf. „Es gibt nichts, das ich tun könnte. Er würde mich umbringen, wenn ich versuchen sollte, dich zu befreien."

„Okay", erwiderte ich und schluckte meine Tränen. „Dann wissen wir jetzt, wo wir stehen."

„Du bist ein Idiot. Ich könnte dir Trost spenden, es leichter machen."

„Ich brauche keinen Trost", fauchte ich und hörte im selben Moment, wie sich die Tür öffnete.

„Was geht hier vor?", fragte Hartley vorwurfsvoll. Die Absätze seiner Abendschuhe klackten auf dem Zementfußboden und die Ledersohlen knirschten auf dem darauf liegenden Splitt. Es gab ein lautes, scharrendes Geräusch, als er neben der Pritsche stehenblieb. „Warum bist du hier?"

„Ich wollte Miro die Sache erklären."

„Er braucht nichts von dir", informierte Hartley ihn, „und ich muss nach ihm sehen."

Wojno ging schnell. Hartley hockte sich neben das Bettgestell und legte den Kopf so zur Seite, sodass wir uns direkt gegenüber waren.

„Sie haben dir die Nase gebrochen, als sie dir die Schläge verabreicht haben, aber ich habe sie gerichtet. Du solltest also beim Atmen keine Probleme haben."

„Okay."

„Ich habe dir auch den Ringfinger und kleinen Finger geschient. Einer der Männer hat sie dir gebrochen, bevor ich realisiert habe, was passieren würde."

„Danke", sagte ich und versuchte verzweifelt, ruhig zu bleiben – dabei stand ich kurz vor einer Panikattacke. Ich wusste, wie sich das anfühlte, da ich, als ich noch jünger gewesen war, oft Panikattacken gehabt hatte. Die letzte war zwar jetzt schon Jahre her, aber die Anzeichen waren dieselben: Übelkeit, schwarze Punkte vor meinen Augen, mein Herz raste, und ich hatte das Gefühl, gleichzeitig völlig überhitzt und eiskalt zu sein. Wenn ich meine Atmung nicht unter Kontrolle bekam, dann war ich in echten Schwierigkeiten.

„Gestern habe ich dein Blut getrunken und am Tag davor ein Stück Fleisch aus deiner Schulter verspeist. Ich entschuldige mich für die dadurch entstandene Kuhle."

Oh, Gott im Himmel. „Passiert", erwiderte ich und schluckte den Ekel, die Angst.

„Ursprünglich sah mein Plan es vor, dir vollständig das Fleisch von den Knochen zu ziehen, aber das ist sehr viel schwerer, als etwas zu häuten und es dauert auch sehr viel länger."

Mir drehte sich der Magen um.

„Natürlich habe ich Pentobarbital und Thiophenal zur Hand und hätte dich ins Koma versetzt, bevor ich begonnen hätte."

„Weiß ich zu schätzen."

„Weißt du, ich glaube, das Lorazepam, das ich dir gebe –"

„Wie heißt es sonst noch?"

„Ativan oder Orfidal."

„Ativan", wiederholte ich. „Das Wort kenne ich."

„Wie dem auch sei, ich glaube, ich gebe dir zu viel davon. Du bist mir ein bisschen zu ruhig. Du hast überhaupt keine Angst, oder?"

„Ich bin resigniert", murmelte ich, obwohl das nicht der Wahrheit entsprach. Sollte ich auch nur den Hauch einer Chance erspähen, hier herauszukommen, ich würde sie sofort ergreifen. Das Problem war, dass ich aufgrund der Schläge und der Schmerz- und Beruhigungsmittel meinen Körper nicht wirklich spüren konnte und mir von daher auch nicht sicher war, was funktionierte und was nicht.

„Das ist gut. Ich würde dich gerne noch ein bisschen betteln und flehen hören."

„Ich bettle und flehe jetzt schon", sagte ich, als er den Kopf hob und sich über mich beugte. Ich spürte seine Lippen zwischen meinen Schulterblättern. „Bitte lassen Sie meinen Körper nicht einfach verschwinden, wenn Sie fertig sind. Lassen Sie ein bisschen was übrig, das sie finden können."

„Natürlich", versicherte er mir, als er seine Hand um meine Kehle legte und zudrückte.

Ich klammerte mich ans Bewusstsein, so lange ich konnte.

15

MANCHMAL WAR es so eine Sache. Nachdem mich die Typen so heftig verprügelt hatten, dass mein gesamter Körper pochte und ich nur noch aus einem Auge sehen konnte, ließen sie mich in meiner Zelle hängen wie ein Stück Fleisch beim Metzger und das war der Moment, in dem ich die Tür sah.

Die offene Tür.

Sie stand nicht weit auf, das nicht, mehr so, als ob jemand sie hinter sich hatte schließen wollen und dann nicht lange genug stehengeblieben war, um zu hören, ob sie auch ins Schloss fiel. Was sie nicht getan hatte. Was bedeutete, dass sie nicht abgeschlossen war.

Ich schätzte grob meine Fähigkeit ein, mich zu bewegen; nach wer weiß wie vielen Tagen mit nichts als Zucker- und Salzlösungen war mein Körper nicht mehr wirklich meiner. Ich war böse zugerichtet. Sie hatten mich mit Medikamenten vollgepumpt, geschlagen, gebissen, gewürgt … gefoltert … der Baseballschläger hatte scheinbar tagelang auf meine Rippen eingedroschen, und jetzt … jetzt musste ich mich bewegen.

Ich musste die Kette, die meine Handgelenke fesselte, vom Haken in der Decke über mir heben, dabei nicht zusammenbrechen und anschließend entkommen. Als sie mich vor einer Ewigkeit hierhergebracht hatten, wäre mir das noch leicht gefallen. Es war schließlich nicht kompliziert, ich musste die Kette nicht einmal irgendwie aus einem Schloss herausbekommen, sondern einfach nur hoch und über das Ende des Hakens heben. Am ersten Tag hätte ich das problemlos geschafft, aber jetzt? Da war ich mir nicht sicher. Und was, wenn es mir doch gelang und das dann aber alles war, wozu ich noch in der Lage war? Was dann? Und wo sollte ich hin, wenn ich aus der Zelle raus war? Es gab so viele Variablen und ich hatte nur noch so wenig Kraft.

Es sich vorzustellen und dann doch nicht –

Ian.

Wie eine Lawine brach es über mich herein, ein ganzes Universum aus Geräuschen und Bildern und Gerüchen prasselte, hämmerte auf mein Gehirn ein, und dann plötzlich – Stille.

Ian.

Da waren nur sein Gesicht und das knappe Nicken, das ich früher bekommen hatte. Das Nicken, von dem ich heute wusste, dass es etwas Besonderes war, das nur ich jemals bekommen hatte.

Er hatte so hart darum gekämpft, sich von mir fernzuhalten und als er es schließlich nicht mehr konnte, als ich zu ihm durchgedrungen war und ihn gehalten, geküsst, geliebt hatte … da hatte sich all sein arroganter, aufgeblasener Machostolz als das entpuppt, was er in Wirklichkeit war: Verlangen. Ian wollte mich und ich war der Erste gewesen, den er hinter seine Mauern hatte blicken lassen. Ich wollte nicht dafür verantwortlich sein, dass er sich wieder hinter ihnen verschanzte. Selbst wenn ich bei dem Versuch sterben sollte, er würde wissen, dass ich versucht hatte, zu ihm zurückzukommen und das würde ihm beweisen, dass er es wert war, geliebt zu werden. Würde ihm helfen, eines Tages wieder lieben zu können. So hoffte ich jedenfalls.

Ich musste es versuchen. Es gab keine andere Wahl.

Jeder Muskel in meinem Körper schrie mir zu, dass er nicht konnte, was ich von ihm verlangte. Mein Herz hämmerte, ich zitterte wie ein Blatt im Wind und der Schweiß rann in Strömen an mir herab. Ich verlor dreimal das Gleichgewicht – zog mich hoch, hob die Kette an, fiel wieder zurück. Aber beim fünften Anlauf, von dem ich beschlossen hatte, dass es der letzte sein würde, hievte ich meinen Körper hoch, ignorierte das Gefühl, als würde mir jemand eine Eisenstange in den Hinterkopf bohren – und landete hart auf dem Zementboden.

Ich hörte das Knacken, als mein Knöchel brach und augenblicklich schoss Schmerz durch mich hindurch. Wäre ich in meiner gewohnten Form gewesen, hätte ich den Fall abfangen können, aber schwach wie ich war rutschte ich weg und das war es dann. Ich kroch auf allen vieren auf die Tür zu, da ich noch nicht bereit war, den Knöchel zu belasten.

Ich hörte Stimmen, rollte mich zur Seite und wartete.

„Hol das Wasser. Ich geh dem Doc Bescheid sagen, dass er bereit für ihn ist."

„Okay."

Nur ein Mann kam an die Tür und bemerkte, dass sie offenstand. Er stieß sie weiter auf und lehnte sich hindurch. „Dr. Hartley, sind Sie schon –"

Er ging hart zu Boden, mit dem Gesicht voran, als ich seinen linken Knöchel packte und nach hinten wegzog, aber trotz seiner unsanften Landung hatte er eine Waffe in der Hand, als er sich herumrollte. Ich konnte sie ihm mühelos entwenden – ich war schließlich für so etwas ausgebildet –, aber dabei übersah ich das Messer, das er in der anderen Hand hatte. Es war nur etwa zehn Zentimeter lang, aber in meiner Schulter tat es verdammt weh. Als er daran riss, was die Wunde vergrößerte, rammte ich ihm meinen Ellbogen ins Gesicht und diesmal ging er mit so viel Wucht zu Boden, dass er das Bewusstsein verlor. Ich saß einen Moment lang regungslos da, dann durchsuchte ich seine Taschen und fand meine Rettung. Keine Uzi oder Munition für seine Beretta 92FS, sondern sein iPhone.

Ich konnte Ian nicht anrufen, da das Ding passwortgeschützt war, aber der Notruf funktionierte einwandfrei. Als der Anruf angenommen wurde, hatte ich mich mühsam auf die Füße gezogen, die Waffe überprüft und entsichert und lehnte an der Wand.

Schnell und effizient rasselte ich die Nummer meiner Dienstmarke herunter, erklärte der Dame am anderen Ende der Leitung, dass ich ein Marshal war, dass ich lebensgefährlich verletzt war und dringend Hilfe benötigte.

„Bleiben Sie am Apparat, Marshal", befahl die Mitarbeiterin der Leistelle.

„Ich kann das Handy anlassen, aber ich muss es mir unter den Arm klemmen, damit ich die Waffe mit beiden Händen halten kann."

„Okay."

„Normalerweise kann ich mit einer Hand schießen", erklärte ich ihr.

„Natürlich."

„Aber ich zittere gerade ziemlich stark."

„Ja, das kann ich mir denken", sagte sie und holte tief Luft.

„Also hören Sie vielleicht ein paar Achselgeräusche."

„Das ist völlig in Ordnung."

„Sind Sie sicher?", zog ich sie auf, und dann wurde mir klar, dass ich auch geistig nicht mehr ganz auf der Höhe war.

„Ja, Marshal", antwortete sie mit beruhigender Stimme. „Ich wünschte, Sie könnten mich auf Lautsprecher stellen."

„Ich auch."

Wie auf Stichwort kamen zwei Typen um die Ecke gerannt, und ich schickte sie mit Schüssen in Beine und Schultern zu Boden. Dann wies ich sie an, Waffen und Handys wegzuwerfen und nachdem ich langsam und mein gebrochenes Bein hinter mir herziehend auf sie zugehumpelt war, setzte ich dem mir am nächsten liegenden Typen den Lauf meiner gestohlenen Beretta auf die Stirn und fragte ihn nach dem kürzesten Weg nach draußen.

Ich hatte befürchtet, in einer Art unterirdischem Bunker oder einem riesigen, verlassenen Lagerhaus oder weiß Gott wo alleine zu sein. Aber es war nichts davon. Wie es sich herausstellte, wurde ich in einem Auflieger festgehalten, wie sie ihn auf Baustellen hatten, nur um einiges größer und die Gitterstäbe in der Decke meiner Zelle waren völlig normal. Offenbar wurden normalerweise Metallblech und Rohre in der Kammer gelagert, und zwar aufrecht stehend, sodass sie einfach durch die Decke herausgezogen werden konnten. Was ich für eine perfide Folterkammer gehalten hatte, war in Wirklichkeit reine Funktionalität.

All das fand ich heraus, als ich draußen im Staub hockte. Gott sei Dank waren wir hier in Arizona. Zu Hause in Chicago hätte ich mich unterkühlt, aber hier, wo es nachts immer noch fünfundzwanzig Grad waren, fror ich mich selbst splitterfasernackt nicht zu Tode, während ich auf die Kavallerie wartete. Die, so versicherte mir die bezaubernde Gloria von der Leitstelle, war bereits unterwegs.

Als ich in der Ferne Lichter auftauchen sah, humpelte ich weiter, da ich keine Sirenen hörte. Nachdem Gloria mir bestätigt hatte, dass ihre Jungs erst in zehn Minuten eintreffen würden – ich befand mich offenbar irgendwo mitten in der Pampa –, sank ich zu Boden und krabbelte so schnell ich konnte. Es war mir egal, wie weh es tat, wenn ich mir an scharfen Steinen die Haut aufschürfte; nichts war so schmerzhaft, wie meinen Knöchel zu belasten. Ich zerkratzte und zerschrammte mich ganz ordentlich, während ich über Steine und durch Büsche und Dornen und Sträucher krabbelte, und es war dunkel hier draußen in der Wüste. Ich hätte die Taschenlampe am Handy benutzt, denn wer hatte die App nicht, aber ich war immer noch mit der Notrufleitstelle verbunden und so krabbelte ich um mich tastend durch das Dunkel und blutete schon bald. Wieder. Mehr.

Ich fiel kopfüber in eine flache Schlucht und am Grund angekommen, beschloss ich dort zu warten. Mein Adrenalin war komplett verbraucht, meine Muskeln streikten und ich konnte kaum mehr atmen. Wenigstens hatte ich die Waffe noch. Ich würde alles erschießen können, was sich mir näherte, selbst Klapperschlangen und Wildschweine und andere Tiere, die hier draußen waren und Jagd auf mich machten. Und das schloss die mit ein, die auf zwei Beinen liefen.

Ich hatte wirklich nicht vorgehabt, das Bewusstsein zu verlieren.

NACH ALLEM, was es mich gekostet hatte, aus dem Auflieger zu entkommen, raubte es mir schier den Verstand, im Hellen wach zu werden und Hartley über mich gebeugt zu sehen.

Ich fuhr ruckartig auf und wehrte mich wild gegen die Hände, die mich festhielten, schrie ihn an, mich loszulassen.

„Ich bin nicht er, Marshal! Bitte", keuchte eine Stimme, und kurz schoss mir der Gedanke durch den Kopf, dass wir das offenbar schon mehrfach durchgespielt hatten. Jedenfalls öfter als dieses eine Mal, dessen ich mir bewusst war. „Glauben Sie mir! Öffnen Sie die Augen! Bitte! Öffnen Sie sie!"

Wenn ich nur aufstehen könnte …

„Marshal Jones!"

Mein Name … und nicht der Deckname, sondern mein richtiger.

„Öffnen Sie die Augen!"

Aber was, wenn ich träumte?

Jemand berührte meine Seite und der Schmerz war entsetzlich. Ich konnte meinen Aufschrei nicht unterdrücken.

„Lassen Sie mich da rein!"

Augenblicklich wurde ich ganz still, denn mir war, als hätte ich –

„Weg da!"

Ich strengte mich an, mehr zu hören, ihn zu riechen, wenn ich konnte, alles nur um nicht die Augen zu öffnen.

„Ich schwöre bei – verflucht noch mal, aus dem Weg!"

„Ian!", schrie ich.

Auf sein frustriertes Brüllen hin ließen sie mich los, alle gleichzeitig, und ich wäre von der Liege oder auf was auch immer ich lag, gefallen, wenn Ian nicht dagewesen, mein Gesicht in seine Hände genommen und mich geküsst hätte.

Ich hatte ja nicht gewusst, dass ein simpler Kuss meinen ganzen Körper so schnell und vollkommen aufwärmen konnte.

Seine Lippen drückten sich auf meine, wanderten weiter, über meine Wangen, meine Nase, meine Stirn und wieder zurück. Ich wollte meine Zunge in seinen Mund schieben, ihn schmecken, wollte all das zurückgewinnen, was sie mir im Lauf der letzten Tage genommen hatten.

„Ich bin so froh, dass er dich nicht verletzt oder –"

„Still jetzt", befahl er.

„Ian", wimmerte ich und klammerte mich an seinen Handgelenken fest, als ginge es um das liebe Leben, während sein Atem sich mit meinem mischte.

Ich öffnete die Augen einen schmalen Spalt. Ich *musste* ihn sehen.

Er war müde, das war nicht zu übersehen. Er hatte dunkle Ringe unter den geröteten blauen Augen, die ich so liebte. Sein üblicher Dreitagebart war mehr Bart als drei Tage und seine Haare ein wildes Durcheinander. Unverkennbar, Ian Doyle hatte mich vermisst. Es stand ihm in Großbuchstaben ins Gesicht geschrieben.

„Ruhig, ganz ruhig. Sie wollen dich nur untersuchen. Und einen Drogentest machen. Und sehen, was zum Teufel unter dem Verband ist."

„Er hat mich gebissen."

Ian räusperte sich. „Das sehe ich."

„Und er hat mich gewürgt."

„Ich weiß."

„Und er hat mich operiert, glaube ich."

Ian beugte sich tiefer über mich. „M –"

„Es war Wojno, er war die undichte Stelle."

„Ja, das haben die Genies vom FBI auch schon rausgefunden."

„Haben sie? Wie haben –"

„Könntest du bitte aufhören zu quasseln und die netten Leute hier ihren Job machen lassen?"

„Ja, sicher, aber du wirst nicht –"

„Ich werde nicht was? Weggehen?"

„Ja."

„*Nein.*"

„Aber was ist, wenn sie dich anrufen?"

„Die Armee, meinst du", sagte er ernst, beugte sich zu mir und küsste meine Wange, mein Ohr und dann entlang meines Kiefers.

„Ja."

„Ich werde dir nicht von der Seite weichen."

„Versprich es mir."

„Oh, ja. Um Nichts auf der Welt."

„Okay."

„Gut."

Ich musste es fragen, auch wenn ich es nicht wollte. „Haben sie ihn erwischt?"

„Nein, Liebling, er ist unauffindbar."

Ich verdaute das. „Wie lange hatte er mich?"

„Vier Tage."

Es hatte sich so viel länger angefühlt.

„Atme", hauchte er.

Ich nickte.

„Ich bin jetzt hier. Du weißt, dass ich dich beschützen werde. Ich gehe nirgendwo hin."

Das war gut genug für mich.

Es WAR später – wie viel später, das wusste ich nicht –, als ich erneut seine Stimme hörte, tief und leise, volltönend und ein wenig einlullend. Es war nicht genug. Ich wollte ihn sehen, also öffnete ich die Augen. Vorsichtig, da ich nicht wusste, wie hell es sein würde. Aber der Raum wurde nur schwach erleuchtet von einer kleinen Lampe neben meinem Bett, und draußen war es dunkel. Ian stand am Fenster und sah hinaus, während er telefonierte.

Ich beobachtete ihn, ließ meine Blicke über die klaren Konturen seines Körpers wandern, das T-Shirt, das sich um seine breiten Schultern spannte und die wie gemeißelten Muskeln seines Rückens und seiner Oberarme abmalte. Die verwaschene Jeans schmiegte sich eng um seine schmalen Hüften, seinen Hintern und die langen, kraftvollen Beine. Mir stockte der Atem bei dem Anblick, denn ja, ich kannte sein Herz und ich liebte ihn dafür, aber der Körper dieses Mannes brachte meinen Puls zum Rasen.

Er drehte sich bei dem Geräusch um und ein Lächeln erhellte sein Gesicht.

Ein Schauder der Erregung durchrieselte mich und ich war so unendlich froh, dass das noch funktionierte. Auf so urwüchsige Art auf Ian zu reagieren, instinktiv und vollkommen körperlich, ließ mich wieder wie ich selbst fühlen.

„Er ist wach", sagte er ins Handy. „Ich lege jetzt auf, aber ich schicke Ihnen später noch meinen Bericht." Damit legte er auf und kam mit schnellen Schritten durch den Raum auf mich zu.

Ich hob eine Hand und er nahm sie sanft zwischen seine, neigte den Kopf und küsste meine Finger, dann beugte er sich über mich und küsste meine Lippen.

Sofort erfüllte mich Begehren nach ihm, aber er hob den Kopf und sah mir ins Gesicht. Ich wollte ihn näher, wollte ihn auf mir, in mir … und das war neu. Nicht, dass ich vorher noch nie darüber nachgedacht hätte, wie es wohl wäre, wenn Ian oben war. Aber aus irgendeinem Grund war der Gedanke in diesem Augenblick von beinahe überwältigender Dringlichkeit.

„Was ist los?", versuchte ich zu fragen, aber meine Stimme funktionierte nicht richtig.

„Du brauchst etwas zu trinken", erkannte er und drehte sich zu dem Wasserkrug um, der auf dem Nachttisch links neben ihm stand. Er goss Wasser in einen Becher mit Strohhalm und hielt ihn so, dass ich problemlos trinken konnte, wobei er mich aufmerksam beobachtete. Ich trank langsam und als ich genug hatte, lehnte ich mich zurück und räusperte mich.

„Hi", sagte ich heiser und lächelte ihn an.

„Hi zurück", seufzte er und fuhr mir mit den Fingern durch die Haare, strich es mir aus der Stirn und spielte mit den Strähnen. Mehr schien er nicht zu wollen.

„Mit wem hast du telefoniert?"

„Kage. Ich habe ihm stündlich den aktuellen Stand mitgeteilt."

„Ist er sauer? Ich wette, er ist stocksauer."

„Ja, ich glaube nicht, dass einer von uns – oder irgendjemand, der für ihn arbeitet – so bald wieder mit der DEA oder dem FBI zusammenarbeiten wird. Nur Einsätze, die wir leiten und die sicher sind."

Ian hatte sich rasiert und seine Haare gebändigt, sodass sie ihm nicht länger wild vom Kopf abstanden. Er sah immer noch erschöpft aus, aber er lächelte mich verwegen an und die vertrauten Lachfältchen legten sich um seine Augen. Seine Lippen kräuselten sich auf gefährlich-verführerische Art und ihm zuzuhören, dem tiefen Grollen in seiner Stimme zu lauschen, entzündete ein Feuer in mir. Oh, ich musste schneller heilen.

„M?"

Ich räusperte mich. „Ja, aber kein Einsatz ist vollkommen sicher. Selbst wenn sie unserer Leitung unterstehen, können sie schiefgehen."

„Ich an deiner Stelle würde nicht hingehen und mit ihm darüber diskutieren. Er ist wütend auf alles und jeden, sozusagen, und das ist eine Gruppe, zu der du nicht dazugehören möchtest."

„Stimmt", bemerkte ich, haschte nach dem Saum seines T-Shirts und zupfte daran, bis er näher kam. „Jetzt erzähl mir, was mit Hartley passiert ist."

Augenblickliches finsteres Stirnrunzeln. „Er war weg, als das FBI an dem Ort, an dem er dich festgehalten hat, angekommen ist."

„Es waren auch noch andere Männer da. Haben sie die erwischt?"

„Es hat niemand mehr gelebt, als sie reingegangen sind."

„Oh, Scheiße."

„Das war doch klar, oder? Ich meine, Hartley ist nicht der Typ, der vergibt und vergisst, und sie haben dich entkommen lassen. Sie waren in dem Moment tot, als du durch die Tür bist."

Das stimmte.

„Was ist mit Wojno?"

„War nicht mit dabei."

„Okay. Und was ist der nächste –"

„Genug", sagte er barsch. „Die Marshals, das FBI, die State Trooper und die Polizei von Phoenix sind allesamt auf der Suche nach Hartley und Wojno. Du und ich können nichts tun."

„Ja, aber –"

„Und ich habe keine Lust, Zeit damit zu verschwenden, über sie zu reden. Ich hab etwas anderes zu sagen."

Was immer es war – dem gereizten Gesichtsausdruck, zusammengekniffenen Augen, dem Stirnrunzeln und angespannten Kiefer nach zu schließen, war es nichts Gutes. „Okay."

Er holte tief Luft. „Du musst mich heiraten."

Ich brauchte einen Moment. Ich hatte ihn zwar gehört, klar und deutlich, und obwohl das, was er da gesagt hatte, wie ein wahrgewordener Traum war, hegte ich dennoch die Vermutung, dass er den Verstand verloren hatte. „Wie bitte?"

„Ja, ja, ich weiß", grummelte er, legte eine Hand an meine Wange und fuhr mit dem Daumen über meine Haut. „Aber weißt du, es mussten Entscheidungen getroffen werden; für dich."

Meine Kehle schmerzte und mein Mund war wie ausgedörrt, aber ich wollte nicht um Wasser bitten, denn ich wollte ihn nicht unterbrechen.

„Und sie mussten Aruna anrufen", sagte er und seine Stimme brach kaum hörbar. „Ich war direkt hier, aber niemand hat sich einen Scheißdreck für das interessiert, was ich für das Beste hielt."

Ich nickte.

„Willst du noch einen Schluck trinken?"

„Ja", krächzte ich.

Er füllte meinen Becher wieder auf, drehte den Strohhalm so, dass ich ihn mit den Lippen fassen konnte und sah mir zu, während ich trank. Anschließend stellte er den leeren Becher wieder auf den Nachttisch, holte tief Luft und schob seine Hand in meine.

„Also, willst du?"

Konnte er unglücklicher aussehen?

„M?"

Ich lachte leise. „Ich weiß ja, dass du Angst hattest, aber –"

„Nein, das ist es nicht."

„Ian –"

„Sag einfach ja, du willst mich heiraten."

„Nein."

Er legte den Kopf ein wenig zur Seite, als ob er sich nicht ganz sicher war, dass er mich richtig gehört hatte. „Nein?"

Ich konnte mein Lächeln nicht unterdrücken. „Du willst mich heiraten, weil du derjenige sein willst, der entscheiden will, was sie mit mir machen und das verstehe ich. Aber du musst mich dafür nicht –"

„Nein, ich –"

„Dafür reicht auch eine Handlungsvollmacht, und –"

„Du wolltest heiraten, bevor du entführt worden bist", sagte er defensiv.

„Und du nicht", betonte ich.

„Ja, aber jetzt will ich."

Ich schüttelte den Kopf. „Du willst Mitspracherecht haben – die *Entscheidungsgewalt* haben – und ich sage dir, dass du sie haben kannst. Du musst mir keinen Ring an den Finger stecken, um derjenige zu sein, der entscheidet, ob sie den Stecker ziehen oder nicht."

„Miro –"

„Es ist okay", beruhigte ich ihn und hob eine Hand zu seinem Gesicht. „Gott, ich bin so froh, dich zu sehen."

Er schloss für einen Moment die Augen und lehnte sich in meine Hand, dann seufzte er tief, als er den Blick zu mir hob. „Ich dachte, zu heiraten wäre dämlich."

„Ich weiß, dass du das gedacht hast ... Denkst."

„Ja, aber jetzt bin ich mir nicht mehr so sicher."

„Dann lass uns die Diskussion vertagen, bis du dir sicher bist, okay?"

„Aber ich will ... ich will dir näher sein."

„Oh, Marshal, Sie wissen ja nicht, wie sehr ich das will."

Es dauerte einen Moment. „Ich schütte dir hier mein Herz aus und du denkst nur an das eine?"

Ich wollte nicht lachen, denn das tat weh. „Au-au-au ... hör auf."

„Du bist hier derjenige, der an Sex denkt."

„Hm, was?", neckte ich ihn unschuldig.

„Gott, so was bringst auch nur du fertig."

„Komm her und küss mich", murmelte ich. Meine Kräfte schwanden und es fiel mir zunehmend schwer, die Augen offen zu halten.

„Ich denke, du solltest dich ausruhen."

Gott, ich war so müde. „Ja, okay", willigte ich ein und hörte, wie meine Stimme brach, als ich die Augen schloss. „Aber küss mich erst."

Seine Lippen strichen über meine Stirn.

„Nicht das, was ich meinte", gähnte ich.

„Ich weiß", stimmte er heiser zu und drückte seine Lippen auf meine Schläfe. „Schlaf jetzt."

„Du bleibst hier?"

„Ja, Liebling, mach dir keine Sorgen."

Und das tat ich auch nicht. Es war schließlich Ian.

Es GAB Dinge, die überraschten mich und Dinge, die überraschten mich nicht. Zum Beispiel überraschte es mich nicht, Ian schlafend in einem Sessel neben meinem Bett zu finden, als ich aufwachte. Aber es überraschte mich, eines meiner Mädels, Dr. Catherine Benton, auf der anderen Seite des Bettes stehen zu sehen, die Hände ineinander verschlungen und vom Aussehen her einem ausgewrungenen Wischmopp nicht unähnlich.

„Du siehst furchtbar aus", bemerkte ich mit kratziger, heiserer Stimme.

„Na, du bist auch nicht gerade das blühende Leben", schoss sie ohne zu zögern zurück.

„Warum trägst du OP-Klamotten?", wollte ich wissen und fragte mich, warum sie hier war.

Sie trat näher, strich mir die Haare aus dem Gesicht, beugte sich über mich und küsste mich auf die Stirn. „Weil ich dich gerade operiert habe", antwortete sie, als sie sich wieder aufrichtete.

„Wieso?"

„Der Mann hat dir eine Rippe entnommen und ich wollte sicherstellen, dass keine scharfen Kanten zurückgeblieben sind", sagte sie geradeheraus.

Ich grinste zu ihr hoch. „Wer hat dich angerufen?"

Sie zog eine Augenbraue hoch.

Scheiße. „Aruna", beantwortete ich meine eigene Frage.

„Jepp. Sie ist dein Notfallkontakt. Sie haben sie angerufen, um zu fragen, was sie tun sollen."

„Und kaum hatte sie aufgelegt, hat sie dich angerufen."

„Wie sie das auch hätte tun sollen", entgegnete sie.

„Geht es ihr gut?"

„Sie macht sich Sorgen, wie wir anderen auch alle."

Mit *alle* meinte sie meinen Hexenzirkel, Catherine und die drei anderen Frauen, die seit Unizeiten meine Familie waren. „Aber du hast ihnen gesagt, dass ich okay bin."

„Und sie haben sich einverstanden erklärt, zu Hause zu bleiben, wenn ich herkomme."

„Danke."

„Natürlich", murmelte sie und sah zu Ian hinüber.

Es war albern, aber ich seufzte tief. „Er ist so hübsch, nicht wahr?"

„Hinreißend, ja."

„Ich glaube, er liebt mich."

„Ja, dem würde ich zustimmen."

Ich senkte meine Stimme zu einem Flüstern. „Ich will ihn heiraten."

„Du hast ihn bereits dazu gebracht, bei dir einzuziehen. Ich würde sagen, du bist auf dem richtigen Weg."

Ich dachte einen Augenblick lang nach und betrachtete dabei meinen Krankenhauskittel und den Gipsverband an meinem linken Fuß. Dann sah ich wieder zu ihr hoch. „Ich bin ein bisschen neben der Spur."

„Ja, ich weiß."

„Bin ich deshalb so ruhig?"

„M-hm."

„Ich glaube, ich bin so richtig vollgedröhnt."

Sie wackelte mit ihren Augenbrauen.

„Hartley hat mir auch Schmerzmittel gegeben."

„Das hat er in der Tat."

„Bin ich deshalb nicht an einer Blutvergiftung gestorben, als er die Rippe rausoperiert hat?"

„Ich weigere mich, diesem Psychopathen irgendetwas zugutezuhalten", entgegnete sie mit eisiger Stimme. „Ich halte nichts von der Todesstrafe, aber in diesem Falle ... bin ich bereit, eine Ausnahme zu machen."

„Nein, bist du nicht."

Sie schwieg einen Augenblick lang nachdenklich. „Nein, bin ich nicht. Ich bin mir sicher, ich kann mir die ein oder andere kreative Alternative zur Todesstrafe einfallen lassen."

Ich griff nach ihrer Hand, und sie umschloss sie fest. „Setz dich."

Sie hockte sich neben mich auf die Bettkante und mir fiel auf, wie müde sie aussah. „Meine Schuld, tut mir leid."

„Was tut dir leid? Dass du entführt worden bist? Wirklich?"

„Du siehst wirklich schrecklich aus."

„Ich weiß. Normalerweise bin ich atemberaubend."

Sie hatte recht, das war sie normalerweise. Mit ihren langen, dichten schwarzen Haaren, die sie zu einem Knoten hochgesteckt trug, Wimpern so perfekt, dass sie künstlich aussahen und einem Hauch rosa auf ihren Wangenknochen war sie wie eine leibhaftige Göttin. Selbst in ihrem hellblauen OP-Kittel war sie normalerweise umwerfend und als ich sie mir jetzt genauer ansah, konnte ich die ihr eigene Schönheit sehen, aber Sorgen und Ängste ... um mich ... hatten ihr Äußeres verändert. Gefurchte Brauen, Lippen fest zusammengekniffen, dunkle Ringe unter den Augen und dazu ihre Blässe; all das zeichnete mir ein Bild des Kummers. Ich hatte sie wirklich zu Tode erschreckt.

„Vergib mir."

„Stopp", sagte sie schlicht.

„Du bist wunderschön", krächzte ich.

Sie legte ihre freie Hand auf unsere verschränkten Hände, dann sah sie zu mir auf. „Hör auf zu sprechen, du bist noch nicht wieder kräftig genug."

„Du, dann."

Schnelles Luftholen. „Er hat dir die Rippe Nummer zwölf entnommen, eine rudimentäre Rippe. Wenn du schon eine verlieren musstest, dann am besten die."

„Okay."

„Sie wird rudimentäre Rippe oder auch Fleischrippe genannt, weil sie nur mit der Wirbelsäule verbunden ist und nicht mit dem Brustbein oder dem Rippenbogen."

„Und?"

„Und das bedeutet, es ist nicht dasselbe wie bei einer der oberen Rippen. Diese ist nur klein."

„Stört nicht, wenn sie weg ist?"

„Genau."

„Warum hast du mich dann aufgeschnitten?"

„Das habe ich dir bereits gesagt. Ich wollte sicherstellen, dass er es richtig gemacht hat und dass du in Ordnung bist, dass nichts durchstochen worden ist, nichts blutet und dass er nichts zurückgelassen hat. Ich musste das mit eigenen Augen sehen."

„Du hättest nicht einfach ein MRT oder so machen können?", forschte ich nach. „Du musstest mich aus Spaß an der Freude noch mal aufschnippeln?"

„Ja", sagte sie trocken. „Aus Spaß an der Freude. Ich bin Sadistin, ich dachte, das wüsstest du."

Ich schnaubte spöttisch. „Und?"

„Und es sieht alles gut aus und zwei weitere Chirurgen stimmen mit mir darin überein."

„Okay."

„Ich will nicht einmal raten, wozu er deine Rippe braucht."

„Besser nicht."

„Du musst unter Schock gestanden haben, der Schmerz wäre sonst unerträglich gewesen."

„Er hat mir eine Menge Medikamente gegeben."

„Habe ich gesehen – einen ziemlichen Cocktail, würde ich sagen."

„Aber nichts, das mir langfristig schaden könnte, oder?"

„Ich glaube, es hat dein Gedächtnis beeinträchtigt, aber ansonsten nicht, nein."

„Was sonst noch?"

Sie erklärte mir, dass mein linker Knöchel gebrochen war, ebenso der Ringfinger und der kleine Finger der linken Hand – was Hartley mir ja schon gesagt hatte. Ich war übersät von Schrammen, Schürfwunden und blauen Flecken; ich hatte eine Gehirnerschütterung. Außerdem hatte ich eine Messerwunde in der rechten Schulter, die mit neunzehn Stichen genäht worden war. Aber ihr guter Freund Gavin Booth – eine Art Wundertäter der plastischen Chirurgie, der in Scottsdale arbeitete – war gekommen, als sie ihn angerufen hatte und er hatte alles an mir zusammengeflickt, was hatte geflickt werden können.

„Du solltest nur kleine, kaum sichtbare Narben davontragen", informierte sie mich.

„Ist mir egal."

„Mir nicht", entgegnete sie scharf. „Es ist schlimm genug, dass dieses Tier dich in seiner Gewalt gehabt hat. Ich werde ihm nicht erlauben, seine Spuren auf dir zu hinterlassen."

„Er hat mir eine Rippe entnommen."

„Was von außen niemand sehen kann, aber Narben, die kann man sehen",
sagte sie entschieden und ich konnte sehen, wie aufgebracht und mitgenommen
sie war. Ich hatte sie wirklich zu Tode erschreckt, und sie hasste das. Sie mochte
Dinge, die sie kontrollieren konnte. Deshalb war sie Neurochirurgin geworden.
„Jetzt ist es eine Sache, die du anderen erzählen kannst oder auch nicht, ganz wie
du es willst."

„Okay", beschwichtigte ich sie und drückte ihre Hand fest.

Wir schwiegen einen Moment.

„Wieso haben sie es einer Neurochirurgin erlaubt, mich zu operieren?"

„Weil ich gut bin", fauchte sie.

„Okay, okay." Ich schmunzelte. „Also werde ich es überleben?"

„Natürlich", versicherte sie mir mit einem wütenden Blick.

„Gut", seufzte ich und schloss die Augen. „Sag Bescheid, bevor du nach
Hause fliegst, okay?"

„Ja, Lieber."

Ich spürte ihre Lippen auf meiner Stirn, dann schlief ich ein.

SIE BLIEB drei Tage, dann musste sie zurück nach Hause zu ihrem Beruf und
ihrem Ehemann. Es war nur zum Besten: Sie trieb meinen behandelnden Arzt in
den Wahnsinn und ging Ian unglaublich auf die Nerven. Catherine hatte eine Art,
anderen unter die Haut zu fahren und obwohl sie sich wirklich bemühte, gab sie
doch Ian die Schuld dafür, nicht bei mir gewesen zu sein. Wenn er näher gewesen
wäre, als wir abgeführt worden waren, wäre ich vielleicht nicht entführt worden.
Das war dumm, denn dass er nicht näher gewesen war, war niemandes Schuld, und
seine schon mal gar nicht. Aber sie brauchte jemanden, dem sie die Schuld geben
konnte und er war eben da. Außerdem gab er sich selbst ebenfalls die Schuld und
ließ nicht eine Gelegenheit aus, sich für seine Handlungen zu verdammen.

„Und", begann ich, als meine Freundin schließlich fort war und wir endlich
wieder frei reden konnten. „Gibt es Neuigkeiten bezüglich Hartley?"

„Er ist immer noch auf freiem Fuß", antwortete Ian ausdruckslos.

„Ah."

„Gefällt dir das? So verkündet das FBI diesen Scheiß. Dr. Craig Hartley ist
immer noch auf freiem Fuß."

„Und?"

„Er wird als hochgefährlich aber unbewaffnet eingestuft."

„Verstehe."

„Weißt du, woher wir wissen, dass er es nicht ist?"

„Was nicht ist?"

„Bewaffnet, du Idiot."

Ich schnaubte. „Sag's mir."

„Weil sie deine Waffe am Tatort gefunden haben."

„Kein Scherz?" Aus irgendeinem Grund freute es mich, das zu hören. „Sie haben meine Waffe?"

Er nickte. „Ich hab deine Waffe."

„Und warum ist das so eine gute Neuigkeit?"

„Weil das eine Sache mehr ist, die er dir nicht genommen hat."

Absolut. „Richtig."

Er sah mich einen Moment lang fest an, dann stakste er zum Fenster hinüber. „Weißt du, diese ganze Sache – Phoenix", spuckte Ian, wirbelte herum und rannte, vor Wut nahezu schäumend, in meinem Zimmer auf und ab, „– war von Anfang an ein Desaster. Wir hätten zu Hause bleiben sollen."

„Was funktioniert hätte, wenn da nicht diese undichte Stelle so groß wie Cleveland gewesen wäre", entgegnete ich.

„Das ist kein bisschen witzig." Seine Stimme war dunkel und seine beinahe gefletschten Zähne warnten mich, seine Geduld nicht überzustrapazieren.

Also ging ich hin und stichelte: „Du hättest nicht mitkommen müssen."

„Das ist Scheißernst."

„Ich weiß."

„Du hättest sterben können!"

„Ich weiß", wiederholte ich und wartete darauf, dass er bei seinem Auf-und-ab-Laufen näherkam.

„Du warst nicht – ich konnte nichts –", stieß er rau hervor, wirbelte herum und näherte sich dem Bett. „Du warst weg. Einfach verschwunden. Es hat nur eine Minute gedauert, dich zu verlieren."

„Du hast mich nicht verloren. Ich bin gewaltsam entführt worden."

„Glaubst du denn, *ich weiß* das nicht?" Seine Stimme wurde lauter.

„Du hättest nicht mit –"

„Sag das nicht", warnte er mich.

„Du hättest nicht –"

„Das ist kein Scherz!"

„Du hättest –"

„Miro!"

„Du –"

„Findest du das *lustig*?" Ungläubigkeit stand ihm ins Gesicht geschrieben. Seine Wangen waren rot, die Stirn gefurcht und die Hände hatte er zu Fäusten geballt.

Ich zuckte mit einer Schulter, da die andere in einem Verband steckte.

Er bewegte sich schnell, stand in der nächsten Sekunde über mich gebeugt da, Hände rechts und links neben meinem Kopf abgestützt. Aus dieser Nähe konnte ich den Schmerz in seinen Augen sehen und wie geschwollen sie waren, wie rot und entzündet, konnte das leise Beben seiner Unterlippe sehen, die angespannten Muskeln in Kiefer und Hals. Ich hörte, wie rau sein Atem ging.

„Miro", sagte er rau.

Ich legte beide Hände um seinen Nacken und zog mich langsam zu ihm hoch.

„Es ist nicht – ich kann nicht – du bist nicht ersetzbar."

„Ich weiß", sagte ich mit einem Lächeln und strich mit meinen Lippen über seine.

„Das ist nicht lustig."

„Nein", stimmte ich schmeichelnd zu, meine Stimme immer noch heiser, und küsste ihn erneut, länger diesmal, fuhr mit der Zungenspitze über seine Unterlippe.

Er schauderte von Kopf bis Fuß und ich spürte eine Woge der Erregung mich durchbranden. Es war so offensichtlich, was er brauchte: Er musste sehen, spüren, dass ich in Ordnung war und das erforderte, dass ich ihn dominierte. Das Problem daran war, dass ich derzeit nicht in der Lage dazu war.

„Ich war bereit, aufzugeben", gestand ich und als er den Kopf hob, sah ich, wie aufmerksam und konzentriert er mich ansah, mir zuhörte. „Aber dann dachte ich, nein, das bin nicht ich. Ich gebe nicht auf und Ian würde mich vermissen. Ich bin nicht nur dein Partner zu Hause, im Bett. Ich bin auch im Beruf dein Partner, ich halte dir den Rücken frei."

Er nickte.

„Also hatte ich keine Wahl. Ich musste zu dir zurück."

Seine Augen wurden feucht. „Es gab nichts, das ich tun konnte."

Oh, er war tief verwundet. „Tut es dir leid?"

„Was?"

Ich musste es aus ihm herausholen, sonst würde es immer weiter an ihm nagen, in ihm schwären und zu einem unüberwindbaren Hindernis zwischen uns werden. „Tut es dir leid, dass du was mit mir angefangen hast?"

Er kniff verständnislos die Augen zusammen.

„Wenn du mich *nicht* lieben würdest, dann hätte es sich nicht so angefühlt."

Er blickte suchend in mein Gesicht.

„Aber ... wenn du mich nicht *lieben* würdest", wiederholte ich, langsamer, „dann hätte es sich nicht so angefühlt."

Es dauerte eine Weile, bis er antwortete, und ich streichelte seinen Hals, küsste seine linke Schläfe und seine rechte Wange und rieb meine Nase an seinem Kinn. „Ja."

Ich hob fragend beide Brauen. „Ja was?"

„Ja, das ist es wert", knurrte er. „Ja, es war, als würde ich keine Luft mehr bekommen, aber – ich würde es ... uns ... nicht ändern wollen. Selbst wenn ich zurückgehen könnte, würde ich uns nicht ändern wollen."

„Du kannst es jetzt ändern", informierte ich ihn. „Wir können wieder nur –"

„Und das fiele dir leicht?"

„Es würde mich verflucht noch mal *umbringen*", schwor ich und packte ihn fester. „Aber du musst für dich wissen, was du tun kannst und was nicht, welche Risiken du eingehen kannst, womit du leben kannst. So geht es mir jedes Mal, wenn sie dich entsenden. Ich halte während der ganzen Zeit, die du weg bist, die Luft an."

Ich sah den Moment, in dem er es verstand. In dem er verstand, was ich da sagte. „Oh, Scheiße."

„Ja", sagte ich und ließ ihn los. „Du glaubst, dass es deine Aufgabe ist, deine Berufung vielleicht sogar, und ja, du findest es ätzend, dich auf unbestimmte Zeit von mir und unserem Leben trennen zu müssen, aber für mich – für mich ist es genau das. Genau so."

„Wegen der Ungewissheit."

Ich nickte. „Ich weiß nie auch nur ansatzweise, wann du wieder zurückkommst."

„Oder ob."

„Ich frage mich nicht ob", sagte ich, plötzlich ärgerlich. „Ich frage mich nie ‚ob'."

Wir schwiegen, starrten uns an.

„Okay", sagte er schließlich.

„Okay was?"

„Sei das nächste Mal nicht so schnell, mir einen Ausweg anzubieten."

„Es wird kein nächstes Mal geben."

„Sorge dafür", grummelte er, beugte sich zu mir hinunter und küsste mich, hob mein Kinn an und drängte mich, ihm meine Lippen zu öffnen.

Ein dominanter, hungriger Ian machte mich unglaublich an, und mein Schwanz sah das genauso und wurde steif.

„Miro?", fragte Ian dicht über meinen Lippen, dann küsste er mich erneut, ließ aus einem Kuss zwei werden, dann drei und mehr, einer berauschender als der andere, ein langsamer, sinnlicher, sorgfältiger Sturm auf all meine Sinne. Eine warme Hand lag auf meiner Brust, hielt mich am Boden. Als er schließlich versuchte, den Kopf zu heben, krallte ich meine Finger in sein Henley und hielt ihn fest, wo er war. „Oh, du willst mich", sagte er selbstgefällig, grinste und stupste meine Nase mit seiner an.

„Kannst du –" Ich schluckte schwer in dem Versuch, meine Stimme wiederzufinden. „Dich in meinen Schoß setzen?"

Sein leises Lachen war tief und sexy und ich konnte mein Stöhnen nicht unterdrücken. „Wie bitte, was möchtest du?"

Ich rutschte auf dem Bett hin und her, was ihm ein Lächeln entlockte und dieses Lächeln auf seinem blassen, erschöpften Gesicht zu sehen, machte mich nahezu unsagbar glücklich. Es war offensichtlich, dass Ian Doyle mich sehr liebte. Es leuchtete aus jeder Faser seines Seins.

„Lieg einfach nur brav da und führe mich nicht in Versuchung. Es dauert mindestens noch drei Tage, bevor du hier rauskommst und selbst dann wirst du wohl noch lange nicht fit genug für Geschlechtsverkehr sein."

„Was, wenn ich ein Attest vom Arzt bekomme?"

Er schüttelte den Kopf. „Der Sack hat dir eine Rippe entnommen",
wiederholte er, und ich sah, wie ein gequälter Ausdruck über sein Gesicht huschte.

„Nein-nein-nein", brach aus mir heraus. Ich hakte meine Finger in den
Ausschnitt seines Henleys und versuchte, ihn zu mir herunterzuziehen. „Bleib geil
auf mich. Konzentriere dich darauf, konzentriere dich auf mich."

„M –"

„Ian", flehte ich, ließ eine Hand in seinen Nacken und in seine Haare gleiten.
„Verlier dich nicht so sehr in dem, was hätte sein können, dass du aus den Augen
verlierst, was *ist*."

„Nein, ich weiß."

„Ich bin hier, oder nicht?"

„Ja."

„Und du bist glücklich?"

„Das ist eine verdammt dämliche Scheiß–"

„Ja oder nein", wollte ich wissen.

Er zog scharf den Atem ein. „Ja, ich bin glücklich."

„Na dann", sagte ich und zog ihn zu mir herunter.

Er plünderte meinen Mund, gierig, heiß und hungrig.

Mein darauf folgendes endloses Bitten und Betteln, dass er doch den Vorhang
zuziehen und die Tür abschließen solle, waren so laut, dass er mir schließlich
irgendwann ein Kissen ins Gesicht drückte, damit ich still war. Aber es war doch
nicht meine Schuld. Ich wollte nur endlich nach Hause.

16

WIR FLOGEN am Sonntag zurück nach Chicago und als wir endlich an unserem Stadthaus ankamen, war es voller Leute.

„Scheiße", brummte ich, und Ian hinter mir kicherte.

„Ich weiß nicht, was es da zu lachen gibt", sagte ich, als ich ihm auf meinen Krücken folgte. „Du bekommst schließlich auch keinen Sex."

Er lachte lauter und als er die Haustür öffnete, kam Chickie herausgestürmt, direkt auf mich zu, und versuchte, eine Krücke zu klauen. Ich winkte der Menge, die sich in unserem Wohnzimmer drängte und mich mit Applaus willkommen hieß.

Aruna hatte ihre Tochter Sajani auf dem Arm und ich hielt auf sie zu, aber die geplante Umarmung entfiel, da ich abgelenkt wurde. Chickie, dem es nicht erlaubt worden war, meine Krücke zu entwenden, saß nun geduldig vor Aruna, seine gesamte Aufmerksamkeit auf das Baby in ihren Armen gerichtet. Sajani quietschte und strampelte und gurrte dem Hund zu.

„Was passiert, wenn du sie auf den Boden legst?", wollte ich interessiert wissen.

„Oh, Miro, du bist zu Hause und –"

„Lass mich sehen", unterbrach ich sie mit einem Lächeln, denn Chickies Schwanz klopfte so schnell und kraftvoll auf den Fußboden, dass es wie das Brummen eines Motors klang.

Aruna verdrehte die Augen und legte Sajani auf den Boden, sehr zu Chickies offenkundigem Vergnügen. Er tänzelte ein paar Schritte, drehte sich um, duckte sich zu Boden und winselte.

Sajani lachte begeistert, während sie auf ihn zu krabbelte. Kaum hatte ihre winzige Hand sanft seine Nase berührt, da wiederholte er das Spiel, sprang ein paar Schritte, nicht weit, duckte sich und wartete.

„Sie krabbelt schon?" Ich war erstaunt.

„Sogar ziemlich gut", seufzte Aruna und lehnte sich an mich, einen Arm um meine Taille geschlungen, ihr Kopf unter meinem Kinn. „Und sie liebt diesen dummen Hund."

„Und was machst du, während sie spielen?"

„Ich sitze auf dem Sofa und esse Pralinen", sagte sie spitz.

Verletzt oder nicht, ich bewegte mich hier auf dünnem Eis. Ich wusste, dass sie eine junge Mutter war, die außerdem von zu Hause arbeitete. „Ich ärgere dich nur."

„Ja, Lieber", sagte sie und küsste meine Wange. „Ich weiß."

Ein paar Minuten später plumpste ich in die Ecke meiner Couchgarnitur und augenblicklich belegten die Jungs aus meinem Team alle verfügbaren Plätze: Kohn links neben mir, Kowalski links neben ihm, White auf meiner rechten Seite und Sharpe auf seiner. Becker und Ching hockten sich auf den schlichten Sofatisch – wie gut, dass der so solide war – und Dorsey und Becker standen neben ihnen.

„Und, geht's dir gut?", fragte Ching das, was niemand anderes zu fragen in der Lage zu sein schien.

„Ja."

Er zeigte auf mich. „Er hat eine Rippe entnommen?"

Ich nickte.

Er beugte sich vor. „Wenn wir ihn schnappen, hol ich mir eine von seinen."

Diese Worte aus seinem Mund bedeuteten viel und als ich sein Knie tätschelte, legte er seine Hand einen Moment lang auf meine und nickte.

„Haben sie dir von Wojno erzählt?", wollte Becker von mir wissen.

„Miro, ich habe Shepherd's Pie gemacht. Ich bringe dir gleich etwas!", rief Aruna aus der Küche.

Ich drehte mich auf meinem Sitz zu ihr um. „Weißt du überhaupt, wie man die macht?"

Ihr Blick hätte die Sahara gefrieren lassen können.

„Oh, um Himmels willen, tut mir leid."

„Liams Mutter hat es mir beigebracht, du Dämlack", fuhr sie mich an. „Bleib einfach still da sitzen und sei dekorativ."

Ich warf die Hände hoch, sehr zur Belustigung meiner Mit-Marshals, und ihr schallendes Gelächter zauberte ein widerwilliges Lächeln auch auf meine Lippen.

„Hey", sagte Becker und schnippte mit den Fingern vor meinem Gesicht, um meine Aufmerksamkeit zurückzuholen. „Hör zu."

Er bekam nicht nur meine Aufmerksamkeit, sondern auch Ians, der hinter mir stand und sich an den Konsolentisch hinter dem Sofa lehnte.

„Wojno ist tot."

„Was?", brachte ich mühsam heraus.

„Ja. Hartley – und wir wissen, dass er es war, denn wir haben seine DNS überall auf der Leiche gefunden – hat ihm alle Rippen entfernt und ihn am Straßenrand liegen gelassen."

Ich verdaute das und langsam ging es mir auf. „Das hätte ich sein sollen, oder? Ich meine, das war sein Plan. Ich bin nur nicht lange genug geblieben."

„Nein", widersprach Kohn. „Bei dir war er vorsichtig."

„Weil er nicht wollte, dass ich zu schnell sterbe. Es sollte ein sehr langer, lang gezogener und schmerzhafter Prozess werden."

„Stopp", befahl Aruna, die sich dem Sofatisch näherte, schob sich durch die Männer und ergriff meine Hand. „Komm, steh auf und setz dich an den Tisch, iss und unterhalt dich mit mir und deinen Freunden. Ihr könnt euch Horrorgeschichten erzählen, soviel ihr wollt, sobald ich weg bin."

171

Kowalski und Becker hoben mich aus dem Sofa und stellten mich auf die Füße und Kohn half mir um das Sofa herum, bis wir Ian erreicht hatten. Ich legte meine Hand auf seine Schulter und humpelte zum Küchentisch, wo ich mich an ein Ende der Bank setzte. Ich hatte mir extra einen Picknicktisch zugelegt, damit ich nie Probleme mit Stühlen bekam.

Das Essen war sehr lecker. Alles, was Aruna kochte, war lecker: die Shepherd's Pie mit Schuss – offenbar gab Liams Mutter immer ein kleines Extra dazu –, der Rucolasalat mit Trauben und Avocado, die selbst gebackenen Brötchen mit Zimtbutter und die Chocolate Peanut Butter Brownies, die Aruna zum Nachtisch gemacht hatte, weil sie wusste, dass Ian die am liebsten mochte. Mir wurde warm ums Herz, als er sie zum Dank umarmte.

Das Essen zog sich über mehrere Stunden und als alle anderen weg waren und nur noch wir Marshals übrig geblieben waren, alle zehn von uns, und wir uns bei einem Bier entspannten, fing Kohn erneut an.

„Ich glaube ja, dass die Rippen symbolisch waren."

„Sie schützen die Brust, das Herz", fiel Dorsey ein. „Indem Hartley Wojno alle Rippen entnommen hat, hat er das entfernt, was sein Herz hätte schützen sollen."

„Und deshalb hat er deine Rippe genommen", stimmte Ryan zu. „Das hätte der Anfang sein sollen."

Wir schwiegen.

„Wojno hat es verdient", sagte Kowalski. „Nur weil Miro diesem Scheißpsychopathen entkommen ist, heißt das noch lange nicht, dass er aus der Schuld raus ist."

„Stimmt", sagte Ching leise und sein Blick begegnete meinem. „Er hätte es geschehen lassen, wenn du es gewesen wärst statt ihm. Das ist nicht zu verzeihen, nur weil Hartley seine Wut darüber, dich zu verlieren, an ihm ausgelassen hat."

„Mir ist scheißegal, was mit Wojno passiert ist", verkündete Sharpe und stand auf, um sich in der Küche ein neues Bier zu holen. „Er war korrupt und wenn man korrupt ist, dann hat man es verdient. Aber laut Bericht hat er noch gelebt, als Hartley ihm die Rippen rausgeholt hat. Zumindest für die ersten paar Sekunden."

Niemand sagte ein Wort.

„Dafür – jage ich dem Typen höchstpersönlich eine Kugel durch den Schädel", knurrte Sharpe.

„Ich will einfach nur, dass er gefasst wird, so oder so", sagte Ian. „Ich will nicht, dass Miro auch in Zukunft immer über die Schulter schauen muss."

„Ja", stimmte Ching zu. „So oder so."

DA ES Freitag war, blieben sie lange und wir tranken Bier, unterhielten uns und schauten ESPN, und die Jungs erzählten uns, was zu Hause vorgefallen war, während wir in Phoenix Urlaub gemacht hatten.

„Ihr könnt mich alle mal", grollte ich.

„Es ist wie ein riesiges Terrarium aus Glas", erklärte Ian später, während ich kichernd neben ihm saß. „Ich meine, ernsthaft, die haben immer noch über dreißig Grad da unten und es ist Oktober."

„Du hättest ja nicht gehen müssen", merkte Kohn an.

Ian zeigte ihm den Mittelfinger.

„Wann darfst du mit dem FBI über Wojno sprechen?", wollte Dorsey wissen.

„Montag", seufzte ich. „Sie kommen zur Dienststelle, um mich zu befragen."

Danach waren alle still.

Als wir das Haus wieder für uns hatten, brachte Ian den Polizisten, die in ihrem Streifenwagen vor unserem Haus saßen, ein paar Dosen Cola und Sandwiches. Bis Hartley gefasst wurde, würden sie Tag und Nacht dort sitzen. Das war keine schöne Aufgabe und ich hoffte wirklich, dass er sich bald zeigte, denn wenn er im Januar immer noch auf freiem Fuß war, würden wir den Bullen erlauben müssen, in unserem Wohnzimmer zu übernachten. Es war in Chicago im Winter viel zu kalt, als dass sie die ganze Nacht vor dem Haus hätten sitzen können. Keine Autoheizung konnte so lange laufen.

Ich machte gerade die großen Lampen aus und die dezente, indirekte Beleuchtung an, die wir die ganze Nacht über brennen ließen, als ich Ian hinter mir ins Haus kommen hörte.

„Du sollst doch deine Krücken benutzen."

Ich blickte über meine Schulter zu ihm hinüber, während er die Haustür abschloss – Schloss und Riegel, wie wir das immer taten, wenn wir hinein- oder hinausgingen –, und dann zu mir geeilt kam.

„Hast du mich gehört?"

„Habe ich."

„Und warum benutzt du sie dann nicht?"

„Ich denke darüber nach, die Treppe anzugehen."

Er schmunzelte. „Ach ja?"

Ich packte das Geländer links, da sich rechts nur Wand befand und sah langsam an ihm hoch und runter und grinste ihn lüstern an, bevor ich tief Luft holte. „Ja ... ich denke darüber nach."

Er schluckte schwer und seine Stimme war trocken und rau wie vertrocknete Blätter. „Was hast du?"

„Dich. Ich habe dich."

„Ja, das hast du."

„Und ich will Sex."

Sein Lächeln ließ Fältchen um seine Augenwinkel herum entstehen. „Ich glaub nicht, dass du das so bald nach deiner OP schon kannst, und –"

„Doch, kann ich", versicherte ich ihm, stützte meinen Arm auf und verlagerte mein Gewicht so, dass der Arm mich trug, während ich die erste Stufe hochhüpfte.

„Lass das", befahl er. „Deine Naht reißt sonst."

„Mir egal."

„Mir aber nicht", grollte er und schob sich an mir vorbei, blieb direkt vor mir stehen und ging in die Hocke, sein breiter Rücken mir zugewandt.

Es dauerte einen Moment. „Oh, verdammt, nein."

Er versuchte nicht einmal, sein leises Lachen zu verbergen. „Komm schon, M, lass mich dir helfen."

„Geh mir einfach aus dem Weg", grummelte ich und versuchte, ihn mit dem Knie beiseitezuschieben. „Kage wird mich nicht mit dir auf die Straße lassen, wenn er denkt, dass ich –"

„Sofort", verlangte er, „oder es wird richtig peinlich für dich."

„Bedeutet was?"

„Bedeutet ich kann dich auch über meine Schulter werfen und hochtragen, wenn dir das lieber ist."

„Mit meiner Rippe?", wollte ich es drauf ankommen lassen.

„Sie ist weg, nicht gebrochen oder so", teilte er mir mit. „Die kritischen Stellen sind der Knöchel und die Naht an deiner Schulter."

„Ernsthaft, ich –"

„Und du gehst nicht mit mir raus, das weißt du so gut wie ich."

„Wovon redest du?"

Er drehte sich um und setzte sich, was bedeutete, dass er zu mir hochschauen musste, obwohl er sich auf der Treppe höher befand als ich. „Du kannst nicht wieder in den aktiven Dienst, nicht bis dein Knöchel geheilt ist. Das bedeutet Schreibtischarbeit für dich, bis der Gips ab ist, du zur Physio gegangen bist und der Arzt sein okay gegeben hat."

„Nein, ich –"

„Der Gips allein sind mindestens sechs Wochen und wer weiß, wie lange die Physio dauern wird."

„Glaubst du allen Ernstes, ich sitze die nächsten zwei Monate am Schreibtisch? Da werde ich vor Langeweile sterben."

„Du wirst an *gar nichts* sterben, das ist der Punkt", knurrte er, stand auf, drängte sich an mir vorbei und stürmte zurück ins Wohnzimmer.

„Oh, ich verstehe", sagte ich und schwenkte herum, sodass ich ihm mit den Blicken folgen konnte, als er zur Haustür marschierte, Chickies Leine vom Haken nahm und sich die schwere, marineblaue Strickjacke überwarf, die wir beide trugen, wenn wir mit dem Hund rausgingen; zumindest so lange, bis es draußen kalt genug wurde, dass mehr Lagen erforderlich waren. „Du willst, dass ich schön brav hinter meinem Schreibtisch hocken bleibe, weil ich da sicher bin."

„Und was bitte, ist falsch daran?"

„Ich bin ein gottverdammter Marshal, genau wie du. Die Gefahr, verletzt zu werden, gehört zum Job dazu."

„Ich finde, du hattest in letzter Zeit genug Aufregung."

„Das ist nicht deine Entscheidung!"

„Nein", stimmte er eisig zu. „Dein Knöchel entscheidet das oder etwa nicht?"

Ich war fassungslos. „Es freut dich, dass ich verletzt bin."

„Tut es nicht, und es ist wirklich mies von dir, mir so was zu unterstellen."

„Es freut dich, dass ich von der Straße bin", beschuldigte ich ihn.

„Und wenn ich das bin?"

„Was zum *Teufel*, Ian? Ich bin dein Partner! Vor allem anderen bin ich der Typ, der –"

„Nein!", brüllte er. „Vor allem anderen bist du mein *Leben*, du Vollidiot!"

Vollkommen geplättet konnte ich nur zusehen, wie er mit Chickie auf den Fersen aus dem Haus stürmte und die Tür so fest hinter sich zuschlug, dass es mich wunderte, dass sie nicht in winzige Splitter zerbarst.

Ich setzte mich auf die unterste Treppenstufe und versuchte, die Sache zu verstehen.

Dass wir mehr waren als nur berufliche Partner, war nicht mehr ganz neu, aber aus irgendeinem Grund sah ich meine Bedeutung für ihn noch immer zum großen Teil in der rein beruflichen Rolle. Mir war bewusst, dass das überwiegend daher rührte, dass ich mich Ian Doyle in dieser Rolle bewiesen hatte. Ich war immer der Erste, der hinter ihm durch eine Tür brach und er wusste, dass er auf mich zählen konnte. Aber offenbar war ich darüber hinaus auch der Typ, zu dem er nach Hause kommen wollte, ob ich nun mit ihm im Einsatz war oder nicht.

Ich stand auf und angelte nach der Krücke, die ich an die Treppe gelehnt stehen gelassen hatte, hielt mich am Geländer fest, während ich mein Gleichgewicht wiederfand, und zog mich langsam die Stufen hoch, rechtes Bein zuerst, absetzen, abdrücken, linkes Bein hinterherholen, weiter.

Irgendwann im Lauf des Tages hatte Ian Mülltüten hoch ins Bad gebracht und unter dem Waschbecken verstaut, damit sie greifbar waren, wenn ich duschen wollte. Auf die Art blieb der Gipsverband trocken, der mein gesamtes linkes Bein vom Knie abwärts umhüllte, mit Ausnahme der Zehenspitzen. Ich wickelte eine der Tüten darum, dann stieg ich unter die Dusche. Ich sollte mir auch besser schon Gedanken darüber machen, was ich Montag zur Arbeit anziehen konnte, da mein Chef Pulli und Jogginghose wohl kaum akzeptieren würde. Selbst unter gegebenen Umständen.

Ich trocknete mir gerade die Haare ab, ein Handtuch um die Hüfte geschlungen, als ich hörte, wie sich die Haustür öffnete und schloss. Ich humpelte zum Geländer der Empore und sah nach unten; Ian hängte Chickies Leine auf, zog sich die Jacke aus und ging in die Küche, um sich die Hände zu waschen. Der Sinn der Sache, mit dem Hund rauszugehen war, dass er kacken konnte, aber selbst mit zwei Tüten übereinander fühlte es sich einfach nur ekelig an. Es überraschte mich, dass Ian nicht hochkam, nachdem er fertig war.

„Was machst du?"

Er kam aus der Küche in die Mitte des Raums und sah zu mir hoch. „Du musstest mir ja beweisen, dass du keine Hilfe brauchst."

Er war sauer, dass ich die Treppe allein hochgegangen war. „Nein, ich habe nur eine Methode gefunden, wie es am einfachsten geht, und da ich ja nun Treppen steigen muss, wenn du nicht hier bist, dachte ich, das wäre eine gute Gelegenheit, es zu üben."

„Schön", sagte er deprimiert und ging zurück in die Küche.

„Ist das alles?", rief ich hinter ihm her.

„Ich will mich nicht streiten", kam die Antwort.

„Ich auch nicht."

„Dann lass es gut sein."

„Das kann ich auch nicht."

Er erschien wieder im Wohnzimmer, sah zu mir hoch. „Was willst du von mir?"

„Na ja, es kam mir in den Sinn", sagte ich leise, schlang mir das Handtuch, das ich zum Haare trocknen verwendet hatte, um die Schultern und beugte mich über das Geländer. „Dass, wenn etwas passiert und ich nicht mehr dein Partner sein kann, du mich nicht mehr willst."

„Wie bitte, was?"

„Du hast mich gehört."

„Ich will dich nicht?"

Ich ignorierte sowohl den wütenden Ton in seiner Stimme als auch den finsteren Blick. „Zum Teil wohl deshalb, weil unsere berufliche Zusammenarbeit, und dass ich dir bewiesen habe, dass ich nicht nur meinen Job machen, sondern auch mit dir mithalten kann, der Grund gewesen ist, warum du angefangen hast, mir zu vertrauen."

„Das ist lange her."

„Aber es spielt immer noch eine Rolle. Wie mit den Jungs in deinem Team."

„Fängst du schon wieder damit an?", entgegnete er. „Glaubst du allen Ernstes, ich lasse mich von einem der Kameraden vögeln?"

„Nein."

„Was dann?"

„Es ist wichtig, dass du weißt, dass du auf mich zählen kannst."

„Ich weiß, dass ich verdammt noch mal auf dich zählen kann! Ich verlasse mich auf niemanden so sehr wie auf dich."

„Und woran liegt das?"

„Du hältst mir immer den Rücken frei!"

„Genau", stimmte ich zu. „Und was ist, wenn ich das nicht kann? Was passiert dann?"

„Ich weiß –" Er knurrte, dann kam er die Treppe hinaufgestampft. „Warum musst du immer alles so gottverdammt kompliziert machen?"

176

Ich lachte leise, als er das obere Ende der Treppe erreichte und auf mich zukam.

„Und das kam dir jetzt in den Sinn?", fragte er und blieb vor mir stehen, die Arme verschränkt, die muskulösen Beine gespreizt; ein Bild von Kraft und Wut, das da innerlich schäumend vor mir stand. „Dass ich, wenn wir nicht mehr zusammen arbeiten, ich auch nicht mehr zu dir nach Hause kommen will?"

„Es hat lange gedauert, bis du mir vertraut hast."

„Aber jetzt tue ich es", sagte er knapp. „Und ich kann mich nicht einmal mehr daran erinnern, es nicht getan zu haben. Ist es – Es spielt keine Rolle."

„Was?"

„Ob du versetzt wirst oder nicht oder ob ich versetzt werde oder nicht – solltest du wieder Polizist werden wollen oder sollte einer von uns auf der Karriereleiter weiter nach oben krabbeln wollen." Er seufzte und fuhr sich mit den Fingern durch die Haare. „Wichtig ist, dass wir jetzt zusammen leben, im selben Haus, dass wir im selben Bett schlafen und dass wir beide unser Bestes tun, uns so oft wie möglich zu sehen."

„Ian –"

„Komm schon, M, du musst doch eh schon damit klarkommen, dass ich gehen muss, wenn ich entsendet werde. Ich bin weg und du bist hier und –" Seine Stimme brach. „Vermisst du mich denn nicht?"

„Natürlich vermisse ich dich! Was ist das denn für eine dämliche Frage?"

„Und glaubst du nicht, dass ich es, wenn du den ganzen Tag nicht bei mir gewesen bist, gar nicht erwarten kann, abends zur Dienststelle zurückzukehren, damit wir zusammen nach Hause gehen können?"

Ich war noch nie gut darin gewesen, mich an jemand anderes Stelle zu versetzen. Um ehrlich zu sein, war ich darin sogar richtig mies. Mir war immer nur ein Gedanke durch den Kopf gegangen: *Wenn ich beruflich nicht mehr Ians Partner sein könnte, würde ich dann sonst noch sein Partner sein dürfen?*

„Miro?"

Ich begegnete seinem Blick; sah die Verletzlichkeit in seinen Augen und seine Hoffnung. Ich räusperte mich. „Ich sollte es besser wissen."

„Solltest du", erwiderte er heiser.

„Also ist die berufliche Partnerschaft – die ist nur noch ein Bonus."

„*Genau*", sagte er mit Nachdruck.

Ich streckte eine Hand nach ihm aus, umfasste seine Hüfte und zog ihn langsam näher an mich heran, so nahe, dass ich mich hinaufrecken und einen Kuss auf seinen Hals drücken konnte. Er legte den Kopf zur Seite, um mir besseren Zugang zu gewähren. „Nichts wird sich ändern, ob ich jetzt dein Partner bleibe oder nicht."

„Nicht zwischen uns", sagte er mit einem leisen Stöhnen. „Aber das bedeutet nicht, dass du jemand anderes Partner werden kannst. Du bist *mein* Partner, M. Und das muss so bleiben."

Ja, das musste es.

Sein Atem stockte, als ich an seiner Kehle saugte. „Bist du sicher, dass du – Miro!"

Um ihm zu zeigen, dass ich der Aufgabe, ihn zu dominieren, gewachsen war, trat ich einen Schritt zurück, gab ihm einen heftigen Schubs, sodass er das Gleichgewicht verlor, und warf ihn mit dem Gesicht nach unten aufs Bett.

„Du weißt, dass ich dich verletzen könnte, wenn du –"

„Kein Wort", befahl ich, legte mich auf ihn und drückte ihn fest in die Matratze. Ich zwängte ein Knie zwischen seine Beine und entledigte ihn erst seines abgetragenen Jeanshemds, dann des weißen T-Shirts, das er darunter trug. Sobald ich seinen breiten, muskulösen Rücken meinen Blicken entblößt hatte, stemmte ich mich weit genug hoch, um Küsse entlang seiner Wirbelsäule nach unten zu verteilen.

„Du behandelst –" Er hatte Schwierigkeiten zu atmen und schnappte nach Luft. „– meinen Körper immer so, als wäre er – ooh", schloss er mit einem Stöhnen.

„Was?", fragte ich, als ich auf Hüfthöhe ankam und zerrte an seinem Hosenbund, um den tieferen Wirbeln folgen zu können.

„Warte, M. Ich bin … nicht … ich … du solltest nicht … ich muss noch duschen, und –"

„Du riechst nach Schweiß und Seife von heute Morgen und nach dir", sagte ich rau und ließ eine Hand unter ihn gleiten, kämpfte mit Hosenknopf und Reißverschluss, zog ihm die hellgrauen Chinos von den Hüften und enthüllte seinen festen, runden Knackarsch, den ich so liebte. Er kam der Perfektion so nahe, wie ein Hintern es nur konnte und am meisten liebte ich ihn, wenn ich auf ihn hinuntersah, während ich meinen Schwanz in ihn hineinschob.

„Miro", keuchte Ian, als ich ihn auf alle viere zog, mich hinter ihn kniete, seine Pobacken spreizte und über sein Loch leckte.

Er roch nach Moschus und ich mochte das sehr, aber was mich so richtig anmachte, waren die Laute, die Ian von sich gab. Ein heiseres Stöhnen, kehlige Schreie, mein Name in Form eines flehenden Winselns, sie ließen den Wunsch in mir aufsteigen, herauszufinden, ob ich ihn allein durch Rimmen zum Orgasmus bringen konnte.

Ich stieß meine Zunge in ihn hinein, kostete ihn, leckte ihn und als ich mit einer Hand um ihn herumgriff und sie um seinen steifen, von Lusttropfen feuchten Schwanz schloss, explodierte er beinahe vom Bett.

„Bitte", keuchte er. „Leg dich hin."

Normalerweise hätte ich die Sache mit dem Denken erledigt, denn so lief das bei uns im Bett: Ich gab den Ton an, er folgte. Aber seine Stimme, das tiefe, verzehrende Verlangen, das in ihr mitschwang, ließ mich zögern.

Er rutschte außer Reichweite und rollte sich herum, streckte eine Hand aus und zog mir das Handtuch von der Hüfte. „Kannst du … M."

Er wollte mich liegend und ich beeilte mich, seinem Wunsch nachzukommen. Sein Hechtsprung in Richtung des Nachttischs und damit des Gleitgels erfüllte mich mit reinem Entzücken.

Ich war bereits schmerzhaft erregt und seine Hand, die mich mit Gleitgel einschmierte, war fast unerträglich. Als er sich rittlings auf mich schwang, mahnte ich: „Mach langsam, okay? Es ist schon eine Weile her, und –"

„Ich brauch dich in mir, denn du lebst, du bist nicht tot. Und wenn du hier bist, hier bei mir, bist du sicher."

Es war nicht schnell; er pfählte sich nicht auf mir wie ein Pornostar, sondern sank langsam, beständig tiefer, ließ sich Zeit, sodass ich jedes Zucken seiner Muskeln, jedes Nachlassen von Spannung und jedes Beben, das ihn durchlief, spüren konnte.

Er war so stark und seine Haut war wie warme Seide über hartem Stahl. Als ich endlich tief in ihm war, vollkommen in ihm vergraben und er sich bewegte, schoss Hitze durch meinen Körper wie ein flammendes Inferno.

„Du fühlst dich zu gut an", warnte ich ihn. „Ich komme gleich."

„Noch nicht", flüsterte er und kauerte sich über mir zusammen, seine Hände in den Laken zu Fäusten geballt, bewegte sich über mir – vor und zurück, hinauf und hinunter, eine sanfte, rollende Bewegung wie eine Welle, ein beständiger Rhythmus, dessen Tempo sich rasch steigerte. Er stöhnte tief in seiner Kehle. „Ich brauche dich."

Ich wusste, was er brauchte. „Wenn ich kann, wenn es meine Entscheidung ist, bin ich hier, immer."

„Genau hier", sagte er heiser, als seine Muskeln sich um mich zusammenzogen; ich konnte förmlich sehen, wie er gegen den Orgasmus ankämpfte.

„Ja."

„Bei mir."

„Ja."

„Wir können es nicht versprechen, ich weiß", flüsterte er, und seine Lippen pressten sich zu einer schmalen Linie zusammen und sein Kiefer wurde hart.

„Nein", stimmte ich zu, hob eine Hand und legte sie um seine Wange. „Aber wir können uns bemühen und unser Bestes geben."

Sein Blick blieb unverwandt auf mein Gesicht gerichtet, selbst als seine Bewegungen schneller wurden, er heftiger nach unten stieß, als ihm alles egal wurde bis auf den eigenen Orgasmus. Er nahm sich nicht selbst in die Hand und ich konnte ihn nicht berühren, konnte mich nur an seinen Oberschenkeln festhalten, ihn festhalten, meine Finger in seine festen Muskeln gegraben. Als er sich verlor und sich über meinen Bauch ergoss, brach sein Name aus mir heraus und ich kam tief in seinem Körper.

Vor Ian war ich im Bett selbstsüchtig gewesen. Sicher, ich hatte versucht dafür zu sorgen, dass sich die andere Person im Bett gut fühlte, aber mir war immer mein eigener Genuss wichtiger gewesen. Das hatte sich grundlegend geändert, als mein Partner die andere Person im Bett geworden war. Bei Ian versuchte ich es nicht nur, ich tat mein Bestes: Ich wollte hören, wie er atemlos meinen Namen hauchte, liebte seinen Geruch, seinen Geschmack, aber mehr noch als das liebte ich es, ihn zu sehen, hinterher, wenn er satt und befriedigt und verausgabt neben oder auf mir ausgestreckt dalag und nach Atem rang. *Das* war es, was ich wollte: Zu wissen, dass ich ihm das gegeben hatte, dass er sich von mir geliebt fühlte, ließ mir die Brust beinahe schmerzhaft eng werden.

„Gott, Miro, ich hoffe, deine Naht ist nicht aufgerissen", sagte er brüsk und erhob sich sanft von mir. Ein kleines, warmes Rinnsal floss träge an meinem Schwanz herunter und über meine Hoden.

„Glaube ich nicht, aber wen interessiert das schon?"

Er beugte sich zu mir, um mich zu küssen, aber ich drehte den Kopf weg. „Was –"

„Erinnere dich daran, wo mein Mund gerade eben noch war", rief ich ihm ins Gedächtnis.

„Mir egal, dir egal", knurrte er und umfing mein Gesicht mit beiden Händen. „Ich will dich küssen."

Und das tat er, und zwar ausgiebig, bis er schließlich den Kopf auf meine Brust sinken ließ, gerade über meinem Herzen, und ihm die Augen zufielen, obwohl er sich tapfer dagegen wehrte.

Ich vergrub eine Hand in seinen Haaren und massierte seine Kopfhaut. „Mach das Licht aus, ja?"

„Mach du doch das Licht aus", murmelte er.

Es folgte keine weitere Diskussion, Licht hin oder her.

17

ICH HÄTTE das obligatorische Gespräch mit unserem Psychiater Dr. Johar wirklich gern auf die lange Bank geschoben, aber zwei Wochen später blieb mir keine Ausflucht mehr: Kage hatte den Termin persönlich für mich vereinbart. Und so war ich an jenem Samstag nach dem Mittagessen mit Dr. Johar in unseren Besprechungsraum gegangen, in dem wir normalerweise mit den Leuten saßen, die ins Zeugenschutzprogramm aufgenommen wurden, und meine Akte, inklusive der Fotografien meiner Verletzungen in bunt, lag ausgebreitet vor ihm auf dem Tisch.

Wir schwiegen einige Minuten lang, bis ich ihn fragte, ob er irgendwelche Fragen an mich hätte.

„Die habe ich", erwiderte er lächelnd. Er war schon ein wenig älter, Anfang fünfzig – ich hatte nie genau nachgefragt –, und wie Kohn schon mehrfach betont hatte: Er *sah aus* wie ein Seelenklempner; mit seinem rot-braunen Vollbart, seinen hellblauen Schnürschuhen, der schiefergrauen Krawatte über dem schwarzen Kaschmirpullover. Er hatte sein Sakko, ebenfalls schwarz, ausgezogen, eine Masche, von der ich immer der Meinung gewesen war, dass sie dazu diente, die Atmosphäre zu entspannen, damit wir uns wohler fühlten.

„Wissen Sie, für gewöhnlich spreche ich nicht mit den Marshals über einen der Ihren, aber in diesem Falle war es mir wichtig, zu wissen, wie sie von Ihnen denken."

„Okay."

„Interessiert es Sie, zu erfahren, was gesagt wurde?"

„Ja, vermutlich."

Sein Lächeln war warm. „Der allgemeine Konsens war, dass Sie gewöhnlich eine ziemliche Modepuppe sind."

Das stimmte, und das wussten alle. Ich war in einer ganzen Reihe verschiedener Pflegefamilien aufgewachsen, meist in Armut, und hatte nie viel besessen. Als Reaktion darauf besaß ich heute zu viele Kleidungsstücke, zu viele Schuhe, und das allererste, was ich mir nach Abschluss der Polizeischule zugelegt hatte, war ein Kredit mit dreißig Jahren Laufzeit für ein 800.000 Dollar teures Stadthaus, dessen Rückzahlung eigentlich erst dadurch möglich geworden war, dass ich Marshal wurde. Damals, als ich das Haus von meinem Polizistengehalt gekauft hatte, war mein Budget sehr knapp gewesen. Aber jetzt konnte ich essen, was ich wollte, so viele Kleidungsstücke kaufen, wie ich wollte und jeden Monat pünktlich die Rate an die Bank zurückzahlen.

„Warum werfen Sie sich jetzt nicht mehr in Schale?"

Ich zuckte mit den Schultern. „Ich sitze im Büro am Schreibtisch und dank meines gebrochenen Knöchels kann ich keine meiner guten Schuhe anziehen."

„Wie ich gesehen habe, tragen Sie am anderen Fuß einen Kampfstiefel."

Der gehörte Ian, aber da er bereits ziemlich lädiert und mitgenommen aussah, machte es mir nichts aus, nur den einen zu tragen. „Ja. Ich meine, ich will nicht, dass sich meine guten Schuhe ungleichmäßig abtragen, also – muss ich damit eben warten."

„Es ist Ihnen wichtig."

„Was ist?"

„Dass sich Ihre Schuhe gleichmäßig abtragen."

„Ja, sicher", stimmte ich zu.

Er nickte und machte sich schweigend einige Notizen. Ich fragte mich, welche tief liegende Wahrheit er mit dem Geständnis über die Sohlen meiner Schuhe aus mir herausgeholt hatte.

„Dann erzählen Sie mir von Agent Wojno."

„Was würden Sie gerne wissen?"

„Alles, was Sie mir erzählen wollen."

Ich dachte einen Moment lang nach. „Er hat es nicht verdient, auf diese Art zu sterben."

Dr. Johar sah mich eindringlich an.

„Und ich bin froh, dass man seiner Familie nur gesagt hat, dass er umgekommen ist und nicht wie."

„Wussten Sie, dass er verheiratet war?"

„Er war geschieden."

„Ja, aber das habe ich nicht gefragt. Was ich gefragt habe war, ob Sie wussten, dass er verheiratet war, als Sie ihm das erste Mal begegnet sind."

Ich räusperte mich. „Nein."

„Hatten Sie eine Beziehung mit Agent Wojno?"

„Nein."

„Nein, Sie hatten keine Beziehung mit ihm?"

„Ich bin drei, vier Mal mit ihm ins Bett gegangen. Das war keine Beziehung."

„Sie sind nicht zusammen mal einen trinken gegangen?"

„Nein."

„Sie haben ihn nicht zu sich nach Hause eingeladen, Pizza bestellt und gemeinsam einen Film angesehen?"

Ich beugte mich vor. „Nein."

„Sind Sie sicher?"

Ich begegnete seinem Blick. „Wenn wir uns über den Weg gelaufen sind und es gepasst hat, hatten wir Sex. Einmal war ich bei ihm, ein paarmal waren wir auf irgendeiner Herrentoilette und einmal in seinem Auto, wenn ich mich recht erinnere. Er war nie bei mir, wir haben uns sonst nie getroffen."

Er nickte. „In Ordnung, ich verstehe. Aber dann sagen Sie mir bitte, warum Sie sich so schuldig an seinem Tod fühlen."

Ich war überrascht. „Wovon reden Sie?"

„Jeder, mit dem ich gesprochen habe, Ihr Vorgesetzter und Ihr Partner eingeschlossen, sagte mir, dass Sie nicht Sie selbst sind. Sie kommen ins Büro, Sie verschwinden im Computerraum und verbringen den Tag damit, Anrufe zu beantworten, Suchanfragen durchzuführen und Fälle am Computer zu bearbeiten."

„Das ist alles, was ich im Moment tun kann."

„Ja, schon richtig. Aber außerdem tragen Sie jeden Tag Ihre White Sox Schirmmütze, Jeans oder Chinos, ein Kapuzensweatshirt und den einen Stiefel."

Ich warf die Hände hoch. „Ich habe keine Ahnung, warum das eine Rolle spielen soll."

„Nicht?"

„Ich tue meinen Job!"

„Craig Hartley ist immer noch auf freiem Fuß."

„Ja, das weiß ich."

„Seine Schwester wurde ins Zeugenschutzprogramm aufgenommen."

„Das weiß ich auch."

„Ihr ehemaliger Partner, Norris Cochran, ist bezahlt beurlaubt worden und er und seine Familie wurden für absehbare Zukunft umgesiedelt."

„Ich warte immer noch darauf, dass Sie mir etwas erzählen, das ich noch nicht weiß."

„Warum gehen Sie nicht?"

Ich schnaubte spöttisch. „Haben wir schon mal versucht. Er hat mich gefunden."

„Dank Agent Wojno."

„Genau."

„Aber die undichte Stelle existiert nicht mehr. Es wird nicht wieder passieren. Sie könnten sich in eine andere Stadt versetzen lassen und es würde keine Probleme geben."

„Vielleicht."

„Vielleicht?"

„Wer kann das schon sagen? Ich bin lieber hier zu Hause, wo ich jeden kenne, als in einer anderen Stadt, wo ich mich wieder neu eingewöhnen muss."

„Aber es gibt Menschen hier, die Hartley verletzen könnte, um an Sie heranzukommen."

Ich sah ihn finster an.

„Marshal?"

„Sind Sie Craig Hartley schon einmal begegnet?"

„Ja, das bin ich. Wir waren Kollegen."

„Nun, dann wissen Sie auch, dass es nicht sein Stil ist, Menschen Schaden zuzufügen, an denen mir etwas liegt."

„Aber Sie haben Ihre Freundin Aruna gewarnt, sich von Ihrem Haus fernzuhalten, während Sie in Phoenix sind."

„Weil er sie, wenn er ihr in meinem Haus begegnet wäre, rein aus Prinzip hätte umbringen müssen. Sie wäre eine Zeugin gewesen. Aber zu ihr zu fahren, aus keinem anderen Grund, als ihr etwas zu tun, das würde er niemals machen. Er sähe keinen Sinn darin, wenn er doch mich direkt haben kann."

„Und Ihr Partner – Marshal Doyle? Machen Sie sich seinetwegen keine Gedanken?"

„Da gilt dasselbe Prinzip. Sollte Marshal Doyle mich beschützen, wenn Hartley versucht, mir etwas zu tun, mich noch einmal zu entführen, dann ist auch er ein potenzielles Ziel. Aber Marshal Doyle zu verletzen, um mich zu bestrafen oder zu quälen, das ist nicht seine Art."

„Nein?"

„Nein. Sehen Sie, es ist eine Frage des Egos für ihn. Wenn er mich verletzen will, dann will er *mich* verletzen."

„Also machen Sie sich nur Sorgen darum, dass jemand anderes ins Kreuzfeuer geraten könnte."

„Genau."

Er betrachtete mich einen Moment lang prüfend aus seinen kleinen sepiabraunen Augen. „Warum fühlen Sie sich schuldig an Wojnos Tod?"

„Das tue ich nicht."

„Er hat Sie verraten."

„Das hat er."

„Er hätte Sie sterben lassen, um sich selbst zu retten."

„Ja."

„Als der gemeinsame Einsatzverband aus FBI und Marshals seine persönlichen E-Mails und sonstige Korrespondenz durchgegangen ist und auf seine Anrufe zugegriffen hat, haben sie entdeckt, dass Wojno von Hartley explizit dazu angeworben worden ist, sich Ihnen zu nähern und mit Ihnen zu schlafen. Hartley wollte alles über Sie wissen, einschließlich dessen, wie Sie im Bett sind."

„Ich wurde informiert", sagte ich knapp, denn ich war es leid, darüber nachzudenken. Ich war es so leid, dass mir die Sache Tag und Nacht im Kopf herumging, dass ich bereit war, alles um mich herum kurz und klein zu schlagen.

„Hartley hat Wojno erpresst, das ja, aber sein Plan wäre nicht aufgegangen, wenn Sie nicht mit Wojno geschlafen hätten."

„Worauf wollen Sie hinaus?", fragte ich frustriert und spürte innerlich, wie meine Wut wuchs. Wut darüber, dass Hartley, obwohl er nicht einmal in meiner Nähe war, immer noch die Fäden in der Hand hielt und uns alle kontrollierte. Darüber hinaus hatte ich es ihm zu verdanken, dass ich mich absolut scheiße fühlte und genötigt worden war, mit einem Psychiater zu sprechen.

„Ich will darauf hinaus, dass Ihre Schuldgefühle vielleicht nicht so sehr von der Art von Wojnos Tod herrühren, als vielmehr daher, dass er nur deshalb in der

Lage war, Hartley Bericht zu erstatten, weil Sie ihn anfangs attraktiv gefunden haben."

Da ich das nicht abstreiten konnte, hielt ich den Mund. Die Wahrheit war, dass Wojno, wenn ich jenes erste Mal nicht mit ihm ins Bett gestiegen wäre, heute vielleicht noch am Leben wäre.

Vielleicht.

Ich konnte nicht mit Sicherheit sagen, wie es Wojno in dem Fall ergangen wäre. Er hatte einen Fehler gemacht und Hartley wusste darüber Bescheid, und irgendwann zwischen dem Zeitpunkt, an dem Hartley das herausgefunden hatte, und dem Zeitpunkt, an dem Wojno mich ihm ausgeliefert hatte, war er Agent beim FBI geworden. Es wäre unsagbar naiv, zu glauben, dass Hartley sich nicht eines Tages sein Pfund Fleisch holen gekommen wäre, auf die eine oder andere Art.

Ich hatte mir das letzte Mal, als ich mit Wojno gesprochen hatte, wieder und wieder durch den Kopf gehen lassen und ich konnte nicht sagen, was ich hätte anders machen können.

„Marshal?"

„Okay", gab ich mich geschlagen. Ich war das alles so unendlich leid. War es leid, an mir zu zweifeln und mich im Nachhinein zu fragen, ob die Dinge vielleicht anders gelaufen wären, wenn ich in der Lage gewesen wäre, eine emotionale Bindung zu Wojno einzugehen.

„Okay?"

„Ja, ich fühle mich schuldig, alarmieren Sie die Medien. Was zum Teufel soll ich bitteschön diesbezüglich tun?"

Er schien verwirrt. „Sie hören damit auf."

„Einfach so?" Ich konnte es nicht glauben. „Das ist Ihr weiser Ratschlag?"

Er schmunzelte. „Es gibt absolut nichts, das Sie hätten tun können, um Agent Wojnos Leben zu retten. Er musste sich selbst retten. Sie waren derjenige, den sie aufgeschnitten und geschlagen und wie ein Stück Fleisch aufgehängt haben. Sie sind unwahrscheinlich brutal behandelt worden, Marshal, und es ist ein Wunder, dass Sie da lebend herausgekommen sind. Sie tragen in keiner Weise Verantwortung für irgendjemanden außer für sich selbst."

Ich verschränkte die Arme vor der Brust, denn ich zitterte und ich wollte nicht, dass er das sah. „Ja, aber was wenn, richtig?"

„Wie meinen Sie das?"

„Wenn ich ein bisschen überzeugender gewesen wäre, vielleicht hätte ich ihn dann da mit rausholen können", flüsterte ich und das Stück Boden, das ich anstarrte, verschwamm vor meinen Augen. Als mir Sekunden später die Tränen in die Augen traten, versuchte ich, sie schnell wegzuwischen. Verdammter Wojno, ich wusste nicht einmal, warum es mich so mitnahm, abgesehen davon, dass er es absolut nicht verdient hatte, zu sterben. Hinter Gittern versauern, das ja, aber nicht sterben.

„Das ist Ihnen wichtig."

„Was?" Ich hatte, verloren in meinen Gedanken, den Gesprächsfaden verloren.

„Ihn zu retten."

„Nun, ja, natürlich."

„Wofür?"

„Wie bitte?"

„Er hätte den Rest seines Lebens im Gefängnis verbracht."

„Aber er wäre am Leben."

„Und hätte ihm das gefallen? Im Gefängnis zu sein?"

„Ich weiß nicht." Ich atmete schnaufend aus, ließ mich in meinen Stuhl zurückfallen und verschränkte erneut die Arme, während ich den Arzt betrachtete. „Ich denke, auch in dieser Frage ist ‚am Leben' gewissermaßen das Schlüsselwort."

Er legte seinen Stift hin und machte es sich ebenfalls bequem, Hände am Hinterkopf verschränkt, Beine von sich gestreckt. „Sie sollten sich nicht länger die Schuld für etwas geben, über das Sie keinerlei Kontrolle hatten."

„Ich fange sofort damit an."

Er studierte mich eingehend. „Ich darf wohl sagen, dass Ihr Partner, wie auch der Rest Ihres Teams, große Stücke auf Sie halten, Marshal."

„Ach ja? Selbst mein Chef?"

Er schwieg.

Ich lachte ihn aus. „Da, sehen Sie, ich wusste es doch."

„Er ist sehr reserviert."

„Ja, vielleicht sollten Sie ihn mal therapieren."

„Nein, das denke ich eher nicht."

„Haben Sie Angst?", köderte ich ihn.

„Vielleicht ein bisschen."

Ich stand auf. „Sie geben mich wieder für den Dienst frei, oder?"

Er seufzte sehr tief. „Ja, das tue ich."

„Danke", sagte ich auf dem Weg zur Tür.

„Sie haben sehr großes Glück, Marshal. Vergeuden Sie Ihr Leben nicht damit, sich selbst anzuzweifeln."

„Aber wie soll man sonst irgendetwas lernen, hm?"

Ich wartete nicht auf seine Antwort und ging, bevor er seine Meinung ändern konnte.

Auf dem Heimweg nach der Sitzung beim Psychiater hielt ich bei Windy City Meats und staunte nicht schlecht über den Preis des Rinderfilets, das mir mein Stammmetzger, Eddie, über den Tresen reichte.

„Du meine Güte, soll das ein Witz sein?"

Er zuckte die Schultern. „Es ist eines der besten Stücke, Jones. Was soll ich sagen?"

„Ist es Einhorn? Ist es deshalb so teuer?"

Das kleine Mädchen, das in meiner Nähe stand, schnappte nach Luft und wenn Blicke töten könnten, hätte ihre Mutter mich auf der Stelle niedergestreckt.

„Oh, ich –"

„Bravo, Jones", stöhnte Eddie kopfschüttelnd. „Wollen Sie die Salami scharf oder normal?"

Ich sah ihn vielsagend an.

„Schön, die scharfe. Wie sieht's aus mit erstklassigem Ribeye-Steak am Knochen?"

„Ja, geben Sie mir zwei davon."

Er kicherte, als er sich abwandte. „Kein Wort, während ich weg bin."

Ich hätte ihm den Mittelfinger gezeigt, aber das kleine Mädchen stand immer noch in meiner Nähe und ich wollte ihre Mutter nicht noch wütender auf mich machen.

Nachdem ich beim Metzger fertig war, ging ich noch zum Bauernmarkt und kaufte ein bisschen Gemüse ein, bevor ich nach Hause fuhr. Dort angekommen wechselte ich ein paar Worte mit den Bullen vor unserer Haustür, dann humpelte ich ins Haus und packte meine Einkäufe aus. Da es für mich mit meinem kaputten Knöchel schier unmöglich war, Chickie Gassi zu führen, hatte Ian ihn am Morgen zu Aruna gebracht und wollte ihn heute Abend auf dem Rückweg von seiner Observierung dort wieder abholen. Ich räumte gerade den Kühlschrank ein, als er anrief.

„Kochst du?"

„Ja. Du hast die Wahl zwischen Spaghetti und Steak."

„Oh."

Das war ein seltsamer Laut. „Was?"

„Ich hatte vor, heute zu kochen."

„Du kannst kochen?" Ich war baff. Seit wann das denn?

„Wieso sagst du das so?"

„Tja, ich weiß nicht, vielleicht – weil ich keine Ahnung hatte, dass du kochen kannst?"

„Ich hab schon mal für dich gekocht."

„Hast du?"

„Ja, hab ich."

„Wann?"

Er schwieg.

„Ich fände es schön, wenn du für mich kochen würdest", versicherte ich ihm.

„Natürlich fändest du das", sagte er selbstzufrieden und ich musste lächeln. Ian in all seiner arroganten Herrlichkeit am anderen Ende der Leitung, das war mit das Beste, was ich mir vorstellen konnte.

„Dann warte ich also darauf, dass du nach Hause kommst und für mich kochst."

„Anstelle von?"

„Anstelle von: Du kommst irgendwann im Lauf des Abends zur Tür rein, das ganze Haus riecht nach Essen und ich reiche dir einen Cocktail, bevor ich das Abendessen serviere."

Er schwieg erneut, während er seine Optionen überdachte. „Das klingt auch nicht schlecht."

Ich lachte leise. „Hast du eine grobe Vorstellung davon, wann du zu Hause sein wirst?"

„Ich denke so gegen acht – wir machen gerade den Papierkram."

„Oh, ihr habt Aronson schon geschnappt?"

„Ja", brummte er.

„Was?"

„Na, rate mal, wer hier inzwischen *Kontakte* hat."

Ich konnte mir das Lachen nicht verbeißen. „Kein Witz?"

„Kein Witz", grollte er. „Der kleine Peter Aronson, der damals, als er mit Cantrells Wagenschieberbande draußen auf dem Land unterwegs war, noch ein V-Mann war, ist aufgestiegen in –"

„Du bist so ein Snob."

„Wovon redest du?" Er klang entgeistert. „Ich bin dabei, dir eine Geschichte über Aronson zu erzählen und dass wir das kleine Stück Scheiße jetzt ins Zeugenschutzprogramm aufnehmen müssen, und du machst –"

„Auf dem Land", schnaubte ich. „Wirklich, Doyle? Der Rest von Illinois außerhalb von Chicago ist was?"

„Mist", köderte er mich, „und das weißt du auch genau."

„Du solltest lernen, deinen Staat zu respektieren."

„Und wer soll mich dazu zwingen?" Ich hörte den heiseren, rauchigen Unterton in seiner Stimme, der Anzeichen dafür war, dass er Lust hatte zu spielen. Er wäre wirklich sehr gern zu Hause gewesen. „Du?"

„Du bist ganz schön frech am Telefon", sagte ich, während ich mich zur Haustür umwandte. Ich hatte spontan beschlossen, noch schnell zu seiner Lieblingsbäckerei zu flitzen, äh, humpeln und eine Brombeerpie zu holen. Die mochte er am liebsten. „Komm du mir nach Hause und gib mir hier so eine Antwort."

„Oh, ich habe hier etwas, das ich dir geben kann."

„Immer diese Versprechungen", neckte ich ihn.

Stille.

„Ian?"

Er räusperte sich. „Also wenn ich ... wenn ich also wollte ..."

Ich hatte auf diesen Moment gewartet. Darauf gehofft. „Ja?"

„Ich würde –" Er holte tief Luft. „– weil, seitdem du zu Hause bist, will ich – und es ist albern und dumm, aber –"

„Es ist nicht albern und auch nicht dumm."

„Du weißt nicht mal, wovon ich rede."

„Oh, natürlich weiß ich das."

„Was?"

Ich lächelte in den Hörer. „Du willst toppen."

Keine Reaktion.

„Weil du dann ganz sicher weißt, dass ich wirklich hier bin, bei dir."

„Nein."

„Doch."

„Als wir –" Er hustete. „Ich hab das vor zwei Wochen schon verarbeitet, du weißt schon, beim ersten Mal nach deiner Entführung."

„Was?"

„Ich hatte das Gefühl, als würdest du mir ... entgleiten, als würdest du denken, dass ich dich nicht beschützen kann."

„Ich kann mich selbst beschützen. Meine Entführung geht nicht auf deine Kappe."

„Ja, aber ich bin dein Partner, deine Rückendeckung, deine Verstärkung. Du solltest wissen, dass, wenn es etwas gibt, das du nicht kannst, ich dazu in der Lage bin."

„Das haben wir bereits alles durchgekaut."

Ich war nicht schwach. Er konnte mich nicht vor der ganzen Welt beschützen und das wollte ich auch gar nicht. Er konnte auch nicht alles auf sich nehmen – die Bürde, mir nicht vertrauen zu können, das Gefühl, die ganze Zeit über ein Auge auf mich haben zu müssen, wenn wir im Einsatz waren – das diente keinem von uns. Wir waren Partner: Er war nicht mein Schutzschild.

„Ich weiß, und ich will es auch gar nicht wieder ausgraben, zumal ja auch alles besser geworden ist."

„Nachdem wir Sex gehabt haben."

„Genau."

„Aber jetzt?"

„Aber jetzt gar nichts, alles ist gut."

„Ian?"

„Du kannst nicht wirklich glauben, dass es mir wichtig ist, wie wir Sex haben."

„Das tue ich nicht, aber andererseits denke ich doch, dass du mich manchmal nehmen willst, dich aber zurückhältst."

„Und was, wenn ich das tue?"

„Warum solltest du das?" Ich seufzte. Gott im Himmel, diesen Mann dazu zu bringen, mir ganz und gar zu vertrauen, würde mir eines Tages noch den Rest geben.

„Weil du vielleicht nicht –"

„Was habe ich gesagt?", wollte ich wissen und in meiner Stimme schwang hörbar meine Frustration mit. Warum um alles auf der Welt sollte ich etwas sagen, das ich nicht so meinte? Es brachte mich noch um den Verstand, dass er das Gefühl hatte, mir nicht sagen zu können, was er dachte und was er fühlte.

„Miro –"

„Ian", sagte ich streng. „Was habe ich gesagt?"

„Ich hab keine Lust, das jetzt alles wieder –"

„Ian!"

„Gott, du bist wie ein Terrier, der sich in etwas verbissen hat", fauchte er mich aggressiv an. „Du hast gesagt, dass es okay ist, was immer ich will."

„Richtig, und? Vertraust du mir nicht? Glaubst du, ich habe gelogen?"

„Nein, aber –"

„Himmelherrgott, Ian, glaubst du denn, ich würde nicht auch darüber nachdenken?"

„Was?" Er klang atemlos.

„Glaubst du denn, ich hätte mir noch nie vorgestellt, dass du mich gegen eine Wand drängst oder aufs Bett stößt und dir nimmst, was du willst?"

„Stopp."

„Deine Haut ganz warm auf meiner", sinnierte ich mit einem Stöhnen.

„Ich bin auf der Arbeit, du Saftsack."

„Eine Hand in meinen Haaren, die andere auf meinem Schwanz", fuhr ich mit leiser, verführerischer Stimme fort. Ich wusste, dass ich mein Glück gerade überstrapazierte, aber mir gefiel der Gedanke, dass ich ihn anmachte. „Und du streichelst mich, bis ich in deine Hand komme."

„Oh, Gott, jetzt kann ich nicht mal mehr aufstehen."

Ich lachte dreckig, fühlte mich mutwillig und mächtig zugleich. „Weißt du, manchmal denke ich: Wie würde es sich wohl anfühlen, wenn Ian sich in mir bewegt?"

Ich erhielt nur einen erstickten Laut zur Antwort.

„Ich kenne dich, also weiß ich, dass du dir Sorgen machst, weil du im Bett nicht als egoistischer Mistkerl rüberkommen willst, aber denk einfach mal eine Sekunde lang darüber nach."

„Ich denke gerade an nichts anderes", sagte er rau.

„Du liebst mich."

„Habe ich irgendwann zu Anfang dieses Gesprächs mal getan, ja."

Ich schnaubte spöttisch. „Oh, nein, Baby, das weiß ich besser", säuselte ich.
„Du liebst mich. Du liebst mich wie verrückt und deshalb weiß ich, dass du gut zu mir sein wirst, wenn ich im Bett unter dir bin."

Sein scharfes Einatmen entlockte mir ein breites Grinsen.

„Also, Ian, komm nach Hause. Du bekommst erst etwas zu essen und dann darfst du mich vernaschen."

„Ich will dir nicht wehtun."

„Ich weiß."

„Aber der Gedanke, dich um mich herum zu spüren … wie du mich ganz umschließt … der geht mir einfach nicht aus dem Kopf."

Mein Magen schlug einen Purzelbaum und mein Schwanz wurde schmerzhaft schnell steif in meiner Jeans. „Komm sofort nach Hause."

„Ich schwöre bei Gott, ich bin so schnell da, wie es geht."

„Ich freue mich drauf, Marshal."

„Oohh, nenn mich nicht –"

„Ich bin wirklich gut darin, Befehle zu befolgen."

„Himmel, Miro, leg auf, bevor ich Kohn erklären muss, warum ich im Büro eine Latte hab."

Ich legte lachend auf.

Da ich auf dem Weg nach draußen entschieden hatte, dass Pie doch nicht ganz das war, was ich wollte, stieg ich in meinen Truck und fuhr zur Webster Avenue, um bei Sweet Mandy B's Cupcakes zu holen. Sie hatten diese grandiosen Jumbo-Cupcakes, die konnten wir im Bett essen. Ja, ich dachte immer nur an das eine.

Nachdem ich den Nachtisch gekauft hatte, fuhr ich noch beim The Silver Spoon an der Ecke Armitage und Halsted vorbei, um den Schlüsselanhänger abzuholen, den ich für Aruna bestellt hatte. Es war ein silberner Ring, in den ich die Namen ihres Mannes und ihrer Tochter hatte eingravieren lassen. Sie hatte sich so oft um Chickie gekümmert und ich wollte, dass sie wusste, wie sehr wir das zu schätzen wussten. Außerdem gehörte die Boutique zu ihren Lieblingsläden.

Ich hatte den Wagen hinter dem Gebäude geparkt und nachdem ich die Alarmanlage ausgemacht hatte und eingestiegen war, klopfte es plötzlich an die Scheibe des Fahrerfensters.

Ich fuhr panisch zusammen und wirbelte in meinem Sitz herum; vor dem Fenster stand eine atemberaubende Frau in einem Outfit, das aussah, als wäre sie vom Titelblatt eines Modemagazins spaziert, in dem es um die aktuelle Herbstmode ging. Der Diamant in ihrem Ehering war so groß wie eine kleine Schlittschuhbahn. Ich rollte umgehend mein Fenster herunter.

„Kann ich Ihnen helfen?", fragte ich, atmete tief durch die Nase ein und aus und versuchte, mein wild schlagendes Herz zu beruhigen. Argwöhnisch beschrieb meine derzeitige Verfassung nur unzureichend.

„Marshal Jones?"

Augenblicklich erfüllte mich Misstrauen. Woher zum Teufel kannte sie meinen Namen? „Ja."

Sie holte Luft und Tränen stiegen ihr in die Augen. „Ich habe eine Tochter – sie heißt Saxon, und … ich weiß, ich weiß, was habe ich mir dabei nur gedacht? Alle Jungen werden sie Sax nennen, wenn sie älter wird und dann wird es Sexy Saxy heißen und später einfach nur noch Sex anstatt Sax, aber ich dachte immer, sie hätte noch genug Zeit, deswegen wütend auf mich zu sein, wissen Sie? Alle Zeit der Welt."

Oh, sie hatte solche Angst und ihr nervöses Geplapper war nur ein Anzeichen davon. Ihre Hände zitterten, ihre Stimme schwankte und brach, und sie war kurz davor, zu hyperventilieren.

„Madam", begann ich und öffnete meine Tür einen Spalt breit.

Sie schlug sie zu. „Nein! Oh mein Gott, Sie können nicht aussteigen! Was, wenn ich Sie nicht dazu bringen kann, wieder einzusteigen, oder – er wird sie töten!"

Sie begann zu schluchzen, hilf- und haltlos, brach vollkommen zusammen. Und ich verstand. Natürlich verstand ich. Nur zu gut.

Craig Hartley war ein mieser Hurensohn, der brave Leute dazu brachte, böse Dinge zu tun. Das war der Grund, warum sie eine Waffe aus ihrer Handtasche zog und auf mich richtete. Ich musste ihr wirklich gut zuhören.

18

EMERSON WENTWORTH Rice war in der Küche gewesen, als sich die Hintertür geöffnet hatte und ihr Ehemann hereingekommen war, gefolgt von einem anderen Mann, der eine Schusswaffe auf ihn gerichtet hatte. Knapp und präzise hatte er sie gefragt, ob sie ihm bei einer schwierigen Angelegenheit helfen konnte. Als sie ihm nicht geantwortet hatte, hatte er ihrem Mann in den Bauch geschossen. Und damit war die Panik ausgebrochen.

„Er hat mein kleines Mädchen", teilte Emerson mir mit. Ihre Erklärung war nur stockend erfolgt, da sie immer noch halb schluchzte, während sie sprach. Wie Menschen es oft tun, wenn sie panische Angst haben.

Es war ihr erlaubt gewesen, einen Krankenwagen für ihren Mann zu rufen, dann waren sie und ihre Tochter in einen BMW SUV verfrachtet und weggefahren worden. Sie wusste nicht, ob er noch lebte oder nicht. Was sie wusste, war, dass sie im Austausch für mich ihre Tochter bekam und bei Gott, das würde sie.

„Es tut mir wirklich sehr leid", versicherte sie mir, gegen die Beifahrertür gelehnt. Sie hielt die Pistole mit beiden Händen umklammert und auf mich gerichtet, sodass sie mir bei der kleinsten Provokation das Gesicht wegblasen konnte. „Aber er will Sie und ich will meine Tochter."

„Ich verstehe."

„Ich brauche Ihre Waffe. Er hat gesagt, Sie hätten eine."

„Wo fahre ich hin?", fragte ich, als ich die Ruger aus dem Holster unter meiner Jacke zog und sie ihr reichte.

Es ging raus nach Park Ridge, und dort dirigierte Emerson mich zur Touhy Avenue und von da weiter in die Courtland. Vier Häuserblocks die Straße hinunter befand sich ein großes dreistöckiges Haus auf der linken Straßenseite und mir wurde gesagt, ich solle aussteigen und zur Haustür gehen und klingeln. Emerson würde mir folgen.

Ja, ich hätte ihr die Waffe mühelos abnehmen können, aber sie hatte panische Angst um ihre Tochter und ich verstand das.

„Sobald ich mein Kind wiederhabe, Marshal, schicke ich Ihnen die Marines, das schwöre ich bei Gott", versprach sie mir, während wir die Stufen zur Haustür hinaufstiegen.

Ich hatte keinen Grund, an ihrer Aufrichtigkeit zu zweifeln.

Als ich meinen Finger auf die Türklinke legte, dachte ich an mein Handy im Truck – ich hatte es unter meinen Sitz gleiten lassen, als Emerson einmal den Blick von mir abgewandt hatte, um sich zu vergewissern, dass wir richtig waren. Hoffentlich würde Ian, wenn er versuchte, mich anzurufen und ich nicht dranging, zwei und zwei zusammenzählen und als erfahrener Mitarbeiter des Rechtsvollzugsdienstes wissen, was geschehen war. Zumindest aber würde ihn das sich im geparkten Wagen befindende Handy über meinen letzten bekannten Aufenthaltsort informieren. Von hier an hing alles von Hartley ab und war reine Glückssache.

Da ich Emerson nicht noch panischer machen wollte, als sie es ohnehin schon war, kämpfte ich mit aller Macht darum, nicht selbst völlig den Verstand zu verlieren. Ich atmete flach ein und aus, ignorierte nach Kräften meine Ängste und unterdrückte das Gefühl, mich übergeben zu müssen. Kurz gesagt, ich hatte panische Angst und tat alles, damit sie es mir nicht ansah.

Die Tür öffnete sich einen Spalt breit und dahinter stand ein schniefendes, verängstigtes kleines Mädchen. Sie konnte nicht älter sein als sechs Jahre.

„Mommy", kreischte sie, als sie ihre Mutter hinter mir entdeckte und Emerson stützte sich mit einer Hand in meinem Rücken ab, um nicht zusammenzubrechen.

„Hallo, Schätzchen", sagte sie beruhigend. „Bleib ganz still da stehen, okay? Still wie eine Statue, bis wir herausgefunden haben, was der Mann will."

Saxon wandte den Kopf ab und lauschte auf etwas, dann richtete sich ihr Blick auf mich. „Bist du Miro?"

„Ja, das bin ich."

Sie holte tief Luft. „Er will, dass du reinkommst und wenn du das tust, dann darf ich raus und mit meiner Mommy gehen."

„Okay, dann lass mich rein", sagte ich und lächelte, um sie wissen zu lassen, dass alles gut werden würde.

Sie drehte sich erneut um, lauschte, sah ihre Mutter an. „Er sagt, wir können gehen, Mommy, aber wir müssen ganz mucksmäuschenstill sein und dürfen mit niemandem reden, bis wir am Ende der Straße sind. Wenn wir nicht brav sind, wird er böse."

„Ja", flüsterte Emerson. „Was immer er will."

Saxon lauschte erneut. „Er will, dass du die Pistole in den Briefkasten vor dem Haus wirfst."

„Ja, okay", stimmte Emerson wild zu.

Saxon wiederholte für den Psychopathen, was ihre Mutter gesagt hatte, obwohl der selbst sehr gut hören konnte, was sowohl Mutter als auch Kind sagten. Es war ein Kontrollmechanismus und zum vielleicht hundertsten Mal in meinem Leben kam mir der Gedanke, wie klug der Mann war. Er war ein Meister der Manipulation; er hatte die Fähigkeit, sich hochgradig auf eine Sache zu konzentrieren, und niemand konnte daran zweifeln, dass er zu Ende bringen würde, was er begonnen hatte. Es war eine wahre Schande, dass sein Gehirn so krank war.

„Er sagt okay", informierte Saxon mich. „Du kannst jetzt reinkommen."

Ich trat durch die Tür, als sie hinausschlüpfte und schloss sie hinter mir. Ich hörte, wie Mutter und Tochter die Stufen hinuntereilten und dann verschwand alles andere um mich herum, als Craig Hartley aus den Schatten trat und auf mich zukam.

Ich war mir sicher, dass mein Herz stehenblieb. Wie konnte das sein, wie war es möglich, dass er mich schon wieder in seiner Gewalt hatte? Alles in mir schrie mir zu, zu fliehen, zu entkommen, aber ich war reglos, erstarrt, konnte nichts anderes tun, als dort zu stehen und ihn anzustarren. Er würde mich umbringen, wenn ich mich jetzt bewegte und dank meines Gipsverbandes würde ich auch nicht weit kommen, wenn ich ihn niederschlug und versuchte zu flüchten.

„Miro", hauchte er.

Ich musste weiteratmen, musste atmen, solange ich konnte. Ich spannte meine Muskeln an, um nicht zu zittern, auch wenn mich plötzlich das Gefühl erfüllte, innerlich zu Eis erstarrt zu sein.

„Mein Gott, Mann, wie viele Leben hast du?"

„Hoffentlich genug", gab ich schlagfertig zurück.

Er kam näher, bis ich spürte, wie sich der Lauf seiner Pistole in meinen Bauch bohrte. „Wie um alles in der Welt hast du es geschafft, dir den Knöchel zu brechen? Das war sehr ungeschickt, meinst du nicht?"

„Bin ungünstig drauf gelandet", antwortete ich, als er seine freie Hand hob, sie durch den offenen Jackenaufschlag meines olivgrünen Wollmantels schob und auf mein Herz drückte.

„Du hast Angst."

Ich zuckte die Schultern, aber es fiel mir nicht leicht. Meine Stimme unter Kontrolle zu halten, meinen Kampf-oder-Flucht Instinkt zu unterdrücken und ruhig zu erscheinen erforderte all meine Kraft und Konzentration. „Natürlich habe ich Angst. Als wir uns das letzte Mal gesehen haben, haben Sie mir eine Rippe entnommen."

„Ja, das habe ich", erwiderte er, ließ seine Hand über meinen Bauch zu meinem Gürtel gleiten und schob sie dann unter Henley und T-Shirt, bis er nackte Haut erreicht hatte. „Aber du hast kaum eine Narbe von dem Eingriff davongetragen. Ich habe mit dem chirurgischen Klebstoff ganze Arbeit geleistet."

Ich ersparte es mir, ihm zu erklären, dass meine beste Freundin mich an exakt derselben Stelle aufgeschnitten hatte, um sich zu vergewissern, dass er mich nicht innerlich zerfleischt hatte.

„Ich muss dir sagen", sagte er warm und fuhr mit den Fingerspitzen über meine Bauchmuskeln, „dein Körper ist wirklich beachtlich. Ich wette, alle Jungs wollen mit dir ins Bett."

Es gab nur einen Jungen für mich und ich hoffte, dass ich, wenn Hartley mit mir fertig war, noch hübsch genug war für Ian Doyle. Nicht, dass ich ihm das sagen würde. Ich konnte mir die lautstarke Auseinandersetzung, die eine solche Andeutung, dass er oberflächlich war, hervorrufen würde, nur zu lebhaft vorstellen.

„Ich habe das Gefühl, dass du in Gedanken nicht ganz bei der dir bevorstehenden Gefahr bist."

Ich war es so leid, Angst zu haben und mich vor meinem eigenen Schatten zu fürchten. War es leid, hinter jeder Tür, einschließlich der Kühlschranktür, den Butzemann zu vermuten, war es leid zu denken, dass er im Raum war, bevor ich das Licht anmachte oder vor meiner Tür stand, wenn ich das Haus verließ. Ich hatte einen immer wiederkehrenden Albtraum, dass ich eines Tages aufwachte und Hartley neben meinem Bett stand.

„Miro", sagte er und drückte mir den Lauf der Pistole unters Kinn. „Was muss ich tun, dass du in meiner Gegenwart erbebst?"

Alles, aber auch alles war von Anfang an ein Psychospielchen gewesen. Er hatte mir immer gesagt, dass er mich eines Tages haben würde, dass er eines Tages da sein würde, wenn ich aufwachte und ich hatte diese Drohung verinnerlicht und ihr Leben eingehaucht. Er war eine rationale Gefahr und ich hatte aus ihm eine übernatürliche Bedrohung gemacht. Die plötzliche Erkenntnis vertrieb meine Angst und ersetzte sie durch Wut.

„Wir werden eine kleine Autofahrt machen, du und ich, und wenn wir zwei endlich ganz allein sind, kann ich dich Respekt lehren. Ich nehme an, dass es da weiterer Lektionen bedarf."

Nein.

Nie wieder.

„Du miese Drecksau", knurrte ich und schlug alle Vorsicht in den Wind. Ich stieß ihn hart von mir, wirbelte herum und hinkte so schnell mein Gips es zuließ davon.

„Miro!", brüllte er, und ich hörte den Schuss eine Sekunde, bevor sich mein linker Oberarm mit Feuer füllte.

Ich schlitterte über die spiegelglatt gewachsten Böden den Flur hinunter, Hartley hinter mir, der wild Schüsse abfeuerte. Die Kugeln prallten von Pfosten in der Gipswand ab, zersplitterten die Glasscheiben in Bilderrahmen und zerstörten die Vase neben dem Treppengeländer, als ich auf dem Weg ins Esszimmer daran vorbeihinkte.

Teller zerbarsten im Geschirrschrank, dann eine weitere Vase und Wasser spritzte, als ich in die Küche segelte. Ich kauerte mich hinter die Tür; mein Herzschlag hämmerte wild in meinen Ohren und ich keuchte, nicht vor Anstrengung, sondern vor Angst. Als er an mir vorbeirannte, verließ ich mein Versteck und stolperte durch dieselbe Tür hinaus, durch die er hereingekommen war.

Direkt neben meinem Kopf schlug eine Kugel in die Wand ein und mir schoss der Gedanke durch den Kopf, dass Hartley die Spielchen leid geworden und bereit war, mich zu erschießen.

„Komm schon, Miro", schrie er hinter mir her. „Es gibt noch mehr Teile von dir, die ich in meiner Sammlung haben möchte."

Ich unterdrückte den Drang, mich zu übergeben und ging im nächsten Moment beinahe zu Boden – der Gummipin unter meinem Verband gab keine gute Bodenhaftung und die Böden unter mir waren spiegelglatt. Aber ich schaffte es trotzdem, die Treppe zu erklimmen; jeder zweite Schritt begleitet von dem Geräusch, das der Gips hervorrief, wenn er auf die nächste Stufe schlug.

Warum stieg ich in den ersten Stock hinauf, anstatt durch die Haustür nach draußen zu entkommen? Raus war immer besser als drinnen zu bleiben. Aber Hartley befand sich zwischen mir und meinem Truck – und meiner Waffe – und weil es nie eine gute Idee war, sich in den Keller zu flüchten, rumpelte ich die Treppe hinauf und humpelte und hüpfte über den dunklen Flur.

Das Haus war riesig, mit insgesamt drei Etagen und ich öffnete auf meiner ungleichmäßigen Flucht jede Tür, an der ich vorbeikam, bis ich schließlich durch eine hindurch und in den Raum dahinter schlitterte, der wie das Hauptschlafzimmer aussah. Ich humpelte in den geräumigen, begehbaren Kleiderschrank, schloss die Tür bis auf einen Spalt und suchte hektisch nach etwas, irgendetwas, mit dem ich mich verteidigen konnte. Gleichzeitig lauschte ich über das wilde Schlagen meines Herzens hinweg – und wurde plötzlich still.

Selbst wenn ich, was unwahrscheinlich war, einen Waffensafe fand, was wollte ich dann tun? Dastehen und am Rädchen drehen in dem Versuch, vielleicht doch irgendwie die Kombination herauszubekommen? Und wie lange hatte ich, bis er mich fand? Ich musste klüger sein als der Serienmörder.

Ich war nicht irgendein Teenie in einem Slasher-Film: Ich war ein Deputy US Marshal. Ich sollte langsam anfangen, mich auch wie ein solcher zu benehmen. Wenn ich einen Zeugen beschützt hätte, wäre ich von Anfang an in der Offensive gewesen. Es hatte eine Weile gedauert, bis mir aufgegangen war, dass, in dieser Situation, ich der Zeuge war.

Wenn ich den Tag überlebte, würde ich nie wieder ohne Ian irgendwo hingehen. Mit ihm an meiner Seite machte ich mir nie Sorgen darüber, wie eine Sache wohl ausgehen würde. Ich wusste schlicht und ergreifend, dass ich es überlebte. Und das nicht, weil ich mich nicht selbst retten konnte, nein, aber die Gewissheit, Rückendeckung zu haben, in Sicherheit zu sein, stellte ein sehr überzeugendes Argument dafür dar, einen Partner an seiner Seite – oder hinter sich – zu haben.

Ich fing an, Kleidungsstücke von ihren Bügeln zu reißen, Hosen, Hemden, Sakkos und sie über den freien Arm zu werfen, bis sich ein riesiger Stapel auftürmte und der Oberarm mit der Kugel darin protestierte. Dann stand ich da, nahe der Tür, die Beine gespreizt und wartete.

„Miro!", brüllte er von irgendwo auf dem Flur. „Ich werde nicht mehr lange bleiben können. Willst du wirklich, dass ich ohne dich gehe? Willst du wirklich, dass ich dich dein Leben lang verfolge? Wirst du nicht irgendwann verrückt werden?"

Die Möglichkeit bestand in der Tat. Ungewissheit, das war das Schlimmste. Ja, ich wäre lieber tot, als Hartley die Macht einzuräumen, mir für den Rest meines Lebens Angst einzujagen. So wie in den Geschichten, die man immer hörte, von Leuten, die verschwanden und wo die Familien nicht wussten, was mit ihnen passiert war. Sie konnten nicht trauern, um die Hoffnung am Leben zu erhalten,

Jahr um Jahr, das war nicht einfach. In all meiner Zeit im Rechtsvollzug war ich noch nie einem Menschen begegnet, der der Meinung gewesen war, Ungewissheit wäre besser. Schlechte Neuigkeiten, selbst die schlimmsten, waren ihr vorzuziehen. Zu wissen bedeutete, einen Schlussstrich ziehen zu können, egal wie schmerzhaft der war.

„Ich kann länger aushalten als du", schrie ich durch die Tür. Ich war es satt, die Maus in diesem Spiel zu sein und wurde zur Katze.

Ich hörte schnelle Schritte, als er dem Klang meiner Stimme folgte und Sekunden später sah ich Licht unter dem Spalt der Kleiderschranktür. Das Badezimmer war nebenan und ich wusste, dass er dort nach mir suchte; feststellte, dass ich nicht dort war; realisierte, wo ich sein musste. Dem folgte nur Stille.

Später sollte mir der Gedanke durch den Kopf gehen: *Was für ein bescheuerter Plan! Wer hat sich den denn einfallen lassen?*, gefolgt von der Erkenntnis, dass ich allein in dem Schrank gesteckt hatte und dass von daher der bescheuerte Plan – meiner gewesen war.

Das Licht im Kleiderschrank ging an, dann flog die Tür auf und er schritt herein. Im selben Moment schoss er aus kürzester Entfernung, die Waffe leicht nach links gerichtet, auf mein Herz.

Die Kugel hätte meine Brust direkt durchschlagen sollen, aber ich hatte ja immer noch diesen albernen Kleiderstapel auf dem Arm. Es war ein ziemlich dicker Stapel; wer mich sah, hätte meinen können, ich raubte einen Herrenausstatter aus, während mein Komplize mit dem Fluchtwagen vor der Tür wartete. Aber albern oder nicht, der Stapel schützte meine Brust. Anstatt ich also tödlich getroffen zu Boden ging, wurde die Kugel durch die Kleidungsschichten abgelenkt und streifte lediglich die Oberseite meiner Schulter. Sie hinterließ kaum mehr als einen kleinen Kratzer.

Adrenalin schoss durch meinen Körper und ich ging zum Angriff über. In einem Manöver, auf das jeder Verteidiger im Football stolz gewesen wäre, warf ich mich auf ihn – und das nicht, weil es besonders elegant oder technisch vollkommen war, sondern weil es Resultate erzielte.

Hartley ging augenblicklich hart zu Boden, und sein Kopf schlug mit einem dumpfen Laut auf. Ich rappelte mich hoch, warf die Klamotten beiseite und packte ihn am Pullover. Desorientiert und außer Atem wehrte er sich nicht, als ich ihn zu mir hochzog und ihm meine Faust ins Gesicht rammte.

Mehrmals.

Ich hielt lange genug inne, um die Waffe außer Reichweite zu werfen, dann richtete ich mich auf und trat ihn in die Rippen, sodass er sich zusammenkrümmte und dann in den Kopf, sodass er das Bewusstsein verlor.

Ich stand keuchend da und wartete ab, ob er sich noch einmal rührte. Dann verließ ich den Kleiderschrank und holte mir die Heckler Koch HK45C mit Schalldämpfer, die er benutzt hatte, ging zu ihm zurück und kontrollierte, ob er noch atmete.

Der Gedanke ging mir durch den Kopf, dass ihm eine Kugel durch den Schädel zu jagen, das krönende Ende meines Tages sein könnte. Niemand würde ihn vermissen; ich würde Unsummen an Steuergeldern sparen und niemand würde fragen, warum ich einen unbewaffneten Mann erschossen hatte. Es war Craig Hartley: Natürlich hatte ich ihn erschießen müssen.

Das Problem daran war, dass die Vorstellung zunehmend weniger anziehend wurde, je länger ich darüber nachdachte. Hartley hatte mir schon genug angetan. Ich musste mir meine Psyche nicht noch zusätzlich von seinem Tod zumüllen lassen.

Ich schlug die Schranktür zu, schnappte mir den Stuhl vom Ankleidetisch, klemmte ihn unter die Türklinke und taumelte zum Bett. Ich hätte runter und nach draußen zu meinem Truck gehen können, aber ich wollte Hartley nicht allein lassen. Es war ein Glück, dass die Leute, denen das Haus gehörte, einen Festnetzanschluss besaßen – was mich im Zeitalter mobiler Telefonie sehr überraschte – und ich nutzte ihn, um Ian anzurufen. Er hob direkt beim ersten Klingeln ab.

„Hallo?"

„Hi. Rate mal, wo ich bin."

„Du bist in Park Ridge, aus welchem Grund auch immer. Kohn hat dein Handysignal nachverfolgt, weil du die letzten fünfzig Male, als ich angerufen hab, nicht drangegangen bist. Wo zum Teufel steckst du?"

„Zusammen mit Craig Hartley in einem wirklich netten Häuschen, das, wie ich sehr hoffe, zum Verkauf steht, weil ich wirklich nicht über die –"

„Was?", keuchte er.

„Was?", hörte ich Kohn im Hintergrund wiederholen, dann hörte ich seine Stimme deutlicher. „Wo zum Henker bist du, Jones?" Ian hatte mich auf Lautsprecher gestellt.

„Ich habe Hartley erwischt."

„Oh, nein", ächzte Ian. „Nein, nein, nein."

„Mir geht es gut", beruhigte ich ihn. „Aber ich werde wohl noch mal ins Krankenhaus müssen. Kannst du herkommen und meinen Truck holen?"

„*Deinen Truck*?" Kohn klang fassungslos. „Wen zum Teufel interessiert schon dein Truck? Wirst du sterben?"

„Himmel, Kohn", grummelte ich. Er war keine große Hilfe.

„Miro!", schrie Ian.

„Nein, reg dich ab, ich verspreche, es ist nicht so wild. Ich werde nicht sterben. Ich habe nur eine Kugel im Arm, das ist alles. Alles gut."

„Du Genie bringst es noch fertig, dass Ian uns hier zusammenklappt", teilte Kohn mir mit.

Ich wollte einen Kosenamen verwenden, wollte Ian sagen, dass ich ihn liebte und dass er sich keine Sorgen machen musste, aber Kohn hörte mit und im Hintergrund hörte ich Dorseys Stimme, die fragte, was los war. „Ian, komm her."

„Ich –"

„Lass dich von Kohn fahren."

„Was? Teufel, nein!"

„Ian", sagte ich ruhig. Plötzlich fühlte ich mich ein bisschen schwindelig und registrierte das Blut, das an den Fingern meiner linken Hand hinuntertropfte. Offenbar blutete ich doch ein wenig stärker, als ich vermutet hatte. „Lass Kohn fahren, sodass du heil und gesund hier ankommst. Außerdem musst du meinen Truck fahren, richtig? Macht keinen Sinn, noch ein Fahrzeug hier rumstehen zu haben."

„Ich – ja – ja, okay."

„Du solltest dich beeilen", sagte ich und legte mich flach aufs Bett. „Ich will, dass du hier bist, bevor der Krankenwagen kommt und sie mich abtransportieren."

„Hast du den Krankenwagen schon angerufen?", fragte Kohn.

„Nein, noch nicht, und – Ach ja, ihr müsstet das FBI anrufen, es sei denn Kage will, dass ihr kommt und Hartley festnehmt. Geh und frag ihn und sag mir Bescheid. Ich warte so lange."

„Den Teufel wirst du. Wir kümmern uns um das FBI, du legst auf und rufst den Krankenwagen, du dämlicher Vollpfosten!", brauste Kohn wütend auf. „Wir sind schon unterwegs."

Das Freizeichen erklang. Kohn hatte aufgelegt. Ian hätte das nicht. Ich wählte die Notrufnummer, lag auf dem Bett und bewachte die Tür, während ich mit der Leitstelle sprach. Der Kleiderschrank hatte keine Fenster und ich war hier nicht in einem Horrorfilm, wo ich die Tür verbarrikadierte, nur um sie dann später, als ich wiederkam, weit offen vorzufinden und der Mörder entkommen war. Dies war die Realität und in der Realität sah es so aus, dass ich ihm, sollte er die Tür öffnen, eine Kugel durch den Kopf jagen werde. Der Raum war hell erleuchtet, alle Lampen brannten. Ich konnte ihn nicht verfehlen.

19

WIE ICH es vermutet hatte, kamen das FBI und der Krankenwagen vor Ian und Kohn an. Bedauerlicherweise war das ältere Ehepaar, dem das Haus gehörte, ermordet und ihre Leichen im Keller versteckt worden. Allerdings war das schon vierundzwanzig Stunden bevor Hartley Emerson und Saxon Rice entführt hatte geschehen. Die FBI Agenten vor Ort teilten mir mit, dass man davon ausging, dass Emersons Ehemann sich wieder vollkommen erholen würde. Hartleys Kugel hatte nichts Lebenswichtiges getroffen. Ich war so froh zu hören, dass Hartley nicht noch eine Familie zerstört hatte.

Ich hockte auf der Liege in meinem Zimmer in der Notaufnahme des Advocate Lutheran, als ich Ian draußen auf dem Gang vorbeilaufen sah.

„Hey!", rief ich ihm hinterher.

Kohn folgte ein paar Schritte hinter Ian und er hörte mich rufen und pfiff, um Ians Aufmerksamkeit zu erregen. Sobald Ian in der Tür erschien, stieß er scharf den Atem aus. Ich fand es interessant, dass Kohn ins Zimmer kam, Ian sich aber nicht rührte.

„Komm her", sagte ich leise, schmeichelnd, verführerisch. „Ich will dich sehen."

Er bewegte sich schnell: Gerade stand er noch in der Tür, im nächsten Moment schon neben meinem Bett, wo er eine Hand in meine schob und die andere an meine Wange legte.

„Weißt du, ich habe mich geirrt", neckte ich ihn und wackelte mit den Augenbrauen. „Es haben mich beide Schüsse nur gestreift."

„Beide Schüsse?"

„Ja, war das nicht ein Glück?"

„Oh, ja, absolut, das ist so viel besser."

„Was denn? Sie müssen nichts aus mir herausgraben. Ist das nicht gut? Komm schon. Du würdest doch eh nur ein bisschen Wundsalbe draufschmieren, ein Pflaster aufpappen und fertig."

„Ich glaube, ich würde euch beide gerne erwürgen", teilte Kohn uns mit.

„Wie zum Teufel hat Hartley dich ein zweites Mal in die Finger bekommen?", brach es aus Ian heraus.

„Warte –"

„Machst du Witze?", brüllte er lauthals, machte ein paar große Schritte von mir weg und wirbelte wieder zu mir herum. „Du brauchst einen Panikknopf, Herrgottnochmal, M!"

„Hören Sie auf zu schreien", sagte Kage, der in den Raum hereinfegte.

Einen Moment lang war ich sprachlos, denn in all den Jahren, die ich nun schon für diesen Mann arbeitete, hatte ich ihn noch nie in etwas anderem gesehen als in Anzug und Krawatte – und das schloss den Vorfall mit ein, als er gekommen war, um Ian und mich aus der Mitte des Nirgendwo abzuholen. Aber es war Samstag, etwa acht Uhr abends und er trug eine schwarze Jeans und Bikerstiefel, ein weißes T-Shirt mit V-Ausschnitt, ein graues Hemd und darüber einen hellgrauen Strickpullover mit Zopfmuster und geknöpftem Kragen. Mir war immer schon bewusst gewesen, wie groß er war, aber in Klamotten, die sich eng um seine breiten Schultern und massige Brust schlossen, wirkte er noch größer – und furchteinflößender. Er konnte mich zerbrechen und ich war nicht gerade eine Bohnenstange.

Die über der Brust gefalteten Arme betonten den Umfang seines Bizeps noch zusätzlich. „Erzählen Sie mir, was geschehen ist, und fangen Sie ganz vorne an."

Und so berichtete ich, während Ian neben mir still vor sich hin schäumte und Krankenhauspersonal kam, um mich zu untersuchen und dann genau das tat, was ich vermutet hatte: Sie säuberten meine Wunden, trugen Salbe auf und legten Verbände an. Als die Krankenschwester anfing, mir zu erklären, wie ich die Wunden versorgen musste, fiel Ian ihr ins Wort und versicherte ihr, dass er wusste, was zu tun war.

„Sind Sie sicher?"

„Green Beret, Madam. Ich verspreche Ihnen, ich weiß, was ich tue."

Sie war nun überzeugt, dass ich in guten Händen war.

Sobald ich mit meinem Bericht an Kage fertig war, tauchte das FBI auf. Da ich für meine Entlassung nur noch die Unterschrift eines Arztes brauchte, auf den ich immer noch wartete, machte sich der leitende FBI Agent auf die Suche nach dem Bereitschaftsarzt und vier Stunden, nachdem ich eingeliefert worden war, wurde ich bereits wieder entlassen.

Ich fuhr mit Ian und Kohn zurück zu unserem Gebäude auf der Dearborn. Wir schwiegen, während uns der Aufzug auf unsere Etage brachte. Wir stiegen aus und gingen den Flur entlang zum Konferenzraum.

„Warum bist du sauer auf mich?", wollte ich von Ian wissen.

„Bin ich nicht."

„Sieht von hier aus aber so aus und ich finde das ziemlich ungerecht."

„Warum?"

„Weil ich nichts falsch gemacht habe? Was hättest du an meiner Stelle getan?"

Er antwortete nicht.

Im Konferenzraum angekommen setzte ich mich hin und wenig später kamen Ryan und Dorsey und sie brachten Wasserflaschen mit.

Während alle, mit Ausnahme von Kage, Platz nahmen, öffnete sich erneut Tür und sechs FBI Agenten kamen herein. Special Agent Oliver war der Leiter des

Teams, zu dem auch Rohl und Thompson gehörten, das er mitgebracht hatte, um mich zu befragen.

„Wo ist Hartley jetzt?", fragte Kage Oliver.

„Im County Hospital, zusammen mit zehn Agenten sowie einer Mannschaft uniformierter Polizisten. Der entkommt uns nicht mehr."

„Und warum ist er im Krankenhaus?", wollte Kage wissen.

„Marshal Jones hat ihm das Schlüsselbein gebrochen."

Kage knurrte und wandte sich mir zu. „Dann fangen wir an."

Es war schon interessant: Wann immer die Agenten anfingen, zu viele Fragen zu stellen, ging Kage dazwischen. Wenn sie laut wurden, besonders Oliver, hob Kage eine Hand, um mir zu signalisieren, still zu sein. Es dauerte nicht lange, bis sie dahinterkamen, dass er es ernst meinte.

Ian, der neben mir saß, hatte Schwierigkeiten, stillzuhalten und ab und zu ergriff er unter dem Tisch meine Hand und drückte sie sanft.

Es dauerte bis weit nach Mitternacht, bis wir endlich fertig waren, die Sache von vorne bis hinten durchzugehen und sie für den Marshal Service und das FBI aufzuzeichnen. Als wir schließlich durch waren, fragte Kage, ob Hartley zurück ins Elgin wandern würde.

Oliver sah zu ihm hoch. „Nein, wird er nicht, dafür haben Sie ja schließlich gesorgt oder etwa nicht?" Er bellte die Worte förmlich und die tiefe Abscheu, die in seiner Stimme mitschwang, überraschte mich. Die sich rasch im Raum ausbreitende Stille sagte mir, dass ich nicht der einzige war, für den der Ausbruch unerwartet gekommen war.

Und es war ein Ausbruch gewesen, wütend und vorwurfsvoll, voller Verachtung, beinahe schon Hass und Olivers verzerrtem Gesicht nach zu urteilen, war er mehr als wütend. Aber das war es nicht, was mich beinahe umwarf, weder seine Worte noch sein Gesichtsausdruck. Was mich umwarf, das war mein Chef.

Ich hatte Kage noch nie zuvor grinsen sehen und schon gar nicht auf diese Art – arrogant, frech, als hätte er gewonnen. Keine Spur des Mannes, den ich kannte, des unerschütterlichen Chief Deputys, die Verkörperung von Ruhe und Gelassenheit in jeder Situation. Dieser Mann hier sonnte sich in Olivers Groll, das sagten mir seine beinahe boshaft verzogenen Lippen und ich konnte über diese Veränderung an ihm nur staunen.

„Wie zum Teufel haben Sie es geschafft, dass er dorthin verlegt wird? Er erfüllt nicht einmal die Kriterien!"

„Oh, aber das tut er eindeutig", versicherte Kage ihm spitz. „Er ist bereits ein Mal erfolgreich ausgebrochen, er hat weitere Morde begangen, während er auf der Flucht war, es besteht die Gefahr, dass seine Anhänger sich mit ihm in Verbindung setzen und nicht zu vergessen, er hat einen Deputy US Marshal tätlich angegriffen. Er ist ein Spitzenkandidat für das ADX Florence."

Ich drehte mich zu Ian um und sah auf seinem Gesicht denselben Ausdruck, den ich auch auf meinem vermutete: einen Ausdruck vollkommen fassungslosen Staunens.

Heilige. Scheiße.

Das war zu viel des Guten und ich fühlte mich klein und demütig. Ich wusste, dass Kage es nicht nur für mich getan hatte, aber ich war derjenige, den er jeden Tag vor Augen hatte, von daher fühlte es sich für mich doch so an.

Der einzige Weg für Dr. Craig Hartley aus diesem speziellen Hochsicherheitsgefängnis heraus war ein Leichensack. Ich war schon einmal dort gewesen – man hatte mich eingeladen, mir das Gefängnis anzusehen – und das Gefühl absoluter Isolation, das einen überkam, wenn man eine der schalldichten Zellen betrat und wie leicht es war, sich dort zu verlieren, sich selbst und jeden Bezug zur Zeit oder der Welt um einen herum, dazu die komplett aus Beton bestehende Zelleneinrichtung, die Zeitschaltuhren an Lampen, Waschbecken und Dusche – es war eine durch und durch automatisierte Existenz, die einem jegliche Menschlichkeit nahm und ich hatte die Zelle nicht schnell genug wieder verlassen können. Es war schwer gewesen, darin zu atmen. Ich konnte mir kein schlimmeres Schicksal für einen Egomanen wie Hartley vorstellen. Niemand würde kommen, ihm zu huldigen; es würde überhaupt niemand kommen, Punkt. Und das war genau das, was er verdient hatte. Nicht beobachtet und analysiert zu werden, nicht um Hilfe oder Informationen gebeten zu werden, sondern in eine Kiste gesteckt – vergessen.

Ich war sprachlos, überwältigt davon, mit welcher Gründlichkeit Kage Hartley ausgeschaltet hatte und das ohne ihm die Giftnadel in den Arm zu jagen. Er hatte den Butzemann getötet. Hartley würde nie wieder in der Lage sein, mir Albträume zu bescheren. Aus, Ende, Sack zu.

„Ich habe ja nicht gesagt, dass er ins Elgin zurückverlegt werden soll", schrie Oliver, den das Grinsen meines Chefs und seine zur Schau getragene Langeweile zur Weißglut getrieben hatten, „aber es gibt andere Gefängnisse, wo wir immer noch Zugang zu ihm gehabt hätten, um –"

„Ich wollte ihn dreiundzwanzig Stunden am Tag in einem Loch hocken sehen und siehe da, genau das wird er."

„Wie kann man nur so kurzsichtig sein! Hartley war noch nie die Sorte Insasse, bei der eine solche Behandlung erforderlich gewesen wäre!", würgte Oliver hervor und rang nach Luft. Die Wut schnürte ihm sichtlich die Kehle zu.

„Ach nein? Ich habe einen Marshal in meinem Team, der darüber anderer Meinung ist. Dann gibt es Menschen, die ihre Eltern verloren haben, die das ebenfalls wären. Neunzehn Frauen, die ihr Leben verloren haben und nicht zu vergessen ein kleines Mädchen, das entführt worden ist und ihre Eltern, die das durchleiden mussten."

„Ja, aber –"

„Ich habe es selbst erlebt, wie es ist, wenn eine geliebte Person entführt wird. Es ist ein Albtraum, den ich niemandem wünsche."

Kages Stimme hob sich bei seinen letzten Worten, wurde lauter, und der Ausdruck darin berührte mich tief. Ich wollte fragen, was passiert war, obwohl ich sehr gut wusste, dass es mir nicht zustand, das Thema jemals auch nur anzurühren. Es war offensichtlich, dass das Erlebte ihn immer noch mitnahm und für einen Augenblick wünschte ich mir, dass wir uns näherständen, damit ich ihm ein paar tröstende Worte spenden könnte.

„Sie bringen hier Ihre persönlichen Gefühle in eine Situation, die –"

„Nein", sagte Kage ausdruckslos. „Ich habe meinen Vorgesetzten um Craig Hartleys Verlegung ins ADX Florence gebeten und die Sache ist abgeschlossen. Die Papiere sind vor vier Stunden unterzeichnet worden und morgen wird er dorthin überführt. Wenn Sie ihn von jetzt an sehen wollen, müssen Sie das sechs Monate im Voraus beantragen."

„Faszinierend, wie schnell etwas vonstattengehen kann, wenn man es will, nicht wahr, Chief Deputy?", sagte Oliver und sein Ton war scharf und anschuldigend. Schweißperlen standen ihm auf der Stirn und der Oberlippe.

Kage hätte nicht unbeeindruckter sein können, selbst wenn er es versucht hätte.

„Was ist mit den Menschenleben, die Hartley im Laufe der Jahre seit seiner Inhaftierung gerettet hat, indem er uns bei unseren Ermittlungen geholfen hat? Wie es scheint, haben Sie die bequemerweise vergessen."

„Der Nutzen lohnt das Risiko nicht", erwiderte Kage milde. Nichts, das Oliver sagte oder tat, würde ihn dazu bringen, seine Meinung zu ändern. „Und mein Vorgesetzter – und im Übrigen auch Ihrer – stimmen mir da zu."

Ich war derjenige, den sie schickten, wenn sie etwas von Hartley wissen wollten, von daher konnte ich Olivers Standpunkt nachvollziehen. Der gute Doktor hatte Leben gerettet, indem er dann und wann die Rechtsvollzugsdiener in die richtige Richtung gewiesen hatte und die Tatsache, dass viele Verbrechen von seinen zahllosen Fans begangen wurden, von Leuten, die sich mit ihm in Verbindung setzten und deren Namen er uns nennen konnte, schadete auch nicht. Wie gesagt, ich verstand Olivers Standpunkt und auch, dass das Leben eines Marshals es nicht wert war, all das zu verlieren, was durch Zugang zu Hartley gewonnen werden konnte. Aber zum Glück musste ich diese Entscheidung nicht treffen. Mein Chef musste das und offenbar hatte sich in seinen Augen die Waagschale zu meinen Gunsten gesenkt.

Oliver sprang förmlich einen Schritt nach vorn und hämmerte, offenbar zum Äußersten getrieben, zwei Finger gegen Kages Schlüsselbein. Ein eindeutiges Zeichen, dass er aufgebrachter war, als ich es ihm zugestanden hatte, denn damit riskierte er Kopf und Kragen. „Sie waren immer schon ein selbstgerechtes Arschloch, selbst als Sie noch Polizist waren!"

Es war interessant zu beobachten: Kage stand einfach nur da und wartete, bis Oliver realisierte, was er tat, und einen Schritt zurücktrat. Ich wusste, dass Kage Oliver nicht anzeigen würde, das war nicht seine Art. Aber Oliver würde für den Rest seines Lebens das Wissen mit sich tragen, dass er vor Zeugen die Beherrschung verloren hatte.

„Wenn das dann alles ist?", fragte Kage desinteressiert.

Oliver knurrte etwas in seinen nicht vorhandenen Bart, und die FBI Agenten defilierten aus dem Konferenzraum. Keiner von uns sagte ein Wort und als sie gegangen waren, schloss Kage die Tür hinter ihnen und richtete dann seine harten schieferblauen Augen auf mich.

„Sie werden sich um Hartley keine Sorgen mehr machen müssen. Jetzt, wo wir ihn haben, lassen wir ihn nicht noch einmal entkommen. Seine Fangemeinde wird keinen Zugang mehr zu ihm haben, weder so noch so. Damit sollten sich die Dinge beruhigen, Jones."

„Jawohl, Sir", sagte ich, noch immer erschüttert von dem, was er getan hatte und dem plötzlichen, abrupten Ende. Die in mir aufwallenden Emotionen machten es mir schwer zu sprechen.

Ich war in Sicherheit.

Ian war in Sicherheit.

Wir alle waren in Sicherheit. Dank Sam Kage.

Ich atmete tief aus und mit diesem Atemzug ließ ich alles los, was sich in mir angestaut hatte: die nagende Unruhe eines Lebens auf Messers Schneide, die Last der Ungewissheit, die Angst, das schleichende Grauen.

Ich atmete Erleichterung ein und Ruhe und vor allem Dankbarkeit für mein Leben, denn jetzt gehörte es endlich wieder mir. Es erforderte einiges an Beherrschung und große Konzentration, mich nicht in Ians Arme zu werfen.

„Jones."

„Sir?"

„Nehmen Sie Ihren Laptop mit nach Hause und schreiben Sie Ihren Bericht dort. Da Sie Ihren freien Tag heute anderweitig verbracht haben, bleiben Sie Montag zu Hause. Sie und Kohn ebenfalls, Doyle. Sie alle haben Montag frei. Ich werde Sie nur dann rufen, wenn ich Sie dringend brauche."

„Vielen Dank, Sir", sagte ich und stand auf. „Für alles."

„Jawohl, Sir, danke", sagte Ian rau und erhob sich ebenfalls.

Alle fünf von uns standen, als er ohne ein weiteres Wort durch die Tür verschwand.

Dorsey nickte und wandte sich mir zu. „Scheiße, Jones, der Chef hat Hartley für dich geradewegs in die Hölle geschickt. Supermax, das ist heftig."

„Ja", stimmte ich einen Augenblick später zu und sah mich im Raum um. „Aber er hätte das für jeden von uns getan."

Kage war kräftig gebaut, stark und solide, ein wenig furchteinflößend und mit einem ausgeprägten Beschützerinstinkt. Der Grund, warum jeder von uns sein Leben für ihn geben würde, ohne Fragen zu stellen.

„So ist er."

Niemand konnte mir in diesem Punkt widersprechen.

ALS WIR zu Hause ankamen, hätte ich gern mit Ian gesprochen, aber er drängte mich, nach oben zu gehen und zu duschen, während er uns etwas zu essen organisierte. Da er endlich wieder mit mir sprach, auch wenn es nur Befehle waren, stand ich nicht herum und diskutierte, sondern tat wie mir geheißen.

Duschen war gar nicht so einfach – mein Gips durfte nicht nass werden und auch die neuen Verletzungen, wo die Kugeln mich gestreift hatten, mussten trocken bleiben. Es gelang mir aber doch, die wichtigsten Stellen zu waschen und meine Haare dazu zu bringen, dass sie aussahen, als hätte ich einen frech-trendigen Haarschnitt und nicht so, als wäre ich am Morgen unkoordiniert aus dem Bett gefallen. Ich hatte in der letzten Zeit weder Gel noch sonst irgendwelche Stylingprodukte verwendet. Mir war nicht danach gewesen. Mir war nach gar nichts gewesen, aber jetzt fühlte ich mich wieder wie ich selbst, denn endlich war alles vorbei. Ich hatte Hartley dranbekommen und diese Erfahrung heilte alle alten Wunden. Ich war aus dem Gleichgewicht gewesen und der heutige Tag und seine Ereignisse hatten mich meine innere Mitte wiederfinden lassen. Mir war nach tanzen zumute. Oder wenigstens danach, den Nachtisch zuerst zu essen.

Alle meine Besorgungen hatten das Chaos des Tages heil überstanden, selbst die Cupcakes, von daher war ich, als ich in Schlafanzughose und T-Shirt wieder nach unten kam, überrascht, sie in eine Ecke auf dem Toaster gedrängt stehen zu sehen, während Ian in einer Pfanne Steaks anbriet.

„Warum sind die Cupcakes in die Ecke verbannt worden?"

Ian warf mir einen Blick zu, zog ein finsteres Gesicht und wandte sich wieder den Vorbereitungen des Abendessens zu.

„Hallo?", sagte ich, ging hinüber zur Anrichte und nahm mir die Box. Die vier Cupcakes sahen allesamt wundervoll und appetitlich aus und ich konnte es kaum erwarten, in einen von ihnen hineinzubeißen.

„Aruna freut sich wie immer sehr darüber, Chickie über Nacht bei sich zu behalten", brummte er.

Ich zuckte die Schultern und pellte auf allen Seiten das Förmchen von meinem Leckerbissen ab. „Sie liebt ihn, das tun sie alle. Keine große Sache."

„Ja, also hab ich mir gedacht, vielleicht muss ich mal darüber nachdenken, was für ihn das Beste ist."

„M-hm", machte ich, abgelenkt von meinem Cupcake, der in dem Moment wichtiger war als alles andere. Nach dem heutigen Tag hatte ich diesen Cupcake wahrlich verdient.

„Ich meine, es geht ja nicht nur um das, was ich will, sondern auch darum, was fair für ihn ist."

„Sicher", sagte ich und leckte über die Glasur.

„Und ich will nicht selbstsüchtig sein."

„Ja, nein, das … Moment mal, was?", fragte ich. Ich hatte keine Ahnung, warum wir über den Hund sprachen.

„Für Chickie."

„Ja, ja, ich habe schon verstanden, dass wir über Chickie sprechen. Ich verstehe nur nicht, *warum* wir über Chickie sprechen."

„Weil ich in Betracht ziehen muss, was für ihn das Beste ist. Hast du nicht zugehört?", fragte er, warf mir einen flüchtigen, absolut finsteren Blick über die Schulter hinweg zu und konzentrierte sich dann wieder auf seine Bratpfanne.

„Nicht wirklich, nein, aber Ian, jetzt mal ehrlich. Du bist das Beste für ihn", sagte ich und legte den Cupcake auf die Anrichte; mir ging plötzlich auf, dass er dabei war, eine Entscheidung über sein Haustier zu treffen.

„Wie kannst du das sagen?", fragte er, ohne sich zu mir umzudrehen, und starrte stattdessen weiterhin auf seine Steaks. Ich mochte meins blutig, also würde zumindest eines von ihnen nicht mehr lange in der Pfanne sein. Und es war zwar sehr nett von ihm, so aufmerksam bei der Zubereitung meines Essens zu sein, aber ich hätte es doch vorgezogen, wenn er seine Aufmerksamkeit mir schenken würde. „Sie nehmen ihn mit zum Zelten. Sie haben einen riesigen Garten, in dem er sich austoben kann. Er bewacht das Baby. Er liebt Liam und Aruna und –"

„Ian." Ich hatte keine Ahnung, warum er sich darüber dranhielt.

„– ich weiß, dass er bei ihnen Teil ihrer Familie sein wird, und –"

„Ian."

„– er hat es verdient, von der bestmöglichen Person geliebt zu werden, und vielleicht bin das nicht ich und ich sollte –"

„Bitte hör auf."

Er verstummte.

Es ging mir abrupt auf, dass mein Junge einen Panikanfall hatte und ich hatte das nicht mitbekommen. Natürlich hatte ich einen guten Grund dafür gehabt, aber trotzdem. Er war es, der jetzt all meine Aufmerksamkeit brauchte. „Ian, Schatz, besteht da vielleicht die klitzekleine Möglichkeit, dass du nicht über den Hund sprichst?"

„Oh, bitte, Miro, verschone mich", fuhr er mich an.

Lieber Gott, konnte er denn offensichtlicher sein?

In diesem gegenwärtigen Szenario war ich der Hund und Ian überlegte, wo wohl das beste Zuhause für mich war. Er war geradezu lächerlich durchsichtig. Das Bemerkenswerte an der Sache war der Zeitpunkt: Ich hatte mein Leben zurück, Ian ebenfalls, also war jetzt der ideale Augenblick für ihn, zu überdenken, was für mich das Beste war. Wenn ich unverletzt oder wenigstens kräftiger gewesen wäre, dann hätte ich ihn aufs Sofa geworfen. Wie die Dinge standen, musste ich mich damit begnügen, logisch und gelassen zu sein. Was das Verspeisen meines Cupcakes beinhaltete.

„Ich denke, das bist du", sagte ich und nahm meinen Nachtisch wieder in die Hand.

„Was?"

„Ich denke, du bist das Allerbeste für Chickie."

„Wie?" Er schrie es beinahe und in dem Moment hörte ich sie, hörte die Angst in seinem stoßweise gehenden Atem und sah, wie angespannt und verkrampft seine Schultern waren und wie fest er den Pfannenwender umklammert hielt.

„Weil", begann ich, biss in meinen Cupcake und bekam dabei Glasur auf die Nase, „Chickie all das mit Aruna und ihrer Familie deshalb genießt, weil er weiß, dass er anschließend wieder zu dir nach Hause kommen kann."

„Nein, ich –"

„Überleg mal", beharrte ich und leckte die Glasur ab. „Du gehst abends mit ihm Laufen, wenn du zu Hause bist. Du nimmst ihn überall hin mit, er schläft am Fußende des Bettes und er würde dich mit seinem Leben beschützen. Bei Aruna und ihrer Familie kann er der liebe, süße Familienhund sein, weil er weiß, dass er bei ihnen nicht zu Hause ist. Er ist hier zu Hause."

„Aber wie ist das ihm gegenüber gerecht?"

„Ist dir noch nie aufgefallen, wie sehr er sich freut, wenn du ihn abholen kommst?"

„Natürlich, er ist ein Hund. Hunde freuen sich, wenn sie einen sehen."

„Ja, aber er macht sich für niemanden so absolut zum Narren wie für dich", schloss ich. „Er mag viele Leute gern – mich, Aruna, Liam – aber du bist der Einzige, den er bis über beide Ohren liebt."

Ian gab ein schnaubendes Lachen von sich und drehte sich zu mir um. „Du denkst, mein Hund – was machst du da?"

Ich konnte ihm gerade nicht antworten: Ich hatte den Mund voll mit Cupcake. Ich war wirklich froh, dass ich mir die extragroßen geleistet hatte.

„Warum isst du das gerade jetzt?"

Ich schluckte genug, um sprechen zu können. „Esse ich schon seit einer Weile."

„Wirklich?" Das sagte mir alles, was ich wissen musste. Er war völlig in seiner eigenen Welt verloren gewesen und hatte mich nicht einmal dann wirklich wahrgenommen, als er mich direkt angesehen hatte.

Ich lächelte, sodass er sehen konnte, wie voll mein Mund war und kaute weiter, froh darüber, dass mein trotteliges Verhalten ihn aus seiner schlechten Laune gerissen hatte. Ich wollte den heißen, sexy Ian von früher am Tag wiederhaben, nicht diesen introspektiven, vor sich hin brütenden Typen, der sich Sorgen darüber machte, dass er nicht gut genug für mich war.

„Deine Lippen sind blau, weißt du das?"

Ich lachte, und spuckte dabei mehrere Krümel aus.

„Du bist ekelhaft."

„Hör auf", versuchte ich zu sagen, denn er brachte mich zum Lachen, aber die Worte waren erstickt und unverständlich, und sein Gesichtsausdruck – tiefe Abscheu – brachte mich nur noch mehr zum Lachen.

„Leg das – gib mir das", grollte er und streckte die Hand nach dem Rest meines Cupcakes aus. Und wurde mit meiner Kehrseite konfrontiert, als ich mich umdrehte. „Was zum Teufel, M?"

Ich lachte gackernd und er langte über meine Schulter nach dem Cupcake, aber ich wich ihm tänzelnd aus und mein Gips klopfte dumpf über den Boden, als ich mich ungelenk an ihm vorbeischob, um mich auf der anderen Seite des Kühlschranks gegen die Anrichte zu lehnen.

„Du verdirbst dir noch den Appetit und du bist sowieso schon zu dünn geworden."

Ich richtete mich auf und zog mein T-Shirt hoch, zeigte ihm den straffen Bauch, von dem er ein so großer Fan war, sodass er sehen konnte, dass „dünn" nicht wirklich das passende Wort war. Er musste verstehen, dass ich stark und gesund war und wenn ich auch kein so ausgeprägtes Sixpack hatte wie er – Muskeln ja, Waschbrettbauch nein –, hieß das noch lange nicht, dass ich untergewichtig war.

„Was machst du –"

„Kannst du mich sehen?", fragte ich und ließ das T-Shirt los, zog eine Augenbraue hoch und wartete.

„Natürlich kann ich das, was für eine blöde Frage."

„Hm, das glaube ich nicht."

„Ich verstehe nicht, was du meinst."

„Ich glaube, du hängst irgendwo in einer Zeitschleife fest."

„Was?" Er machte sein ich-bin-verärgert-und-genervt Gesicht, ein finsteres Stirnrunzeln mit zusammengekniffenen Augen und obendrein der Andeutung, dass ich ein Vollidiot war.

„Denk nicht mehr an mich in einem Krankenhausbett und hör auf, nur den Gips und die Verbände zu sehen, wenn du mich ansiehst und sieh stattdessen den Mann, der mit dir ins Bett geht."

Er nickte.

„Kannst du das?"

Noch ein Nicken.

„Bist du dir sicher?", fragte ich leise, als ich eine Hand um meine wachsende Erektion schloss. Allein auch nur in Ians Nähe zu sein machte mich an, von daher war ich nicht überrascht, festzustellen, dass ich bereits steif wurde.

Ich sah, wie die Muskeln an seinem Hals hervortraten, als sein Blick auf meine Hand fiel.

„Ian?"

„Ja", sagte er rau und sein Kopf fuhr ruckartig hoch. „Du, nicht deine Verletzungen, hab's kapiert."

Das waren ausgezeichnete Neuigkeiten.

„Du musst etwas zu Abend essen", sagte er mechanisch, während sich gleichzeitig seine Augen weiteten und er hart schluckte, so als wäre seine Kehle plötzlich trocken.

„Werde ich", versprach ich und leckte mir Zuckerguss von der Lippe.

„Lecker?"

„Ja, komm her."

Im Nu stand er vor mir, beugte sich zu mir herunter und küsste mich, fest, leckte über meine Lippen und dann meine Zunge, als ich ihm Einlass gewährte. Meine Knie verwandelten sich in Butter unter seinem Ansturm und als er meinen Kopf anhob, musste ich mich an der Anrichte festhalten, damit meine wackeligen Knie nicht vollends nachgaben.

Als er seinen Mund fortriss, schrie ich protestierend auf. „Wie kannst du es wagen, aufzuhören!"

„Halt den Mund", brummte er, nahm die Pfanne mit den beiden Steaks vom Herd und verteilte sie auf zwei Teller.

„Ich will nichts essen", knurrte ich.

Er stellte beide Teller in den Backofen, ohne sich die Mühe zu machen, den grünen Salat oder die Spargelspitzen, die ich heute Morgen auf dem Bauernmarkt gekauft hatte, mit aufzuteilen. Stattdessen stellte er den Herd aus, wischte sich die Hände ab, drehte sich um und warf sich auf mich.

„Oh Gott sei Dank", stöhnte ich, und ein Schauer der Erwartung durchrieselte mich, als er mir sanft das T-Shirt über den Kopf zog – ich war schließlich trotz alledem immer noch verwundet –, mein Gesicht in beide Hände nahm und meinen Mund plünderte.

„Nimm mich, benutze mich, wie immer du willst", sagte ich und versuchte zu sprechen, ohne meine Lippen auch nur den Bruchteil eines Millimeters von seinen zu lösen.

„Gott, ich will dich so sehr", flüsterte er, schob eine Hand in meine Schlafanzughose und drückte meinen bereits vollkommen erigierten Schaft.

Viele von Ians Ex-Freundinnen hatten gesagt, dass er im Bett unaufmerksam und allgemein ein schlechter Liebhaber war, aber ich hatte das niemals glauben können, selbst bevor wir das erste Mal miteinander ins Bett gefallen waren. Natürlich hatte sich herausgestellt, dass ich recht gehabt hatte. Ian war alles, wonach ich mich in einem Partner sehnte: ausdrucksvoll und besitzergreifend, aber gleichzeitig auch sanft und unterwürfig. Es war schwer, sich vorzustellen, dass niemand außer mir je diesen Mann gekannt hatte, der so viel Zeit damit verbrachte, Liebe mit meinem Mund zu machen, dass ich mich in ein winselndes Wrack verwandelte, das ihn anflehte, etwas anderes zu tun, irgendetwas und das so bald wie möglich.

„Wo willst du mich haben?"

„Lass uns hochgehen ins Bett."

„Oh, nein", sagte ich heiser, löste mich aus seinem Griff und streifte mir die Schlafanzughose ab. Ich ließ sie auf dem Küchenfußboden liegen und hinkte ins Wohnzimmer. Dort schob ich den Sofatisch beiseite, um Platz zu schaffen, schnappte mir die flauschige Wolldecke von der Couch und breitete sie auf dem Boden aus.

„Was soll das –"

„Bring Gleitgel, Doyle, und dann beweg deinen Hintern hierher", befahl ich und ließ mich langsam zu Boden sinken. „Sonst fange ich ohne dich an."

Ich hörte ihn nach oben stürmen, seine schweren Tritte auf den Treppenstufen, das Klappern des Nachttischs, erneute Tritte, dann tauchte er über mir auf. Er war nicht einmal ein bisschen außer Puste.

„Du hast immer noch ziemlich viele Klamotten an."

Wenige Augenblicke später war er nackt und legte sich auf mich, drückte seinen Mund hungrig, verlangend auf meinen. Seine Bewegungen waren flüssig, geübt, als er eine Hand zwischen uns schob, seine langen Finger um unser beider Erektion schloss und uns aneinander, gegeneinander rieb, vom Ansatz bis zur Spitze.

Da war kein Zögern in ihm. Er wartete nicht darauf, dass ich ihm sagte, was er zu tun hatte. In diesem Augenblick war er der Dominante von uns beiden, hatte meinen Part übernommen und ich war nur zu bereit, mich ihm hinzugeben. Ich konnte es kaum erwarten.

Ich wand mich unter ihm hervor, rollte mich auf den Bauch und schob mich auf alle viere hoch.

„Oh", murmelte er, und sein leises Lachen war tief und dreckig. „Ich hab dich, hm? Du willst mich, du brauchst es."

„Beeil dich", knurrte ich, und meine Haut schrie förmlich nach seiner Berührung. Ich bebte bei dem Gedanken daran, Empfänger seiner entfesselten Leidenschaft zu werden.

„Nein", flüsterte er und zog mich seitwärts in seine Arme. Seine nackte Brust lag warm an meinem Rücken, sein linker Arm stützte mein Kinn und seine rechte Hand streichelte meinen Schwanz.

Meine Hüften versuchten unwillkürlich vorzustoßen; seine Haut auf meiner verwandelte meinen Hunger in etwas Ungezügeltes. Ich wollte mehr.

„Nimm dir das Gel", flüsterte er mir ins Ohr, bevor er an meinem Ohrläppchen knabberte. „Schmier dir was in die Hand, dann schmier mich damit ein."

Das war gar nicht so einfach, da er mich so fest umschlungen hielt, aber ich schaffte es irgendwie doch und das Gefühl seines langen, seidigen Glieds in meiner schlüpfrigen Faust, in Verbindung mit dem Befehl, den er mir erteilt hatte, war erregender, als ich es mir vorgestellt hatte.

„Stopp", grollte er leise und schob zeitgleich einen Finger in mich hinein.

„Ian", stöhnte ich heiser und drängte mich ihm entgegen, auf der Suche nach mehr.

„Okay?"

„Oh, ja."

Er schob einen weiteren Finger in mich, tief hinein, zog sie langsam wieder heraus, bewegte sie in langsamen, aufreizenden Kreisen, spreizte sie, streichelte mein Inneres, öffnete mich ihm, überredete meine Muskeln mit endloser Geduld, sich zu entspannen, ihn einzulassen.

„Jetzt fick mich endlich", verlangte ich mit gebrochener, heiserer Stimme.

„Dräng mich nicht. Ich genieße das."

„Warum? Mach einfach –"

„Dein Körper ist so wunderschön und empfänglich und ... Gott, sieh dich einer an."

Ich bebte, als er mit den Fingern über meine Prostata rieb. „Ian", brachte ich seinen Namen schleppend heraus. „Willst du denn nicht tief in mir vergraben sein?"

Sein scharf ausgestoßener Atem brachte mich zum Lächeln, da die Antwort so offenkundig war.

„Ich bin bereit. Nimm mich."

Seine Hand stieß gegen mich, als er sie um seinen Schwanz schloss und sanft zwischen meine Pobacken schob, bis die Spitze an meinem Eingang ruhte. „Ich werd langsam machen."

Ich wölbte den Rücken und reckte ihm meinen Hintern entgegen und verschluckte beinahe meine Zunge, als er mich auf den Hals küsste, bevor er sich durch die enge Öffnung schob.

Ich hatte vergessen, wie es sich anfühlte, so lange war es schon her – der kurze, stechende Schmerz, der Druck, die Dehnung, das Gefühl der Fülle. Keine Chance, das tiefe, kehlige Stöhnen zu unterdrücken.

„M?", fragte er scharf, offensichtlich besorgt.

„Ich will dich – hast du gehört?"

„Ja", erwiderte er und stieß in mich hinein, kraftvoll und schnell und tief, bis seine Hoden an meinem Hintern lagen, so tief in mir vergraben, wie er nur konnte.

Ich hatte nichts, an dem ich mich festhalten konnte, aber ich brauchte etwas, um mich abstützen zu können, während er in mich hineinhämmerte. Das war absolut notwendig.

„Scheiße, du fühlst dich so gut an."

Ich hatte gedacht, dass ich der kleine Löffel sein wollte, ihn hinter mir spüren, wie er sich langsam und rhythmisch in mich hineinschob. Aber was ich wirklich wollte war, dass er mich zu Boden drückte und mich hart und schnell nahm, seine Zeichen auf mir hinterließ und mich fickte, bis ich seinen Namen hinausschrie.

„Ian, bitte."

„Sag's mir", brachte er beinahe stotternd heraus, seine Stimme belegt vor Leidenschaft.

„Auf den Knien."

Er bewegte sich mit mir, folgte mir, als ich mich auf den Bauch drehte und hochzog. Er bewegte sich in mir, wobei sein Schwanz über jene gewisse Stelle strich und ich zuckte unter ihm zusammen und umschloss sein Glied fester. Ich ließ meinen Kopf sinken, zitternd, bebend, fühlte, wie meine Hoden sich zusammenzogen, während er in mich hinein stieß, eine Hand auf meiner Hüfte, die andere auf meinem Hinterkopf.

Ich wollte meinen Schwanz berühren, aber das ging nicht; ich brauchte meine Arme, um mich abzustützen und meine Finger waren in die Decke unter mir gekrallt. Wenn ich mich festhielt, würde ich nicht nachgeben, wenn er sich in mich hineinrammte, und das war es, was ich wollte. Ich wollte spüren, wie sein harter Schwanz sich in mich bohrte, zurückglitt und wiederkam und wieder und wieder. Ich wollte hart und rücksichtslos genommen werden.

„Ich hab dich schon so lange so gewollt, so verdammt lange", stöhnte er und fickte mich, wie ich es wollte, hart und schnell und tief und gut, rammte seinen Schwanz bis zum Äußersten in mich hinein, bis ich seinen Namen schrie und mich heiß und nass über die Decke ergoss, bis nichts mehr existierte als mein Verlangen nach ihm.

Er kam, und ich spürte es in mir, bevor er auf meinem Rücken zusammenbrach und eine Hand um mein Kinn legte, sodass er meinen Kopf drehen und mich küssen konnte.

„Es ist so abgedroschen –" Er küsste mich. „– es in diesem Moment zu sagen –" Noch ein Kuss. „– aber M, ich –" Er knabberte an meiner Unterlippe, saugte an meiner Zunge. „Ich liebe dich. Du bist alles, was ich will. Alles, was ich jemals wollen werde."

Ich lächelte an seinen Lippen.

„Ich hab so ein verdammtes Glück und ich will, dass du weißt, dass ich das weiß. Ich werde dich, uns, niemals als selbstverständlich ansehen. Das schwöre ich dir bei Gott."

„Ich liebe dich auch", versprach ich. „Aber das weißt du ja bereits."

„Ja, das weiß ich", seufzte er und zuckte, als meine Muskeln sich reflexartig um ihn zusammenzogen, ihn zu eng umfassten, als dass er hätte hinausgleiten können.

„Du solltest dich zurückziehen", sagte ich, obwohl das das letzte war, das ich wollte.

„Gleich", informierte er mich mit leiser Stimme, sanft wie eine Berührung, bevor er mich erneut küsste. „Mir gefällt's, wo ich bin."

Mir auch.

NACHDEM WIR die Decke zusammengerafft und in die Waschmaschine gesteckt hatten, gingen wir hoch, duschten schnell und aßen dann endlich, mit nur sechs Stunden Verspätung, zu Abend. Die Steaks waren lecker und die Spargelspitzen und der Salat ebenfalls. Da er gekocht hatte, wusch ich ab, während er den Tisch abräumte und abtrocknete. Während er um mich herumging, um Geschirr wegzuräumen, hörte ich sein leises Pfeifen.

„Ich sehe schon, du wirst von nun an unerträglich sein."

Das Wackeln seiner Augenbrauen teilte mir mit, dass ich da richtig lag. Nur für den Fall, dass ich sein freches Grinsen oder sein Herumstolziere übersehen hatte. Er beugte sich zu mir und küsste mich, heiß und dominant, drängte mich gegen die Spüle und warf sich das Geschirrtuch über die Schulter, sodass er mein Gesicht in seine Hände nehmen konnte. Dann schaltete er einen Gang runter und seine Küsse wurden langsam und forschend und ich verlor alles aus den Augen, außer seiner verlockenden Zunge, den Zähnen auf meiner Lippe und seinen leisen, drängenden Lauten. Als sein Knie meine Beine auseinanderdrückte und eine Hand unter mein T-Shirt schlüpfte und mit meinen Brustwarzen spielte, rieb und kniff und zupfte, kam ich beinahe auf der Stelle. Er hatte offenbar in all den Monaten, in denen wir Sex miteinander gehabt hatten, gut aufgepasst und wusste nun haargenau, was mich so richtig anmachte. Als er schließlich den Kopf hob, gerade genug, dass er etwas sagen konnte, atmeten wir beide schwer.

„Mir hat es gefallen, was wir getan haben", murmelte er, „und ich will es wieder tun, wann immer ich will, wann immer ich es brauche, wann immer du es willst oder brauchst."

„M-hm", stimmte ich zu; Küssen und Streicheln waren in dem Moment wichtiger als Worte. Mein Hunger nach ihm war nicht gestillt; ich würde ihn haben, sobald wir im Bett waren.

„Und wenn wir beide gleichzeitig etwas Bestimmtes wollen, dann sollten wir darüber reden können oder –"

Ich lachte leise. „Ich glaube kaum, dass wir uns darüber streiten werden, wer aktiv ist."

„Ja, aber was wenn doch?"

Er machte sich Sorgen darüber, dass sein neues Verlangen die Dynamik zwischen uns verändern würde.

„Kannst du es dir denn vorstellen?"

Er dachte einen Moment lang darüber nach. „Ich … nein."

„Und warum nicht?"

„Na ja, hauptsächlich deshalb, weil es mir auch gefallen hat, wie es bisher war, und … ich brauche es, wie es bisher war."

„Da siehst du", versicherte ich ihm. „Es ist alles in Ordnung, Baby, wir sind in Ordnung, versprochen."

„Ja?"

„Ja."

„Nichts hat sich geändert?"

„Nein."

Er räusperte sich. „Können wir dann den Rest für morgen hier so stehen lassen und einfach ins Bett gehen?"

Ein Lachen stieg in mir auf, laut und übersprudelnd. Nicht, weil mich irgendetwas amüsiert hatte, sondern einfach, weil ich so glücklich war. „Ja, das können wir."

Sein Seufzen, als er sich zur Treppe wandte, war sehr lang. „Weißt du, manchmal bin ich so glücklich, dass ich Angst habe, aufzuwachen."

„Das Gefühl kenne ich", stimmte ich zu, als ich ihm folgte.

„Aber dann", sagte er und drehte sich zu mir um, „sehe ich dich und mir wird klar, dass dies meine Realität ist."

„Gut, denn du hast mich jetzt am Hals."

„Vom allerersten Tag an, ja." Er stieß heftig den Atem aus. „Danke, dass du mich liebst."

Verdammter Ian; nur er brachte es fertig, mir das Herz stillstehen zu lassen. „Es ist mir ein Vergnügen."

Er räusperte sich. „Wäre es dir auch ein Vergnügen, mich zu heiraten?"

„Ja, natürlich wäre es das", sagte ich ohne nachzudenken. Ich wollte es so sehr. „Mist, ich wollte sagen –"

„Nein, nein", seufzte er und ein Lächeln erhellte sein Gesicht. „Ich habe endlich eine ehrliche Antwort bekommen, eine Antwort, bei der es nur um dich ging und nicht darum, was ich denke oder will."

„Aber –"

„Ich will erst mal drüber reden, okay? Aber ich möchte, dass du weißt, dass ich nicht mehr an dem Punkt bin, an dem ich mir niemals vorstellen könnte, einen Ring zu tragen."

„Wie das?", fragte ich leise und versuchte, mir meine tosende Aufregung nicht anhören zu lassen. Ich wollte ihn nicht verschrecken.

„Weil mir klargeworden ist, dass Marshal oder Soldat zu sein nicht alles in meinem Leben ist – ich bin mehr als nur das." Seine Stimme war belegt, tief und rau. „Du bist auch Teil meines Lebens. Ehrlich gesagt bist du sogar der wichtigste Teil, denn ich trage dich mit mir, wohin auch immer ich gehe."

Himmel. Seine Worte zerstörten mich und machten mich zu Wachs in seinen Händen. „Küss mich", war alles, was ich herausbrachte.

Sein freches Grinsen blitzte auf, als er sich zu mir beugte und mich zärtlich, liebevoll küsste und mir ein „Ich liebe dich" ins Ohr hauchte.

„Okay", sagte ich, zitternd vor Glück. „Also reden wir übers Heiraten."

„Wir reden über *wann*, nicht mehr über *ob*."

„*Wann*", wiederholte ich, konnte mein Lächeln purer Freude nicht unterdrücken. „Okay."

Sein leises Lachen war warm. „Okay, dann komm, Krüppelchen", sagte er, als wir die Treppe erreichten. „Darf ich dich diesmal rauftragen?"

„Nein, aber du darfst mir helfen und meine Hand halten und mich dich nehmen lassen, wenn wir oben angekommen sind."

Sein Lächeln ließ seine wunderschönen warmen Augen schmal werden. „Gib mir deine Hand."

Seine lag warm in meiner, als ich sie drückte.

SCHLAMASSEL
INBEGRIFFEN

Mary Calmes

Buch 1 in der Serie – Verliebte Partner

Deputy US Marshal Miro Jones hat den Ruf, auch unter Beschuss ruhig zu bleiben und einen kühlen Kopf zu bewahren. Diese Eigenschaften kommen ihm in der Zusammenarbeit mit seinem Partner Ian Doyle, einem Elitesoldaten, sehr zu Gute, denn Ian ist der Typ Mann, der in einem leeren Raum einen Streit vom Zaun brechen kann. In den vergangenen drei Jahren in ihrem Job auf Leben und Tod sind aus Fremden erst Kollegen, dann loyale Teamkameraden und schließlich beste Freunde geworden. Miro hat zu dem Mann, der ihm den Rücken freihält, blindes Vertrauen entwickelt … und einiges mehr.

Als Marshal und Soldat wird von Ian erwartet, dass er die Führung übernimmt. Aber die Stärke und Disziplin, die ihn im Einsatz zum Erfolg und zur Erfüllung seiner Mission tragen, versagen überall sonst. Ian hat sich immer gegen jede Art der Bindung gewehrt, aber kein Zuhause zu haben – und mehr noch: niemanden, zu dem er nach Hause kommen kann – frisst ihn innerlich langsam auf. Im Lauf der Zeit hat er, wenn auch widerstrebend, eingesehen, dass es ohne seinen Partner an seiner Seite einfach nicht geht. Jetzt muss Miro ihn nur noch überzeugen, dass Gefühlsbande keine Fesseln sind …

www.dreamspinner-de.com

Nachtisch FÜR ZWEI

MARY CALMES

Eine Geschichte aus dem Kuriosen Kochbuch

Boone Walton hat sich alle erdenkliche Mühe gegeben, seine Vergangenheit hinter sich zu lassen. Er lebt jetzt nur noch für seine Kunstgalerie in New Orleans und seine Freundschaft mit Scott Wren. Alles scheint sich langsam zu normalisieren und wieder in geregelten Bahnen zu verlaufen. Boone könnte nicht glücklicher sein.

Scott Wren, ein junger Koch und Restaurantbesitzer, möchte mehr als Freundschaft. Er will eine echte Beziehung zu Boone, doch der hat davor eine Heidenangst. Und das liegt nicht nur an dem Geist, der in Scotts Wohnung herumspukt. Es liegt auch nicht an Scotts Familie. Nein, es liegt daran, dass Boones Vergangenheit ihm einen unerwarteten Besuch abstattet. Es gibt eigentlich nichts, was sich zwischen Boone, Scott und die Mousse au Chocolate drängen kann, deren Rezept Scott in einem kuriosen, alten Kochbuch gefunden hat. Nichts, bis auf das Meer des Leidens, das Boone überqueren musste, um im Big Easy ein neues Leben zu beginnen. Doch das Rezept hat eine geheime Zutat, die in Boone ein Vertrauen und eine Liebe weckt, wie er sie bisher noch nie erfahren hat.

www.dreamspinner-de.com

BLAUE TAGE

Mary Calmes

Storie di
MANGROVE

Ein Titel der Mangrove Stories Serie

Sich in einen Kollegen zu vergucken, ist selten eine gute Idee, speziell für einen Mann, der eine letzte Chance bekommt, seine Karriere zu retten. Doch von dem Moment an, in dem Dwyer Knolls dem gutaussehenden, aber unbeholfenen Takeo Hiroyuki begegnet, scheint er nur noch die falschen Entscheidungen zu treffen.

Takeos Leben besteht aus einer Reihe vergeblicher Versuche, seinen konservativen japanischen Vater zufrieden zu stellen. Unglücklicherweise ist die erfolgreiche Ausübung seines Jobs genauso schwierig für ihn wie der Wechsel von homo- zu heterosexuell. Aber ein Augenmerk auf Dwyer Knolls zu haben – darin ist er wirklich gut.

Auf einer Geschäftsreise nach Mangrove, Florida, wird aus Takeos` und Dwyers zögerlicher Freundschaft plötzlich mehr – viel mehr. Ist ihre Liebe stark genug, um ihre Karrieren dafür zu riskieren, oder haben sie die plötzliche, intensive Leidenschaft nur der lauen Brise des blauen Ozeans zu verdanken?

www.dreamspinner-de.com

TIMING
Der richtige Zeitpunkt

Mary Calmes

Buch 1 in der Serie – Timing

Stefan Joss hat einfach kein Glück. Nicht nur, dass er mitten im Sommer nach Texas muss, um bei der Hochzeit seiner besten Freundin Charlotte die Ehrenjungfer zu geben. Nein, er soll auch noch gleichzeitig ein millionenschweres Geschäft für seine Firma abschließen! Das Allerschlimmste aber ist, dass er, kaum angekommen, mit dem Mann konfrontiert wird, von dem Charlotte versprochen hatte, dass er nicht zur Hochzeit kommen würde: Ihrem Bruder, Rand Holloway.

Stefan und Rand sind sich, seit dem Tag, an dem sie sich das erste Mal trafen, spinnefeind. Und so ist Stefan mehr als geschockt, als ein vorübergehend vereinbarter Waffenstillstand die üblichen Feindseligkeiten sofort in knisternde Spannung verwandelt. Wenn auch misstrauisch gegenüber den unerwarteten Gefühlen, wird Stefan durch ein ehrliches Geständnis Rands aus der Bahn geworfen und beschließt, ihm eine Chance zu geben.

Doch ihre aufkeimende Romanze wird bedroht, als Stefans Geschäftsabschluss schiefläuft: Die Besitzerin der letzten Ranch, die er für seine Firma aufkaufen soll, wird ermordet. Stefan steht die Überraschung seines Lebens bevor, als er sich plötzlich selbst in tödlicher Gefahr befindet.

www.dreamspinner-de.com

WANDEL
DES HERZENS

Mary Calmes

Buch 1 in der Serie – Wandel des Herzens

Als ein junger Mann, der schwul ist und noch dazu ein Werpanther, wünscht sich Jin Rayne nichts sehnlicher als ein normales Leben. Er ist seiner Vergangenheit entflohen und möchte einfach neu anfangen. Aber Jins altes Leben will ihn nicht loslassen. Als seine Reisen ihn in eine neue Stadt führen, begegnet er dem Anführer eines örtlichen Werkatzen-Stammes. Logan Church ist ein Schock und ein Rätsel für ihn und Jin ist voller Sorge, dass Logan der Gefährte ist, den er so sehr fürchtet, aber auch die Liebe seines Lebens. Jin möchte mit den Traditionen nichts mehr zu tun haben und die Verbindung mit einem Gefährten würde ihn unwiderruflich daran fesseln.

Aber Jin ist genau der Gefährte, den Logan an seiner Seite braucht, um seinen Stamm erfolgreich zu führen, und deshalb wird er Jin nicht einfach gehen lassen. Jin wird Zeit und Vertrauen brauchen, die Freude zu entdecken, die darin liegt zu Logan zu gehören und seine Liebe ohne Einschränkungen zu erwidern.

www.dreamspinner-de.com

MARY CALMES lebt mit ihrem Ehemann und ihren beiden Kindern in Lexington, Kentucky, und mag alle Jahreszeiten außer dem Sommer. Sie hat ihren Bachelor in Englischer Literatur an der University of the Pacific in Stockton gemacht. Weil ihr Abschluss in Englischer Literatur ist und nicht in Englischer Grammatik, ist es sinnlos, sie zu bitten, einen Satz zu bestimmen. Sie liebt das Schreiben, geht darin auf und kann vollkommen in ihrer Arbeit versinken. Sie kann sogar sagen, wonach ihre Charaktere riechen. Sie liebt es, Bücher zu kaufen und auf Conventions ihre Fans zu treffen.

Von MARY CALMES

Blaue Tage
Nachtisch für Zwei
Seiltänzer

CHANGE OF HEART-SERIE
Wandel des Herzens
Bund des Vertrauens

TIMING
Der richtige Zeitpunkt
Nach Sonnenuntergang
Wenn der Staub sich legt
Perfektes Timing (nur gebundene Ausgabe)

VERLIEBTE PARTNER
Schlamassel inbegriffen
Ein Schlamassel kommt selten allein

Veröffentlicht von DREAMSPINNER PRESS
www.dreamspinner-de.com

www.ingramcontent.com/pod-product-compliance
Lightning Source LLC
Chambersburg PA
CBHW022135240626
47153CB00007B/2376

* 9 7 8 1 6 4 0 8 0 4 6 7 8 *